OMBRE ET SOLEIL

DU MÊME AUTEUR :

Danse avec l'ange, Lattès, 2002.
Un cri si lointain, Lattès, 2003.

www.editions-jclattes.fr

Åke Edwardson

OMBRE ET SOLEIL

Traduit du suédois par Anna Gibson

JC Lattès

17, rue Jacob 75006 Paris

Titre de l'édition originale
SOL OCH SKUGGA
publiée par Norstedts Förlag, Stockholm

À Rita

SEPTEMBRE

1.

Il avait commencé à pleuvoir. Simon Morelius ajusta la fréquence de la radio, silencieuse depuis cinq minutes. Bientôt vingt-deux heures, et tout était calme. Greger Bartram s'arrêta au feu rouge. Deux femmes traversèrent la rue ; l'une se retourna vers la voiture de police et sourit. Bartram leva la main.

— Vingt-sept ans, dit-il. Bien roulée. Je lui plais.

— C'est à moi qu'elle a souri, répliqua Morelius.

— Elle m'a regardé droit dans les yeux. Elle cherchait le contact.

Le feu passa au vert. Bartram s'engagea sur le rond-point de Korsvägen.

— Et c'est là qu'elle a constaté qu'il n'y avait personne.

— Ha, ha.

— Elle t'a regardé droit dans les yeux et elle a vu qu'il n'y avait personne. Rien qu'un flic de plus de quarante ans derrière le volant d'une voiture peinte et les...

Il fut interrompu par une voix de femme.

— Neuf un vingt. Neuf un vingt, venez.

Marmonnements dans le poste, puis la femme à nouveau :

— Il y a quelqu'un par terre devant le Focus de Liseberg. Ivre ou malade. Et un petit groupe de jeunes.

Une patrouille avait déjà réagi à l'appel.

— Reçu. On est dans Prinsgatan, on descend vers Focus.

Morelius s'empara du micro.

— Ici onze dix. On est plus près. On s'en occupe.

— O.K., onze dix.

Le véhicule de la police de proximité de Lorensberg quitta le rond-point et prit la direction du centre commercial. Il y avait un attroupement, des gens accroupis sur le parking. Une fille accourut en voyant Bartram ouvrir sa portière.

— C'est moi qui ai appelé, cria-t-elle en agitant son portable comme s'il allait confirmer ses dires.

Elle avait quinze ou seize ans. Des cheveux raides, luisants, collés à son crâne par la pluie, de grands yeux effrayés, des gestes désordonnés. Elle sentait l'alcool et le tabac.

— Elle est là-bas, Maria est là-bas, mais elle va mieux maintenant.

— J'appelle l'ambulance, dit Bartram.

Morelius la suivit. Les jeunes se tenaient en demicercle autour d'une fille qui essayait de se relever. Elle chancela, et Morelius la cueillit de justesse. Elle ne pesait rien du tout. On aurait dit la sœur jumelle de celle qui leur avait adressé la parole, mais ses yeux étaient complètement partis. Là, pour le coup, il n'y avait vraiment personne.

Elle puait l'alcool, et le vomi. Morelius sentit la substance poisseuse sous ses semelles, gare au dérapage. La fille lui jeta un regard qui avait brusquement retrouvé toute son acuité.

— Je veux rentrer, déclara-t-elle.

— Qu'est-ce que tu as pris ?

— R... rien. Juste quelques bières.

— Quelques bières, hein ?

Morelius regarda le groupe de cinq ou six adolescents silencieux.

— Qu'est-ce qu'elle a pris ? Si vous le savez, dites-le, et vite.

Il avait élevé la voix. Ils semblaient avoir peur.

— Ce qu'elle a dit, déclara un type qui portait un bonnet tricoté et un sweat-shirt trop grand pour lui. Quelques bières et... euh... un peu de gnôle.

— Où est la bouteille ?

Les jeunes échangèrent un regard.

— J'ai dit la bouteille !

Le type au bonnet glissa la main sous son sweat-shirt et en tira l'objet. Bartram l'examina à la lumière d'une enseigne au néon.

— Je ne vois pas d'étiquette.

— Euh, non.

— C'est quoi, alors ?

Au même moment, ils entendirent le hurlement d'une sirène d'ambulance de l'autre côté de la tour Gothia.

— C'est quoi, comme merde ? Distillation maison ?

— Euh, oui... je crois, dit le type – il semblait prêt à fondre en larmes. Je l'ai acheté à un pote. Il a dit que c'était tout bon.

— Ce n'est pas tout bon, répliqua Morelius.

Il sentit la fille peser davantage sur son bras ; elle repartait dans le coma.

— Où est cette putain d'ambulance ? cria-t-il.

L'instant d'après, la voiture freinait à deux mètres d'eux. Un brancard apparut dans un grincement métallique.

Ils patientaient aux urgences, où avait été emmenée la fille. Un jeune type s'agitait dans la salle d'attente. Peut-être avait-il fait partie du groupe, devant Focus. Morelius croyait le reconnaître. Il avait fait drôlement vite...

Vingt minutes plus tard, un médecin fit son apparition par les doubles portes. À son expression, Morelius comprit qu'elle vivait encore.

— L'alcool et un corps jeune, dit le médecin en approchant, ça ne fait pas bon ménage.

— Comment va-t-elle ?

— Pas trop mal, vu les circonstances, comme on dit. Elle reste ici cette nuit, bien sûr.

— Alors la gnôle était... bonne ?

Le médecin lui jeta un regard soupçonneux.

— La gnôle maison ? Ce n'est jamais tout bon.

— Vous voyez ce que je veux dire, merde.

— Ce n'est pas la peine de s'énerver.

Le médecin passa la main sur sa blouse, comme pour se débarrasser des mauvaises manières de Bartram.

— Désolé. C'est juste qu'on s'inquiète, pour la fille. On est comme ça, dans la police. Certains d'entre nous.

— Tout ce qu'on veut, ajouta Morelius, c'est savoir s'il y a des dégâts autres que... normaux. Enfin, si cette gnôle était pire que la normale.

Le médecin les dévisagea d'un air sceptique, comme s'ils se foutaient de lui.

— Pour l'instant, dit-il, tout paraît en ordre. Mais on ne laisse rien au hasard. Les parents ont-ils été contactés ?

— Oui, dit Morelius. Sa mère devrait arriver d'un instant à l'autre.

— Dans ce cas..., dit le médecin en faisant mine de partir.

— Merci, docteur, fit Bartram.

Ils virent l'homme en blanc disparaître par les doubles portes.

— Salopard arrogant, dit Bartram.

— Il pense sûrement la même chose de toi.

Bartram marmonna une vague réponse. Il regarda l'horloge, puis son collègue. Il était vingt-trois heures passées de quelques minutes et le visage de Morelius était tacheté par la lumière dure de la salle d'attente.

— Tu es sûr que c'est bien la fille de notre pasteur ? Hanne Östergaard, la gardienne de nos âmes tourmentées ?

— Ce n'est pas la peine de faire de l'ironie.

Morelius tenait à la main le portefeuille de la fille. Il avait jeté un coup d'œil à sa carte d'identité.

— Maria Östergaard. L'adresse est à Örgryte. Notre pasteur s'appelle Hanne Östergaard, elle habite à Örgryte et elle a une fille qui s'appelle Maria.

— Comment le sais-tu ?

— Qu'est-ce que ça change ?

— Rien.

— D'ailleurs, je ne sais pas si c'est elle.

Une femme entra en coup de vent par les portes qui donnaient sur la nuit.

— Maintenant j'en suis sûr, dit Morelius en reconnaissant Hanne Östergaard.

— Où est Maria ? Où est-elle, Simon ?

— Toujours dans la salle d'examen, ou comment ils appellent ça, dit Morelius. Apparemment, tout va bien.

— *Bien ?* Tout va bien ? – Hanne Östergaard parut sur le point d'éclater de rire. Quelqu'un ici peut-il me dire où je dois aller ?

Une infirmière était apparue ; ils virent Hanne Östergaard se précipiter à sa suite vers les salles de soins.

Le garçon qui avait fait les cent pas dans la salle d'attente profita de l'occasion ; après un regard aux deux policiers, il disparut à son tour dans le couloir.

— Quel gâchis, soupira Bartram. Dis donc, elle t'a appelé par ton prénom tout à l'heure...

Morelius ne répondit pas.

— Eh oui, c'est comme ça, enchaîna Bartram. Même les pasteurs n'y échappent pas.

— À quoi ?

— Aux choses bouleversantes qui peuvent arriver aux gens qu'on aime. Mais tu n'as pas d'enfants, toi.

— Non. En attendant, cet épisode a l'air de connaître... un dénouement heureux.

— Grâce à nous.

— Bof. Ça n'a tout de même rien d'exceptionnel, une gamine qui a trop bu et qui dégueule sur un bout de trottoir. Elle aurait sans doute fini par reprendre ses esprits toute seule, et ses copains l'auraient gentiment ramenée à la maison. Happens all the time. Ça ne t'est jamais arrivé ?

— Pas que je me souvienne.
— Ça ne veut rien dire.
— On y va ? proposa Bartram.

Ils prirent la route du centre, en passant par l'école d'ingénieurs de Chalmers et l'hôpital Vasa. La pluie tombait dru. Les lampadaires en devenaient flous, comme enveloppés de nuit. Bartram s'arrêta au feu rouge. Deux femmes traversèrent, mais aucune ne se retourna en souriant vers la voiture de police. Morelius ajusta la radio. Ils écoutèrent les rares appels. Un vieil homme désorienté, disparu pendant quelques heures du côté de Änggården, avait été retrouvé sain et sauf. Une discussion animée dans un appartement de Kortedala avait pris fin avec l'arrivée des collègues. Un ivrogne appuyé contre un tramway à l'arrêt était tombé lorsque le tramway avait redémarré. Dans quelle rubrique, songea Bartram, fallait-il classer l'épisode ? Accident de la route ?

Morelius pensait à Hanne Östergaard et à la conversation qu'il avait eue avec elle deux semaines plus tôt. Greger ne l'avait pas interrogé là-dessus. Il lui en savait gré.

Erik Winter sortit après avoir éteint dans son bureau. La pluie avait cessé. Il rentra chez lui à vélo, en longeant l'étendue de Heden, et évita de justesse un piéton qui s'était engouffré sans faire attention dans Vasagatan. Le bas de son costume fut éclaboussé d'eau, et peut-être aussi d'autres saletés. Il faisait trop sombre pour y voir. Il avait envisagé de faire un détour par le marché couvert de Saluhallen, mais il y renonça. Bruit de sonnerie. Il freina, prit le portable dans la poche intérieure de son imperméable.

— Je n'arrive pas à me décider, pour le canapé, dit la voix d'Angela. J'avais besoin de ton avis tout de suite.
— Tu n'as pas essayé de le déplacer, tout de même ?
— Non, non.

— Si tu n'arrives pas à te décider, il faudra bien qu'on le prenne. J'ai de la place.

— Mais où va-t-on le mettre ?

— Ça ne peut pas attendre jusqu'à ce soir ?

— Je voulais arriver fin prête.

— Mais oui.

— C'est une grande décision.

— Je sais.

— Tu as bien réfléchi ? On devrait peut-être acheter une mai...

— S'il te plaît, Angela.

— Je sais, je sais. C'est juste que c'est un tel chamboulement. Tout.

C'est peut-être le mot qui convient, pensa Winter. Chamboulement. Pour la première fois de son existence adulte, il s'apprêtait à cohabiter avec un autre être humain. Après des années de vie séparée, Angela et lui allaient s'installer ensemble. Il avait le sentiment que la décision venait d'elle. Non. C'était injuste. Il devait prendre ses responsabilités.

Il n'avait pas eu le choix. Ou bien ils emménageaient ou bien... ce serait la fin de leur histoire. Mais ils avaient maintenant franchi ce cap. Et il n'osait pas envisager une rupture. Sa solitude deviendrait trop grande, n'est-ce pas ? Pire qu'avant. Il entrerait seul dans le nouveau millénaire. Il voyait d'ici sa Saint-Sylvestre : un CD dans le lecteur et un verre de champagne. Ce serait tout. Une soirée minable illuminée par les feux d'artifice.

Plus que trois mois avant l'an 2000. Il aurait quarante piges et il ne serait bientôt plus le plus jeune commissaire du pays.

— À tout à l'heure, dit Angela.

Il coupa la communication et se remit en selle.

Il faisait nuit dans l'appartement. Une lampe l'avait éclairé pendant vingt-quatre heures mais l'ampoule avait fini par se consumer. Au petit matin, l'automne s'insinua entre les lames des stores et dans les interstices du rideau de la chambre. Des taches de lumière.

Le réfrigérateur bourdonnait. Il y avait des verres sur la table de la cuisine, et une bouteille de vin vide. Sur le plan de travail, un plat de service ovale avec quelques débris de tagliatelle et, à côté, une casserole contenant un reste de sauce aux champignons. La sauce avait noirci. Trois rondelles de tomate finissaient de se dessécher sur une planche en imprégnant le bois de leur jus.

Dans le lave-vaisselle, trois grandes assiettes, quelques assiettes plus petites, des verres, des couverts, une autre casserole.

Le robinet gouttait, ploc, ploc ; un joint défectueux. Le bruit résonnait nuit et jour dans l'appartement, mais le couple assis dans le canapé du salon n'entendait rien.

Des vêtements éparpillés au sol, depuis la cuisine jusqu'au salon, en passant par l'entrée : des chaussettes d'homme, un pantalon, une jupe, un bas, un pull fin. Autour du canapé, un chemisier, une culotte, une chemise, un caleçon. Les bruits de la nuit entraient par la fenêtre. Des tramways. Quelques voitures. Des gens qui sortaient en riant d'un restaurant.

La femme et l'homme étaient nus. Ils se tenaient pas la main. Ils étaient tournés l'un vers l'autre. Il était arrivé un truc bizarre à leurs têtes.

Était-ce bien cela ? Était-ce ça, l'image ? Il fit un effort, tenta de la visualiser.

Il était debout dans la cuisine. Il traversait l'entrée. Les vêtements par terre. Il se cacha les yeux en approchant du canapé. Puis il risqua un coup d'œil. Le canapé était vide. Il regarda à nouveau et ils étaient là, assis, tournés l'un vers l'autre. Son visage à elle, si familier.

Leurs têtes. Leurs TÊTES.

Il se frotta les yeux, de toutes ses forces. Il entendait soudain à nouveau les bruits de la rue. Il ouvrit la portière et sentit la pluie sur son visage en sortant de la voiture. Il resta un instant debout sur le trottoir, devant l'immeuble.

Il aurait voulu remonter le temps. Les gens qui marchaient dans la rue ne savaient rien de rien. Rien du tout. Ils ne savaient pas qu'ils vivaient au paradis.

OCTOBRE

2.

Winter s'attarda dans l'entrée. Il n'avait pas allumé la lumière. Angela serait là d'ici une heure, peut-être même avant.

Combien de temps avait-il vécu ici ? Dix ans ? Cela faisait-il vraiment dix ans ? Oui, quelque chose dans ce goût-là. Combien de gens avait-il laissé entrer dans son appartement pendant ces dix années ? Il ne voulait pas y penser. Il aurait sans doute pu les compter sur ses doigts.

Il traversa l'appartement faiblement éclairé par les lumières de la ville. L'une de ses dernières errances dans la douceur de la solitude. Il sourit. Bientôt il lui faudrait enjamber un océan de dessous éparpillés. Un bas de femme jeté sur l'accoudoir du divan… Il connaissait Angela. « Tu as besoin d'un peu de désordre dans ta vie », avait-elle dit. « Tu m'apportes le chaos. » « Il était temps. »

Il serait obligé de pousser ses affaires de rasage sur la tablette de la salle de bains. Dans un coin, un tout petit coin, à côté de tous les flacons bizarres qu'elle y entasserait.

Et si elle avait dit non... Il avait pensé cela, encore récemment. Si elle en avait eu marre, tout simplement...

Les tramways circulaient en bas, sur la place Vasa. Le mur opposé aux grandes fenêtres du séjour était blanc dans la lumière du soir. Un bouton rouge allumé sur la chaîne stéréo... Winter s'en approcha et prit le coffret de Springsteen que son ami de Londres, le commissaire Steve Macdonald, lui avait envoyé à l'automne, à grands frais. Tout ça pour que Winter pense au prix qu'avait coûté l'expédition de ce colis et qu'il écoute les disques en conséquence, le plus sérieusement possible. Winter aimait le jazz ; Steve Macdonald acceptait cet état de fait, mais il avait néanmoins résolu de lui ouvrir les yeux sur tout ce qu'il avait raté au cours de son adolescence protégée, passée en la seule compagnie de John Coltrane.

Étrangement, Winter écoutait encore plus de jazz maintenant qu'il avait aussi commencé à écouter du rock. Du coup, il percevait d'autres nuances chez Coltrane, une noirceur inédite. À sa grande surprise, il avait aussi découvert des choses qui lui plaisaient chez ces musiciens de rock, avec leur côté simple et basique. C'était peut-être ça. La simplicité.

En vieillissant, on aspire à la simplicité. Je vieillis. Très bientôt, j'aurai quarante ans. Un âge canonique. Je ne suis peut-être pas un homme simple, mais je peux encore apprendre. Ou alors j'ai toujours été une âme simple. Angela l'a vu. C'est pour ça qu'elle m'a choisi, parmi dix mille autres.

Il glissa le quatrième disque du coffret dans le lecteur et appuya plusieurs fois sur la télécommande jusqu'à arriver à la piste n° 10, son morceau préféré au cours du mois écoulé, ou du moins depuis que la décision avait été prise. *I'm happy with you in my arms, I'm happy with you in my heart, happy when I taste your kiss, I'm happy in love like this*. La petite vie. Angela avait compris. Peut-être allait-il trouver le bonheur.

La ballade emplit l'appartement pendant qu'il se

déshabillait, *happy baby, come the dark*, il entra dans la douche et ne pensa plus à rien. Il entendit la musique à travers le bruit de l'eau, coupée par la sonnerie de la porte d'entrée et le vacarme lorsqu'Angela ouvrit à l'aide de sa propre clé.

Lars Bergenhem roulait sur le pont d'Älvsborg. Les bourrasques malmenaient sa voiture. Il était en congé et, dans le tunnel, il se demanda ce qu'il foutait là. Dans ce tunnel. Dans sa voiture. Il aurait pu être chez lui en train de regarder dormir sa fille, qui avait deux ans. Ça lui était déjà arrivé. Ada dormait et il la regardait. Il aurait pu regarder Martina en train de récurer la cuisine après le dîner d'Ada. Il aurait pu la récurer lui-même.

Cela avait commencé comme d'habitude. Par un mot que ni lui ni elle ne comprenaient. Après l'endormissement d'Ada, le silence avait pris de telles proportions qu'il n'avait pas trouvé la force de chercher une parole susceptible de dédramatiser la situation. Il était enquêteur de métier, mais là, c'était au-dessus de ses compétences. Il était un *detective,* mais pas un *detective of love*. C'était quoi, ça ? Le titre d'un morceau ? *Detective of love?* Elvis Costello ? *Watching the detectives*. Tenir les détectives à l'œil.

Il bifurqua à hauteur de Frölunda Torg et prit vers le nord. Chemin du retour. Il avait déjà fait cette excursion, mais c'était il y a longtemps.

Tout allait bien. L'inquiétude qui l'avait longtemps taraudé, et qu'il avait crue disparue, était-elle revenue ? Était-ce lui ? Était-ce lui, ou Martina ? Ces mots-là, que personne ne voulait entendre. D'où venaient-ils ? C'était comme la migraine.

La maison du lotissement lui parut accueillante lorsqu'il sortit de la voiture. Accueillante. Bien plus de lampes allumées qu'il n'en fallait.

Martina était à la cuisine devant une tasse de thé.

Elle avait pleuré. Il se sentait coupable. Il devait dire quelque chose.

— Ada dort ?

— Oui.

— C'est bien.

— Quoi ?

— Qu'elle dorme. Ada.

— Ça va pas, non ? Tu t'en vas, et puis tu reviens, l'air de rien, comme s'il ne s'était rien passé.

— Et alors ? Il s'est passé quelque chose ? Que s'est-il passé au juste ?

— C'est toi qui me le demandes ?

— C'est moi qui ai commencé ?

Elle ne répondit pas. Elle gardait la tête baissée, mais il savait qu'elle pleurait à nouveau. Il avait deux options. Dire quelque chose de sensé, ou alors se lever, reprendre la voiture, retraverser le pont.

— Martina...

Elle leva la tête.

— On est fatigués tous les deux, dit-elle.

— Ah bon ? C'est donc ça ? Je croyais qu'on était censés être en forme, contents, en train de préparer Noël. Ada a commencé à coll...

Elle baissa la tête.

Il cherchait des mots. Le tic-tac de l'horloge au mur était plus fort qu'avant.

— Alors ? Ça va continuer comme ça jusqu'à ce que je reprenne le service ?

Elle marmonna quelque chose.

— Que dis-tu ?

— Tout ne se résume pas à savoir comment ça doit être jusqu'à ce que tu reprennes le service. Faut-il vraiment que tout soit calme et silencieux autour de toi pour que tu aies la force d'être flic ?

— Tu vois ce que je veux dire.

— Bientôt je ne verrai plus rien du tout.

Il se leva, entra dans la chambre d'Ada et regarda la fillette qui dormait, un pouce dans la bouche. Elle ne faisait absolument aucun bruit. Il se pencha vers elle pour guetter sa respiration. Un bruit minuscule lorsqu'elle aspirait l'air par le nez.

*

Ils avaient laissé refluer les paroles mauvaises. Il buvait un café dans le séjour lorsque Martina apparut à la porte de la cuisine.

— Winter va emménager avec Angela, annonça-t-il.

— Pourquoi l'appelles-tu Winter alors qu'il se prénomme Erik ? Les gens ne disent pas « Bergenhem et Martina » en parlant de nous, si ?

— Non, bien sûr... Mais en général, on préfère le nom de famille. Chez nous, c'est comme ça.

— Ça vous facilite les choses parce que c'est moins personnel. C'est ça ?

— Je... En fait, je n'en sais rien.

Martina avait fait la connaissance d'Angela deux ans plus tôt, au moment de la naissance d'Ada. La situation était dramatique, Bergenhem avait disparu, Winter le cherchait partout, et il avait demandé à Angela, en pleine nuit, d'accompagner Martina à la maternité, en ambulance.

— J'espère que ça se passera bien, dit-elle. Il n'y a pas de raison.

Bergenhem était perdu dans ses pensées.

— Quoi ?

— Erik et Angela.

— Oui.

— Où vont-ils habiter ?

— Je ne lui ai pas demandé. Mais bon, a priori elle va emménager chez lui. L'appartement de Winter est plus grand que celui d'Angela.

— Comment le sais-tu ?

Il leva les yeux. Elle souriait. C'était une question innocente.

— Je n'en ai aucune idée, dit-il. Ça me paraissait évident, je ne sais pas pourquoi.

— Ils vont peut-être acheter une maison.

— Je ne peux pas m'imaginer Winter dans une maison.

— Pourquoi pas ?

— Bof... Il fait partie de la ville, je ne sais pas comment dire. Les immeubles, les places, les taxis.

— Je ne crois pas. Il va acheter une vieille maison à Långedrag et s'y installer avec sa famille.

— Tu parles d'une utopie.

— Bientôt l'an 2000, dit-elle. Tout peut arriver.

Je ne suis pas d'accord, pensa Bergenhem. Je ne veux pas que tout arrive. Pourquoi tout ne resterait-il pas pareil à là, maintenant, tout de suite ?

— Il y aura peut-être une pendaison de crémaillère, dit-elle. C'est prévu pour quand ?

— Quoi donc ?

— L'emménagement.

— Avant Noël, je crois.

— C'est chouette, dit Martina. Ça me fait plaisir.

3.

Angela arriva avant vingt heures et ouvrit avec sa clé. Ses cheveux dénoués paraissaient d'une couleur différente à la lumière du palier. Peut-être avait-elle une expression nouvelle dans le regard, qu'il ne lui avait encore jamais vue : l'assurance qu'il existait malgré tout un avenir pour eux. Mais il y avait aussi autre chose. *L'autre chose.* Ce soir, c'était un éclat particulier dans ses yeux, comme si la forte lumière de l'escalier les illuminait par derrière.

Elle enleva ses bottines, éclaboussant d'eau sale le parquet de l'entrée. Winter le vit, mais ne dit rien. Angela suivit son regard et leva les mains au-dessus de la tête.

— Ça ne se reproduira pas, dit-elle.

— Quoi donc ?

— J'ai vu ton coup d'œil.

— Et alors ?

— Comment cela va-t-il finir, dans quel état sera mon parquet quand elle aura emménagé ici pour de bon ?

— Bah.

— Il faut t'entraîner, Erik.

— C'est ça, je pourrais aller chez toi avec des bottes

boueuses et me balader sur le lit, sur les fauteuils, partout, avec mes bottes. Exorciser mes appréhensions.

— C'est ce que je disais. Tu dois t'entraîner.

Il lui prit la main et l'emmena dans la cuisine, qui sentait le café et le pain chaud. Sur la table il y avait du fromage de Västerbotten, des radis, du pâté de foie, des cornichons.

— C'est la fête, dit-elle.

— Rustique et simple. Mais élégant.

— Quoi, le pâté ?

— Ça, c'est le côté rustique. Voici l'élégance, dit Winter en prenant un petit saladier sur le plan de travail.

— C'est quoi ? Oh, des harengs de la Baltique. C'est toi qui les as préparés ? Avec la marinade et tout ?

— Ne m'insulte pas.

— Où as-tu trouvé le temps de faire ça ?

— Dans la nuit d'avant-hier, peu avant deux heures. Et maintenant ils sont à point.

— Et maintenant ils sont à point, répéta-t-elle. Il ne manque que l'aquavit, mais on ne doit pas en boire, n'est-ce pas ?

— Toi, non. Moi, j'en prendrais bien un petit verre, mais je suis solidaire. Au moins ce soir.

— Les hommes sont souvent solidaires de leur femme dans cette situation précise.

— Ah bon ?

— Certains prennent même du poids.

— Ne compte pas sur moi.

Morelius se sentait tout ankylosé. Il avait traîné sa raideur de chez lui jusqu'au poste, et elle n'avait pas complètement lâché au cours de la séance d'entraînement physique qui inaugurait le service du soir.

Après, il était resté assis sur le banc devant la rangée de casiers à se masser la nuque en regardant les photos de filles nues scotchées à l'intérieur de celui de Bartram. Des images plutôt innocentes, comme tirées d'un vieux numéro de *Cocktail* des années soixante. Rien de contemporain. Bartram se cantonnait au passé. Parfois il affirmait que c'était sa femme, sur les photos. Mais Bartram n'avait pas de femme.

Leur emploi du temps tournait sur six semaines. Celle-ci était la dernière de la série. Autrement dit, une soirée de travail supplémentaire ce vendredi, plus celles du samedi et du dimanche, qui l'attendaient comme une menace dans l'ombre. C'était week-end de paye. Les gens avaient déjà commencé à célébrer leur richesse, dehors. Il était vingt heures ou un peu plus et le poste de police avait fermé pour la journée.

— Tu as un torticolis ? s'enquit Bartram.

Il triturait son arme de service, vérifiant l'état de la mécanique avec des gestes routiniers. Son Sigsauer 225 avait encore sa crosse d'origine, en bois. Bartram était capable de disserter longuement sur la perte regrettable du Walther en tant qu'arme de défense, mais pas ce soir. Il était calme et grave, prêt à affronter la nuit et le week-end.

— Juste un peu de raideur, dit Morelius.

— Gaffe aux courants d'air.

— Oui.

— Il faudra que tu restes à l'intérieur.

— Quoi ?

— Les courants d'air. Il y en aura plein en ville, ce soir.

— Bof. Ce sera comme d'habitude.

— C'est week-end de paye, Simon.

Morelius et Bartram descendaient mollement l'Avenue. Certains flics préféraient marcher seuls, et Morelius avait fait partie de ceux-là, mais depuis six mois ce n'était plus pareil. La solitude ne représentait plus une liberté pour lui. Il avait pris peur une ou deux fois. Il avait vu des choses qui l'avaient effrayé.

Une fois, il avait croisé la mort dans le tunnel de Gnistäng, où un jeune couple avait foncé droit dans le mur. Il arrivait juste derrière eux ; il avait tout vu. Comme dans un film. Comme dans un putain de film. C'était réel, et pourtant non. La Mazda s'était soudain déportée sur la gauche. Elle avait percuté le mur dans un bruit atroce de verre brisé, de tôle tordue. Morelius n'était même pas de service, il avait pris sa voiture pour rouler au hasard, comme cela lui arrivait parfois lorsqu'il était de repos. Il avait réussi à piler net et il s'était précipité vers la carcasse où la fille était suspendue avec... avec... et là, il avait vomi devant elle, comme un simple... un simple... et après ça, il avait sorti son portable, mais, au moment même où il composait les chiffres, il avait entendu les sirènes des collègues et de l'ambulance.

Il y repensait maintenant, en passant devant Park pour la deuxième fois. Les beautiful people scintillaient de l'autre côté des vitres du bar et du restaurant. Des femmes. Bartram avait tourné la tête vers elles.

— Gare au torticolis.

— Ha, ha.

— Ça vaut le coup ?

— Il faut compenser en tournant la tête dans l'autre sens.

Morelius suivit le conseil, jeta un regard par-delà les contre-allées et aperçut quelques jeunes. Une des cinquante bandes de jeunes qui débarquaient chaque vendredi soir dans le centre-ville. L'Avenue, cette vitrine de Göteborg, devenait alors un curieux mélange d'élégance entre deux âges, de trentenaires en crise prêts à tout et d'adolescents désespérés.

Les plus bourrés cherchaient le contact, multipliaient les provocations. Les bandes envoyaient le plus chétif au casse-pipe, attendaient, passaient à l'attaque.

Bartram avait lui aussi tourné la tête.

— Elle, je la reconnais.

— Quoi ?

— La blonde, là-bas, dans le groupe.

— Oui.

— La fille de notre pasteur.

— Maria Östergaard.

— Elle s'est vite remise, ma parole.

— Bah, ça fait une semaine. Et je t'avais déjà dit sur le moment que ce n'était pas si grave.

— Mais qu'elle soit déjà de retour sur le pavé. Qu'en dit notre pasteur ?

— Pose-lui la question. Regarde, la voilà.

C'était vrai. Hanne Östergaard arrivait vers eux à grands pas. Ils la virent traverser l'Avenue en courant presque et s'approcher du groupe de jeunes. Elle empoigna la blonde. Morelius entendit leurs voix, mais pas ce qu'elles disaient.

« Maintenant tu rentres avec moi à la maison !

— Ne me dis pas ce que je dois faire.

— Je t'avais demandé de ne pas sortir ce soir.

— Tu veux toujours que je reste à la maison. Arrête ! Lâche-moi ! »

Hanne Östergaard lâcha la veste de sa fille pendant que Maria jetait un regard aux autres, qui avaient fait cercle autour d'elles.

— Je veux juste que tu rentres avec moi ce soir. Ça me rend folle de te voir là. Imagine si... ça recommençait.

— Va te faire voir. Je n'ai même pas pris une bière. Tu sens une odeur de bière ? Hein ?

Elle souffla sur le visage de sa mère. Hanne Östergaard avait fondu en larmes.

— Maria, s'il te plaît. Je veux juste que tu rentres avec moi. Je suis dans tous mes états, tu comprends ?

— Il n'y a pas de quoi, maman. Je suis avec mes potes. Je rentrerai à une heure du mat', comme on avait dit.

Hanne Östergaard regarda sa fille, le groupe, puis les deux policiers de l'autre côté de l'Avenue. Elle eut un mouvement impulsif, comme si elle allait se précipiter vers eux et exiger qu'ils ramènent sa fille de force à Örgryte.

Pourvu qu'elle ne le fasse pas, pensa Morelius. Mais si ça empire, il faudra bien qu'on intervienne. Il entendit un cri « non ! » et vit la fille se mettre à courir. La bande hésita. Puis un garçon se lança à sa poursuite. Il crut reconnaître celui qui avait fait les cent pas aux urgences une semaine plus tôt. Le groupe se mit en branle en ordre dispersé, comme tiré le long du large trottoir, loin de la femme, qui resta seule.

« Tu penses beaucoup à l'effet que ça va te faire de devenir père ? »

C'était une question déroutante. Comme lorsqu'il conduisait un interrogatoire avec un suspect. Aucune marge pour la réflexion.

— Bien sûr.

— Tu mens.

— Comment pourrais-je mentir ? Ce sera l'événement le plus important de ma vie, si on excepte ma propre naissance.

Il la regarda. Les cheveux tirés en arrière, le léger arrondi du ventre.

— ... Et le jour où je t'ai rencontrée, mon amie.

— C'est bien, c'était la bonne réponse. Mais je crois que tu t'inquiètes déjà à l'idée de tout ce qui pourrait mal tourner.

— Tu te trompes, Angela. Je suis un optimiste.

Elle éclata de rire.

— Mais si, protesta-t-il. Dans ce cas précis, je le suis.

— Je crois que tu t'inquiètes déjà en imaginant... notre enfant à quinze ans, en train de traîner sur l'Avenue avec ses copains.

— Arrête ton char.

— Bien sûr que oui.

— Dans quinze ans, l'Avenue n'existera plus.

— C'est l'optimiste qui parle ?

Le portable de Winter sonna. Il était minuit passé de trois minutes. Les rares personnes qui avaient son numéro de portable ne l'appelaient que pour des raisons liées au travail. Sauf Angela, bien sûr. Mais Angela était allongée près de lui, nue, encore toute douce et toute rouge, trois petites perles de sueur à la racine des cheveux.

Et sauf sa mère. C'est le meurtre ou la mère, pensa Winter sans sourire. Il tendit le bras vers la table de chevet.

— Erik ! Dieu merci, tu réponds.

Sa mère était hors d'haleine, comme si elle avait grimpé en courant trois collines à la suite dans son bled espagnol de Nueva Andalucía. Winter entendit le grésillement de la ligne au-dessus de la Costa del Sol.

— Qu'y a-t-il, maman ?

— C'est encore papa. Mais cette fois c'est sérieux, Erik.

L'année précédente, le père de Winter avait été hospitalisé à Marbella ; on soupçonnait un infarctus, mais c'était en définitive une inflammation du muscle cardiaque.

Il n'avait pas revu son père depuis le jour où ses parents avaient plus ou moins fui la Suède avec leur argent. Il n'avait pas souhaité se rendre là-bas un an plus tôt, même s'il avait brièvement envisagé de le faire, et il ne voulait pas le faire maintenant, à moins d'y être absolument contraint.

— C'est encore le cœur ?

— Oh, Erik, il a eu une attaque. Il y a quelques heures à peine. Je t'appelle de l'hôpital. Il est en réanimation, Erik. Erik ? Tu m'entends ?

— Je suis là.

— Il est en train de mourir, Erik.

Winter ferma les yeux, essaya de reprendre son souffle. Calme. Calme.

— Il est conscient ?

— Quoi... Non, non. Ils viennent de l'opérer.

— Ils l'ont opéré ?

— Mais c'est ce que je viens de te dire. Ils ont opéré papa. Une longue opération, pour nettoyer les vaisseaux, je crois.

Angela s'était assise dans le lit en remontant le drap

sur ses seins. Elle le regardait d'un air grave. Elle comprenait.

— Tu as téléphoné à Lotta ?

Sa sœur était médecin. Elle parlait un peu l'espagnol. Angela était médecin aussi, mais elle ne comprenait pas l'espagnol. Sa mère parlait l'espagnol, mais il n'était pas sûr qu'elle comprenne ce que les médecins lui disaient. Elle s'y connaissait surtout en vins et alcools. Elle était trop bouleversée, de toute manière. Même si les médecins lui avaient parlé en suédois, elle n'aurait sans doute rien compris.

— Non, je t'ai appelé le premier, Erik.

— Que t'ont dit les médecins ?

— Juste qu'il était encore sous anesthésie.

Elle pleurait dans son oreille.

— Imagine s'il ne se réveille pas, Erik.

Winter ferma les yeux, se vit dans la voiture vers l'aéroport de Landvetter. Se vit dans le ciel. Un ciel bleu par-dessus les nuages. Il regarda sa main. Elle tremblait. Ce sont peut-être les dernières heures, pensa-t-il.

— Je prends le premier avion.

— Mais tu n'auras… pas de place… C'est presque toujours plein… à cette époque de l'année.

— Je m'en charge.

Angela le regardait. Elle avait tout entendu. Il allait s'en charger. Il allait prendre cet avion qui décollerait très tôt. Un autre passager serait contraint de se reposer sur ses clubs de golf en attendant le prochain vol qui lui permettrait d'aller améliorer son handicap sur la Côte du Soleil.

4.

Il avait fermé la porte à clé derrière lui. Ou alors il l'avait fait un peu plus tard, avant que tout ne commence. Celui qui essaierait de fuir serait contraint de sacrifier quelques secondes précieuses qui ne lui seraient de toute façon d'aucun secours.

Ils avaient mangé. Quoi ? Il ne s'en souvenait pas. Ses pensées étaient ailleurs. Elle avait ri, une ou deux fois. Lui, l'autre, n'avait pas ri. Comme s'il savait…

Comme s'il savait *qui il était*. Pourquoi il était venu.

C'est dingue que je puisse rester assis comme ça, pensa-t-il. Maintenant je prends la parole. Je dis quelque chose, n'importe quoi. Je ne sais pas s'ils m'écoutent.

Il entendait la musique dans sa tête, elle commençait très bas, montait, refluait, montait, refluait. C'était comme s'il avait été chez lui en train d'écouter, ou dans la voiture, mais il le faisait rarement car il ne voulait pas foncer dans un mur.

Il écoutait. Avant que tout ne commence. Ou si cela avait commencé ainsi, avec le bruit. Il essayait de ne pas écouter, et ça avait bien marché au début, mais maintenant c'était impossible. Et ça n'avait plus aucune importance. Il était assis dans la cuisine. Il regarda autour de lui. Ils lui avaient demandé s'il voulait manger dans la cuisine et il avait haussé les épaules. Ensuite on passera dans le séjour, avait-elle dit, sur un ton qui lui avait fait tout froid à l'intérieur de la tête, là où la musique montait et refluait. Il se demanda s'ils *voyaient*, si pour finir ils seraient aussi capables de l'entendre, peut-être juste avant que tout ne commence.

Les guitares hurlaient dans sa tête. La voix sifflait, feulait, au milieu de ce bruit qui ne le lâchait pas : *lying in the black field, memories start to move into my mind, visions of the red room, my bloodied face, her bloodied head.*

Visions de la chambre rouge. Il ferma les yeux. L'excitation montait. Elle le vit et sourit. Elle ne savait rien. L'autre semblait se tortiller sur sa chaise, mais il se dissolvait peu à peu, il n'était plus qu'une ombre. Lorsqu'il la regarda, elle aussi n'était presque plus qu'une ombre. Le moment était venu.

Elle dit quelque chose.

— Quoi ?

— Allô, il y a quelqu'un ?

— Quoi… Oui…

— Tu parais très loin.

— Non… je suis là.

— Tu bougeais la tête comme si tu écoutais un truc.

— Oui.

— Tu pourrais peut-être nous le faire écouter, dit-elle avec un petit rire.

L'autre ne rit pas. L'autre le regardait droit dans les yeux, comme s'il pouvait voir les types qui jouaient dans sa tête.

— Ça donne quoi, comme son ? dit la fille en se levant.

Elle s'approcha de lui, se pencha contre son oreille. Il sentit son poids, son haleine chargée d'alcool. Ils avaient bu avant son arrivée. Lui n'avait rien pris. Ni avant, ni maintenant.

— Je n'entends rien, dit-elle en s'appuyant plus fort contre lui.

Puis elle chercha ses lèvres. Il la sentit s'insinuer dans sa bouche. Il ne bougea pas.

— Qu'est-ce qui t'arrive? dit-elle. Tu n'es pas excité?

Elle se tourna vers l'autre.

— Il n'est pas excité.

L'autre ne dit rien. Il le fixait encore. Ça ne voulait peut-être rien dire.

Elle sortit. De la musique s'éleva dans une autre pièce. Elle revint dans la cuisine. Il ne voulait pas la regarder. Il voyait un fragment de sa peau.

— Et ça, dit-elle, ça te plaît?

— De quoi tu parles?

— La musique, dit-elle. La musique! Je pensais qu'on pourrait écouter quelque chose ensemble!

Il fit un effort mais n'entendit rien. Rien qui puisse franchir le barrage de métal qui hurlait dans son cerveau.

Elle cria quelque chose, se mit à bouger, comme si elle dansait.

Elle tira l'autre de sa chaise. Elle le mit debout, presque de force, colla ses lèvres sur les siennes, avec un regard en biais vers lui. Elle commença à déboutonner la chemise de l'autre, lui prit la main et la guida vers son sein gauche, sans cesser de bouger en rythme. Elle éclata de rire.

— Elton John! Ça swingue!

Il éprouvait soudain une envie de vomir, en même temps qu'une excitation intense. Tous deux le regardaient à présent. L'autre lui fit un signe de la tête. Sa main était encore dans le chemisier de la fille.

Ils dansaient devant lui.

Il se leva.

5.

Winter récupéra sa valise sur le tapis roulant, franchit le contrôle des douanes et récupéra les clefs de la voiture de location qui était garée devant le terminal, à l'ombre. Il ôta son veston avant de s'asseoir derrière le volant. Un peu plus tôt, le capitaine leur avait annoncé la température au sol à Málaga, qui pointait trois mille mètres plus bas comme un amas de roches grises hors de la terre brûlée. Un arc de cercle autour d'une mer immobile. Trente-deux degrés à l'ombre. La chaleur refusait de quitter l'Andalousie. Il n'y était encore jamais venu.

Une douleur lancinante lui martelait le crâne. Fatigue. Il mit le contact. Il lui sembla que son chagrin augmentait avec la température. Comme si la chaleur avait été un présage.

Winter déplia la carte de la Costa del Sol que lui avait donnée le loueur de voitures. Il n'aurait pas de mal à s'orienter jusqu'à Marbella. C'était tout droit, en suivant la E15. Cette autoroute avait la réputation d'être la plus dangereuse du monde, mais ça ne voulait rien dire, pensa-t-il en manœuvrant pour quitter la place de parking.

Il prit vers l'ouest et alluma la radio. Un Espagnol chantait une version castillane chuintante de *My way*. Vint ensuite un flamenco instrumental qui parut aux oreilles de Winter gai et faux à la fois. Le flamenco se transforma en une rumba mexicaine avec dix mille trompettes. L'Espagnol revint avec *Green green grass of home*.

L'herbe desséchée de l'autre côté du pare-brise paraissait morte, presque incolore.

Il traversa des faubourgs. Les immeubles étaient noirs sous le soleil. Le béton faisait des taches derrière le linge suspendu aux fenêtres obliques. Il vit des champs abandonnés, où quelques chiens errants se pourchassaient entre des tas de détritus. C'était l'heure de la sieste. Aucun être humain en vue. Rien que des chiens fous.

Il ralentit pour laisser passer un camion qui le doubla sans ménagement dans un virage. Le chauffeur fumait tranquillement, le coude en appui contre la vitre baissée. À côté de lui, une femme jouait avec deux petits enfants, dont l'un agita la main dans sa direction. Winter lui rendit son salut et s'essuya le visage. Il suait sang et eau. L'air conditionné – « *The very best, Señor !* » – était en panne. Et le vent de la course ne suffisait pas à lui rafraîchir la tête.

Sur sa gauche il apercevait maintenant Torremolinos, « Torrie » comme l'avait dit un jour sa mère, imitant les Anglais. Une série de blocs de béton étirés entre ciel et mer. Un paradis ou un enfer, selon la personne à qui l'on posait la question, mais Winter n'avait pas l'intention d'interroger quiconque et encore moins envie de s'attarder. Il oublia aussitôt Torrie. Torrie n'était qu'un mur construit le long de la plage.

Il dut ralentir à l'abord d'une zone où les hôtels et les pensions remplissaient tout l'espace. *Flatotel Apartamentos. Nueva Torre Quebrada. Hotel Costa Azul.* La route longeait à présent la mer. Le *Palazzio del Mediterraneo* masquait le ciel, il manquait quelques lettres à l'enseigne de la façade. À Benalmádena, il vit les villages sur sa droite qui escaladaient la pente de la Sierra

Blanca comme s'ils fuyaient la misère du littoral. Les maisons, peu nombreuses, étaient blanchies à la chaux. Des villages de montagne innocents, pensa Winter. Qui les protégera des architectes déments lâchés en liberté sur la Costa del Sol ?

À Caracola de Mare, il dut encore ralentir, ramper par-dessus une succession de gendarmes couchés. Un taureau haut de vingt mètres se dressait au sommet d'un tas de gravier. D'énormes complexes hôteliers avaient été construits tout autour, certains ressemblaient à de folles imitations du temple de Lhasa. La route longea soudain un petit désert en attente d'une exploitation future. Il y avait des panneaux partout. Un bouquet de palmiers ramassait la poussière sous le soleil dur. Winter vit des vautours tournoyer au-dessus d'une masse informe, peut-être un âne mort.

Il dépassa Fuengirola. Les immeubles à gauche de l'autoroute semblaient avoir été précipités en vrac du haut de la montagne. Les villas des Scandinaves poussaient sur les pentes ravineuses comme des métastases.

Arrête ton char, Winter.

Il va peut-être s'en tirer. Il est peut-être en train de commander un T & T en ce moment même.

À hauteur de La Costa, la bande de sable comprise entre la mer et la route était complètement déserte. De l'autre côté, une carcasse d'autobus gisait sans défense sur un bout de steppe.

Son mal de crâne empirait. À l'approche de Myramar, il vit surgir du gravier une formation circulaire d'hôtels à l'abandon. Ils ressemblaient à des monstres venus d'une autre planète, avec leur peau de ciment fendillée, jaune comme de l'urine.

Ça continuait. Les hôtels succédaient aux hôtels, les ombres aux ombres : *California Beach Club, Club La Costa, Los Amigos. Las Farolas,* qui n'était qu'un squelette. À Sitio de Calahunda, les constructions frôlaient l'autoroute. Winter s'arrêta à un feu rouge. Les *Guitart Apartamentos,* droit devant, ressemblaient à des monuments funéraires. Tombeaux pour ceux qui souhaitaient mourir au soleil.

À Elviria, un car freina devant un abribus placé tel un danger mortel à fleur d'autoroute. Un peu plus bas, un panneau signalait la *Punta de Los Ladrónes*. La Pointe des Voleurs.

Sur sa droite, les montagnes, encore sauvages, attendaient que soit éradiquée cette civilisation provisoire afin que tout retrouve une fois de plus une couleur uniforme. Celle de la montagne.

Au même moment, il aperçut le bâtiment vert et blanc de l'hôpital Costa del Sol. Encore six kilomètres jusqu'à Marbella. Il prit la sortie juste avant l'hôtel Los Monteros et rebroussa chemin, parallèlement à l'autoroute. Il laissa la voiture à côté d'un abribus et suivit l'écriteau *Entrada Principal*. L'herbe était verte, les massifs étaient rouges. Des pins avaient été plantés en cercle autour de l'énorme bâtiment. Il y avait aussi des cactus, des bougainvillées... Des fleurs pendaient aux balcons. Un large escalier montait vers l'entrée, réduite à un trou noir. Winter inspira profondément, passa la main dans ses cheveux ras et pénétra dans le bâtiment.

Simon Morelius laissa Bartram devant Park Lane et traversa l'Avenue pour rejoindre Hanne Östergaard, qui sursauta lorsqu'il lui adressa la parole.

— Tu ne peux pas rester là, Hanne.

— Pourquoi ? Le quartier est barré ? Pour cause d'esclandre ?

Elle eut un petit rire triste et leva la tête, cherchant du regard les jeunes qu'on ne distinguait plus au milieu de la foule.

— Toi, dit-elle, on peut dire que tu étais au bon endroit au bon moment. Une fois de plus.

Elle posa la main sur son bras.

— Pardonne-moi, Simon.

— Tu n'as pas besoin de parler. On peut te raccompagner ?

— Non merci. J'ai ma voiture à Heden.

À nouveau le même petit rire sec.

— À moins qu'elle ait été volée, évidemment. Selon l'un de tes jeunes collègues à qui j'ai parlé quelquefois, toutes les voitures stationnées là-bas se font voler tôt ou tard.

— C'est sûrement vrai.

— Alors j'ai peut-être besoin de ton aide.

— Je peux t'accompagner, proposa Morelius. Jeter un coup d'œil.

— Tu n'es pas de service ? Tu as pourtant l'uniforme.

— Le service consiste à rendre service.

— D'accord, dit-elle. Allons-y.

Morelius fit un signe à Bartram, qui acquiesça et continua son chemin tout seul vers Götaplasten.

— Ça donne le vertige, dit Hanne Östergaard, qui marchait en regardant droit devant elle. De pourchasser son enfant à travers la ville. Il me vient même des mots que je n'ai jamais employés avant. *Vertige*...

Morelius ne répondit pas.

— C'est venu d'un coup, dit-elle. Je ne croyais pas que ça m'arriverait. Jamais. Ha ! Tu parles d'une naïveté.

Morelius garda le silence. Il savait qu'elle vivait seule avec sa fille, mais il n'avait pas envie de lui dire que ce ne devait pas être facile, ou une autre de ces bêtises qu'on lâche comme ça, sans réfléchir.

— Il faut croire qu'elle s'émancipe, dit Hanne Östergaard. Quand on est fille de pasteur, c'est plus violent. Apparemment.

Ils attendaient le feu vert sur Södra Vägen. Elle leva la tête vers lui.

— Tu crois que c'est ça, Simon ?

— Je ne sais pas, dit-il sans la regarder. Je ne suis pas bien placé pour répondre à ce genre de question.

Il commençait à transpirer sous sa casquette, en espérant qu'elle ne le remarquerait pas.

— Pourquoi ? Tu as peut-être un avis.

Ils avaient mis le cap sur l'immense aire de stationnement.

— Je n'ai pas d'enfants, dit-il.

— Tant mieux pour toi – à nouveau le rire sec. Non, il faut que j'arrête.

Elle s'immobilisa et jeta un regard circulaire.

— Je ne sais plus très bien où je l'ai mise. La voiture, je veux dire. Je n'y ai pas pensé sur le moment.

— Elle ressemble à quoi ?

— C'est une Volvo. Un vieux modèle. Elle a dix ou onze ans.

— Immatriculation ?

— Euh… je ne m'en souviens pas. C'est incroyable.

— Ça arrive souvent, dit Morelius.

— Surtout dans les situations de stress, c'est ça ?

— Oui.

Il y avait des Volvo partout. La question de la couleur n'avait pas beaucoup de sens dans cette grande obscurité striée de néons.

— La voilà ! dit-elle. Celle qui est à côté d'une place vide.

Ils se dirigèrent vers la voiture, qui était remarquablement sale.

— On n'aurait pas pu voir la plaque, de toute façon, observa Morelius.

— Je devrais la laver plus souvent. Ce n'est pas bien, avec la rouille et tout ça.

— Non.

— Mais là, tout de suite, ça paraît assez secondaire.

Hanne Östergaard ouvrit la portière et s'installa.

— Bon, eh bien… merci.

— Pas de quoi.

Elle regardait droit devant elle, les clés dans la main. Morelius s'était penché par la portière ouverte. Elle mit le contact.

— Et moi qui ai toujours cru qu'on avait une si bonne relation, murmura-t-elle.

Morelius ne fut pas certain d'avoir tout entendu.

Winter traversa le grand hall jusqu'au panneau d'information à côté du comptoir de l'accueil. *Cuidados Intensivos. Cirugía. Traumatología.*

Medicina interna. Cardiología. Primera planta. Il vit un escalier sur sa gauche. Il savait que son père venait d'être transféré dans un service de médecine, autrement dit au premier étage. Ce déménagement semblait de bon augure, mais sa mère n'avait pas été très convaincante au téléphone. *Cirugía. Cardiología.* Ça semblait tellement... abstrait en espagnol, comme des concepts élégamment retranchés des corps, de la réalité brute du sang et des artères.

Il grimpa l'escalier et essaya de s'orienter dans le couloir. À gauche, la réanimation. À droite, la médecine interne, avec les numéros des chambres: *Habitaciónes 1001-1117.* Sa mère avait dit que le père se trouvait dans la chambre 1108. Il franchit les doubles portes du service. La douleur lui vrillait le crâne. Il n'avait pas parlé à son père depuis six ans. C'était de la folie. Il ne l'avait pas compris auparavant, mais maintenant il voyait bien que toute cette querelle... c'était délirant, absurde. Papa peut bien faire ce qu'il veut de son argent, pensa-t-il. Pourvu qu'il vive.

Il suivit les numéros, 1105, 06, 07, 08... La porte de la 1108 était ouverte. Un petit couloir, une chambre, une fenêtre donnant sur une cour gravillonnée. La lumière du dehors était aveuglante. Aucun bruit ne montait de la cour. Winter sentit une odeur de chlore et une autre, sans doute celle d'un produit d'entretien. Tout était brillant, récuré. Les murs étaient peints d'une nuance jaune. Le sol carrelé. Un téléviseur fixé au mur. À gauche, deux lits, dont un était vide. Dans l'autre, une silhouette reliée par des tubes à une série de flacons de verre. Sur une chaise, une femme âgée. Sa mère.

Elle ne l'avait pas entendu entrer. En tournant la tête, elle sursauta. Elle se leva très vite et vint à sa rencontre.

— Erik....

Elle fondit en larmes. Il vit des traces de larmes

plus anciennes sur son visage maigre et bronzé. Lorsqu'il l'embrassa, elle lui parut dépourvue de poids, comme si elle flottait sans attache avec ses jambes frêles, ses bras frêles.

— Je suis là, dit-il en cherchant son père par-dessus l'épaule maternelle.

Bengt Winter avait les yeux fermés, la tête tournée sur le côté. Il était adossé à une pile d'oreillers. Pâle, comme si la maladie avait aspiré tout son bronzage.

— Comment ça va ? dit Winter avec un signe de tête vers le lit. Comment va papa ?

— Il dort. On lui a donné des calmants pour se reposer et rester tranquille. On lui a donné aussi autre chose. Mais je crois qu'ils vont le remettre en réanimation.

— Alors pourquoi l'ont-ils transféré ici ?

— Je ne sais pas, Erik – elle reniflait contre son épaule. Je ne sais plus rien.

— Mais c'est un infarctus ?

— Oui. Très grave, a dit le Dr Alcorta.

— Il est ici ?

— Je ne crois pas. On peut se renseigner. Mais je dois le revoir demain matin. Nous avons rendez-vous.

Elle s'était tournée vers le lit comme si elle parlait à son mari.

Winter approcha. La tête de son père faisait un creux dans l'oreiller. Ses traits aigus s'étaient comme enfoncés dans son crâne, à moitié effacés, comme lissés par une main invisible. Winter regardait son père et se voyait lui-même. C'est aussi ma vie, pensa-t-il. Il n'y a que vingt-cinq ans entre nous et ce n'est rien. Rien du tout.

Bengt Winter respirait. Un filet de salive coulait de ses lèvres, vers le cou qui luisait, sombre, sous toute la blancheur. Winter l'essuya avec la main. Le menton de son père était froid et piquant de barbe. Ses cheveux partaient dans tous les sens. Il avait des taches bleues sous les yeux, autour de la bouche. Les paupières veinées de bleu. Un bruit chuintant montait de sa poitrine. Il est en train de mourir, pensa Winter. C'est pour ça qu'ils l'ont amené ici. Ils ne peuvent plus rien faire.

Il regarda par la fenêtre, vit les palmiers et les pins de l'autre côté de la cour, sur le parking, le paysage derrière les arbres, des champs bruns vallonnés, un village blanc. Au fond, un massif montagneux dont le sommet touchait presque les rares nuages. Il laissa son regard s'attarder sur la cime. Sa mère s'était approchée.

— C'est la même montagne que nous voyons de la maison, dit-elle. La Sierra Blanca.

— Quoi ? Je n'ai pas entendu.

— Quand il regarde par la fenêtre, il voit le sommet de la Sierra. Le même qu'il voit de notre salon. Sous un autre angle, bien sûr.

— C'est peut-être bien.

— Oui... Je crois.

— Quand va-t-il se réveiller ?

— Pas avant un moment, dit-elle en baissant les yeux vers son mari.

Elle se retourna.

— Tu as faim ? Soif ?

— Je veux bien boire quelque chose.

— On peut descendre à la cafétéria, proposa-t-elle. Ils ont presque tout – elle lui jeta un regard en coin. J'ai eu le temps de faire l'inventaire.

Ils n'ont sûrement pas de gin-tonic, pensa Winter, aussitôt rattrapé par le remords. Sa mère n'avait pas bu.

— On peut y aller ? Le laisser ?

— On les prévient. Ils pourront venir nous chercher en trente secondes.

La cafétéria était vaste et lumineuse. Des assiettes de tapas étaient alignées derrière la vitre d'un comptoir surmonté de photos en couleurs proposant un choix de plats chauds. Une lourde odeur de calamars frits lui fit comprendre, pour la première fois depuis son arrivée, qu'il se trouvait dans un autre pays. Il se sentit soudain affamé. Les anneaux de calamar bouillonnaient dans l'huile d'une friteuse, derrière le comptoir. Une femme en blouse beige et jupe noire les repêchait un par un.

— Choisis une table, je vais commander ce que tu veux, dit sa mère. Il y a…

— Des calamars, dit Winter. Et des pommes de terre. Et une grande bouteille d'eau minérale, merci.

Il s'attabla près d'une fenêtre. Sa mère faisait la queue au comptoir.

Il ne l'avait pas vue depuis… trois ans. Une visite éclair en Suède, pour régler une histoire de papiers – Dieu sait quelles paperasses indispensables à leurs cachotteries avec le fisc suédois. Lotta et les filles étaient allées plusieurs fois en Espagne. Mais sa sœur avait un autre point de vue que lui sur la morale économique. Et maintenant il était assis là. Il regarda sa mère approcher, visage usé par-dessus un plateau en plastique rouge. Encore quelques mois ou quelques années et il ne l'aurait plus reconnue dans la rue. Et maintenant je suis assis là, pensa-t-il à nouveau. Rien n'a plus d'importance. On peut être aussi fortiche qu'on veut, pour finir on se retrouve quand même assis là.

— Je vais juste chercher de l'eau et des serviettes, dit-elle en posant le plateau devant lui.

L'odeur de la nourriture lui coupa aussitôt l'appétit. Sa mère revint et s'assit. Il n'avait pas encore touché au plateau. Elle commença à disposer les plats et les verres.

— Je ne t'ai même pas demandé comment s'était passé le voyage.

— Tu ne manges rien ? demanda Winter en voyant qu'elle n'avait pas pris d'assiette pour elle.

— Je te chiperai un calamar, dit-elle. J'ai déjeuné avant que tu n'arrives.

Il savait que ce n'était pas vrai. Il posa quelques anneaux de calamar et quelques quartiers de pommes de terre sur son assiette.

— Le voyage s'est bien passé ?

— Bien sûr.

— Comment va Angela ?

— Elle va bien.

— C'est fantastique de penser que vous allez avoir un… petit, dit-elle en sortant un mouchoir. J'ai pleuré quand tu m'as annoncé la nouvelle. Et papa a sorti une bouteille de champ…

La fin de sa phrase disparut dans le mouchoir. Il ne sut que répondre. Elle se moucha et leva les yeux vers lui.

— Il faudra que vous veniez… tous, quand papa sera guéri.

— Bien sûr.

— Ce sera formidable.

— Oui.

— Je te donnerai les clés tout à l'heure.

— Quelles clés ?

— De la maison. Je passe la nuit ici, mais tu peux loger chez nous. Comme ça tu vérifieras que tout est en ordre.

— J'ai réservé une chambre en ville à Marbella.

— Mais ce n'était pas la peine !

— Nueva Andalucía se trouve de l'autre côté de la ville.

— Ce n'est pas très loin.

— Tout de même. Il vaut mieux que je sois près de l'hôpital.

— Oui, peut-être. Tu fais comme tu veux. Mais demain j'espère bien qu'on pourra aller à la maison ensemble – il crut voir une lueur s'allumer dans son regard. Dire que tu ne l'as jamais vue. C'est incroyable.

Winter ne répondit pas. Ils restèrent assis en silence. Il essaya de manger, mais l'appétit n'était pas revenu.

— Je veux te dire que papa n'a jamais commenté le fait que tu… n'aies pas voulu le voir ces dernières années, dit-elle soudain.

Elle regardait par la fenêtre, semblant suivre les cabrioles du vent brûlant dans les palmiers de l'autre côté du parking. Peut-être regardait-elle le sommet blanc de la Sierra Blanca, le sommet qui reliait la vie vivante du dehors avec l'autre, celle d'ici, pensa Winter. La vie debout et la vie horizontale.

— Il n'a pas dit un mot. Les rares fois où j'ai voulu aborder le sujet, il ne m'a pas répondu.

— Je regrette.

— Ce n'est pas pour ça que je te le dis, Erik. Si tu crois le contraire, tu te trompes. Je veux juste que tu saches qu'il ne t'en a jamais voulu pour ça.

Bon Dieu, pensa Winter. Ce n'est tout de même pas à lui d'endosser la culpabilité ?

— Je regrette vraiment que les choses se soient passées ainsi, dit-il. On va essayer de corriger le tir à partir de maintenant.

— Oui.

Mais elle savait aussi bien que lui qu'il était trop tard.

Ils étaient de retour dans le service. Sa mère fumait une cigarette dans la salle des visites, aux stores blancs et aux chaises vertes et noires alignées le long des murs. Winter les compta, il y en avait treize. Sous la fenêtre, une corbeille à papiers noire. Il alluma une Corps et se sentit aussitôt calmé. La fumée du cigarillo s'insinuait entre les lames du store.

Ils retournèrent dans la chambre. Il n'y avait eu aucun changement en leur absence, sinon que le soleil s'était déplacé dehors et l'ombre à l'intérieur. Soleil et ombre, pensa Winter. *Sol y sombra.* C'est tout ce que je sais dire en espagnol. Ombre et soleil. Ça revient toujours à ça, mais pas ici, pas dans cette chambre. Ici il n'y a que l'ombre maintenant, au milieu de toute la blancheur. Le blanc est la couleur de la mort.

Sa mère sortit dans le couloir. Il l'entendit parler à quelqu'un. C'était une drôle de sensation d'entendre pour la première fois une voix familière s'exprimer dans une langue étrangère.

— Il ne se réveillera pas avant plusieurs heures, dit-elle en revenant.

— Comment le savent-ils ?

Elle haussa les épaules.

— Si tu veux, tu peux aller faire un tour. Dehors, je veux dire.

— Oui je vais peut-être le faire. J'ai besoin de bouger. Je suis un peu engourdi.

— C'est à cause du voyage, dit-elle.

Dans le couloir, une jeune femme pleurait au téléphone. Winter descendit l'escalier qui portait la mention *Salida de Emergencia*. Le grand hall était aussi calme et désert que tout à l'heure. Il avait imaginé un hall d'accueil chaotique, bourré à craquer, avec des gens désespérés qui criaient *Caramba !* et qui sentaient l'ail et le... Non, mais l'élégance fraîche et silencieuse de l'Hospital Costa del Sol l'avait pourtant surpris.

La chaleur l'assaillit dès le perron. Il vit sa voiture en bas, sur le parking noir. Comme un petit pain sur la plaque d'un four, pensa-t-il. Il prit à gauche sous le soleil, vers l'autoroute et la passerelle réservée aux piétons. À l'ouest il apercevait Marbella : une tour, et un groupe d'immeubles plus petits, serrés autour de la baie. Un hurlement de moteurs enragés sous ses pieds. Quinze cents mètres plus loin, il vit un gigantesque panneau : *Urbanización Bahia de Marbella*. Derrière le panneau, le ciel et la mer se confondaient. Le patelin de ses parents...

Winter revint sur ses pas et se dirigea vers l'est en contournant le bâtiment de l'hôpital. Il suivait à présent le même chemin qu'il avait emprunté en voiture à l'aller. À l'entrée de l'autoroute, il se réfugia un instant à l'ombre d'un abribus. Des gens avaient gravé leurs empreintes dans le bois d'un banc, prénoms, dates. Quelqu'un aimait quelqu'un. Quelqu'un souhaitait la mort de quelqu'un. Quelqu'un avait été là !

Winter was here.

Il traversa le viaduc. L'hôtel Los Monteros, en piteux état, subissait une rénovation systématique et lente. *Sorry for the trovles*, lut-il sur une pancarte. Des ouvriers se passaient des briques ; une chaîne de cinq hommes qui levèrent la tête au passage du viking blond aux cheveux ras. Quelqu'un fit un commentaire et Winter entendit des rires.

Derrière l'hôtel, un quartier de villas bien entretenues descendait en pente douce vers la mer, qu'on entrevoyait à travers les feuillages. Avenida del Tennis. Winter entendit les bruits d'un match disputé derrière les murs blancs. Une voiture haut de gamme arrivait vers lui ; le conducteur lui adressa un signe de la main.

Winter fit demi-tour et prit à gauche après les passeurs de briques. Nouveau commentaire, nouveaux rires. Il passa devant le vétuste groupe électrogène de l'hôtel, et longea d'autres bâtiments d'entretien. Derrière un grand hangar il découvrit au moins vingt courts de tennis à l'abandon sous le soleil. L'herbe sèche tourbillonnait sur la terre battue toute craquelée. Les filets pendouillaient. Un tas de sièges avaient été laissés en vrac au milieu d'un court comme si un drame imprévu était soudain venu bouleverser le jeu.

6.

Son père était éveillé lorsque Winter revint dans la chambre 1108. Il s'approcha du lit. C'était un instant difficile. Il avala sa salive. Son père lui tendit une main. Winter la saisit. Elle lui parut chaude et ferme, comme celle d'un homme en bonne santé, mais il sentait les os, les tendons sous la peau. Il ouvrit la bouche pour dire quelque chose, mais son père le battit de vitesse.

— C'est bien que tu sois venu, Erik.

— Oui.

Il vit que le vieux souffrait. L'effort de tendre la main lui avait visiblement coûté.

— Tu dois te reposer, dit Winter en la serrant doucement dans la sienne. C'est ça qui compte.

— Il n'est pas... question d'autre chose.

Bengt Winter regarda son fils.

— Ce n'est pas comme ça que j'avais imaginé t'accueillir quand tu te déciderais enfin à venir chez nous au soleil.

— Ça ne fait rien. Arrange-toi pour guérir, après tu pourras me recevoir comme tu voudras.

— Compte là-dessus. Tu... tu peux remonter un peu l'oreiller ?

Winter s'exécuta. En se penchant vers le lit, il perçut une forte odeur, puis une autre, qu'il mit une seconde à identifier. La lotion de rasage de son père ! Il n'en avait pas changé... Le mal de tête le reprit aussitôt. Son chagrin s'était coincé dans son crâne tel un débris de souvenir semblable à de la pierre.

Il tapota l'oreiller.

— Ça ira comme ça, dit son père.

— Tu en es sûr ?

— C'est parfait, intervint sa mère, qui n'avait pas bougé de sa chaise.

Winter ne voulait pas la regarder.

— Comment s'est passé le voyage ? demanda son père.

— Bien.

— C'était quelle compagnie ?

— Un charter. Je ne me souviens plus du nom.

— Ça ne te ressemble pas... Ils ont donc réussi à te trouver un siège à la dernière minute ?

— Oui.

— Un joueur de golf a dû patienter quelques heures de plus ?

— Je ne sais pas.

— Tant mieux. Ils sont trop nombreux ici, de toute manière. Ils devraient faire autre chose, de plus constructif. Regarde ce qui se passe. On est sur le green, et l'instant d'après on est allongé ici.

— Oui, ce n'est pas bon.

— C'est un sport dangereux.

— Tu seras bientôt de retour.

— Sur le green ?

— Oui... Partout.

— C'est à voir. Là, j'ai l'impression que c'est *the big one*.

— Mmm.

— Ça me fait l'effet de...

La suite se perdit dans un bégaiement. Winter attendit, mais rien ne vint. Les paupières du vieux tombèrent, se soulevèrent, retombèrent. Winter remarqua qu'il tenait encore la main de son père lorsque celle-ci glissa, sans force, sur le drap. Sa mère s'était levée.

— Il a besoin de se reposer. Il a été tellement content quand je lui ai dit que tu étais là. Ça l'a sans doute épuisé. L'excitation, je veux dire.

— Mmm.

— Il s'est réveillé un quart d'heure avant ton retour.

— Il paraît pourtant... solide.

Il regardait son père inanimé. Pouvait-il l'entendre ? Cela faisait-il une différence ?

— Tout va s'arranger, dit-il.

— C'est une belle conversation que vous avez eue, dit sa mère.

Une conversation prudente, corrigea Winter intérieurement. Aucune prise de risque. De grands cercles autour d'un gros trou noir.

Il entendit le bourdonnement du climatiseur, pour la première fois depuis son arrivée. La nervosité commençait peut-être à lâcher prise. La prochaine fois, il essaierait de poser quelques questions et aussi, éventuellement, de répondre à quelques autres.

*

Ils étaient passés dans le séjour. Elle avait mis la vidéo. Les corps bougeaient sur l'écran. Aucune lumière dans la pièce hormis le reflet bleu du téléviseur ; les ombres couraient comme vivantes le long des murs.

Les bruits montaient et refluaient. Il ne le supportait pas. Il aurait voulu se lever et éteindre le poste ; mais il ne pouvait pas interrompre le rituel de la fille. Il était convaincu que c'était elle qui décidait de ce qui se passerait ensuite.

— Qu'est-ce que t'as à rester debout comme ça ? Viens t'asseoir avec nous.

Elle lui faisait signe du canapé. Qui était placé face au téléviseur. L'autre avait encore la main à l'intérieur de son chemisier. Sur la table basse, des verres et des bouteilles. Il n'avait rien bu mais les deux autres, dans le canapé, étaient déjà ivres.

Il ferma les yeux et eut la sensation d'être ramené à une autre époque. En rentrant à la maison, il l'avait trouvée assise dans un canapé comme celui-là. Il était entré dans la pièce, entré tout simplement comme s'il arrivait, pif, d'un autre continent. Il n'aurait pas dû entrer. Il les avait surpris. Il s'était détourné, il était reparti.

Ce n'était pas la première fois.

C'était un truc en lui. Il avait cru que c'était à cause d'*eux* mais il commençait à comprendre que non; c'était en lui que ça se passait.

Il essayait de casser le truc. Il était ici maintenant.

— Ne riez pas, dit-il. S'il vous plaît, ne riez pas.

Tous deux le regardèrent. Leurs visages zébrés dans la lumière bleue. On aurait dit qu'ils avaient le front tatoué.

— Mais on n'a pas ri! protesta-t-elle. Personne ne rit ici.

— S'il vous plaît, ne riez pas de moi.

— Qu'est-ce qui te prend, merde! dit l'autre en se redressant dans le canapé.

— Ce n'est rien.

— Je crois que tu t'es trompé d'endroit.

L'autre s'était levé. Il allait venir vers lui. La fille était restée dans le canapé, un verre à la main, à suivre le mouvement des corps sur l'écran.

— J'ai apporté de la musique, dit-il.

— Quoi?

— J'ai apporté de la musique qu'on peut passer.

— Quelle musique?

L'autre était resté près du canapé, tout compte fait. Il montra le téléviseur.

— On a déjà un truc qui passe ici. À moins que tu n'aies rien capté?

— J'ai apporté une musique spéciale.

Il voyait la stéréo, des appareils empilés dans un grand coffret noir à étagères. Il s'en approcha et sortit la cassette de la poche de sa chemise. L'espace d'une seconde, il vit un autre visage, une tête qui flottait en apesanteur. Il la reconnaissait. Cela voulait dire quelque chose. La tête disparut. Elle n'avait pas eu de corps. Le morceau hurlait déjà dans son cerveau, il ne savait pas d'où il venait, s'il sortait de sa gorge, si les deux autres pouvaient l'entendre. Sa propre tête flottait, se rapprochait des leurs. Tout se confondait. Il vit le visage encore une fois. Puis la musique commença pour de bon.

Le crépuscule était tombé mais la chaleur ne diminuait pas. Winter roulait dans les rues de Marbella. Un chanteur de flamenco hurlait sa douleur dans l'autoradio. Il monta le son et baissa complètement la vitre. Odeur d'essence et de mer. Lorsqu'il se gara dans une petite rue, il s'en rajouta une autre, de calamars grillés et d'œufs frits dans l'huile. En s'extirpant de son siège, il sentit qu'il avait le dos trempé.

L'hôtel se trouvait dans Avenida Duque de Ahumeda non loin de la plage. Winter dut attendre un quart d'heure qu'on lui remette sa clé, puis il prit l'ascenseur avec sa valise jusqu'au douzième étage. Il voulait voir la chambre avant de signer le registre. C'était une habitude.

La serrure de la porte était mal fixée. L'appartement se composait de deux pièces et d'une cuisine. La porte du balcon était ouverte et le vent agrippait une marquise bleue et blanche déchirée, délavée, tachée de soleil, d'ombre et de sel. Un lambeau du tissu battait contre la fenêtre. Winter vit que le balcon donnait à l'est, sur un autre hôtel. Il jeta un regard circulaire dans la pièce principale. Les meubles en imitation cuir avaient jadis été blancs.

Il entra dans la salle de bains. La baignoire avait une coulure de rouille autour des robinets. Des restes de savon dans le lavabo. Il se regarda dans le miroir. Il avait maigri au cours des cinq dernières heures.

Dans l'ascenseur, il eut la compagnie d'un couple d'une quarantaine d'années qui évita de croiser son regard. Ils arboraient un bronzage de cinq jours et ils étaient habillés pour un apéritif au coucher du soleil.

— I don't like that room, dit Winter à l'homme de la réception en lui rendant la clé.

Comment se fait-il que je me retrouve toujours dans ce genre de situation ?

— Quel est le problème ?

— Je ne veux pas de cette chambre. Y en a-t-il une autre ? Plus bas ?

— Mais où est le problème ?

— I dont want the fucking room – il baissa la voix. It's out of order.

— Qu'est-ce qui ne fonctionne pas ? dit l'homme dont le regard s'était assombri.

— Rien ne fonctionne. Tout est cassé. La salle de bains est sale. Y a-t-il une autre chambre ?

— Non. C'est complet.

— Pour combien de temps ?

— Des mois.

— Connaissez-vous un autre hôtel dans le coin ?

Winter avait vu l'établissement voisin mais il n'avait pas la moindre envie d'y aller. Il était fatigué, en sueur, triste. Il rêvait d'une belle chambre, de prendre une douche, de boire un whisky et de réfléchir un petit moment.

— Non, répondit l'homme.

— Un hôtel plus petit. Plus simple.

— Aucune idée, dit l'homme en détournant les yeux.

Il est dans son droit, pensa Winter. Ce n'est pas sa faute. J'aurais pu être plus poli.

— Vous n'avez pas une liste des hôtels de la ville ?

— Qu'est-ce que je vais faire de cette chambre ? dit l'homme sans répondre à sa question. Vous me laissez une chambre vide sur les bras.

— Faites-la condamner, dit Winter en s'éloignant, suivi par sa valise à roulettes.

En arrivant dans le centre un peu plus tôt, il avait repéré un écriteau. Il ne devait pas y avoir beaucoup de centaines de mètres jusque-là.

Il reprit la voiture, retourna sur Avenida de Severo Ochoa et reconnut l'écriteau à l'entrée d'une petite rue interdite aux voitures. Il se gara et pénétra dans la Calle Luna, qui se cachait dans les ombres du soir. Cent mètres plus loin, sur la droite, il découvrit l'Hostal La Luna, protégé par une porte vitrée donnant sur un patio. Winter aperçut une rangée de petits balcons.

Il avait de la chance : une annulation de dernière minute. Quelques instants plus tard, il inspectait une chambre qui était espagnole, et silencieuse, et propre, avec un réfrigérateur et une salle de bains immaculée.

La voiture trouva place dans un parking souterrain de l'autre côté de la grande avenue.

Il prit une douche et s'allongea nu sur le lit pour savourer son whisky dans une douce pénombre. Les tenanciers de la pension, un couple âgé, se parlaient à voix basse à l'autre bout du petit patio dallé de marbre.

Ils ne comprenaient pas un mot d'anglais, mais l'homme avait remarqué l'état du client et posé une bière fraîche sur la table, sous un parasol, avant même que Winter eût réservé la chambre pour une durée indéterminée.

Le whisky roulait dans sa bouche et s'insinuait dans son cerveau. Sa tête s'allégea un peu. La chambre avait une odeur étrangère, comme récurée avec des grains de sel et des épices méridionales. Les deux lits étaient d'un style latin intemporel, qui devait remonter au Moyen Âge. Entre les deux, une image de la Madone, qui priait pour lui et pour son père. En voyant l'image dans son cadre simple, il l'avait tout de suite interprétée ainsi. C'était l'unique ornement de la chambre.

C'est dans un décor comme celui-là qu'il faudrait vivre.

Il allongea le bras pour prendre le portable sur la table de chevet. Il était presque dix-neuf heures, le soleil n'était plus qu'une vague lueur reflétée par les murs blancs du patio. Il avait laissé la porte du balcon entrouverte, le store en bois à moitié remonté. La fenêtre était dépourvue de vitre, une simple ouverture protégée par une grille noire en fer forgé.

— Angela.

— C'est Erik.

— Salut ! Où es-tu ?

— Dans ma chambre. Mais pas à l'hôtel dont tu as le numéro.

— Tu as changé ! dit-elle, et il devina qu'elle réprimait un éclat de rire.

— Bien sûr.

— Comment va ton père ?

— Il n'est plus en réanimation. C'est une bonne chose ?

— Je suppose que oui.

— Comment ça, tu « supposes » ? C'est toi, le médecin.

Il espéra que son ton n'était pas trop geignard.

— Je n'ai pas accès à son dossier, Erik. Tu lui as parlé ?

— Oui.

— Et alors ?

— Il me paraît quand même assez… costaud.

— C'est une bonne nouvelle.

— Oui.

— C'était comment, de le revoir ?

— Comme si on s'était quittés la semaine dernière.

— Vraiment ?

— On a parlé de lui, de la maladie, et d'autres sujets sans danger.

— Chaque chose en son temps. Il faut d'abord qu'il se rétablisse.

— Mmm.

— Tu es fatigué ?

— Assez en forme pour boire un verre de whisky hors taxe. Et toi ?

— Nous allons bien.

Il entendit son « nous » comme une salutation de la

part de la nouvelle famille : Angela et son ventre de plus en plus rond.

— Ne te fatigue pas trop au travail, dit-il.

— Compte sur moi. La restructuration en cours a beaucoup amélioré nos conditions de travail, comme tu le sais.

— Je sais.

— On remercie l'esprit d'innovation génial de notre hiérarchie.

— Laisse tomber, Angela. Embrasse plutôt ton ventre de ma part.

— Que vas-tu faire ce soir ?

— Manger un morceau, et puis retourner à l'hôpital.

— En voiture ? Après avoir bu du whisky ?

— C'est un autre pays, ici.

7.

Il apercevait des feux de navire sur la mer noire. Un vent chaud s'engouffrait dans l'habitacle. Les quartiers est de Marbella étaient plus calmes que tout à l'heure, et il y avait moins de voitures dans les rues. Des lampadaires clairsemés adoucissaient la nuit.

Winter avait mangé une assiette de riz aux crustacés dans un bar sans prétention non loin de la Calle Luna. Devant le téléviseur installé dans un coin, cinq hommes enveloppés dans un nuage de fumée avaient multiplié les cris rauques et les gestes obscènes à l'intention des footballeurs. L'engouement pour ce sport était le même partout.

Son père était éveillé. Sa mère toujours assise sur la chaise, qu'elle avait rapprochée du lit.

— Je descends prendre un café, dit-elle en l'apercevant. Tu veux quelque chose ?

— Non merci.

— Pour moi, ce sera un T & T, dit le père.

Elle sourit et quitta la chambre. Winter prit sa place sur la chaise.

— Je vois que ça roule, dit-il.

— C'est T & T time, plaisanta son père, la tête tournée vers la fenêtre. Un petit truc froid et fort avant le dîner.

— Ce n'est pas un peu tard pour l'apéritif ? demanda Winter en regardant sa montre, qui indiquait vingt et une heures.

Son père toussa ; Winter attendit. Un chariot passa dans le couloir. Une voix de femme, suivie d'une réponse masculine. Quelques accords de guitare. Le père toussa à nouveau.

— On a adopté les habitudes espagnoles.

Il s'éclaircissait la voix avec précaution, comme pour adoucir la souffrance de parler.

— Tu vois le contour du sommet, dehors ?

— Oui.

— C'est la Sierra Blanca. La montagne blanche. Un beau nom, tu ne trouves pas ? Je la vois aussi de chez nous. C'est bizarre, non ?

— Je ne sais pas. Cette montagne domine pour ainsi dire la région.

Son père sembla réfléchir avant de tourner la tête vers lui.

— J'aurais pu me retrouver dans une autre chambre. Qui aurait donné de l'autre côté. Il y a un sens.

— Que veux-tu dire ?

— Le fait que je sois dans cette chambre. Que je voie le sommet. La même saloperie de montagne. Comme par un fait exprès. C'est ma nouvelle maison. J'ai emménagé ici et je n'en repartirai pas.

— Bien sûr que si.

— Vivant, Erik. Je voulais dire vivant.

— Tu me parais déjà aller mieux. Continue comme ça.

— Cette fois, c'est sérieux.

— Que disent les médecins ?

— Qui, Alcorta ? Il fait des gestes espagnols qui peuvent signifier tout et rien.

— Tous les médecins font ça.

— Pas comme en Espagne. Est-ce qu'Angela le fait ? Comment va-t-elle, d'ailleurs ?

— Ça va.

— Dire que tu vas devenir père, Erik. Que Dieu me donne la force de vivre pour voir le miracle.

— Tu seras bientôt rentré. Tu pourras recommencer à étudier l'autre versant de la montagne.

Morelius s'acquittait des premières heures de service éprouvantes à la réception. Il serait bientôt relayé par un ancien chef qui garderait les meubles, au poste, pendant le reste de la soirée.

C'était un ancien usé, qui n'avait pas réussi à conserver son poste lors de la dernière réorganisation. Il n'avait pas eu d'autre choix que de désarmer, et de réintégrer gentiment le peloton de la police de proximité. Beaucoup de gens ici avaient désarmé pour de bon. Mais l'ancien était un homme plutôt amer. Certains étaient nés pour être chefs, et quand ils comprenaient que la grande promotion n'interviendrait jamais, ils devenaient amers.

Bon. Il était temps de sortir. Il rejoignit Bartram, qui ajustait son holster. Bartram n'avait pas désarmé, lui, loin de là. Il pouvait paraître fatigué, ou en colère, mais c'était pour d'autres raisons.

La direction leur réservait toujours les missions intéressantes qu'elle ne souhaitait pas confier aux patrouilles de jour en fin de service. Par exemple des cambriolages qu'on avait laissés se faisander un petit peu, juste comme il faut. Ainsi ce soir. Le gardien d'un immeuble de Rickertsgatan, du côté de Johanneberg, avait découvert une effraction au sous-sol. Ils y allèrent à trois : Morelius, Bartram et Vejehag qui avait vraiment désarmé, lui, pour le coup, et qui attendait patiemment la retraite après trente ans de labeur au service de la communauté.

Ce quartier était une cible de choix pour les braqueurs. De grandes maisons bien isolées, appartenant à des riches qui circulaient entre leurs différentes résidences secondaires.

Ils furent accueillis devant l'immeuble par le gardien qui faisait des heures sup, ou qui était simplement énervé à cause des vols répétés dans sa cave.

— Saleté de temps, dit Vejehag en rabattant sa capuche pour se protéger du vent chargé de pluie.

— Les types ont commencé par courir dans les escaliers avant de descendre à la cave, annonça le gardien.

— Vous les avez vus ? demanda Vejehag.

— Moi, non. Un locataire.

— Quand était-ce ?

— Là, tout de suite.

— Ah bon ? L'affaire a été signalée il y a plusieurs heures.

— Ils sont revenus entre-temps. J'ai appelé il y a deux minutes. Vous vous êtes vraiment magné le cul.

— Ça y est, ils viennent de balancer la nouvelle à la radio, dit Bartram, qui était resté dans la voiture. Il prit le micro : C'est bon, on est déjà sur place.

— Il y a eu vol ? s'enquit Vejehag.

— Quelques bricoles cet après-midi. Maintenant, je ne sais pas.

— De quelle cave s'agit-il ?

— Maintenant ou cet après-midi ?

— Maintenant.

— C'est en bas, dit le gardien. On peut aller voir, si vous voulez.

L'immeuble aurait eu besoin d'un sérieux coup de pinceau. Quelques jeunes, cinquante mètres plus loin, suivaient les mouvements des policiers.

— On ferait mieux d'aller jeter un coup d'œil, résolut Vejehag.

Morelius s'extirpa de son siège pour lui faire escorte.

Bartram resta dans la voiture, à l'affût d'éventuels messages. Il leva les yeux vers le ciel, qui était sale, d'un noir grisé ; lumière urbaine mêlée à la nuit.

*

Winter regardait le ciel au-dessus des montagnes. À gauche, on voyait le reflet des lumières de la ville, mais quelque chose l'obscurcissait. Peut-être des nuages chargés de pluie. Le vent soufflait plus fort dans les palmiers de l'autre côté de la cour.

— Comment va le travail? – la voix de son père semblait venir de loin. J'ai lu deux ou trois choses sur tes affaires, dans le journal.

— Je fais de mon mieux.

— D'après ce que j'ai cru comprendre, ça te réussit.

— Je ne sais pas...

— Je n'ai jamais vraiment compris ce qui était arrivé à cette jeune femme assassinée l'an dernier. Celle que vous avez retrouvée au bord du lac de Delsjön.

— Helene.

— Elle s'appelait comme ça?

— Oui. Qu'est-ce que tu n'as pas compris?

— Qu'est-il arrivé à l'enfant?

— Ça s'est bien terminé pour elle.

— La petite avait disparu.

— En fait, non. Elle était... prise en charge. Protégée.

Son père n'insista pas. Winter entendit sa respiration laborieuse, comme un soufflet de faible amplitude. Il songea à son travail. Il n'avait jamais douté de l'importance de ce qu'il faisait... Ou bien n'était-ce qu'un défi? Aurait-il pu tout aussi bien faire autre chose? Cette pensée l'avait effleuré tout à l'heure dans la voiture, en roulant vers l'hôpital. C'était une pensée inquiétante. Potentiellement paralysante.

— Je crois que je vais dormir un peu, dit son père.

— Je reste là.

— Tu devrais te reposer, après le voyage.

— Je me repose sur cette chaise.

Il entendit soudain la pluie contre les vitres; doucement, puis de plus en plus fort.

— Il pleut, murmura son père. Les gens vont être contents.

Bartram était plongé dans sa rêverie lorsque la porte de l'immeuble s'ouvrit à la volée. Deux types sortirent en courant et s'enfuirent vers la gauche.

Bartram bondit de la voiture, vola par-dessus les massifs et neutralisa le premier d'un coup de pied en travers des tibias.

L'autre type disparut dans une cage d'escalier. Bartram considéra celui qui était à terre, jeta un bref regard à la ronde, posa un pied sur son dos et appuya.

— Aïe, espèce de sal...

— Ta gueule.

— Enlève ton p...

— Ta gueule, j'ai dit.

Vejehag et Morelius apparurent et se mirent à courir en voyant Bartram et le type. Bartram leva la tête.

— Qu'est-ce qui s'est passé en bas ?

— On les a chopés en flagrant délit.

— Pas du tout. C'est *moi* qui les ai chopés, dit Bartram en accentuant la pression sur le dos du type.

— Ça suffit. Où est l'autre ?

— Il a disparu dans la cage d'escalier, là-bas.

— Lève-toi, dit Vejehag au type en faisant signe à Bartram d'ôter son pied.

Une voiture de police arriva en trombe.

— C'est les gars de l'unité d'intervention, annonça Morelius.

Vejehag jeta un regard noir à Bartram.

— Tu as bavassé dans le poste ?

— Jamais de la vie.

La voiture s'arrêta à leur hauteur. La vitre avant gauche se baissa, révélant un visage de vingt-deux ans.

— Qu'est-ce qui se passe, papy ?

— On a oublié un pyjama Ninja, on croyait qu'il était dans la cave ici même, dit Vejehag.

— Ha, ha.

— Et de ton côté ? Ça boume ?

— Qui c'est, celui-là ? demanda l'aspirant sans répondre à la question, en montrant le type pendu entre Bartram et Morelius.

— C'est mon cousin, dit Vejehag.

Au même instant la porte de l'immeuble s'ouvrit et l'autre type sortit en courant. Bartram lâcha prise et bondit. Il le renversa dix mètres plus loin. La bouche de l'aspirant s'entrouvrit. Quelqu'un dans la voiture dit quelque chose, mais on ne voyait rien par ces vitres teintées. Il y eut de vagues applaudissements.

L'aspirant toisa Vejehag.

— Un autre cousin ?

— On rassemble la famille. C'est bientôt Noël.

— Très drôle.

Bartram arriva avec le type menotté.

— Beau travail, commenta l'aspirant.

— Regarde et apprends, dit Vejehag.

— Il y en a d'autres ?

— Quoi ?

— Si tu dois rassembler tous les cousins, tu as peut-être besoin de renfort. En cas de résistance acharnée.

— Il n'y aura pas de résistance acharnée.

— Ah.

— D'habitude, on terrasse les bandits verbalement.

— Quoi ?

— On essaye de parler aux gens. Y compris aux bandits. La résistance acharnée ne fait pas partie de notre vocabulaire.

— C'est ce que je vois.

Vejehag feignit de ne pas avoir entendu.

— Ceux qui pensent le contraire, dit-il, devraient peut-être envisager une reconversion.

— À plus, papy.

La voiture démarra mollement. Les immeubles de Rickertsgatan se reflétèrent dans les vitres sombres.

— Quelle racaille, commenta Vejehag. Six mecs incapables de se passer les uns des autres, planqués derrière des vitres noires. Ça a quelque chose de pervers, tu ne trouves pas, Simon ?

— Peut-être bien, dit Morelius.

— En fait c'est l'unité d'intervention elle-même qui a quelque chose de pervers, poursuivit Vejehag. Ils devraient prendre des cours de suédois au lieu de tous leurs stages de machos. Parler, on le fait tous les jours, mais c'est très rare que la police de Göteborg lance l'assaut contre un Boeing 757. Pourtant, l'unité s'y entraîne nuit et jour.

— Parfois on ne les terrasse pas que verbalement, dit Bartram.

— Oui. Mais là tout de suite, il faudrait voir à mettre ces garçons-ci au chaud.

Maria Östergaard avait froid. Elle avait été tellement pressée de quitter la maison qu'elle en avait oublié ses gants. À peine sortie du café, ses mains lui faisaient l'effet de stalactites.

— Où on va ? demanda Patrik.

— J'aurais préféré rester au café.

— Ils ne me plaisaient pas, ces types. On ne pourrait pas aller chez toi ?

— Maman est folle à lier. Pourquoi pas chez toi ?

— Mon vieux est fou à lier, dit Patrik sans sourire.

La rue était déserte. Les tramways passaient dans un bruit de tonnerre sur la place Vasa. Une femme était descendue de celui qui venait d'Aschebergsgatan. Lorsqu'elle ouvrit la porte de l'immeuble, son visage fut éclairé à la fois par la lumière du hall d'entrée et par celle des lampadaires.

— Je la reconnais, dit Maria. Celle qui entre, là-bas.

— Ah oui, et alors ?

— Elle est belle.

— Quoi ?

— Elle est avec un flic. Un enquêteur, genre. Je le sais parce que maman travaille au commissariat une semaine sur deux.

— Ils ont des pasteurs, chez les flics ?

— Faut croire que oui. Il s'appelle Winter. L'enquêteur. C'est un chouette nom.

— Bof.

Ils traversèrent la place.

Une voiture de police descendit Aschebergsgatan, en provenance de Johanneberg. Morelius était au volant.

— Tiens, des connaissances. Les deux gamins qui attendent à l'arrêt de tram, là-bas...

— Oui. C'est une petite ville.

— Tiens, regarde, sur la gauche. C'est là qu'habite Winter. La star de la crime. Cet immeuble-là, dit-il en agitant la main au passage.

— Comment le sais-tu ? demanda Vejehag.

— Je l'ai raccompagné une nuit.

— Quel Winter ? dit Bartram. Ah oui, *lui*. Alors comme ça, il habite là...

8.

Au lever, le carré de ciel que pouvait voir Winter par la fenêtre de la salle de bains était gris. Lorsqu'il quitta la pension, l'horizon entier était de la même couleur. Mais il faisait chaud. Il avait enfilé une chemisette en soie, un pantalon de lin et des sandales sans chaussettes.

Il passa devant le couple des tenanciers. Leur cuisine était près de la sortie et ils semblaient passer leurs journées là, sous le parasol, ou sous le taud qui avait été déroulé au-dessus d'une moitié du patio hier, à l'arrivée de Winter. Hier. Il ne s'était pas écoulé plus de temps que ça ?

La femme lui adressa la parole, l'index levé, comme si elle le mettait gentiment en garde. Il crut entendre le mot *chicas*. «*No chicas*», répéta-t-elle en désignant sa chambre à l'autre bout du patio. Elle ajouta quelque chose à propos de *el habitación*. Son mari sourit, peut-être gêné. Winter finit par comprendre et tenta un geste de dénégation. Non, non, il ne ramènerait pas de filles dans sa chambre.

En sortant de la pension, il prit à droite dans la Calle Luna, puis à gauche dans la Calle del Sol, et continua jusqu'à la place Puente de Málaga où il découvrit un café. *Gaspar – Panadería e cafetería.* Il s'assit à la seule table libre de la terrasse. Il était huit heures et demie du matin. Alentour, seulement des Espagnols, hommes et femmes. Ils buvaient du café au lait dans de grands verres et mangeaient de petits pains tartinés de beurre et de marmelade ou seulement d'huile d'olive et de sel. Un serveur apparut, et Winter réussit à commander un *café con leche* avec *pan y confitura.* «*Mantequilla?*» interrogea le serveur, et Winter hocha la tête sans savoir ce que signifiait ce mot. Peut-être du beurre.

On lui servit son café, qui était excellent, un expresso serré avec du lait chaud. Le pain arriva, il était chaud aussi. *Mantequilla* voulait bien dire beurre. Il se prépara une tartine pendant que les Espagnols s'essayaient aux premières toux de la journée, entre deux voluptueuses bouffées de cigarette. Son voisin de table se détourna, saisi par une quinte redoutable. Un autre prit la relève. C'était comme de prendre son petit déjeuner à la terrasse d'un sanatorium. Lorsque le voisin eut fini de décrasser ce qu'il lui restait de poumons, il fit signe au serveur tout de blanc vêtu – comme une infirmière –, qui disparut dans les profondeurs du café. Il revint quelques instants plus tard avec ce que Winter prit pour un verre d'eau. Mais lorsque l'homme en blanc passa devant lui, il reconnut l'odeur. Un verre de bon gin pour commencer la journée... Pourquoi pas? Winter sourit, finit son petit déjeuner et alluma un cigarillo. À présent, tout le monde fumait sur la terrasse de Gaspar. La fumée montait vers un ciel aussi gris qu'elle. Il régnait une autre tranquillité que la veille, un silence qu'il n'avait pas perçu alors. Impossible de déterminer l'emplacement du soleil – ce qui paraissait pourtant impensable dans une ville du Sud comme celle-ci.

Winter jeta un coup d'œil à sa montre et commanda un deuxième café. Il n'avait pas fini son cigarillo. Une jeune femme allait d'une table à l'autre en distribuant des prospectus. Lorsqu'elle arriva devant lui, Winter tendit la main d'un geste automatique. Elle lui remit le feuillet, avec un regard insistant vers son cigarillo. Le prospectus était un message du Centro Cristiano Exodus, qui l'exhortait à dire *NO!* à *Heroina, Cocaina, Alcohol, Tabaco, Vicios, Condenación, Juegos de Azar, Extasias* et *SI SI!* à *el amor, la sensualida, la paz, el perdón, la paciencia, la libertad, la vida...*

Il écrasa son mégot, régla l'addition et vérifia l'heure, une fois de plus. Un chien andalou traversa la rue, en quête d'ombre. Winter pensa à son père. Il sentit quelques gouttes de pluie. La couleur du ciel s'était approfondie jusqu'à prendre une nuance de pierre. La montagne de l'autre côté de l'avenue s'y fondait, et devenait ainsi plus blanche qu'auparavant. Tout semblait différent. Les immeubles ne reflétaient plus la lumière, ce qui donnait à la peau des gens un aspect phosphorescent. La pluie avait augmenté d'intensité. Winter revit son père sur son lit d'hôpital. L'arrière-saison commençait sur la Côte du Soleil, et il s'efforça de ne voir aucun symbole dans ce qui se passait en cet instant sous ses yeux, et dans la chambre de l'hôpital Costa del Sol.

Il traversa l'Avenida de Ramón y Cajal et descendit vers la plage. Un autre chien andalou arrivait en trottinant du côté des rochers ; il se posta devant un café, semblant prêter l'oreille au chant de flamenco qui s'élevait d'une radio réglée à plein volume. Le chien pissa contre le mur de pierre.

La mer se confondait avec le ciel, comme la montagne au nord. La sensation d'arrière-saison était encore plus forte ici, sur la plage. Winter avait ôté ses sandales. Il s'approcha du rivage. Un préposé transportait des parasols ; un restaurant avait ouvert un peu plus loin, les nappes battaient au vent, qui était à présent très perceptible, presque comme un courant d'air froid. Le sable tourbillonnait. Il entendit soudain la chanson venant du café. Winter pensa à l'enfant à venir et au fait que l'hiver était partout en route. Il pensa à Angela et eut soudain envie de l'appeler, mais il savait que ce n'était pas possible à cette heure.

Pour les gens d'ici, la promesse de l'hiver était peut-être un espoir. Un désir et une nostalgie. Peut-être pouvaient-ils alors se détendre, être enfin eux-mêmes, sans mascarade.

Une brise tiède lui fit lever la tête. Les nuages se dispersaient. L'horizon s'était ouvert, fendu en deux au-dessus de l'Afrique. Une moitié du ciel était déjà dégagée. La mer changea de couleur, comme brusquement éclairée par en dessous.

Le soleil semblait se déplacer à une vitesse rageuse entre les débris de nuages qui ressemblaient à des plaques de neige. Winter repensa à l'hiver en Suède, qui serait bientôt là. Il pensa à son enfant.

Il éprouva soudain une brûlure sur sa tête et perçut la force inouïe du soleil, encore plus vive après la fraîcheur de tout à l'heure. La lumière brutale lui causa une étrange exaltation, comme s'il se prenait soudain à espérer que l'arrière-saison avait vraiment battu en retraite, et que le soleil était revenu pour de bon. Il essaya de ne pas y voir de symbole. Le soleil est la vie, mais il est aussi la mort.

Pendant qu'il se tenait là, des gens de plus en plus nombreux étaient descendus sur la plage pour s'installer sur les chaises longues, ajustant les parasols afin de se protéger du soleil. Un garçon construisait un château de sable haut de trois mètres représentant un sphinx et une pyramide. C'est le même sable que là-bas, en Afrique, pensa Winter. Porté par le vent par-dessus la Méditerranée.

Un musicien installé sur une chaise à un mètre de lui enfila ses sandales et entama le premier flamenco de la journée, *Adios Granaaaaaaada, Granadaaaaaaaa mia*. Winter déposa quelques pesetas dans l'étui de guitare ouvert posé devant lui et retourna à sa voiture.

En arrivant au premier étage et en découvrant que la chambre 1108 était vide, il éprouva une drôle de sensation au creux de l'estomac.

Pourquoi n'avait-elle pas appelé, bon sang ? Il avait toujours son portable sur lui.

Il ressortit dans le couloir et dit le nom de son père à une femme qui avait surgi de nulle part. «*Cuidados intensivos*», répondit-elle en désignant le bout du couloir avec une expression soucieuse. Du calme, Winter. Tu t'y attendais déjà en arrivant hier.

Il aperçut sa mère à l'entrée du service de réanimation.

— Je n'ai pas eu le temps de t'appeler, dit-elle.

— Comment va-t-il?

— Stable, c'est ce qu'ils disent. Maintenant il est dans un état stable.

— Que s'est-il passé?

— Il avait du mal à respirer. Et puis son pouls.

— Que disent les médecins?

— Le Dr Alcorta préfère attendre.

— Ce satané Alcorta. Où est-il? Je veux lui parler.

— Il opère maintenant.

— Papa?

— Non. Un autre patient.

— Où est papa?

— Il dort. Viens avec moi.

Ils franchirent les doubles portes du service. Tout était propre et blanc. Aucune fenêtre ouvrant sur une cour de gravier et des palmiers poussiéreux. Mais une vitre donnait sur une chambre, où Winter vit son père dans un lit, entouré de tuyaux et de machines. Il semblait participer à un projet de recherche médicale.

— On ne doit pas entrer maintenant, dit sa mère.

— Non, je comprends.

Il la regarda. Dans la lumière crue, elle paraissait aussi malade que le père, peut-être même plus, puisque son visage maigre ne pouvait rien cacher. Winter sentit l'odeur de tabac qui imprégnait sa robe et il pensa au prospectus qu'il avait encore dans sa poche. *La vida. La paciencia.* La vie et la patience. Dans cet ordre.

— Combien de temps va-t-il rester ainsi?

— Je ne sais pas, Erik.

— Depuis combien de temps es-tu ici? Trois jours?

Quatre ? Tu ne veux pas me laisser prendre le relais jusqu'à demain et rentrer à la maison ?

— Pas maintenant, Erik.

— Je crois que tu as besoin de t'éloigner d'ici un moment. Quelques heures seulement, si tu veux. Tu peux prendre ma voiture.

— Je ne pense pas être en état de conduire.

— Prends un taxi, alors, va à la mer...

Elle le regarda. Ses yeux étaient plus rouges que blancs.

— Je devrais peut-être le faire. Juste un moment.

— Je reste ici, dit Winter. Vas-y, pars.

Bartram et Morelius étaient de retour à la cafétéria avec une double portion de poulet frit à la sauce aigre-douce de chez Ming, le traiteur chinois du coin de la rue. Ils suivaient distraitement une série policière à la télé.

— Ça aurait pu être nous, dit Bartram avec un geste vers le téléviseur.

— Qui, les détectives ?

— Oui. Les mecs qui se chargent des problèmes. Et des dames, par-dessus le marché.

— On se charge des problèmes très correctement. Et des dames aussi.

— Tu vois ce que je veux dire.

— Oui, hélas.

— Qu'est-ce que j'ai voulu dire, alors ?

— Je n'ai peut-être pas la force de l'entendre.

Bartram se tut, versa du tabasco et du soja sur son riz. L'épisode touchait à sa fin. Il y eut une publicité pour des couches. Un petit enfant s'ébattait sur un tapis, une femme souriante le soulevait dans ses bras.

— Une gentille maman, dit Bartram.

— Au moins quand la télé est là.

— Une gentille maman, répéta Bartram.

Il mâcha, avala, rajouta du soja sur son riz.

— Maintenant ton riz est noir, dit Morelius. *Black rice.*

— Une gentille dame, dit Bartram. Une gentille maman.

Morelius essayait de ne plus l'écouter, de se concentrer sur autre chose. Le mur. Une autre pub. Le mur à nouveau. Le dernier bout de poulet luisant de graisse que mâchonnait Bartram.

— Gentille... dame, dit Bartram.

— Ta gueule.

— Qu'est-ce qu'il y a ?

— Ta gueule, je te dis.

— Mais bon D... qu'est-ce que j'ai dit ?

— Ta gueule ! hurla Morelius.

Il se leva pour jeter la barquette en aluminium dans la poubelle. Il aurait aimé y jeter Bartram par la même occasion.

Puis il sortit et alla s'asseoir sur le couvercle des toilettes. Les images s'enflammaient dans sa tête. Des bribes de conversation s'y mêlaient, des gestes... La conversation qu'il avait eue avec Hanne... Quand était-ce ? Plusieurs semaines plus tôt ? Deux semaines ? C'était une erreur de lui avoir parlé. Seuls les jeunes allaient voir le pasteur et alors seulement quand... quand...

— Je ne peux pas y échapper, avait-il dit.

— Ça prend beaucoup de temps, avait répondu Hanne Östergaard.

— Il faut de la patience, c'est ça ?

— Je ne veux pas employer ce mot.

— J'essaie de ne pas y penser mais parfois c'est trop dur.

— Tu n'as personne à qui... parler de tes expériences ?

— Tu veux savoir si je vis avec quelqu'un ? Non.

— Et les collègues ?

Morelius avait pensé à Bartram et Vejehag. Aucun des deux n'avait été présent ce jour-là. Ils ne comprendraient pas. Et les autres, ceux qui étaient venus après ? Non. Ils étaient arrivés trop tard.

— J'étais avec un petit jeune, dit-il, et il s'est effondré au bout d'une minute. Hors d'usage, plié en deux à côté de la voiture en train de dégu... de vomir – il la regarda. Je ne sais pas pourquoi je ne l'ai pas imité.

— Nous réagissons tous différemment, répliqua Hanne.

— J'avais un boulot à faire.

Il avait vraiment eu une saloperie de boulot à faire.

Ils étaient arrivés au croisement quelques minutes seulement après le choc. Pas la fois du tunnel, une autre.

Du verre pilé et de la tôle éparpillés sur cent mètres. Pluie mêlée de neige, en avance sur la saison. Route glissante. Le collègue avait trébuché en sortant de la voiture. Rien qu'un pied, dans une chaussure. Le collègue hors d'usage. Lui-même avait empoigné le micro et entendu les ambulances et les voitures de pompiers au loin avant d'avoir fini de délivrer son message.

Quelqu'un hurlait peut-être à l'intérieur de l'enfer de tôles écrabouillées, entortillées l'une autour de l'autre sur l'autoroute. Des hurlements de plus en plus forts. Plus stridents que les ambulances qui n'étaient pas encore arrivées. Où étaient les ambulances, merde ? C'était leur boulot. Il ne pouvait pas intervenir. Il s'était précipité vers les cris pour faire quelque chose, mais on n'entendait plus rien.

La première voiture avait été écrasée frontalement, le conducteur, éjecté de son siège. Peut-être gisait-il quelque part derrière la barrière de protection. Morelius n'apercevait aucun corps dans les débris du véhicule.

Une voiture plus petite était coincée entre les deux autres. Elle avait été coupée en deux, le toit de l'habitacle scié comme un couvercle. Deux personnes étaient assises à l'avant.

C'était ça, l'image dont il ne parvenait pas à se débarrasser. Il se réveillait la nuit avec un train de marchandises qui lui traversait le cerveau et le souvenir des corps dans la voiture tronçonnée.

Voilà ce qu'il avait raconté à Hanne. Essayé de lui raconter.

Au début il n'avait pas compris ce qu'il voyait. Il

s'était approché, par l'arrière, de biais, pour voir pourquoi ils étaient… penchés de façon aussi bizarre. C'étaient un homme et une femme, on pouvait le voir parce que l'un portait un veston et l'autre une robe à manches courtes.

Ils étaient décapités. Il n'avait pu s'empêcher de les suivre du regard et alors il avait vu… les têtes. Celle de l'homme se trouvait sur les genoux de la femme.

Morelius avait entendu les ambulances, la voix des médecins, des brancardiers et des mille autres membres de la force d'intervention qui grouillaient sur le lieu de l'accident. Il était resté là, comme soudé aux débris des voitures, pétrifié, rivé au bitume.

Il ferma à nouveau les yeux et entendit qu'on frappait à la porte des toilettes. La voix de Bartram.

— Ça va, Simon ? Il faut qu'on y aille.

Il tira la chasse d'eau.

— J'arrive.

— Je t'attends dans la voiture.

9.

La nuit avait été extraordinairement calme. Winter avait renoncé à essayer de dénicher le docteur Alcorta. Son père était amarré à ses tuyaux, à ses flacons, aux machines qui mesuraient sa vie. Winter était resté longtemps assis à regarder le visage de son père, sans pensée particulière. Des chariots passaient dans le couloir. Des gens allaient et venaient. Une infirmière lui avait dit quelque chose, il avait hoché la tête sans comprendre, elle n'était pas revenue. Cela faisait partie du mystère, de l'irréalité.

Non. C'était la réalité même, la réalité toute nue. La petite vie, la plus proche. Tout le reste est dénué de sens, pensa-t-il à l'approche de l'aube avant d'aller s'étendre sur le lit de la petite pièce, à côté du bureau des infirmières.

Il avait rêvé. De quoi ? Il l'oublia à l'instant où sa mère lui toucha doucement l'épaule. Il se redressa d'un bond.

— Il y a du nouveau ?

— Non, non, je viens juste d'arriver.

— Je me suis endormi, dit-il en regardant sa montre qui indiquait huit heures. Tu es venue tôt.

— Je ne trouvais pas le repos à la maison – elle s'assit sur le bord du lit. Mais je dois être un peu sens dessus dessous. J'ai oublié mes affaires de toilette... toute ma petite valise, en fait. Le taxi est arrivé et... tout est allé très vite.

— Tu es passée voir papa ?

— Oui. La situation est la même, stable.

Winter s'étira pour chasser le mauvais sommeil de ses membres. Il était en sueur, agité.

— Je vais chercher tes affaires.

— Tu ferais ça pour moi ?

— Bien sûr.

— Alors tu verras la maison.

Silence.

— Mais ça aurait été tellement plus sympa si... si on avait été là, nous aussi.

Winter traversa Marbella et ressortit de l'autre côté, où il reconnut l'hôtel Guadalpin. La circulation matinale était dense. Les parcelles en friche, le long de la route, étaient coincées entre des chantiers immobiliers, des hypermarchés, des concessionnaires automobiles, des magasins d'antiquités, des hôtels, des condominiums, des cliniques allemandes ; un monde pour Nord-Européens riches et vieux.

The Fielding Partnership, Marbella Forum, Hypermercado Marbella, Hotel Marbella Club, La Legenda, La Hacienda, et une discothèque, *La Fiesta,* déserte et sale. Devant un magasin portant l'enseigne *Vente de Coches,* Winter aperçut quelques Mercedes qui avaient dû autrefois être de la même couleur que la sienne. Il pensa à sa voiture, chez lui, dans le garage sous la place Vasa. C'était délirant de penser à elle en cet instant.

À l'hôtel Coral Beach, il se trompa de direction et, au lieu d'entrer dans Puerto Banús, il se retrouva embarqué vers le nord. Trois policiers à cheval traversèrent l'autoroute. Contraint de continuer tout droit, il se retrouva bientôt dans une zone résidentielle de construction récente. La montagne était plus proche que jamais. Les immeubles blancs à trois étages gisaient au milieu d'un désert, comme s'ils attendaient que la mer parvienne un jour jusqu'à eux. Cette *urbanización* sauvage faisait figure de transplant sur la pente aride de la montagne. Winter sourit. La montagne rejetterait tôt ou tard la greffe.

Même le soleil paraissait étranger ici, presque faux.

Il parvint à un terrain de golf récent, très petit, dont l'entrée se trouvait en face d'un arrêt de bus. Un joueur fouetta le gazon, des touffes d'herbe voltigèrent vers le ciel.

Cela avait quelque chose d'obscène, voire de criminel. Dans une région comme celle-ci, l'herbe verte et fraîche devait être aussi précieuse que la peau. Tout ce vert, brillant, étranger... encore un élément du monde riche. Les terrains de golf ressemblaient à des blessures infligées au paysage.

Il fit demi-tour, traversa Puerto Banús, dépassa le grand magasin *Corte Inglés* qui s'étalait sur deux cents mètres, remonta vers les collines, entre les villas. Il parvint au carrefour dont avait parlé sa mère. Le cœur de Nueva Andalucía. Le village de ses parents. Il laissa la voiture sur la place devant le *supermercado Diego* et consulta le plan crayonné d'une main hésitante par sa mère. Il coupa la musique espagnole et sortit dans le soleil d'octobre fort et brûlant. Il n'était pas encore dix heures mais un thermomètre digital à Puerto Banús avait affiché 29 et même, l'espace d'une seconde, 30 degrés.

Winter s'approcha à pied du carrefour à trois routes. Juste en face du petit arrêt de bus, vers le nord, s'étendait la Calle Rosalía de Castro et, dans son prolongement, la Sierra Blanca. Le sommet, vu d'ici, était bien plus net que de la chambre d'hôpital. Sur sa gauche, une colline ornée de quelques boutiques : *Johnny Restaurant, Clinica Dental, Rent a Car.* Derrière lui, le parking poussiéreux du supermarché et d'autres boutiques : *Ristorante Casa Italia, Restorante Romantico,* précédé d'un patio peint en rouge, une agence bancaire, un Fitness Center.

C'était donc là. Le centre-ville de ses parents. C'était là qu'ils achetaient leur gin, leurs bouteilles de tonic, leurs œufs, leur pain. Allaient-ils le soir dîner sur la terrasse de Johnny ?

Il traversa le carrefour et prit vers le nord. Cent mètre plus loin, il y avait un petit supermarché avec des présentoirs chargés de cartes postales. Les cartes étaient décolorées et recourbées par le soleil, comme si elles traînaient là depuis des lustres. Il continua tout droit, dépassa un bâtiment baptisé *Torre de Andalucía*, qui pouvait être un condominium ou un hôtel. La route s'arrêtait au *Bistro de la Torre*. Winter vit la vallée en contrebas, quelques petites maisons en pierre disséminées dans un paysage rural, qui s'étendait, sous le soleil, comme un rappel destiné à ceux d'ici, rappel d'une autre vie, plus dure, plus fruste et sans ombre.

Il prit à droite ; après une centaine de mètres, il parvint à la Calle Luís de Gongóra, où s'ouvraient, vers l'est, plusieurs petites voies sans issue qui s'étendaient chacune sur une cinquantaine de mètres.

Pasaje José Cadalso. C'était donc là. Il s'engagea dans la ruelle qui ressemblait à une allée, bordée de quelques villas à un ou deux étages. Le soleil lui chauffait le crâne et il regretta de ne pas avoir acheté une casquette. Tout était blanc et vert. Plus vert qu'il ne l'aurait cru. Des grappes de fleurs violettes retombaient du haut des murs blancs. Bougainvillées.

Les grilles des villas laissaient entrevoir des pelouses arrosées avec soin. Il parcourut les quelques mètres jusqu'à la maison de ses parents, qui était l'avant-dernière, sur la gauche. Une plaque de porcelaine : WINTER. Une boîtes aux lettres pour CARTAS, et un écriteau fixé au portail de fer noir avertissant les passants de la présence d'un PERRO. Winter sourit. Sa mère ne s'était jamais approchée d'un chien à moins de dix mètres. Peut-être l'écriteau effrayait-il les voleurs andalous capables de lire.

Sur le portail d'en face, Winter lut le nom BERG-LUND. Un peu plus tôt, il avait repéré un WESTER-LUND. Que des noms suédois. Sa mère avait rarement évoqué leurs voisins dans ses courtes communications téléphoniques. Aucun d'entre eux n'était pour l'heure visible. Tout était silencieux.

Le portail s'ouvrit sans résistance lorsqu'il eut tourné la clé dans la serrure. Il monta une volée de marches et contourna la maison. Une terrasse donnait sur une pelouse rectangulaire ombragée par trois grands palmiers. Ils ont des palmiers..., pensa-t-il. Au même instant la sonnerie du téléphone retentit à l'intérieur. Il réussit à trouver la bonne clé. Silence. Dix secondes plus tard le téléphone sonna à nouveau. Winter entra dans une pièce fraîche et sombre et prit le combiné.

— Allô ?

— Ah, Erik, tu es là ! Formidable.

— Je viens d'arriver.

— Comment la trouves-tu ?

Il regarda autour de lui. Une odeur de solitude et de silence, de soleil, de fleurs et peut-être de tabac. Les palmes dehors scintillaient au soleil. Sur la terrasse, il y avait une table blanche et trois fauteuils blancs avec des coussins jaunes.

— J'arrive à l'instant. Mais ça me paraît très bien.

— La valise est dans la chambre au premier.

— Tu me l'as déjà dit.

— Prudence sur la route.

— Vous avez des palmiers, dit Winter. Je ne le savais pas.

— N'est-ce pas qu'ils sont beaux ?

— Oui.

— Il y en a trois.

— Mais ça ne ressemble pas aux photos que tu m'as envoyées.

— Ah bon, pourquoi ?

— Je croyais que c'était plus près de la mer.

— La mer n'est qu'à un kilomètre à peine.

— On ne la voit pas.

— C'est pour éviter le vent. Ça souffle fort ici, parfois.

— Comment va papa ?

— Pareil. Pas de changement.

— Que dit le Dr Alcorta ?

— Il attend le résultat des dernières analyses.

— Si tu le vois, ligote-le jusqu'à mon retour.

— Je vais essayer.

— As-tu pensé à autre chose dont tu pourrais avoir besoin ?

— Non.

Winter dit au revoir et raccrocha. Il monta l'escalier et prit la valise qui se trouvait à côté du lit double dans la petite chambre à coucher. Il regarda par la fenêtre. Il ne voyait toujours pas la mer, mais une plus vaste portion de ciel. Bleu partout, aucun nuage. Vue plongeante sur les autres villas de la rue. Personne sur les pelouses. Personne sur les terrasses. Pas de chiens, pas de voleurs. Rien du tout.

Je n'ai pas envie de rester ici, pensa-t-il. Il aperçut une photographie de son père sur la table de chevet. Son désir de quitter cet endroit était aussi fort, il le savait, que le désir qu'avait son père d'y retourner.

Il redescendit l'escalier.

Je voudrai bien revenir ici quand ils seront là. On pourra se mettre sur la terrasse avec les éternels gin-tonic et regarder les palmiers.

Winter referma la porte à clé. Ferma aussi à clé le portail en fer, quitta la ruelle et revint sur ses pas jusqu'au carrefour que surplombait Johnny Restaurant. Il avait infiniment soif. Un homme s'affairait là-haut. En montant les marches, Winter vit qu'il s'apprêtait à ouvrir pour la journée et lui demanda s'il pouvait lui servir une pression. L'homme acquiesça. Winter s'assit ; l'homme revint avec un verre de Cruz Campo. Winter le vida d'un trait et signala qu'il en voulait un autre, *otra caña, por favor*. Il se mit à observer le carrefour. Un bus arriva, deux femmes montèrent. Le bus redémarra vers Puerto Banús. Un jeune homme passa sur une mobylette.

C'était le bruit le plus fort qu'il eût entendu jusque-là. Un joggeur apparut en soufflant sous le soleil, le bruit de sa respiration s'entendait jusque sur la terrasse de Johnny. Winter finit sa deuxième bière. Aurait-il jamais l'occasion de dîner ici avec ses parents au crépuscule ? Étaient-ils déjà venus chez Johnny ? Avaient-ils l'habitude d'y venir ? Soudain, il voulait le savoir.

Winter paya, retrouva le soleil, descendit l'escalier. L'alcool lui avait redonné un certain calme. En se dirigeant vers sa voiture, il passa devant une officine de *Trabajo Temporal*, qui ressemblait à une plaisanterie dans ce contexte. Il vit que le bâtiment du Restaurante Romantico abritait aussi un local pour *Arte y Cultura*. Des herbes folles poussaient dans les fentes du béton corrodé, sous la porte. Pas un très bon endroit pour l'art et la culture, pensa Winter. Il entra dans la fraîcheur du magasin d'alimentation et acheta un litre d'eau minérale pour le trajet du retour. L'alcool occupait ici la même place que le lait dans les supermarchés du nord de l'Europe. Un litre de Larios local pour 1 185 pesetas. Le gin anglais, type Gordon's, coûtait 985 pesetas pour soixante-dix centilitres. Le rosé coûtait 275 pesetas.

Il reprit le volant. La mer était une plaque d'argent étalée sous ses yeux. À Puerto Banús, il découvrit tous les gens qu'il n'avait pas vus là-haut, à Nueva Andalucía. De l'autre côté de Corte Inglés, la ville n'était qu'un cratère en attente de nouvelles constructions. Il vit une statue représentant un ange, perchée sur un grand socle, les bras étendus vers la mer. Sur la route de Marbella, il passa devant un minaret qu'il n'avait pas vu à l'aller, coincé entre un *Oriental Carpets* et un *Real Estate Ivar Dahl*. Encore un nom suédois. Il voyait sans cesse la montagne. Elle était comme un aimant pour le regard.

Dans le service de réanimation, il trouva le lit de son père vide. Sa mère n'était pas là non plus. Il avisa un infirmier.

— *What the hell has happened ?*

— *Your father is operating*, dit l'homme.

Guérison spectaculaire, pensa Winter. Papa est sur pied et soudain actif en tant que chirurgien.

— Où est le médecin ? demanda Winter. *Donde está el doctor Alcorta ?*

— Il opère.

— Mon père ? Il opère mon père ?

L'homme hocha la tête. Winter se retourna en entendant un bruit de pas.

— Je t'ai appelé, dit sa mère.

— Je suis resté coincé un long moment derrière une saleté de grue mobile. On n'entendait rien du tout.

— Ça a empiré d'un coup. À nouveau.

— Mon Dieu. Qu'est-ce que c'est, cette fois ?

— Je ne sais pas. Oh, Erik...

Elle pleurait. Il la prit dans ses bras.

— J'ai rapporté tes affaires, dit-il maladroitement. Tiens, les voilà.

— Le docteur Alcorta arrive dès qu'il aura fini.

— Quand ?

— Je n'en sais rien, Erik. Je n'en sais pas plus que toi.

— Et Alcorta ? Il sait quelque chose ?

Elle lui jeta un regard désemparé.

— Excuse-moi, dit-il. C'est juste que ça me... désespère de ne rien savoir.

— Tu as pourtant l'habitude d'attendre, Erik. De patienter. Non d'ailleurs... Là, c'est autre chose.

Il pensa à ce qu'elle venait de dire. Avait-il de la patience, dans son travail ? C'était bien de cela qu'il s'agissait, mais il n'éprouvait jamais la véritable tranquillité nécessaire pour attendre les résultats. Son agitation prenait toujours le dessus. Parfois c'était une mauvaise chose, mais la plupart du temps il obtenait des effets appréciables. Son agitation fouettait l'enquête, la forçait à avancer. Tôt ou tard il y avait toujours une ouverture, mais cette fois, c'était différent. Il ne pouvait rien faire. Même pas obtenir une entrevue avec Alcorta.

Là, c'est autre chose, avait dit sa mère.

— Et si on allait prendre un café ? proposa-t-il.

— Oui. D'accord.

Elle parla en espagnol à l'infirmier, qui répondit en quelques mots.

— Il viendra nous chercher s'il y a du nouveau. Mais nous ne serons absents que dix minutes.

10.

Angela referma la porte et essaya d'ôter son imperméable sans trop mouiller le parquet de l'entrée. Elle avait le visage et les cheveux trempés à cause des quelques minutes qu'il lui avait fallu pour courir de l'arrêt de tram jusqu'à la porte de l'immeuble.

Quelle journée ! Des patients allongés jusque dans les couloirs, et pas de temps à consacrer à quiconque. Le père d'un malade l'avait traitée de « fantôme » parce qu'il avait essayé en vain de la joindre pendant deux jours, ou peut-être trois. Je n'ai pas bougé d'ici, avait-elle répondu. Il ne semblait pas la croire. Cela l'avait mise en colère mais elle n'en avait rien montré. Bien sûr. Grande fatigue. Les nausées se faisaient à nouveau sentir.

Elle se débarrassa de ses bottes et alla dans la cuisine. La pluie contre les vitres. Le swi-ish à peine audible des tramways sur la place. Sa nouvelle maison, le grand immeuble de la place Vasa.

Cela n'avait rien d'évident. Elle avait encore son appartement de Kungshöjd. Elle sourit. Erik rentrerait d'Espagne, et elle lui dirait qu'elle voulait garder son appartement. Il la croirait peut-être. Parfois, elle avait l'impression qu'il était prêt à croire n'importe quoi. Et parfois, au contraire, que rien ne lui échappait, jusqu'aux plus infimes détails.

Non. Ils seraient mieux ici, au moins les premiers temps, quand l'enf... Elle s'interrompit. Elle ne voulait pas trop y penser avant... Quoi ? Avant qu'on ait vraiment emménagé ensemble. Je n'habite pas encore ici. Je viens juste après le boulot, parce que c'est mieux comme ça. Pour m'habituer.

Elle se fit une tasse de thé, s'assit à la table de la cuisine et écouta le bruit de la pluie. Elle se leva, alla dans le séjour et revint alors que Springsteen chantait déjà depuis trente secondes sur le thème du prix qu'on doit payer pour ses actes. Angela passa doucement la main sur son ventre. Le prix de ses actes. Elle sourit. *You make up your mind, you choose the chance you take.* Springsteen portait la fragilité des gens sur ses épaules. Erik avait commencé à écouter Springsteen. Seulement les ballades mélancoliques, évidemment. Mais tout de même. Ce n'était pas seulement pour lui faire plaisir à elle. Il arrivait plein de choses à celui qui acceptait de continuer à grandir. Coltrane était toujours là, mais il avait dû faire de la place. Erik connaissait maintenant deux noms de l'histoire de la musique contemporaine. Les Clash et Bruce Springsteen. Cela lui suffirait pour longtemps. Cela leur faisait un nouveau point commun.

Est-ce que j'ai peur ? Non. Est-ce qu'il a peur ? Peut-être. Va-t-il le dire ? Il dit de plus en plus de choses. Il aura quarante ans dans quelques mois et il a déjà commencé à parler. C'est tôt, pour la plupart des hommes.

Le réfrigérateur faisait un peu de bruit. Le bruit d'un réfrigérateur presque vide. Elle resta debout dans la lumière de l'appareil, la main sur la poignée. Le crépuscule dans la cuisine s'était rapidement épaissi. Elle avait cru qu'il resterait du fromage, mais il n'y avait même pas assez de margarine pour le lendemain matin. Elle eut une brusque envie d'anchois. Le genre d'envie dont elle avait entendu parler, mais dont elle n'avait jamais fait l'expérience. Évidemment. Les anchois n'avaient rien à voir avec le mauvais temps, mais peut-être avec la grossesse. Exactement comme le pâté de campagne au chocolat et autres légendes. Les nouilles au caramel.

Sardines. Fromage. Margarine. Peut-être le dernier *Femina*. Elle avait résilié son abonnement en prévision du déménagement mais le magazine lui manquait dans la boîte aux lettres, chez elle... Non, pas chez elle. Ses meubles y resteraient quelques semaines encore, mais c'était tout.

Clean break.

Moyennant quoi, elle avait maintenant une envie féroce de son *Femina* et d'une boîte d'anchois confits à point par les cristaux de sel. Elle regarda la vitre striée de pluie. Les lampadaires avaient du mal à percer l'obscurité. Elle s'entendit soupirer. Referma la porte du réfrigérateur, retourna dans l'entrée, renfila ses bottes et son imperméable. Le parapluie restait aussi introuvable qu'il l'avait été au matin.

L'ascenseur était en bas, elle prit l'escalier. Ses talons résonnaient avec un bruit plus sonore que celui auquel elle était habituée chez elle... à Kungshöjd.

Elle suivit Vasagatan jusqu'à la supérette. La pluie ne tombait plus que des gouttières. Elle s'écarta des façades, perçut un bruit de moteur parmi d'autres ; une minute plus tard, le bruit était toujours au même endroit. Elle se retourna. Une voiture de police roulait au pas à quelques mètres derrière elle. Elle se détourna, continua à marcher. La voiture n'accélérait toujours pas. Elle essaya de voir le conducteur, mais il était réduit à l'état de silhouette.

Était-elle suivie ? Pourquoi donc ? Soudain, le conducteur fit un appel de phares et rebroussa chemin vers la place Vasa. Elle regarda autour d'elle mais ne vit aucune autre voiture de police à proximité.

Elle entra dans le magasin et remplit un panier. Avant de passer à la caisse, elle prit le *Femina* et s'empara au passage d'un sachet de lacets au caramel.

Nouilles au caramel. Le mythe devenait réalité.

Il avait recommencé à pleuvoir, et le sac était plus lourd que prévu. Au moment de composer le code de l'immeuble, elle vit du coin de l'œil une voiture de police approcher et ralentir à sa hauteur. Sa main s'attarda sur les touches du digicode ; elle ne vit pas le visage du conducteur, car le pare-soleil était baissé. Elle suivit la voiture du regard. Les feux arrière lui faisaient signe, comme deux yeux rouges. La voiture tourna au coin de la rue.

Il y avait apparemment pas mal de véhicules de police en circulation, ce soir. Ou alors c'était le même que tout à l'heure. Une razzia dans le quartier louche de Vasastan. Le plus louche de la ville. Rien que des exclus. Des gens aux abois. Commissaires. Médecins. Veuves folles à la fortune suspecte. Il y en avait une à l'étage d'Erik. Très vieille, mais à moi on ne la fait pas, avait-il dit une fois dans l'ascenseur alors qu'il venait de la saluer, en bas. Parfois, la nuit, j'entends des bruits dans son appartement, comme une sorte de messe. Tu as vu ses ongles ? Non ? C'est normal, elle n'en a pas ! Mais des visites bizarres, ça oui.

Elle avait eu un frisson en l'écoutant. Elle y repensa en sortant de l'ascenseur et jeta un regard à la porte sombre de Mme Malmer.

Rosemary's Baby. La pensée avait surgi de nulle part. Elle était Rosemary et elle emménageait pour de bon dans l'immeuble. Erik commencerait à rendre des visites tardives à la vieille Mme Malmer, elle entendrait des marmonnements rythmés à travers le mur. Un matin, Erik aurait un sparadrap sur l'épaule. Quelqu'un, au commissariat, connaîtrait une mort tragique. Le chef de la brigade. Erik obtiendrait le poste. Ensuite il la présenterait à un vieux gentleman excentrique, ami de Mme Malmer, qui la présenterait à son tour à un nouveau gynécologue qui pouvait signif…

Elle entendit la sonnerie en ouvrant la porte de l'appartement. Elle lâcha le sac, se débarrassa de ses bottes et se précipita vers la console où se trouvait un des téléphones.

— Oui ? dit-elle hors d'haleine.

— Tu cours dans les escaliers, maintenant ?

— Salut, Erik !

— Est-ce que c'est une bonne idée pour toi de courir dans les escaliers ?

— J'ai pris l'ascenseur.

— Ah oui, il est parfois fatigant.

— Il est sinistre. On se prend à fantasmer sur toutes les choses horribles qui peuvent se passer dans cet immeuble.

— La vieille Mme Malmer...

— Pourquoi parles-tu d'elle ?

Elle entendit la note de méfiance dans sa propre voix. Bon Dieu de bon Dieu.

— Excuse-moi, dit-il, c'est idiot. Je ne veux pas te faire peur.

— Laisse tomber. Parle-moi plutôt de ton père.

— Son état s'est brusquement aggravé. Ils l'ont opéré, pour corriger un truc dans les vaisseaux. Il est de nouveau dans sa chambre.

— Tu as pu parler au médecin ?

— Tu rêves ? Tu es bien placée pour savoir que c'est impossible.

Elle pensa aux reproches qui lui avaient été adressés le jour même dans son service.

— Il ne faut pas nous juger trop sévèrement, dit-elle.

— Papa ne se plaint pas, c'est l'essentiel. Comment ça va, de ton côté ?

— J'ai eu une envie d'anchois, alors je suis ressortie sous la pluie et là, j'ai été suivie par un de tes collègues.

— De la crime ? Dans ce cas, ils ont manqué de discrétion.

— Que dis-tu ?

— Tu as vraiment eu l'impression d'être suivie par quelqu'un de la crime ?

— Je n'ai jamais dit ça.

— Tu viens de le dire.

— J'ai dit que j'étais suivie par un de tes collègues. Un flic, quoi.

Elle entendit un soupir dans le combiné, depuis la Costa del Sol.

— On reprend depuis le début, dit-il. Je t'écoute.

— Je suis sortie acheter des anchois, et j'ai constaté dans la rue qu'une voiture de police me suivait. Lentement. Quand je me suis retournée, elle a accéléré.

Winter ne dit rien.

— Au retour, au moment où j'allais entrer dans l'immeuble, elle est repassée lentement, de la même manière.

— C'est tout ?

— Oui. Ils sont peut-être sur un coup. Ce doit être une coïncidence.

— Tu n'as pas regardé le numéro ? Ou les numéros, s'il y avait deux voitures ?

— Bien sûr. J'ai tout noté à l'intérieur de mes paupières. Non, Erik. Je n'ai pas fait l'école de police.

— Bon... Je ne sais pas quoi dire.

— N'y pense plus. C'est une coïncidence. À moins que tu me fasses surveiller discrètement pour que je me sente en sécurité en ton absence ?

— Ce n'était pas très discret.

— C'est bien ça, alors. Tu me fais suivre.

— Tu plaisantes ?

— Oui. Presque.

— Je n'ai pas ce genre de pouvoir. Pas encore.

— Mais bientôt, peut-être...

— Quoi ?

— S'il arrivait quelque chose à ton chef. Le chef de la brigade criminelle. Comment s'appelle-t-il, déjà ?

— Birgersson. Où veux-tu en venir, Angela ?

— Rien. Je dis n'importe quoi.

Silence sur la ligne depuis la Costa del Sol.

— Allô ? Erik ?

— C'est une conversation vraiment bizarre.

— C'est ma faute. Pardonne-moi. Je me sens encore comme une étrangère dans cet immeuble... même si j'y viens souvent, depuis des années. Mais là, ce n'est plus pareil. En fait, la vérité, c'est que je veux que tu rentres. Dès que tu pourras. Dès que ton père ira mieux.

— On ne peut que l'espérer.

— Ça prendra le temps qu'il faut.

— Je ne sais pas s'il reste beaucoup de temps... Allez, il faut que tu t'occupes de tes anchois.

— Tu dois en manger plein, en Espagne.

— Je n'ai pas encore essayé.

— Pas de tapas ?

— Je n'ai pas eu le temps. J'ai passé la nuit à l'hôpital.

— Comment était-ce ?

— Mieux que d'être ailleurs. Mais mange un peu de sel maintenant, pour ne pas penser aux fantômes.

— À Mme Malmer.

— Aux voitures de police.

— J'ai aussi acheté des lacets au caramel.

— C'est très bon, avec des anchois pilés et du parmesan.

— Je prends note, dit Angela.

La voiture tournait dans le centre-ville. Le conducteur retourna sur la place Vasa, écouta les appels radio. Un bouchon à l'entrée du tunnel de Tingstad. Un voleur à Kortedala. Un resquilleur dans un tramway, dans le quartier de Majorna.

Il laissa la voiture devant le marchand de journaux et acheta un quotidien, n'importe lequel. Il le lirait peut-être, ou alors il le laisserait traîner sur une chaise. Ou il le jetterait dans une poubelle.

Il y avait de la lumière à toutes les fenêtres ou presque. Il connaissait l'immeuble, mais pas l'étage. Rien de plus facile que d'aller regarder la liste des noms, à côté de l'interphone, mais ça rimerait à quoi ? Il se posa cette question en remontant dans la voiture. Ça rimerait à quoi ? Il avait une question mais pas de réponse. Lorsqu'il saurait pourquoi il devait s'approcher de cette porte pour vérifier l'adresse et l'étage, il saurait aussi un certain nombre d'autres choses. Qui s'étaient produites, qui allaient se produire. Al-laient-se-pro-duire.

Avait-il fait un appel de phares ? Si oui, cela avait un sens. Comme un début. Il regarda le journal posé sur ses genoux. Il ne savait pas lequel c'était. *G.T.*, ou *Expressen*, ou *Aftonbladet*, il savait juste qu'il y aurait bientôt des choses écrites dedans, et dans les autres, des choses qu'il aurait pu leur raconter lui-même, mais ils ne lui avaient pas posé la question et c'était comme d'habitude, parce que personne ne lui demandait jamais rien, rien qui eût un *sens*, mais c'était fini maintenant, terminé, *terminé maintenant*. Il serra le journal entre ses mains et ensuite, une minute ou une année plus tard, alors qu'il était toujours dans la voiture, il regarda à nouveau le journal et s'aperçut qu'il l'avait déchiré en deux.

11.

Winter se leva avant huit heures. Le bout de ciel qu'il pouvait voir par la fenêtre de la salle de bains de La Luna était bleu aujourd'hui. L'air sentait déjà le soleil, et le savon liquide que Salvador, le propriétaire de la pension, avait utilisé pour le nettoyage matinal des dalles du patio. Winter entendit des coups de marteau et une voix de femme.

Il perçut la chaleur qui s'insinuait entre les barreaux de la fenêtre. Ce serait peut-être le jour le plus chaud depuis son arrivée. Salvador fit un geste vers le ciel au passage de Winter. L'été se cramponnait.

Il but son café sur la terrasse de Gaspar et fuma un cigarillo. Il était désormais connu des serveurs et du poitrinaire qui, à sa table habituelle, hachurait le silence du matin sur la place Puente de Málaga ; il ne cessa de tousser, l'espace d'un instant, que lorsque le serveur arriva avec son gin. L'homme leva son verre avec un signe de tête aimable à l'adresse de Winter.

Celui-ci se sentait encore engourdi. Il reprendrait bientôt le chemin de l'hôpital mais il voulait d'abord faire une rapide promenade pour assouplir ses articulations. Il finit son café, écrasa son mégot et paya. Avant de se lever, il appela sa mère dans la chambre où son père se reposait après sa dernière opération. Rien de neuf, dans un sens ni dans l'autre.

Il examina son plan touristique. Il pouvait monter jusqu'à la gare routière qui se trouvait sur les hauteurs de la ville. Une petite heure, aller et retour. Un bon exercice.

Il suivit la Calle de las Peñuelas, qui partait de la place en direction du nord. Après un moment, il tourna à gauche dans la Calle San Antonio qui, d'après le plan, grimpait en boucles successives jusqu'au sommet de la montagne.

Cent mètres plus loin, il pénétrait dans une autre Marbella, différente des quartiers pourtant relativement normaux où il logeait. Ici, il y avait des bars et des magasins pour les Espagnols, des vieilles dames assises en rang sur le pas des portes, des hommes dans les cafés, des enfants en route pour l'école. *Heladerias, panaderias, carnerias*. Odeur de viande fraîche à l'étal d'un boucher. Une jeune fille portant une brassée de pain. Et déjà, malgré l'heure matinale, le jeu des ombres et du soleil. Il dépassa la *Caja Ahorros Ronda*, le *Bar Pepe Duña*, le *Colegio Publico García Lorca*. Voix des élèves dans la cour de récréation. Un kiosque au carrefour avec une grande publicité pour *Sur*, le quotidien local.

Il poursuivit vers le nord et arriva sur la grande avenue Arias de Velasco. Après avoir consulté son plan, il prit à gauche.

Il avait parcouru une centaine de mètres lorsqu'il aperçut le commissariat. *Comisaría de Policía Nacional*. C'était un petit bâtiment de marbre gris, avec des murs vitrés et un double escalier conduisant à l'entrée où étaient apposées deux plaques : *Officina de Denuncias* et *Passaports Extranjeros*. Il éprouva un élan de sympathie pour les collègues. Il devait y avoir beaucoup de travail à Marbella, surtout pendant la haute saison. Pickpockets, passeports égarés, encore des pickpockets. Winter avait du mal à supporter les pickpockets, et aussi les pauvres bougres agaçants qui n'arrivaient pas à s'en défendre.

Et puis la mafia. D'après la rumeur, Marbella était un nouveau repaire de prédilection pour le crime organisé. Il avait lu cela dans un rapport.

Les réfugiés fiscaux et la mafia. Des villas dans les montagnes. Des tapas sur le *Paseo Maritimo,* le soir, où se concluaient les affaires.

Deux collègues en uniforme descendirent l'escalier et Winter faillit leur adresser un signe de tête lorsqu'ils traversèrent la rue à sa hauteur pour entrer dans le *Bar el de Enfrente* juste en face. Un verre de gin matinal, histoire de se fortifier. Winter avait soif. Il pensa à une bière, mais poursuivit son chemin. L'un des policiers ressortit du bar et entra chez un marchand de motos.

Winter était parvenu sur le plateau. Il traversa le pont qui enjambait l'autoroute et prit à gauche vers l'*Estación Bus*. En se retournant, il vit la ville en contrebas, la mer et l'horizon. Aucun nuage en vue. Le panorama valait le détour. Il voyait jusqu'à Nueva Andalucía et, de l'autre côté, jusqu'à un grand cube qui pouvait bien être l'hôpital Costa del Sol.

Il s'était rapproché de la montagne, visible par-delà les murs vitrés de la gare routière. Une foule sortit et descendit le grand escalier en le bousculant. Il perçut une odeur de sueur, de crème solaire, et se prit un coup de coude dans les côtes. Trente secondes plus tard, tout le monde avait disparu et Winter était à l'intérieur du bâtiment. Il examina les lieux, monta quelques marches vers une vaste cafétéria où il commanda un café et une petite bouteille d'eau minérale. Il glissa la main dans sa veste en lin et... et... Qu'est-ce que... Il glissa la main dans l'autre poche. Vide. En tâtant à nouveau la poche gauche, sa main passa au travers. Merde ! Le gars derrière le comptoir vit sa panique, et indiqua sa veste en silence. Winter suivit son regard. Une entaille nette à la hauteur de la poche intérieure où s'était trouvé son portefeuille. *Son portefeuille.* Qu'y avait-il dedans ? Dix mille pesetas, à peu près. Son permis de conduire. Les cartes... Nom de Dieu, les cartes de crédit. Il attrapa son portable, composa un numéro et attendit avec impatience.

— Angela.

— C'est Erik. J'ai cru que tu étais déjà sortie. Je me suis fait voler mon portefeuille et je n'ai pas le numéro pour faire opposition.

— Tu as été agressé ?

— Non, non, c'était un pickpocket. Écoute, on verra les détails plus tard. Peux-tu téléphoner tout de suite ? Je crois qu'il y a les numéros sur le panneau dans l'entrée. Au-dessus de la console, oui. Il y avait deux cartes, Visa et Mastercard. Non, contente-toi de les appeler. Ils ont les renseignements. Quoi ? C'est arrivé à l'instant, il n'y a pas plus de cinq minutes. Peut-être sept. Je suis en dehors de la ville et ce salaud doit d'abord trouver un distributeur. Si on s'en occupe tout de suite, il n'en aura pas le temps.

— D'accord.

— Rappelle-moi tout de suite après.

Il coupa la communication et regarda le barman, qui avait suivi la conversation d'un air attentif, bien qu'il ne pût en saisir un traître mot. À moins que… ? Il n'avait pas encore touché à son café, ni à la bouteille d'eau.

— *Un ladron, eh ?*

Winter ne comprit pas, mais fit un geste vague.

— *Ha robado la cartera, eh ?* – le barman montrait l'aisselle de Winter. *La cartera. Hijo de puta.*

Il secouait la tête comme pour condamner toute la racaille, en bloc.

— *Yes. The son of a bitch stole my wallet.*

Winter regarda son café, qui fumait encore. Il voulait le boire, mais il n'en avait plus les moyens.

— *Sírvase,* dit le gars en indiquant le comptoir avec un geste de compassion. *Please. It's on the house.*

Elle lui rit au nez. C'était comme la première fois… Quand tout avait commencé. Elle s'était marrée, et l'autre aussi, le type.

Elle lui avait dit qu'il n'était pas un homme. Non mais regarde-toi !

Il faisait ce qu'il voulait maintenant, dans cette

pièce qui était devenue complètement blanche. Il les voyait à peine, en avançant vers le lecteur de CD et en remettant la musique que l'autre avait coupée avec un juron au bout de quelques secondes.

— N'arrête pas la musique.

— T'es complètement malade !

— Ne l'arrête pas.

— Fous le camp !

— Casse-toi, dit la fille. On ne veut pas de toi ici.

— Je reste.

Il monta le son, commença à bouger sur les basses, les guitares. La pièce était blanche. Il ferma les yeux. Il avait cessé de voir. Il n'y avait plus d'obscurité. Il sentit quelque chose contre son ventre, comme un coup de poing, ou un coup de pied, mais n'ouvrit pas les yeux. La blancheur était encore là, dehors. Il ne voulait pas la voir. La musique était partout woahwaohwhääw-howhääääwho, il y eut encore un coup, quelqu'un le tira par les cheveux et il ouvrit les yeux. L'autre le frappa une fois encore et il tomba. L'autre voulait arrêter la musique mais c'était *lui* qui décidait maintenant. S'il restait immobile et laissait l'autre couper la musique tout serait fini et il le voulait, *voulait* que ce soit fini, mais il ne pouvait pas. C'était *lui* qui décidait maintenant. L'homme, c'était lui. Il se releva, ouvrit les yeux et regarda à travers la blancheur les deux autres là-bas, il ne savait même plus s'il y avait du silence. Il n'entendit rien lorsqu'il la serra, ne sentit rien, pas même lorsqu'il l'attrapa lui, son corps. La lumière blanche était là, mais à distance maintenant, comme en attente. Il l'empoigna à nouveau. Elle. Puis lui.

Un long intervalle.

Il tremblait comme un chien. C'était fini. La musique était encore là. Il avait tout fait et à la fin il avait obtenu toute – l'aide qui lui avait fait défaut auparavant. Il était encore dans la lumière blanche. Il entendait les mots, un par un, là où personne d'autre n'aurait pu distinguer quoi que ce soit dans le hurlement de la musique, *the-blood-is-sacrified-in-my-face.*

Angela le rappela cinq minutes plus tard.

— Ça y est, dit-elle.

— Bien.

— Que vas-tu faire, maintenant ?

— Emprunter à ma mère, pour aujourd'hui. Mais tu peux appeler ma banque et leur demander d'envoyer de l'argent pour demain.

— Où ?

— N'importe où en ville. Je vais demander à la première agence que je verrai s'ils acceptent la transaction et je te rappelle. Non, d'ailleurs, donne-moi le numéro, je téléphonerai à la banque moi-même.

— D'accord. Tu parles d'une malchance.

— Maladresse, plutôt. Ça n'aurait pas dû arriver.

— C'est peut-être une bonne chose. Pour t'aider à comprendre... les victimes.

— Mmm.

— Tu dois porter plainte.

— Laisse tomber.

— Mais bien sûr que si, Erik. Tu ne pourras pas faire jouer l'assurance si tu n'as pas déposé plainte sur place. C'est vraiment à moi de te l'expliquer ?

— Non.

— Le voleur se contentera peut-être de prendre les cartes, et il enverra le reste à la police.

— Le Père Noël habite peut-être au pôle Nord.

— Sérieusement, Erik.

— C'est bon, c'est bon, je vais porter plainte. Je sais où se trouve le commissariat.

— Bien. Et... Erik...

— Oui ?

— Il y a des choses plus graves, dans la vie.

— Je sais, Angela. Je sais.

Il fit le tour de la gare routière, fouilla les poubelles et les buissons poussiéreux, mais le voleur n'avait pas eu l'idée de se débarrasser du portefeuille après avoir pris l'argent et les cartes.

Winter se sentait encore la rage au ventre, mais Angela avait raison. Il existait de pires galères.

Le marbre gris du commissariat était devenu blanc au soleil. Il prit à gauche, *Officina de Denuncias,* et essaya d'expliquer son affaire à un agent en uniforme. L'homme leva la main et indiqua une porte à côté du guichet d'accueil. Elle était fermée. Au-dessus, un panneau en blanc et bleu : *Interpreters' Office.*

Winter s'assit. Après quelques minutes, la porte du bureau s'ouvrit et un couple qui pouvait être suédois en sortit. L'agent signala à Winter que son tour était venu.

Une femme, derrière un bureau, complétait un formulaire. Elle fit signe à Winter de prendre place. Elle devait avoir vingt-cinq ans, ou peut-être trente. Ses cheveux étaient noirs et courts, mais lorsqu'elle leva la tête, il vit qu'elle avait les yeux bleus. Elle ne semblait pas maquillée. C'était une belle femme. Elle portait une robe ample et sa peau était claire. Remarquablement claire, pensa-t-il.

Il lui conta l'histoire en peu de mots. Elle l'écouta sans paraître blasée, ce qui le surprit.

— Veuillez remplir ce formulaire, dit-elle, je reviens dans une minute.

Elle lui remit un papier intitulé *Diligencia* qu'il entreprit de compléter. À la rubrique *Profesión* il hésita, puis résolut d'écrire la vérité.

Elle revint et parcourut rapidement le feuillet.

— Vous avez encore le passeport ?

— Dans le cas contraire, je n'aurais pas pu noter son numéro, n'est-ce pas ?

Il regretta d'avoir répondu avec mauvaise humeur. Elle restait impassible.

— Alors comme ça, vous êtes commissaire de police ?

Il crut voir un sourire, mais il n'en était pas certain.

— Brigade criminelle, répondit-il.

— Vous êtes jeune… pour ce poste.

— Ah bon ? J'ai cinquante ans.

— Dans ce cas, vous avez menti sur votre âge, dit-elle en indiquant le formulaire.

— Je plaisantais.

Winter sentit quelque chose à la tête, comme un vague frisson. Elle le regardait droit dans les yeux.

— Vous paraissez jeune, vous aussi, pour une... interprète, dit-il.

Et merde. J'espère qu'elle ne va pas croire que je la drague.

Elle sourit et se leva. Elle était grande ; il n'y avait pas prêté attention tout à l'heure, quand elle s'était absentée, tout occupé qu'il était à remplir son formulaire.

— Je vous présente mes excuses pour nos voyous de la côte sud, dit-elle. Si vous voulez bien attendre dehors, je vais remettre ce papier à un sergent qui notera tous les renseignements utiles. Il vous recevra bientôt.

— C'est tout ?

— Il me semble.

Il se leva. Au mur à côté de la porte, un panneau portait trois noms sous une rubrique qui signifiait sans doute « Interprètes de la police ». Deux prénoms d'homme et un prénom de femme : Alicia. Elle avait suivi son regard.

— Oui, dit-elle. Je m'appelle Alicia.

— Erik.

— Je sais, dit-elle avec un sourire, en agitant le formulaire qu'elle tenait encore à la main.

Il attendit dehors. Le sergent finit par arriver et le fit entrer dans un bureau qui donnait sur la rue principale. C'était le même homme que Winter avait vu au matin entrer dans le bar, puis chez le marchand de motos.

— Je vous prie de nous excuser pour le dérangement, commissaire, dit-il.

— C'est ma faute.

L'homme ne fit pas de commentaire. Peut-être se demande-t-il comment j'ai pu être ballot à ce point. Je me pose la même question.

— Ils sont de plus en plus insolents, dit le sergent.

— C'est comme ça.

— Mais nous n'avons pas le droit de laisser tomber, n'est-ce pas ?

— Non.

— Où irait le monde si la police abandonnait ?

Winter envisagea de répondre qu'il n'avait pas de temps à perdre en raisonnements philosophiques. L'homme parlait un parfait anglais. La conversation aurait pu durer longtemps.

— Quand la police abandonne, le monde se défait, dit le sergent, en réponse à sa propre question.

— Avez-vous besoin d'autres renseignements ?

— Quoi ? Non. Je dois juste finir de rédiger ce rapport.

L'homme se mit à écrire en silence, bien plus lentement qu'il ne parlait. C'était une question de concentration. Winter n'avait pas l'intention de le déranger. Il risquait de s'énerver.

— Très bien, voilà. Pouvez-vous signer ici ? Les deux exemplaires, merci.

Winter signa et se leva, une copie dans la poche.

— Faites attention, commissaire.

Winter tenta de déceler l'ironie, mais le visage de l'homme était neutre, peut-être un brin soucieux.

— C'est un monde dur, dehors, ajouta-t-il.

Au moment où Winter repassait devant le guichet de l'accueil, Alicia ouvrit sa porte. Elle tenait un nouveau formulaire. Il vit un autre touriste se lever dans le bureau.

— Good bye, inspector Erik, dit-elle en le gratifiant de son beau sourire.

Il pensa brièvement à elle en redescendant la côte. Il était déjà dans la voiture, en route vers l'hôpital, lorsqu'il se rappela qu'il devait téléphoner à la banque.

12.

Maria et Patrik erraient dans le centre-ville. Il faisait de plus en plus froid, à cause du vent du nord qui s'était levé. Maria avait glissé les mains dans ses poches.

— Tu as oublié tes gants ?

— Je n'ai pas eu le temps de les prendre. Ou alors je croyais qu'ils étaient dans la parka.

— Il fait froid.

— C'est quand même mieux que quand il pleut. Tu as des cigarettes ?

Elle s'était arrêtée devant le MacDonald's. Les magasins de Nordstan avaient fermé, mais le centre commercial était encore accessible.

— Je pensais arrêter la clope, dit-il.

— Arrêter ? Tu as à peine commencé.

— Je n'aime pas ça.

— Qui aime ça ?

Les ventilateurs du centre commercial dispensaient un courant d'air chaud. Un groupe d'adultes entra derrière eux, en riant. Maria perçut une odeur d'alcool, de parfum et d'eau de rasage. Les adultes entrèrent dans le *King Creole*.

— Dancing, dit Patrik avec un petit rire.

— Eux, au moins, ils ont un endroit où aller.

— Je préfère être dehors.

— Quand même.

Les gens traînaient par petits groupes sur la place carrée. Deux policiers s'étaient immobilisés devant un guitariste, qui ne s'arrêta pas de jouer sous prétexte qu'il avait deux flics devant lui. Il se mit à chanter. L'un des agents, le plus âgé, semblait suivre le rythme. Le chanteur éleva la voix.

— On dirait qu'il s'est fait mal, commenta Patrik.

— C'est exprès. C'est un truc espagnol. Du flamengo.

— Ça s'appelle flamenco.

— Comment tu le sais ?

— N'empêche qu'on dirait qu'il a mal.

— Si seulement on pouvait se tirer d'ici. Imagine.

— Un charter pour les Canaries.

— Tu n'y es pas déjà allé, toi ?

— On y est allés en... famille, avant que maman s'en aille.

— Comment c'était ?

— Quand maman est partie ? Laisse tomber.

— Non, les Canaries.

Patrik, immobile, regardait le type à la guitare qui s'était lancé dans une nouvelle chanson, exactement pareille à la précédente.

Il aurait pu dire qu'il se rappelait une piscine. Il avait plongé d'un petit banc en pierre, à côté d'un palmier séparé du balcon de leur appartement par un escalier et rien de plus. Sa petite sœur avait une bouée et sa maman la suivait en riant, dans l'eau turquoise. Il avait plongé toute la journée ; l'après-midi ils avaient joué au loto. Il avait encore plongé le soir, alors qu'il faisait déjà nuit, devant ses parents assis à une table avec sa sœur. Il leur avait montré un nouveau tour « Regardez-moi ! » et ils avaient applaudi. Il faisait presque aussi chaud le soir que dans la journée alors qu'en Suède, il neigeait. Il avait tenu son papa par la main, plusieurs fois.

Mais il n'y avait pas de petite sœur, pas de maman, pas de voyage aux Canaries, pas de piscine, pas de palmier, pas de loto. Il n'y en avait jamais eu. Il rêvait parfois tout seul, rêvait tout haut. Maria ne savait rien. Maria pouvait aller sur toutes les îles du monde.

— Les Canaries ? Peuh, dit-il. Sans intérêt.

Morelius battait la semelle devant chez Harley's en attendant que Bartram finisse de discuter le coup avec le propriétaire. La température avait chuté brutalement. En quelques heures à peine, le froid avait chassé l'humidité.

— C'est pour demain, dit Bartram en sortant. Ils n'ont pas l'intention de la remettre à plus tard.

— Ah bon.

— Tant mieux, peut-être.

— On s'en fout, non, de savoir quand le club HD fait sa fête ?

— Oui.

— C'est toujours la même racaille.

— Mais les meufs sont bien, objecta Bartram. Ils amènent toujours des meufs canon.

— Pourquoi ? Elles ne sont pas membres du club ?

— Ce sont des accessoires, dit Bartram. De beaux accessoires. J'aimerais bien en avoir une sous la main pour me réchauffer, là tout de suite.

— Ah oui ?

— Se faufiler sous le cuir..., dit-il en caressant le cuir de sa propre veste – avant de passer vite fait aux basiques. Tu me suis, Simon ? Les basiques...

— Arrête.

— Qu'est-ce qu'il y a, encore ?

— J'en ai marre de ta tchatche.

— Détends-toi, putain. C'est un b...

Bartram s'interrompit en voyant approcher deux jeunes.

— Tiens, dit-il, des connaissances. Bonsoir, bonsoir.

— Bonsoir, dit Patrik.

— Encore en promenade ? fit Morelius.

— C'est un pays libre.

— Mais oui. Vous n'avez pas froid ?

— Non, dit Maria.

Morelius vit les ailes de son nez, toutes blanches, et les poignets nus émergeant de ses poches. Son front aussi était blanc, comme le lobe de ses oreilles.

— Vous rentrez ? demanda-t-il.

— Chez qui ?

— On vous laisse le choix. On allait justement chercher une voiture.

— La soirée est encore jeune.

Patrik avait entendu cette expression quelque part et elle lui plaisait tellement qu'il avait eu envie de la répéter comme ça, pour le plaisir. Morelius jeta un coup d'œil à Bartram mais ne dit rien.

— En effet, dit Bartram. Des projets ?

— On pensait aller au pub, dit Maria.

— Je crois que vous êtes trop jeunes.

— Justement. C'est ça, le truc.

— Quoi ?

— On n'entre nulle part.

— Vous n'avez rien à faire dans les pubs, de toute façon.

— Je parlais d'un endroit en général. Pour les jeunes. Pour rien. Pour le fun.

— Quel fun ?

— Avec des gens.

— O.K.

— Mais il n'y a rien, dit Patrik. Rien du tout.

— Là on est complètement d'accord, répliqua Morelius.

— Qu'est-ce que vous faites pour le nouvel an ? intervint Bartram.

— Quoi ?

— Le nouveau millénaire. On se verra sous le Lion de Skansen ?

— Ça m'étonnerait.

— Nous, en tous cas, on y sera.

— Vous allez travailler ce jour-là ?

— Affirmatif. Simon, ici présent, et moi-même,

nous serons à notre poste là-haut, à Skansen, au grand soir.

— C'est nul de travailler ce soir-là.

— Quelle différence ? La moitié de la ville y sera. Et nous, nous serons payés pour y être – il se tourna vers Morelius. On n'a pas de la chance, Simon ?

— Si.

Patrik regarda Maria et secoua la tête.

— Faut qu'on y aille.

— Rentrez vous réchauffer à la maison, dit Morelius.

— C'est un pays libre, répéta Patrik.

Cette formule-là n'était pas mal non plus.

Bergenhem avait fini son service mais au lieu de rentrer chez lui, il roulait vers le sud en écoutant le quatrième CD des *Tracks* de Springsteen, *Happy with you in my arms. Happy with you in my heart.* Hier soir, Martina avait chuchoté quelque chose en lui caressant le bras mais il avait fait semblant de dormir. Elle s'était retournée de son côté et il avait fini par s'endormir, lui aussi. Il avait essayé de ne pas réfléchir.

Il traversa Askim. La mer scintillait sur sa droite. Il continua. La circulation était moins dense ici ; la ville devenait plus basse, plus clairsemée, plus riche. Les villas brillaient comme des oasis par-delà le bitume qui faisait chanter les pneus de sa voiture. Les derniers bus freinaient à des arrêts qui semblaient dépeuplés dans le noir, *happy darling, come the dark, happy when I taste you kiss, I'm happy in love like this.* Bergenhem écoutait en conduisant, c'était comme une langue qu'il ne comprenait pas et dont il saisissait pourtant chaque mot.

Il pensa à sa fille. Il pensa à sa femme. Il bifurqua au carrefour de Billdal et continua sur les petites routes jusqu'au bord de l'eau. Il sortit de la voiture. La lanterne d'un chalutier clignotait à hauteur des îles de l'archipel sud. Autour de lui, des silhouettes de voiliers à la cale. Nouveau clignotement sur la mer et, plus loin, une grappe de lumières qui pouvait bien être le ferry de minuit pour Frederikshavn.

Bientôt le ferry appareillerait pour la croisière du Nouvel An. Un nouveau millénaire sur les eaux internationales... Il s'accroupit et trempa sa main dans l'eau qui lui fit l'effet d'un gant de glace. Je suis en eaux profondes, pensa-t-il. Je dois faire quelque chose.

Il reprit le volant. Sur l'autoroute, il repéra une voiture de police à l'arrêt sur le parking d'un abribus. Le conducteur était debout à côté du véhicule. En passant, Bergenhem n'aperçut personne à l'avant ni à l'arrière. Dans le rétroviseur, il vit le policier au regard levé pardessus les arbres. Peut-être tenait-il une cigarette entre les doigts. Nous avons tous besoin d'une pause, pensa Bergenhem. Il lui avait semblé au départ reconnaître le collègue, mais il n'en était plus sûr. En tout cas, ce n'était pas quelqu'un du poste de Frölunda.

Crépitement soudain contre la vitre : de la grêle qui se transforma vite en neige, la première de la saison. Bientôt novembre. Springsteen continuait : *And honey I just wanna be back in your arms, back in your arms again.* Bergenhem arriva chez lui, se glissa entre les draps froids. Martina dormait et il fit semblant de dormir, lui aussi.

Sa tête glissa une fois de plus sur son épaule. Il se redressa en sursaut.

— Allonge-toi un moment, dit sa mère.

— Ça va aller.

— Il se repose.

Winter regarda le visage de son père, qui avait perdu le peu de couleur qu'il avait eu à son arrivée, lorsqu'il l'avait vu pour la première fois dans la chambre 1108. Il y a trois jours ou trois ans, pensa-t-il.

Incroyable qu'il puisse encore respirer. Winter se leva et s'avança vers le lit. Son père était allongé, la tête tournée vers la fenêtre, les yeux fermés. La silhouette de la montagne se découpait dans le ciel. Un avion s'apprêtait à atterrir à Málaga. Winter pensa à la Suède ; le téléphone sonna dans sa poche. Il sortit dans le couloir pour répondre.

— Comment ça va ? dit la voix de sa sœur.

— Mal, je crois.

— J'essaierai de venir demain.

Lotta toussait, sifflait. Elle essaya de dire quelque chose, se reprit, toussa encore.

— Je n'avais que trente-huit neuf, ce matin.

— Tu devrais aller à l'hôpital. Une telle fièvre pour… un adulte, c'est sérieux, docteur.

— C'est parce que… parce…

— Quoi ? Je n'entends pas ce que tu dis, Lotta.

— C'est quand même dingue que j'aie attrapé la grippe du siècle, que dis-je, *du millénaire,* alors que papa est au plus mal.

Winter ne sut que répondre. La lumière dans le couloir était bleue et faible, pourtant plus forte que dans la chambre de son père. On aurait dit un tunnel de glace.

— Tu dois attendre que la fièvre tombe, dit-il en regardant deux infirmières qui parlaient à voix basse dans leur bureau, éclairées par une autre lumière, plus chaleureuse.

— Je peux prendre quelques cachets qui sont sur la liste noire, dit Lotta. Ça passe ou ça casse.

— C'est toi, le médecin, tu sais ce que tu dois faire.

— Tu parles. Mais là, ce n'est pas de moi qu'il s'agit.

Elle se mit à tousser, un bruit rauque, comme si elle cherchait de l'air. Elle voulut dire quelque chose, se remit à tousser.

— J'ai peut-être la force de dire deux mots à maman.

— Je vais la chercher.

Il retourna dans la chambre et tendit le téléphone à sa mère, qui sortit.

Son père marmonna quelque chose et tourna la tête. Winter vit qu'il s'était réveillé.

NOVEMBRE

13.

L'agence d'Unicaja avait enfin reçu l'argent, deux minutes avant l'heure de la fermeture, après que Winter eut conféré trois fois avec sa banque en Suède, références bancaires, numéro OSN, code swift : cecaesmm039. Les Espagnols n'acceptaient pas de recevoir la somme en devises. Winter dut accepter leurs conditions et payer le taux de change.

La sensation du plastique dans sa main lui manquait. Il glissa les billets neufs et raides dans la poche intérieure de son deuxième veston. Il était sur ses gardes en ressortant de l'agence, attentif, prêt à éviter la foule.

La chaleur était palpable, bien qu'on eût changé de mois. Salvador de la pension La Luna avait écarté les bras ce matin en disant quelque chose à propos d'*el cielo azul*. Le ciel bleu, éternel pour des gens qui n'attendaient que la fraîcheur.

Winter resta un moment indécis sur le trottoir de l'Avenida Ricardo Soriano. Il se sentait soudain affamé, pour la première fois depuis son arrivée. Puis il choisit de prendre à droite et vit au même moment Alicia qui venait vers lui. Elle était seule. Ce fut peut-être elle qui s'arrêta la première pour lui adresser la parole.

— Avez-vous pu régler la question de l'argent, commissaire ?

— Je viens de récupérer les billets à l'instant, dit-il en indiquant l'agence dans son dos.

— Tant mieux.

— Ça facilite les choses. Maintenant, j'ai les moyens d'aller déjeuner.

Elle regarda sa montre, sans faire mine de bouger.

— Je ne voudrais pas vous retarder, dit Winter.

— Je viens de quitter le travail.

— Ah. Bon, je vais peut-être aller le prendre, ce déjeuner, avant de retourner à l'hôpital.

— Pourquoi ? Vous vous êtes blessé, commissaire ?

— Je m'appelle Erik. Non, mon père est très malade. C'est pour ça que je suis ici.

— Désolée de l'apprendre.

Elle paraissait sincère. Elle portait une jupe aujourd'hui, une jupe noire et un mince chemisier qui semblait tenir la chaleur à distance, en dépit de sa couleur sombre. Winter avait remarqué que les femmes espagnoles supportaient apparemment la chaleur bien mieux que les hommes, qui passaient la journée à s'éponger le front. Les femmes étaient plus douées pour ça.

— J'espère que ça s'arrangera.

Elle sembla songer à quelque chose et se retourna vers l'endroit d'où elle était venue, avant de le regarder à nouveau.

— Vous avez un endroit en tête, pour votre déjeuner ?

— Non... Je pensais monter par là. C'est la vieille ville, non ? Je n'ai pas encore vu grand-chose de Marbella.

Alicia regarda à nouveau sa montre.

— Il y a un bon restaurant à quelques centaines de mètres d'ici. Si vous voulez, je peux vous y conduire.

— Vous avez déjeuné ?

— Non, pas encore. D'habitude je me contente d'un sandwich.

— Si vous m'y emmenez, je vous invite.

L'endroit se trouvait dans la Calle Tetuán et s'appelait *Sol y Sombra*. Spécialité de poissons et crustacés, *pescaitos y mariscos*. Quelque tables à l'extérieur, sous des parasols, et une grande salle qui paraissait fraîche, avec des nappes blanches et des fenêtres ouvertes sur la petite rue piétonne.

— Qu'en dites-vous ?

Winter vit un comptoir vitré rempli de poissons, de langoustines et de langoustes sur un lit de glace, derrière lequel se tenait un homme aux cheveux noirs brillants coiffés en arrière. Un groupe d'Espagnols était attablé dans le local. Un couple, à l'extérieur, venait de se faire servir une bouteille de vin. Elle était déjà tiède. Il semblait faire chaud, même sous le parasol.

— Ça me paraît très bien. Je crois que je préférerais déjeuner à l'intérieur. Vous m'accompagnez ?

— D'accord.

Ils s'installèrent. L'homme du comptoir leur apporta les menus et une carafe d'eau glacée.

— Je vous laisse commander, dit-il.

— Vous avez très faim ?

— Assez.

— Une entrée et un plat ?

— Oui... Ou plusieurs petits plats en même temps.

— Du vin ?

— Un verre, peut-être.

Alicia commanda, et l'homme leur apporta sans attendre une petite carafe de vin blanc, un panier de pain bis et une assiette de grandes olives vertes. Winter servit le vin, qui avait un goût de terre et de soleil.

— Vous travaillez à plein temps comme interprète ?

— Pour l'instant, oui. En fait, je suis professeur de lycée, mais bon, j'en ai eu assez l'année dernière et voilà.

— Vous habitez ici ?

— À Marbella ? Non, malheureusement. Mais je ne devrais peut-être pas vous dire ça, alors que vous venez de vous faire voler.

— La ville paraît... sympathique. Pas beaucoup de touristes. Mais c'est la basse saison.

— C'est pas mal aussi en saison. À la différence de chez moi, à Torremolinos.

— Ah, ah, vous êtes de Torremolinos.

— Vous connaissez ?

— Tout le monde en a entendu parler. Mais je n'y suis jamais allé. J'ai juste aperçu la ville de loin.

— C'est la meilleure façon de la voir, dit Alicia. Malheureusement, tout le monde n'est pas du même avis.

— C'est affreux à ce point ?

— Pire encore. Peut-être pas le quartier où j'habite, mais le reste. Les Anglais l'appellent « Terrible Torrie », et ils ont raison, même si le côté terrible est dû à eux.

— Oui, j'avais cru comprendre que c'était un endroit très prisé des Anglais.

— De la partie rasée et tatouée de la population, en tout cas. La Guardia Civil va les chercher directement à l'aéroport et les conduit à leur hôtel sous escorte dans des voitures blindées.

Winter rit et avala son vin de travers. Alicia sourit.

— Et ce n'est que le début des vacances, ajouta-t-elle.

— Et vous vivez au milieu de tout cela ?

— Comme je le disais, c'est mieux dans mon quartier. C'est un peu en dehors de la ville, au-dessus d'un vieux village de pêcheurs qui s'appelle La Carihuela. On peut suivre le chemin de la côte jusqu'à Torre. Si on n'a pas froid aux yeux.

— Mais vous travaillez ici.

— Le commissariat d'ici est plus agréable, dit-elle en buvant une gorgée de vin. Tout comme... les clients, poursuivit-elle en regardant Winter avec un nouveau sourire.

— Moi aussi, dit-il, j'ai la boule à zéro. Presque.

— Mais il vous manque la chope de trois litres et la portion de fish & chips.

— Et ça, qu'est-ce que c'est ? demanda Winter en montrant les deux assiettes que le serveur venait de poser sur la table.

— Fish & chips, dit Alicia en riant. Mais vous n'avez pas encore tout vu.

Morelius regardait ses crevettes frites, qui semblaient soudées à la barquette d'aluminium. Il se leva et jeta le tout à la poubelle. La télévision bavassait à propos du changement de millénaire. Personne n'avait entendu ce mot-là un an plus tôt.

Quand on se prend la tête à propos de son boulot au point qu'on doit aller en parler avec un pasteur, c'est qu'on n'est pas fait pour ça. On doit avoir la mentalité qui fait qu'on supporte le boulot. Un chirurgien dans un service de cancérologie ne peut pas exiger des entretiens thérapeutiques pour son propre compte chaque fois qu'il opère un patient ou qu'il parle avec lui.

Et après on s'écroule. Après-on-s'écroule.

— À quoi tu penses ? demanda Bartram.

— Quoi ?

— Tu paraissais très concentré tout à coup.

— Je pensais aux motards de la vieille ville qui vont bientôt fêter Noël chez Harley's, dit Morelius.

— Oui, ça mérite réflexion.

— J'y échapperai cette année.

— Heureusement. La commune s'en charge. Une simple opération de surveillance avec cinq voitures.

Certains supportent les interventions et d'autres non, pensa Morelius. Je vais continuer à les supporter. Je l'ai déjà fait, pas vrai ? J'y étais moi aussi, dans la nuit.

— La fille de Park est morte hier. Tu le savais ?

— Quoi ? Non. Je savais qu'elle était dans un sale état.

— Son copain est en train de prendre le même chemin.

— Oui.

— Tu crois que c'était une O.D. ?

— Je ne crois rien. Elle était out.

— Elle n'était pas le genre.

— Aucun d'entre eux ne l'est.
— Elle était canon.

«Vous voulez un dessert? Elle le regardait de ses beaux yeux.
— Oui, peut-être.»
Il regarda sa montre. Il n'y avait pas une heure qu'ils étaient là, mais il avait l'impression que cela faisait bien plus longtemps.
— Un petit quelque chose, et un café.
— Un *tocino al cielo*? proposa-t-elle.
— Qu'est-ce que c'est?
— Une sorte de crème brûlée.
— Toc...?
— *Tocino al cielo.*
— C'est un beau nom. D'accord, je le prends.
— Une fois traduit, ce n'est peut-être pas aussi joli. Ça veut dire lard céleste. Lard du ciel.
— C'est intéressant.
— Oui, n'est-ce pas?
Dehors, dans la Calle Tetuán, il lui dit au revoir.
— On se reverra peut-être, dit Alicia. Vous savez où me trouver... S'il vous arrivait d'avoir faim et que vous aviez besoin de conseils... Ou si vous aviez à nouveau des malheurs.
Elle fouilla dans son sac et lui tendit une carte de visite. Winter la rangea dans la poche de sa chemise.
— Puis-je vous conduire quelque part? Ma voiture est près de la banque.
— Non, j'ai quelques courses à faire, je prendrai le bus après. J'espère que ça va s'arranger, pour votre père.
Winter hocha la tête. Ils se séparèrent, et il retourna vers l'avenue. La voiture était brûlante, à l'intérieur comme à l'extérieur, et il sentit la sueur couler dans le bas de son dos avant même de s'asseoir. Son portable sonna.
— Ça ne va pas le faire, dit la voix de sa sœur entre deux quintes de toux. Demain. Impossible.
— J'y retourne maintenant.

— Il est encore conscient ? Je veux dire, il est là, avec vous ?

— En tout cas, on a parlé un peu hier soir.

— C'est bien, siffla-t-elle.

— Je ne sais pas. Il a tenté une sorte de bilan mais je ne lui ai pas permis d'aller jusqu'au bout.

Le mur était rugueux, comme un arbre. Avait-il trouvé le pinceau dans l'appartement ? Ou l'avait-il apporté avec lui ? Il était assez calme maintenant pour poser les questions, mais pas pour y répondre.

Bien. Il avait fini.

Ils suivaient chacun de ses gestes. Elle et lui. Il ne s'approchait pas d'eux. Ils pouvaient bien rester assis là. Il avait remonté les stores pour faire un peu de lumière. Il n'y avait plus de silence. Plus-de-silence. La musique sur autoreverse. La lumière des lampadaires glissait en biais sur la tête de l'autre, qui contemplait tout depuis le canapé. Calme absolu. Satisfaisant. Avec elle, les choses avaient été moins simples, mais maintenant elle était silencieuse elle aussi et le contemplait. Plus personne ne riait. Qui donc avait le pouvoir maintenant ? Qui décidait ?

Il leur avait montré.

Il allait lui montrer à *lui*, pour qu'il comprenne.

Il coupa la musique. Ce n'était pas bien. Il la remit en baissant le son et jeta un regard circulaire. Il n'y avait plus qu'à s'en aller maintenant.

14.

Angela se réveilla peu avant minuit avec l'intuition d'un événement imminent. Auquel elle ne voulait pas penser.

À la lisière du sommeil, elle avait vu les images, l'une après l'autre, comme glissées dans un carrousel et projetées sur le grand mur nu de la chambre à coucher.

Elle sentit son cœur dans sa poitrine, se leva et enfila un peignoir. Elle n'alluma que la lumière au-dessus du plan de travail. S'assit à la table de la cuisine avec un verre de lait. Silence. Quelqu'un tira une chasse d'eau, quelque part dans l'immeuble. Elle faillit mettre la radio mais renonça. Il ne fallait pas trop se réveiller. Elle avait la main posée sur son ventre. Ne pas trop s'organiser. Ne pas trop prévoir.

Le bruit des canalisations cessa. Aucun tramway tardif au-dehors, aucun bruit de voix dans la nuit, qui sentait la neige. Un avant-goût de l'hiver. Elle referma la fenêtre, posa le verre dans l'évier et passa dans l'entrée. L'ascenseur montait en grinçant dans la cage d'escalier. Elle entendit la grille s'ouvrir et se refermer, et un bruit de gravier contre les dalles de pierre. Elle s'attarda dans l'entrée. Pourquoi est-ce que je reste là ? Je veux entendre quelqu'un entrer dans un appartement. Celui de Mme Malmer.

Bon Dieu.

Nouveau bruit de pas. Juste de l'autre côté de sa porte, lui sembla-t-il. Soudain, Angela fut comme pétrifiée. Tout entière aux aguets.

Je ne devrais pas dormir ici quand Erik n'est pas là.

Mais non, c'est insensé.

Nouveau frottement contre les dalles. Des pas qui s'éloignaient. Elle entendit le vieil ascenseur se hisser à grand peine et s'immobiliser. À son étage. Bruit rapide de la draperie métallique, aller et retour. L'ascenseur redescendit.

Angela se tenait derrière la porte. Elle jeta un coup d'œil par le judas et vit le palier dans la perspective grotesque du grand angle, mais il n'y avait personne. La lumière était encore allumée sur le palier. En ouvrant la porte, elle découvrit un peu de gravier noir et une petite flaque d'eau qui brillait à la lumière.

C'est peut être moi qui ai laissé ça, pensa-t-elle. L'eau met du temps à sécher ici, avec le froid et le courant d'air. Si j'ai vraiment les jetons, je peux vérifier qu'il y en a aussi devant les autres portes. Elle referma la sienne avec un petit rire involontaire.

Le réveil sur la table de chevet indiquait minuit et quart. Dans six heures elle serait à nouveau debout, prête à affronter les couloirs, les fissures dans les murs verts de la salle d'examen. Pourquoi fallait-il qu'ils soient toujours verts ? Et ces portes dont la peinture s'écaillait... Les malades devaient perdre l'espoir pendant qu'ils attendaient en regardant ces murs qui menaçaient ruine. Si on n'était pas capable de réparer un mur, comment pouvait-on alors avoir la moindre chance de réparer un corps qui...

Angela sursauta en entendant le téléphone. Il semblait bouger sur la table de chevet. C'est Erik, eut-elle le temps de penser avant de décrocher.

Ça y est. C'est arrivé.

— Allô ?

Silence.

— Allô ? Erik ?

Grésillement sur la ligne. Et un autre bruit, qu'elle ne put identifier. Était-ce une voix à l'arrière-plan ? Peut-être. Les conversations avaient du mal à traverser l'Europe cette nuit.

— Je n'entends rien. Tu peux me rappeler ?

Il lui sembla reconnaître un écho de voix. C'était normal, les fragments de conversations voyageant à travers le monde pouvaient se mêler parfois en une sorte d'espéranto téléphonique. Ça pouvait être n'importe quelle langue, une conversation au sommet d'une montagne à des millions de kilomètres, pourtant audible.

Elle entendit un bruit de respiration. Ce n'était pas en haut d'une montagne. C'était tout contre son oreille.

— Allô ? Il y a quelqu'un ?

La respiration à nouveau. Distincte, délibérée. Elle avait repoussé les murmures lointains.

Soudain Angela eut terriblement peur. Elle voulait que les voix reviennent. Les voix réconfortantes. Elle revit les images qui avaient défilé dans sa tête, les pas, les images, la flaque d'eau...

— Qui est là ? Répondez !

Sa voix, qu'elle avait voulu rendre impérieuse, était toute petite et apeurée. Soudain, elle crut entendre autre chose... Elle lâcha le combiné qui heurta le bord de la table, tomba au sol et resta là, les oreilles en l'air. Elle le souleva après dix secondes.

Silence. Rompu par un clic, puis le signal familier de la ligne ouverte.

Bon Dieu, Angela. Du calme. Il y a des abrutis qui se trompent de numéro et qui n'osent pas le dire. Il y a des dingues qui appellent au hasard en espérant une touche.

Mais elle voulait parler à Erik, entendre sa voix, retrouver le calme.

Le portable d'Erik était éteint. Votre correspondant ne peut momentanément être joint. Elle laissa un message. Il avait pourtant dit qu'il n'éteindrait pas son portable de tout le voyage.

Elle regarda le téléphone. Devait-elle le laisser décroché jusqu'au matin ? C'était idiot. Erik aurait peut-être besoin de l'appeler pendant la nuit. Ce devait être un problème technique. Elle composa à nouveau son numéro.

— Erik.

— Pourquoi ne réponds-tu pas, merde ?!

— Quoi ? Qu'y a-t-il ?

— Tu ne réponds pas ! Le téléphone était éteint.

Il regarda son portable, comme dans l'espoir d'y découvrir un défaut.

— Quand était-ce ?

— Tout de suite. Il y a quelques instants.

— Ah bon... Maintenant en tout cas, il fonctionne.

— Je m'en suis aperçue, merci.

— Qu'y a-t-il, Angela ? – il regarda sa montre. Bientôt une heure. Tu parais...

— Il y a quelqu'un qui m'appelle.

— Que dis-tu ?

Elle lui raconta.

— Ça m'est arrivé à moi aussi. Ça arrive à tout le monde un jour ou l'autre.

— Merci, me voilà rassurée.

— Mais ce n'est pas agréable de te l'entendre dire. C'est la première fois ?

— Moi, ça ne m'était jamais arrivé. Jamais dans *mon* appartement.

— Alors ce serait lié au mien ?

— Non, Erik. Bon Dieu, je ne sais plus ce que je dis. C'est sûrement quelqu'un qui a fait un faux numéro.

— Mmm.

— Je me fais des idées. En fait, je voulais juste entendre ta voix.

Maintenant j'entends le tramway dehors. Maintenant je suis calme.

— Tu peux m'appeler quand tu veux.
— Comment va ton père ?
— Comme ci, comme ça. Je suis à l'hôpital, mais je vais sans doute retourner en ville quelques heures.
— Tu as parlé au médecin ? Al... Comment était-ce, déjà ?
— Alcorta. Bien sûr que non. C'est un fantôme en blouse blanche.

Il dormit d'un sommeil agité, quelques petites heures au creux de la nuit. Le réfrigérateur de la chambre faisait plus de bruit qu'avant. Non, non. C'était comme d'habitude. Tous les bruits étaient les mêmes. Une femme, dans une maison voisine, réveilla son mari en criant peu avant six heures. Un quart d'heure plus tard, Winter entendit résonner des coups de marteau. Ha, ha. C'était donc le menuisier.

Il avait vidé ses poches sur la lourde table à côté de l'armoire.

La carte de visite d'Alicia brillait dans la lumière du matin filtrée par le patio.

Winter secoua la tête et se leva pour aller prendre sa douche.

Chez Gaspar, la chaise du poitrinaire était vide. Winter constata que son voisin de table à la toux aboyante lui manquait. Le serveur lui apporta un café et des *tostadas* sans qu'il ait même eu à le demander. Devant le geste interrogateur de Winter vers la table voisine, il fit un signe de croix. Après avoir fini son petit déjeuner, Winter alluma une Corps et suivit le trajet de la fumée vers le ciel. Le soleil rampait à l'assaut de la sierra.

Sa sœur Lotta arriva en taxi au moment où il sortait de sa voiture sur le parking de l'hôpital. Elle était pâle, sa peau avait la même couleur que le ciel une demi-heure plus tôt. Elle toussait, mais rien à voir avec son ex-compagnon de chez Gaspar.

— Le voyage s'est bien passé ?

— Non. Il y avait un ivrogne dans le siège à côté du mien.

— C'est ça, les charters.

— Tu n'as pas pris le soleil, à ce que je vois.

— On entre ?

— Si on l'ose.

— Il est éveillé. Maman m'a appelé à l'instant.

— Elle m'a appelée aussi. Dans le taxi.

— Il est de retour dans le service de médecine.

— Pour la combientième fois ?

— Quelle différence ?

— Je crois que je vais faire un signe de croix, dit-elle en arrivant en haut de l'escalier.

Leur mère les attendait dans le couloir. Un petit homme en blanc s'approcha. Lotta jeta un coup d'œil à son frère avant de le saluer.

— *Yo soy Pablo Alcorta. Médico.*

— *Yo soy Lotta Winter. Médico también, però ahora hija de Bengt Winter.*

Elle n'est là que depuis trois secondes et elle a déjà rencontré Alcorta, pensa Winter en serrant la main du médecin. C'est peut-être moi, le fantôme.

Bergenhem faisait le tour du quartier avec Ada. Rien n'échappait au regard de la petite. Il voulut l'asseoir dans la poussette, mais elle se mit à hurler.

La veille, il avait été impossible de la boucler dans le siège auto et il avait fait le trajet du supermarché jusqu'à chez lui avec Ada sur ses genoux, derrière le volant. Comme dans le sud de l'Europe. Il n'avait pas été arrêté par les collègues.

Martina avait été silencieuse ce matin, presque autant que lui.

Maintenant elle était partie au travail ; il fut presque soulagé de trouver la maison vide. Ada rit de quelque chose, dans son monde à elle. Il la regarda et eut honte de ses pensées. Il tombait un peu de neige.

Il lui prépara un bol de crème à l'abricot et se fit un

café. Le journal était ouvert à la première page. Il essaya de lire pendant qu'Ada essayait de manger. Il lui noua un bavoir autour du cou et l'autorisa à asperger la table de crème et de lait.

Il repoussa le journal sans le moindre souvenir de ce qu'il venait de lire. Il se sentait épuisé, ankylosé après une nuit morne dans la voiture devant une maison de Hisingen. Rien qu'une longue attente, et puis il était rentré. La maison vide, la sensation de libération. Quelle sale expression. Libéré de quoi ?

Il conduisait sa propre voiture. Elle n'avait même pas douze ans. Il avait essayé de dormir tard, mais c'était il y a longtemps. Il s'arrêta pour acheter quelque chose. Il entra, sans savoir ce qu'il voulait. Le gérant lui fit signe comme s'il était un habitué.

Il y avait un objet sur le comptoir. L'avait-il acheté ? Devait-il l'acheter ? Il se détourna et sortit. Il avait emporté l'objet. Personne ne se précipita à sa suite en criant. Il se retourna et le gérant lui adressa un nouveau signe de tête. Mais oui. Il savait maintenant où il était.

Bien sûr. C'était ici.

Il se mit en marche en regardant autour de lui. Personne.

Il revint sur ses pas et se mit à attendre devant le magasin, en détournant la tête.

15.

Le soir était tombé et la famille était rassemblée dans le service de réanimation, où Alcorta avait pris la décision de faire transférer le patient suédois une heure plus tôt. Transfert numéro cinquante et un, pensa Winter.

C'était une autre chambre, la fenêtre donnait à l'ouest. Winter avait du mal à quitter la montagne des yeux. Il pensait à la maison blanche de Nueva Andalucía. Son père aussi regardait au-dehors, peut-être le même sommet. La montagne était une scène et le ciel en était la toile de fond. Le bleu de la toile noircissait peu à peu.

— Qu'est-ce que ça sent, dehors ? dit le père en tournant la tête vers sa femme et ses enfants, assis en demi-cercle autour du lit. Je pensais à l'instant que je ne sens aucune odeur ici.

Il avait besoin d'aide ; le tuyau enfoncé dans son nez lui appuyait sur le menton. Lotta se leva et l'ajusta.

— Ce n'est pas à cause de ça, dit-il lorsqu'elle se fut rassise. Ce n'était pas le tuyau.

— Ça sent le soleil et les aiguilles de pin, répondit Lotta.

— Ah bon ? Tu trouves ?

— Oui.

— Alors c'est comme à la maison, dit-il en se tournant à nouveau vers la fenêtre et la montagne. Personne ne dit rien.

Soudain le père toussota, comme s'il allait ajouter quelque chose. Son bras gauche eut un soubresaut. Il parut vouloir se redresser. Une infirmière approcha très vite et cria quelque chose en espagnol. Winter fixait des yeux la machine où une ligne blanche venait de s'aplanir, sur l'écran, avec un bruit métallique. Il vit sa mère et sa sœur se lever et le regarder. Des gens en blanc accoururent et commencèrent à s'agiter autour du lit.

Lorsque Winter eut enfin l'occasion de parler à Alcorta, il était trop tard et la conversation tourna court. Il était encore sous le choc. Sa mère s'était montrée plus calme qu'il ne l'aurait cru. Elle s'était préparée, du moins en partie. Sa sœur semblait pétrifiée, recroquevillée sur une des chaises vertes de la salle des visites. « J'aurais dû rester à la maison », avait-elle déclaré quelques minutes plus tôt, mais elle n'était pas consciente de ce qu'elle disait.

— Il n'a pas été possible de faire quelque chose cette fois-ci, avait dit Alcorta.

— Non. Je comprends.

— Je suis désolé.

— Oui. Merci.

— Et maintenant ?

Ils étaient à la cafétéria, dans l'odeur d'huile et de poisson frit. Un groupe de médecins et d'infirmières déjeunait côté sud, sous les fenêtres. Winter buvait son café, qui était très fort. Sa mère et sa sœur n'avaient pas touché à leurs tasses.

— Et maintenant ? répéta Lotta.

— L'hôpital a un contrat avec une entreprise de pompes funèbres en ville, dit leur mère. À Marbella.

— Je n'y avais jamais pensé. Tu veux donc dire que papa sera enterré ici ?

— C'était ce qu'il voulait. Il me l'a dit il y a longtemps déjà.

— Et qu'en penses-tu ?

Elle haussa les épaules.

— C'était sa volonté. Et… la mienne aussi.

Elle regarda ses enfants.

— C'est chez nous, ici.

— Tu veux rester ?

— Je ne sais pas, Lotta. J'ai mes amis ici. Quelques amis. Je ne sais pas.

— Les pompes funèbres s'occupent de tout ? demanda Winter.

— Oui. Une fois que le Dr Alcorta aura établi la cause du décès. L'entreprise s'occupe de toutes les autorisations, pour le registre d'état civil, le tribunal et ainsi de suite. En Espagne, il faut une décision officielle du tribunal.

Ses enfants acquiescèrent en silence.

— On retourne auprès de papa, dit-elle.

Winter longeait l'Avenida Ricardo Soriano. C'était à nouveau le soir. Il entra dans la *Cervezería Monte Carlo* et commanda une pression au comptoir. La salle était remplie d'hommes qui suivaient un match de foot sur écran géant. Real Madrid contre Valladolid. Il but sa bière en savourant la sensation de sécurité qui émanait des cris de tous ces hommes rassemblés. Il n'y avait aucune femme. Elles étaient dehors, en terrasse, attendant que le match prenne fin et que la soirée commence.

Il traversa l'artère principale et s'enfonça dans les ruelles de la vieille ville. La Plaza de la Iglesia était noire de monde, hommes femmes et enfants. Tous criaient, applaudissaient, et Winter vit un couple de jeunes mariés sortir de l'église. *Nuestra Señora de la Encarnación*. Elle se dressait de toute sa hauteur, cachant le ciel. Les mariés passèrent lentement devant lui ; ils semblaient planer au-dessus des pavés, devant les enfants qui criaient, au comble de l'excitation. La mariée était belle, elle étincelait. Trois jeunes gens en smoking sifflèrent à son passage, et le jeune marié fit un signe à ses potes d'un autre temps. *C'est moi qui l'ai eue.*

Le couple passa sous deux statues qui avaient perdu leur tête. Le marié et la mariée échangèrent un regard et disparurent dans la foule des invités.

Sur la place, les gens étaient déjà installés sous les orangers des terrasses et commandaient des carafes de sangria. Winter entendit des conversations en norvégien, en suédois, en allemand. Un Noir vêtu d'un costume blanc, des perles dans les cheveux, jouait *Lili Marlene* à l'accordéon. Winter s'éloigna et se retrouva bientôt sur la Plaza Victoria, où il s'assit sur un banc en face d'un bar à tapas.

Son père était dans une chambre mortuaire dans un endroit qui s'appelait *Cementerio Virgen del Carmen*. L'un des trois cimetières de Marbella.

— L'ancien cimetière de San Bernabé n'a pas de chambres mortuaires, avait dit sa mère, la veille.

À sa voix, on aurait cru qu'elle discutait du choix d'un appartement pour les vacances. C'était bien entendu une manœuvre de défense. Il était content qu'elle s'y prenne ainsi.

— San Bernabé dispose d'une belle vue, mais Virgen del Carmen aussi. C'est dans un bois de pins au nord de la ville. Pas très loin de l'autre cimetière, d'ailleurs.

Sa mère essuya une larme, mais sa voix était toujours aussi déterminée.

— On n'a pas été jusqu'à choisir un emplacement. Mais on est allés voir, papa et moi.

— Oui.

— Il y a aussi une petite chapelle.

— Mmm.

— La cérémonie aura lieu là-bas. Un pasteur suédois, évidemment. Jusqu'à maintenant, les protestants devaient faire leurs cérémonies dans la vieille église de Marbella, mais je crois que ça ne plaisait pas tellement aux prêtres catholiques.

— Ça se passera donc au cimetière.

— Après-demain. J'ai eu le message il y a une demi-heure.

— C'est... rapide.

— Je ne sais pas.

Il quitta son banc et retourna vers l'est par les ruelles bordées de restaurants. Sur une petite place aux pavés ronds, il aperçut le bar *Altamirano*, où toutes les tables en terrasse étaient pleines de dîneurs qui se régalaient de poisson frit et de crustacés. En passant, Winter crut voir, au milieu d'un groupe, Alicia qui levait la main pour le saluer.

Il continua sans se retourner.

Dans la chambre de la pension, il aperçut sa carte de visite sur la table.

Il prit une douche froide et but un whisky. Lotta l'appela de la maison de Nueva Andalucía.

— Maman n'a pas la force de revenir en ville ce soir.

— Non. Je comprends. Et toi ? Comment ça va ?

— Je suis exténuée.

— Je viendrai demain matin.

— Oui, c'est peut-être mieux.

Il resta assis en short dans le noir, finit son whisky, à l'affût de quelque chose à l'intérieur de sa tête. Puis il se rhabilla et retourna à la Plaza Altamirano.

Le cimetière se trouvait dans Carretera a Ojen, suffisamment loin du nouveau complexe commercial de *La Cañada*.

L'urne était tout ce qui restait de son père. Voilà tout ce qui reste de lui, pensa Winter. Nous nous expliquerons une autre fois.

Le soleil était à l'aplomb de leurs têtes. On pouvait presque toucher de la main le sommet de la montagne. La ligne d'horizon s'étirait en demi-cercle loin en contrebas. La mer était calme.

Devant la chapelle, l'air sentait le soleil et les aiguilles de pin. Le parfum les suivit à l'intérieur. Il connaissait peu de monde, en dehors d'un couple qui était venu de Suède par avion en même temps qu'Angela. De vieux amis de ses parents. Angela avait paru calme lorsqu'il l'avait accueillie à l'aéroport de Málaga.

L'emplacement de la tombe était ombragé par la montagne. Angela lui prit la main. Un homme qu'il n'avait pas vu auparavant chanta en suédois, puis en espagnol.

Ensuite ils prirent un café dans un bistro de Puerto Banús, près de la plage.

— C'est l'endroit préféré de papa, dit sa mère.

— C'est quoi, cette statue? demanda Winter en indiquant d'un signe de tête l'ange tourné vers la mer, sur son socle.

— *Un Canto de la Libertad.*

— Pardon?

— Le symbole d'un chant à la liberté. C'est la statue préférée de papa.

Winter crut la voir sourire.

Il sentit quelque chose s'alléger en lui. Jusque-là, il avait réprimé de force un certain nombre de pensées, et il lui semblait plus facile de le faire à présent, de façon provisoire du moins. Était-ce l'ombre d'un sourire chez sa mère qui l'aidait? Peut-être s'accorderait-il certaines pensées plus tard.

Il aurait voulu leur montrer quelque chose, lui aussi. Mais quoi? Angela le regardait. Lotta avait le regard tourné vers la mer, où s'éloignait un grand bateau à voiles.

— On rentre à la maison et on boit un coup, proposa-t-il. *Tanqueray & Tonic*. Le préféré de papa.

16.

Le portable sonna dans la poche de sa chemise ; il croyait pourtant l'avoir éteint. C'était Bertil Ringmar. Son collègue semblait encore plus réservé que d'habitude.

— Je voulais juste te transmettre mes salutations… aujourd'hui.

— Merci, Bertil.

— On pense à toi.

— Merci.

— Bon, je ne sais plus quoi dire.

— Comment ça va ?

— Ça n'a pas été aussi calme depuis longtemps.

— Mon absence a un effet apaisant sur la criminalité.

— En même temps, on s'ennuie un peu.

— Je devrais peut-être repousser la date de mon retour.

— C'est sérieux ?

— Non.

— Quand rentres-tu ?

— Demain matin. On se voit après-demain.

— On garde la boutique. On se prépare avec excitation aux temps nouveaux.

— Les gens travaillent, autrement dit.

— Lars est en arrêt pour quelques jours.

— Pourquoi ?

— Il ne va pas très bien. Je ne sais pas ce que c'est. Une migraine qui refuse de s'en aller. Et une prise de tête.

— Il en parle ?

— Non... Quelque chose le ronge. Je ne suis pas psychologue, mais il y a un truc.

— A-t-il parlé à quelqu'un qui pourrait... l'aider ?

— Je ne sais pas, Erik. Mais je suppose que oui, maintenant qu'il a pris quelques jours. C'est peut-être la tension avant le changement de millénaire. Il paraît que ça influence les gens de différentes manières. Y compris de manière grave.

— Ah bon.

— Je ne peux pas dire que j'y pense beaucoup. Et toi ?

— Je n'ai pas réfléchi à cette question.

Winter sortit sur la terrasse. La silhouette noire des palmiers du jardin était une image exotique irréelle, comme découpée dans du papier et éclairée à la lumière artificielle.

Les femmes avaient allumé des bougies et les ombres vacillaient sur leurs visages. Sa mère leva la tête à son arrivée. Elle avait bu deux ou trois T & T. Elle en avait besoin. Il s'assit et prit son verre.

— Il est trop chaud maintenant, dit sa mère.

Il goûta. Elle avait raison.

— Je peux t'en faire un autre.

— Ce n'est pas nécessaire.

— Mais c'est avec plaisir. J'ai besoin de bouger.

— Alors merci.

Elle retourna dans la maison avec le verre de Winter. Lotta finit le sien. Angela buvait de l'eau minérale et semblait perdue dans ses pensées. Sa mère revint.

— Voilà. Plutôt sec, je crois.

— Merci.

Il alluma une Corps. Sa mère alluma une cigarette. Winter la regarda avec une tendresse qu'il accueillait pour une fois sans réserve – et qu'il n'avait pas éprouvée depuis longtemps. Sa maman. Pas franchement le modèle de la parfaite ménagère. Shaker et cendrier à la place du robot et du rouleau à pâtisserie. Une garde-robe entièrement dépourvue de cotonnades à fleurs. Des millions de chaussures à hauts talons éparpillées en vrac. Migraines. Crises. Mais elle avait toujours été gentille.

— Ce serait quand même bien que tu rentres pour Noël, dit Lotta, reprenant le fil de la conversation que l'arrivée de Winter avait interrompue.

— Je verrai.

— Mais il le faut.

— Ou alors vous pourriez venir ici – elle ouvrit les bras, et la flamme d'une bougie s'éteignit dans le courant d'air. Vous êtes toujours les bienvenus.

— Tu ne restes pas à la maison ? Mais tu as un examen demain.

— J'ai déjà révisé.

— Quand ça ?

— À l'école.

— Tu ne veux pas que je t'interroge ?

— Ce n'est pas nécessaire.

— Maria, s'il te plaît. Reste.

— Il faut que j'y aille. Ils m'attendent.

— Qui ? Qui t'attend ?

— Patrik et les autres.

— Tu ne peux pas leur demander de venir ici ? dit Hanne Östergaard.

Elle se sentait complètement idiote. Et puis quoi encore ? Devait-elle proposer un gâteau et des jus de fruits ?

— Ils sont déjà venus.

— Mais on a monté le magnétoscope dans ta chambre, plaida Hanne avec l'impression de s'enfoncer sans recours.

— Salut, maman.

Maria ferma la porte derrière elle. Hanne entendit les pas de sa fille sur le perron et dans l'allée. La neige était déjà si compacte qu'on aurait cru qu'elle marchait sur un trampoline dur. L'hiver en novembre... Il allait peut-être s'installer pour de bon, mais on ne pouvait pas savoir. À Noël, il ferait peut-être douze degrés au-dessus de zéro.

Hanne Östergaard retourna à la table de la cuisine, à son journal, à ses lunettes de lecture. Elle essayait de faire durer le temps, pour repousser le moment où elle devrait s'atteler au sermon du dimanche.

Vivement la paix de Noël, pensa-t-elle. Elles auraient eu besoin de partir, très loin, Maria et elle... Deux semaines aux Canaries.

En fait, il ne faudrait pas revenir. Une maison dans le Sud. Tous ces Suédois installés à l'étranger... Il y avait beaucoup de travail pour un pasteur. Plusieurs pasteurs suédois étaient déjà là-bas, sur la Costa del Sol. Elle pensa à Erik Winter. La veille, au commissariat, quelqu'un lui avait annoncé la mort de son père.

Elle entendit un tramway passer du côté de Sankt Sigfrids Plan. On aurait dit un chasse-neige. Maria était peut-être à son bord. Hanne pensa de nouveau à Winter, à son père. Son *père*. Le père de Maria avait été absent presque depuis le début. Était-ce cela qu'elle récoltait à présent ? Qu'est-ce que c'est que ce langage, pensa-t-elle. *Tu récolteras ce que tu as semé.*

Ce n'était arrivé qu'une seule fois. On pouvait le voir comme un accident de parcours. Qui ne se reproduirait pas nécessairement. Après tout, Maria était adolescente. Avec le droit de son âge, elle considérait sa maison comme une prison potentielle.

Cela faisait partie du jeu.

Allez, il faut que je me mette à ce sermon.

Málaga n'avait guère changé. Rien n'était arrivé à la ville ni à la mer depuis la dernière fois où il les avait contemplées dans cette perspective.

L'avion vira sur l'aile et il ne vit plus que le ciel. La côte disparut derrière eux. Les hôtesses de l'air commencèrent à passer dans l'allée avec leurs chariots et les passagers commandèrent leurs cocktails. Angela avait un accès de nausée. Ça fait partie du truc, avait-elle dit. Mais de préférence pas dans un avion.

Il essaya de lire, sans trop de succès. Il renonça à l'alcool et prit une eau pétillante, comme Angela. Il ne toucha pas à son plateau. Un peu plus tard, ils entrèrent dans une zone de turbulences qui secoua un peu l'appareil.

— Ça m'a fait du bien, dit Angela. La nausée est partie.

— Ça alors !

— Je vois la côte.

— Laquelle ?

— Le Danemark, je crois.

Une demi-heure plus tard ils bouclaient leurs ceintures et l'avion perdit de l'altitude. Winter aperçut la ville avant que les nuages ne les engloutissent. Les maisons étaient grises, mais le sol était blanc.

Il y avait dix centimètres de neige ou plus le long des pistes d'atterrissage de Landvetter.

Lorsqu'ils sortirent du terminal, l'odeur qui l'accueillit était comme celle d'un pays étranger. Il perçut le froid à travers son mince pardessus. Il y avait du monde, mais bien moins que ces derniers jours. Cela lui faisait toujours le même effet de revenir. Plus de silence, moins de bruit que pendant ses voyages.

En revenant vers la ville en voiture, ils ne dirent pas grand-chose. Angela voulut faire un commentaire dans l'ascenseur, mais se retint.

— C'est samedi qu'on déménage tes dernières affaires ? demanda Winter.

17.

Patrik attendit pendant que le chasse-neige travaillait. Pour si peu de neige ? Les types de la commune avaient dû se faire engueuler une fois de plus. Quand il y avait de la neige à Göteborg, la commune se faisait toujours engueuler parce qu'elle ne s'en occupait pas à temps. Maintenant, tous les chasse-neige étaient de sortie alors qu'il n'y avait presque rien à chasser. Patrik regarda sa montre et baissa sa manche sur sa main gelée. Ses gants étaient restés à la maison et se rendaient utiles sur l'étagère, ha, ha.

Il extirpa Beck de son baladeur, y glissa *The Boy with the Arab Strap* et traversa Aschebergsgatan d'un pas traînant pendant que la musique rinçait les bruits de la ville. C'était cool. Il transportait parfois plus de cassettes que de journaux, mais c'était son choix et c'était bien de pouvoir changer de musique. Souvent. Le temps passait plus vite. Les bruits de la ville étaient transformés. Il n'y en avait pas beaucoup, de toute façon. Les premiers tramways. Quelques taxis qui roulaient parfois comme des dingues, surtout dans la nuit du vendredi et du samedi, quand les bonshommes et les bonnes femmes ivres hélaient les taxis en hurlant.

Et d'autres sons encore, par exemple ce chasse-neige qui raclait l'asphalte avec un bruit horrible, comme des vibrations qui se répercutaient contre le bitume et le rattrapaient, remontaient le long de ses jambes.

Il enleva *The boy* et choisit une cassette de Gomez. La musique était sa vie. Il avait un millénaire d'avance sur tous les autres. Par exemple ce Petter, que tout le monde écoutait, même des gens qu'il connaissait. Ou avait connus. Il fit la grimace. Petter le provoquait. Il avait vu quelques nanas libérées de toute intelligence l'interroger à la télé, et Maria qui le regardait de tous ses yeux, il avait bien vu qu'elle le kiffait, il s'était levé pour aller dans sa chambre et il avait mis *Walking into Clarksdale*, à donf. Ça, ça jetait. *Ça*, ça avait un millénaire d'avance. Page et Plant, qui auraient bientôt soixante balais, continuaient à avoir une longueur d'avance sur tous les autres qui ne comprenaient rien et qui se moquaient de lui quand il les passait. C'était presque pareil avec Morrissey, en un peu moins pire.

Le code était nase, comme d'habitude. Il dut s'y prendre à deux fois. Ça sentait le vieux dans l'escalier et il commençait déjà à être fatigué à l'idée de tous les étages qui l'attendaient. Juste à cet endroit il pensait toujours ça. Au troisième étage, à cet endroit précis, ces derniers jours, il s'était arrêté pour se poser quelques questions. Il coupa la musique, enleva les oreillettes.

Trois jours plus tôt, au moment de glisser le journal dans la fente – des magazines avaient dû tomber de travers et la bloquer – il avait été obligé de forcer un peu, et c'est là qu'il avait entendu la musique à l'intérieur. Cinq heures du matin, comme maintenant. Aucune lumière, mais la musique, pardon. Écouter des messes trash à cinq heures du mat ! Métal de la mort ! Ou alors du black. Quelqu'un était là et écoutait cette merde, mais ce quelqu'un ne lisait pas les journaux et n'ouvrait pas son courrier.

Il y avait écrit « Valker » sur la porte. Rien que ça. Valker. Il n'arrivait plus à faire entrer le journal, même en forçant. Il s'accroupit, jeta un œil. L'obscurité et la musique, comme d'habitude. Il y avait aussi autre chose. Impossible de le louper, de l'éviter. Une odeur qui était pire que... il ne savait pas, pire que... il n'arrivait à penser à rien, mais il la sentait d'autant plus. Ça faisait quelques jours maintenant, et pas que le matin. Il avait été obligé d'y retourner pour vérifier, deux ou trois fois. Et puis merde, il pouvait bien l'avouer, il était curieux. Maria l'avait accompagné la veille.

— Tu sens, Majje ?
— Oui, beurk.
— Qu'est-ce que c'est ?
— Je sais pas.
— Tu sais ce que je crois que c'est ?
— Peut-être.
— Quoi ?
— Quelqu'un qui est... allongé à l'intérieur.
— Juste.
— Qui est mort.
— Peut-être.
— Et qui continue pourtant à écouter... ça.
— Ça fait peut-être partie du truc. Ça s'appelle pas *Death Metal* pour rien.
— Ha, ha.
— J'ai l'impression qu'il l'a mis sur autoreverse. C'est branché en permanence.
— Bizarre que les voisins ne soient pas devenus dingues.
— Les murs sont épais, dans ce genre d'immeuble. Qu'est-ce qu'on fait ?
— Je ne sais pas. C'est vraiment de la musique ?
— Oui.
— C'est horrible.
— Si tu savais combien de gens écoutent ça dans cette ville.
— C'est quoi ?
— J'en suis pas sûr. Beaucoup de ces machins sonnent pareil. Peut être...

Un homme était passé, sur le palier, ils avaient

reculé, il les avait regardés par-dessus son épaule et Patrik avait commencé à redescendre l'escalier, Maria sur ses talons.

— Tu es venu plusieurs fois, pas vrai ? Je veux dire, tu as remarqué le truc. Tu dois le signaler aux flics. Je pense que tu devrais.

Debout devant la porte, il repensa à ce qu'elle avait dit. Il était obligé de laisser le journal devant la porte, comme hier. Ça ne pouvait pas continuer. L'odeur était encore pire qu'avant, maintenant qu'il y pensait. Comme si elle s'insinuait partout, avec la musique, à travers les murs. Incroyable que les voisins ne soient pas tous en train de hurler à l'unisson.

Il laissa le journal et finit son travail dans l'immeuble. Puis il chercha, sur la liste des habitants, s'il y avait un gardien. Dans la rue, il faisait aussi sombre que tout à l'heure mais les tramways étaient plus remplis. Il était en retard. Normal. Le baladeur ne lui faisait plus envie. Il le laissa où il était, dans sa poche, continua vers la place Vasa et entra dans l'immeuble que Maria et lui avaient regardé quelques jours plus tôt, l'immeuble où habitait la bonne femme qui était avec le flic. Le flic habitait donc là, lui aussi. Il était bien placé pour le savoir, lui qui distribuait les journaux dans ce quartier tous les jours de la semaine. Il l'avait dit à Maria, le lui avait rappelé plutôt.

C'était le même gros immeuble noir que l'autre. Il résonnait pareil, l'ascenseur grinçait de la même manière.

L'appel du central fut transmis au poste de Lorensberg, où l'aspirant chargé de recevoir les coups de fil des citoyens le transmit à son tour au chef de la police de proximité. Celui-ci écouta, posa quelques questions et prit note.

C'était vendredi soir. Dans trente minutes, il serait vingt heures et le poste fermerait ses portes au public.

Le chef attendit pendant que l'aspirant parlait à une femme. La femme repartit, un formulaire à la main. Il l'avait déjà vue. Un chien qui attendait dehors, attaché à Dieu sait quoi, se mit à aboyer de joie en la voyant.

— Préviens Morelius quand il reviendra de la gym. Bartram aussi, d'ailleurs. Envoie-les-moi directement.

Un quart d'heure plus tard, ils étaient dans la voiture, en route vers Aschebergsgatan. Le gardien attendait en bas. Tout vieux et gris. Sa dernière année avant le départ en retraite, et voilà ce qui lui tombait sur les bras.

— C'est au troisième étage, dit-il. L'ascenseur est malheureusement hors d'usage. J'ai appelé les rép...

— C'est vous qui avez signalé l'anomalie ? l'interrompit Morelius.

— Oui. Je crois.

— Comment ça, *je crois* ?

— Ben, j'y avais déjà pensé... Je trouvais que c'était bizarre, forcément... Et alors je vous ai appelé – il respirait à grand peine. En tout cas, c'est ici.

Morelius vit les journaux par terre ; un autre était coincé dans la fente.

— Vous avez sonné ?

— Oui, plusieurs fois ces derniers jours. Mais personne n'ouvre.

— Qui habite ici ? – Morelius déchiffra la plaque. – Valker. Il est seul ? Je veux dire, il vit seul ?

— C'est un couple... enfin, il me semble. On ne sait jamais, mais j'en ai vu deux. Un homme et une femme.

Morelius sonna. Le signal renvoya un long écho. Il sonna à nouveau mais personne ne vint ouvrir. Il regarda Bartram, qui ne broncha pas. Il se pencha, souleva le rabat de la boîte aux lettres.

— Ouh là ! Saloperie !

— Je l'ai sentie, moi aussi, dit le gardien.

— Qu'est-ce que c'est ? dit Bartram.

— Vas-y, sens.

— Dis-moi juste ce que c'est.

— Une odeur impossible à décrire.

Morelius se retourna vers le gardien.

— C'est quoi, ce bruit ?

— Je ne sais pas. Mais ça fait un moment qu'on l'entend.

— Un *moment ?*

— Ben oui. C'est ce que dit le gars qui distribue les journaux. Moi aussi, je l'ai entendu, et je me suis posé des questions. Mais on n'a pas envie de se mêler des affaires des gens.

— Ouvrez la porte, dit Morelius.

— On ne devrait pas attendre ? objecta Bartram.

— Attendre quoi ? Allez, ouvrez.

Pour l'instant, Morelius ne ressentait absolument rien. Ce pouvait être n'importe quelle porte. N'importe quelles gens. La lumière était forte sur le palier. Cela ne l'inquiétait pas.

Le gardien extirpa un trousseau de sa poche et fit tourner une clé dans la serrure.

Winter en était à malaxer les anchois pilés avec de l'ail et de l'huile d'olive lorsque le téléphone transperça la basse de Charlie Haden.

— J'y vais, cria Angela en accourant de la salle de bains.

Il y eut un silence.

— C'est pour toi ! Je raccroche dans l'entrée.

Il souleva le combiné sur le plan de travail.

Il y avait deux voitures de police stationnées devant l'immeuble d'Aschebergsgatan. Winter les aperçut aussitôt en sortant de chez lui. Il avait à peine cent mètres à parcourir.

Deux minutes à pied jusqu'à son travail. Deux minutes à pied jusqu'au lieu du crime. Le genre de constat qui inspire des sentiments mitigés. Il se frotta le menton, sentit l'odeur d'ail et d'anchois. C'était comme si la criminalité avait emménagé chez lui.

Dans le hall d'entrée, il croisa un jeune policier qu'il ne connaissait pas. Il entendit des voitures freiner dans son dos. Il y aurait bientôt plein de monde là-dedans. Et dehors.

Bienvenue chez vous, commissaire.

Il monta l'escalier.

— Salut, Winter.

— Ah, c'est toi, Bartram ? Ça fait un bail.

— On a reçu l'alerte.

— Qui c'est, celui-là ? demanda Winter en indiquant le vieil homme appuyé un peu plus loin contre le mur.

— C'est le gardien.

— Il n'a pas l'air d'aller bien. Emmenez-le au commissariat, je lui parlerai plus tard.

— D'accord.

— Qui y a-t-il, là-haut ?

— Simon. Simon Morelius. On était... les premiers.

Winter monta l'escalier. Il dut enjamber le tas d'enveloppes et de journaux. L'entrée était sombre, tout en longueur, pas très différente de la sienne. Aucune lumière. Ces deux policiers, il le savait, étaient suffisamment expérimentés pour ne pas fourrer leurs doigts sur les interrupteurs.

La puanteur était difficile à supporter ; mais il s'y était préparé en venant et c'était un secours. Il l'enregistra pendant quelques secondes, et prit ensuite dans sa poche un mouchoir qu'il plaqua sur son nez et sur sa bouche. La musique remplissait l'appartement. Impossible de dire d'où elle venait. Le volume n'était pas très haut, mais suffisant pour occuper tout l'espace.

Elle semblait provenir d'un autre monde. Il n'avait jamais rien entendu de tel. J'ai mené une vie protégée, pensa-t-il.

Les guitares étaient comme broyées sous une meule, les basses, les percussions... Winter songea à une bétonnière. Soudain il crut reconnaître une voix – un son à peine humain, comme un sifflement prolongé, aigu. Le batteur semblait se débattre en pleine crise d'épilepsie.

Il s'immobilisa pour se concentrer. La musique venait apparemment de la porte ouverte à l'autre bout de l'entrée, où se découpait une silhouette. Winter vit les contours d'un policier, son uniforme, son arme. Il semblait ne pas l'avoir entendu ; pourtant il aurait dû, malgré la musique.

Il n'avait pas vu Simon depuis longtemps. Le morceau toucha à sa fin et Winter approcha. La silhouette se retourna vers lui, avant de se détourner à nouveau sans un mot. La musique reprit, plus fort qu'avant. Elle semblait gagner en intensité à mesure qu'il avançait vers elle. Quand il fut à la porte, la silhouette en uniforme s'écarta d'un pas ; Winter salua d'un signe de tête. Il sentait maintenant la puanteur à travers son mouchoir. Il entra dans la pièce.

Le chanteur ne sifflait plus, il hurlait à pleins poumons. La stéréo se trouvait sur la gauche, un scintillement en rouge et jaune. À côté, un canapé, et dans le canapé, un couple qui semblait ne porter aucun vêtement. Les corps luisaient, hachurés d'ombre et de lumière, et d'autre chose encore... Winter comprit ce que c'était.

Les visages étaient tournés vers la porte, vers les policiers qui les contemplaient. Winter eut un brusque accès de honte, comme une brève nausée.

C'était toujours pareil. Il faisait... violence à ces gens, alors qu'ils étaient sans défense.

Il avança d'un pas. Ils avaient tous deux un collier sombre autour du cou, comme du fil barbelé. Il fit encore un pas, les dévisagea intensément. La nausée prit le dessus. Il dut se détourner.

— Il y a une inscription là-bas, dit le policier avec un geste vers le mur du fond.

18.

Winter était seul depuis dix minutes dans son bureau, à regarder la neige tomber par la fenêtre. Quelqu'un lui avait fait porter des fleurs, sans carte de visite. Lorsqu'il se leva pour se rendre à la réunion, Ringmar frappa à la porte. Il avait eu mauvaise mine lorsqu'il avait surgi dans l'appartement d'Aschebergsgatan. Il avait regardé les victimes et il était reparti vers l'entrée dans une quinte de toux.

— Tu devrais être au lit, dit Winter.

— Oui.

— Tu as de la fièvre ?

— Oui.

— Rentre chez toi.

— Après la réunion. Je suis passé chez moi chercher des antibiotiques.

— On ne peut pas prendre le risque que tu nous contamines tous, Bertil. Je ne veux pas de toi ici, un point c'est tout.

— Erik...

— Si tu dois à tout prix travailler, emporte des photos et ce que tu voudras et réfléchis dans ton lit, s'il est possible de réfléchir dans l'état où tu es.

— Oui, oui, dit Ringmar en entrant malgré tout. Tu aurais mieux fait de rester dans le Sud, tout compte fait.

Ils se rendirent ensemble dans la salle de réunion. Winter prit la parole, résuma ce qu'on savait. Les photographies passaient de main en main.

Il n'est pas très bronzé, pensa Aneta Djanali. Ce n'est pas pour le soleil qu'il est parti en Espagne.

Fredrik Halders écoutait Winter tout en examinant une photographie et en se demandant ce qu'ils allaient pouvoir révéler, concernant les victimes.

— Qu'est-ce qu'on va dire aux journalistes ? dit-il en montrant la photo. Qu'est-ce qu'on... choisit de raconter ?

Sara Helander se tourna vers lui.

— De quoi parles-tu ?

— Est-ce qu'on va leur expliquer de but en blanc ce qui leur est arrivé ? Et leur décrire le résultat ?

— Un couple a été assassiné à son domicile, coupa Winter. Voilà ce que nous savons. Il n'y a aucune raison d'en dire plus pour l'instant.

— Est-ce jamais le cas ? interrogea Aneta Djanali.

— Christian et Louise Valker, reprit Winter sans relever la question. Il avait quarante-deux ans, et elle, trente-sept. Mariés depuis quatre ans. Pas d'enfants. Christian Valker était commercial en informatique, il vendait... – il consulta ses papiers – du hardware, et Louise Valker travaillait à temps partiel comme coiffeuse. Ils habitaient l'appartement d'Aschebergsgatan depuis deux ans et demi. Locataires. Loyer élevé.

On s'est peut-être croisés sur la place Vasa, pensa-t-il. Dans la rue, au supermarché, ou peut-être dans le garage, qui s'étend sur plusieurs centaines de mètres sous les immeubles. Il faudra vérifier s'ils avaient un emplacement.

— Auparavant, poursuivit-il, ils habitaient à Lunden, un deux pièces en sous-location. Avant cela, Christian vivait seul dans un appartement de Kålltorp. Louise est arrivée à Göteborg il y a dix-sept ans, et elle a commencé à travailler dans un salon pour dames de Mölndalsvägen. À l'époque, elle habitait Rannebergen. Seule. Aucun des deux n'a été marié auparavant. Aucun des deux ne figure dans nos fichiers. On a lancé une recherche auprès d'Interpol. Pas de famille connue à Göteborg. Christian Valker a grandi à Västerås et Louise à Kungsbacka.

— Elle est venue en ville chercher le bonheur, murmura Halders à Aneta Djanali.

— Tais-toi, Fredrik.

Winter fit signe à l'aspirant qui s'occupait du projecteur. Quelqu'un éteignit la lumière. Il faisait assez sombre au-dehors pour ne pas avoir à tirer les rideaux.

— Vous voyez ici les lésions, dit-il en indiquant certains endroits sur la première diapositive. Là et là. Et là. Chacun de ces coups de couteau a pu entraîner la mort. Ils ont été portés avec une grande puissance.

— Lame crantée, dit Halders.

— On n'a pas de certitude, répliqua Ringmar d'une voix enrouée.

— Il a scié, insista Halders. Avec une force incroyable.

Sara Helander ferma les yeux. Elle n'avait jamais rien vu de pareil. Elle entendit derrière elle le bruit familier de quelqu'un qui se levait se sa chaise et quittait précipitamment la pièce.

Winter pria l'aspirant d'éteindre le projecteur. Au sixième rang, on avait déjà repoussé les chaises autour de la place où avait vomi le jeune enquêteur. De l'endroit où il était, Winter ne sentait pas l'odeur.

Pendant la projection, Ringmar s'était tenu debout, en retrait. Il se faisait l'effet d'un type qui se glisse furtivement dans un cinéma porno et qui écarquille les yeux malgré lui. Comme un acte compulsif, face aux mouvements des corps. Mais là, c'était pire. Ces corps-ci n'avaient aucune protection. Ils étaient livrés à tous. Le fait même de les regarder était obscène.

Celui qui a fait ça savait que nous verrions son œuvre en image, pensa Ringmar au moment où l'odeur de vomi l'atteignit. Il y a... une mise en scène. Un message.

Winter, entre-temps, avait fait rallumer le projecteur. Deuxième image. La même scène, sous un autre angle. Winter leva la main vers les corps, mais Ringmar perçut son hésitation. Lui aussi éprouvait de la honte.

Winter dit quelque chose, mais Ringmar avait comme de l'ouate dans les oreilles, comme si l'infection s'était aggravée pendant ces quelques minutes. La lumière se ralluma au plafond.

— Voici donc ce que nous avons entendu en entrant dans l'appartement, dit Winter.

Il enfonça la touche de lecture du magnétophone. La musique en jaillit, beaucoup plus fort que prévu ; il baissa un peu le volume. C'était comme si le son montait de lui-même dès que le chant commençait. Ce chant qui avait, pour Winter, un caractère de nouveauté absolue.

Les enquêteurs écoutèrent en échangeant des regards. Quelqu'un esquissa un sourire, un autre se couvrit les oreilles. Winter ne perçut aucune lueur de reconnaissance. Aucun des jeunes ne leva la main. Il éteignit l'appareil.

— Bon sang de bonsoir, dit Halders.

— C'était ça qu'ils écoutaient ? demanda Aneta Djanali.

— Oui. D'après le gardien, on entendait cette musique par la porte depuis plusieurs jours.

— Le même morceau ? s'enquit le procédurier Möllerström.

— Il ne prétend pas être un expert, répliqua Winter.

— C'est quoi, alors, cette horreur ?

La question venait de Halders.

— Je ne sais pas. C'est pour ça que je vous l'ai fait écouter. Quelqu'un sait ?

Personne ne répondit. Après quelques secondes, Winter vit un bras se lever. L'un des plus jeunes. Setter. Johan Setter.

— Johan ?

— Euh... Tu veux savoir ce que c'est, comme groupe ?

— Je veux savoir ce que c'est, tout court. Si tu peux en plus me donner le nom du groupe, c'est bingo. Je suis complètement largué, sur ce coup-là.

— Bon... c'est un genre de trash metal. Pas vraiment mon truc, mais c'est du metal. Death metal, à mon avis. Ou peut-être du black.

— *Death metal ?* dit Winter en dévisageant Setter, qui paraissait soudain avoir perdu son assurance. Métal de la mort ?

Il y eut un gloussement dans l'assemblée.

— C'est bien trouvé, murmura Halders.

— Qu'est-ce que le death metal ? s'enquit Ringmar.

— Tu viens de l'entendre, dit Halders. Ça swingue.

— Ta gueule, Fredrik, marmonna Aneta Djanali.

— Il y a pas mal de gens qui aiment ça, dit Setter. Euh... Plus de gens qu'on ne pourrait le croire.

— Qui aime ça ? fit Halders. L'extrême droite ? Le parti centriste ?

— Ou le couple Valker ? ajouta Möllerström.

— On ne sait pas, dit Winter avec un regard à Halders. On n'a pas eu le temps d'éplucher leur collection de CD.

— Ce n'était pas un disque, alors ? intervint Sara Helander.

— Non, c'était une cassette sans inscription. BASF CE II Chrome Extra 90 minutes.

— Empreintes ?

— Les techniciens s'en occupent. Ils nous ont fait une copie.

— A-t-on trouvé beaucoup de cassettes, dans l'appartement ? demanda Halders.

— Aucune, en dehors de celle-ci.

— Où est Bergenhem ? Lars écoute toujours plein de trucs bizarres.

— Il est en arrêt de travail.

— Alors je propose qu'on lui envoie cette horreur pour qu'il nous donne son avis.

— Oui, dit Ringmar.

— On peut donc imaginer, reprit Aneta Djanali, que c'est un message qui s'adresse à nous. Est-ce que je vais trop vite ?

— En tout cas, dit Winter, le... meurtrier a laissé tourner la bande. Elle était sur autoreverse.

— Pendant combien de temps ? demanda l'un des jeunes.

— Tu rigoles, ou quoi ? Si on le savait, dit Halders, l'affaire serait pour ainsi dire résolue.

— Est-ce bien *cette* musique qu'a entendue le gardien ? intervint Sara Helander.

— On n'en sait rien, répliqua Winter. Mais je comprends ton point de vue. S'il pouvait se rappeler le moment où il l'a entendue pour la première fois, même de façon approximative, ce serait déjà quelque chose.

— Que disent les légistes ? questionna Aneta Djanali. À quand remonte la mort ?

— Peut-être quinze jours. Peut-être un peu moins.

— Beurk, dit Halders.

— La cassette peut-elle tourner sur repeat pendant quinze jours d'affilée ? demanda Möllerström.

— Apparemment.

— Ça s'appelle autoreverse, dit Halders avec un regard angélique à Möllerström. Quand la bande arrive au bout, elle repart dans l'autre sens. Et ainsi de suite jusqu'à ce qu'on coupe le jus. Ou jusqu'à ce que la bande se casse.

— Mais il y a une autre explication.

Ringmar hocha la tête.

— Laquelle ? s'enquit Setter.

— Que notre inconnu soit retourné dans l'appartement après le meurtre et qu'il ait branché la musique pour mettre un peu d'ambiance, dit Halders.

— Alors ? coupa Sara Helander. Qu'est-ce qu'on en fait ?

— Fredrik a proposé de faire écouter la cassette à Bergenhem, dit Winter. C'est parfait, mais on doit aussi aller voir les disquaires, de neuf et d'occasion, les groupes qui se produisent en ville, les producteurs, les critiques rock, tout le monde. Si cette musique est si populaire que ça, quelqu'un devrait pouvoir reconnaître le morceau – son regard parcourut l'assemblée. Johan. Tu t'en charges. On t'aidera. Emporte la cassette, va voir Lars chez lui, et continue à partir de là.

Setter acquiesça. Winter fit signe à l'aspirant de rallumer le projecteur. L'obscurité se fit, une nouvelle image apparut, cette fois du mur de la pièce où avaient été retrouvés les corps. Il y avait une inscription aisément déchiffrable. Des lettres couvraient une grande partie du mur :

Ⓦ ALL

— Elle était là à ton arrivée ? demanda Aneta Djanali.

— Oui, dit Winter. On saura bientôt depuis combien de temps elle y était.

— Autant de temps que les deux autres dans le canapé, dit Halders.

Winter ne répondit pas.

— Un message, dit Aneta Djanali. Là, pour le coup, on n'y échappe pas.

— La couleur rouge, commenta Halders. C'est de la peinture ?

— Non.

— WALL, dit Ringmar un peu plus tard dans le bureau de Winter. Le meurtrier veut-il nous signaler qu'il a bien griffonné son inscription sur un mur ?

— À supposer que ce soit lui. Mais ce n'est pas forcément un seul mot. Je ne sais pas. Un cercle autour du W, un espace entre le W et ALL…

— ALL, dit Ringmar. « Tous. » Ça peut vouloir dire ça. Il les a *tous* pris.

— Tous les deux ?

— Tous ceux qui viendront après.

— Laisse tomber, Bertil. Rentre chez toi.

— *Tous* en arrêt de travail ?

— Lars revient demain.

— Tu lui as parlé ?

— Il y a une demi-heure.

— Setter est passé le voir avec la cassette ?

— Oui. Lars n'a rien pu lui dire.

— D'accord. Il nous a donc laissé deux messages. Cette inscription, et la cassette. Il veut nous dire quelque chose.

— Il veut qu'on le trouve ?

— Oui. Ou alors il veut jouer avec nous.

— Ça a dû lui prendre du temps, d'écrire ça. Pour la couleur, et tout. Il a dû faire… plusieurs allers et retours.

— Il s'est servi d'un pinceau.

— Oui.

— L'avait-il apporté en venant ?

— Tu n'arrêtes pas de dire *il*.

— Tu crois que je devrais dire *elle* ?

— Non.

— La question est : avait-il apporté le pinceau ?

— L'une des questions, corrigea Winter. Une autre est de savoir ce qu'est devenu le pinceau. Après.

— J'ai horreur de ça, dit Ringmar. Les énigmes.

— Change de métier !

— Les énigmes dans les énigmes, si tu préfères. Ça me vexe. Ça me met en colère. Tellement en colère que je sens reculer l'infection.

Winter était seul dans l'appartement d'Aschebergsgatan. Il y était retourné.

L'odeur qui s'attardait dans les pièces. Les images dont il se souvenait… Celles de la réunion, celles qu'il avait vues pour la première fois ici, avant de les voir en photo. Je les ai vues *live*, pensa-t-il. J'ai vu la mort *live* et j'ai entendu la bande-son. Qu'est-ce que je raconte ? Quelle bande-son ?

Le canapé, maintenant vide, était plein de taches.

Les hurlements de la cassette s'incrustaient partout. Le texte sur le mur brillait à la lumière du jour. Les nuages s'étaient dissipés un peu plus tôt, au moment où il traversait la rue, et les lettres semblaient plus nues, plus puissantes qu'auparavant. Le regard de Winter s'attarda sur le cercle qui entourait le W. Que signifiait-il ?

Comment doit-on interpréter les degrés de la folie ?

Est-ce aussi simple ?

Ne faut-il pas y voir plutôt l'œuvre malade d'un homme sain d'esprit ?

Je n'ai vu qu'une seule chose auparavant qui s'approchait de ceci. Je croyais que je n'aurais pas à y revenir.

Il revit les garçons, seuls sur leurs chaises. Combien de temps ? Trois ans ?

Voilà. Ça continuait.

Il entendit un bruit de canalisation quelque part dans l'immeuble. Un bruit familier. Cet immeuble était semblable à celui où il vivait. Pierre sur pierre. Un bloc de pierre édifié dans les temps anciens. Il aurait pu être dans son propre appartement. Il pensa soudain à Angela.

Angela et son ventre qui étaient maintenant aussi devenus une partie de lui. N'est-ce pas ?

Cet appartement était disposé de la même manière que le sien. Il n'y avait pas réfléchi la veille au soir, trop requis par le reste, mais maintenant il le voyait. Les pièces qui partaient en étoile de l'entrée et de la cuisine, le grand séjour où il se tenait, la chambre à coucher, une autre pièce. Des toilettes séparées et une salle de bains.

Les techniciens étaient à pied d'œuvre, mais il avait voulu rester seul un moment. Allez boire un café, les gars. Revenez dans une demi-heure.

Le sol était jonché de vêtements. Depuis la cuisine jusqu'au pied du canapé. À quel moment le déshabillage avait-il commencé ? Et où ? Dans la cuisine ? Pourquoi ? Les vêtements avaient-ils été disposés après coup ? Ce devait être possible de le déterminer. Y avait-il un schéma ? Un message supplémentaire ? Une énigme supplémentaire ? Il pensa à la guérison spectaculaire de Ringmar.

Le sang était uniquement dans le séjour. Rien dans l'entrée, ni dans la cuisine. Les corps semblaient avoir été saignés à blanc. Christian et Louise Valker. Ses yeux à elle avaient du moins été fermés.

Auparavant, ils avaient bu un verre dans la cuisine. Winter n'en avait encore aucune preuve, mais il *savait* que le peu de vin qui avait séché dans les verres et au fond de la bouteille datait de *ce moment-là*. Il reconnaissait vaguement l'étiquette, pour l'avoir vue dans les vitrines de Systemet[1], sur l'Avenue. Une marque espagnole bon marché.

1. Chaîne de magasins d'État détenant en Suède le monopole de la vente d'alcool. (*N.d.T.*)

19.

Angela rentra tard dans un appartement sombre. Elle alluma dans l'entrée, enleva son manteau et ses bottes ; une musique lui parvenait du séjour. Des guitares. Un chant énergique, presque suppliant.

— Il y a quelqu'un ?

Pas de réponse. Elle appela à nouveau.

— Je suis là !

Elle entra dans le séjour et aperçut Winter dans le fauteuil en cuir, près des fenêtres. La pièce était dans l'ombre. Il n'était qu'une silhouette.

— Tu restes dans le noir ?

— C'est agréable.

Les guitares devenaient plus frénétiques. Le chant était un cri.

— Tu penses… à ton père ?

— Oui. Entre autres.

— La musique t'aide ?

— Je ne sais pas. Peut-être. C'est un disque que j'ai trouvé à Marbella.

— C'est spécial.

À présent, la voix du chanteur dominait complètement les guitares acoustiques.

— Il y a décidément beaucoup de douleur dans le flamenco, dit-elle.

— Cœur et douleur. Il s'appelle Rafael Romero. C'est un vieil homme.

— On entend qu'il a eu une sacrée vie.

Winter se leva, traversa la pièce et la prit dans ses bras. Il lui caressa le visage, l'embrassa sur le bout du nez et sur la bouche.

— C'était comment, aujourd'hui ?

— Mieux. Les pires nausées sont au début.

— O.K.

— À part ça, c'était la course habituelle. Je demande pardon aux malades quand j'arrive en retard, mais je suis la seule, je crois – elle lui caressa le bras. Et toi, le travail ?

— On s'occupe de notre double meurtre, dit-il en allant vers la stéréo pour baisser le volume. Mais ne me demande pas de détails.

— Ça ne me serait pas venu à l'idée.

Le téléphone sonna sur la petite table placée à côté du fauteuil. Winter jeta un regard automatique à l'horloge. Vingt-trois heures quinze.

— Winter…

Pas de réponse.

— Allô ?

Grésillement sur la ligne. Il fit signe à Angela d'éteindre la musique. « Allô ? Qui est là ? » Il entendit des voix lointaines à travers l'espace. Il crut reconnaître quelques bribes d'espagnol. Un clic, puis le signal. Winter reposa le combiné sur son socle.

— Qui était-ce ?

— Personne. Tu ne m'as pas dit que quelqu'un avait appelé sans dire son nom ?

— Il a appelé à nouveau ?

Winter écarta les mains.

— C'est lui, dit-elle. Qu'est-ce qui se passe ?

Il tira le deuxième fauteuil jusqu'à la fenêtre. Puis il alluma une lampe sur le bureau. C'était mieux comme ça.

— Viens t'asseoir, Angela.

— C'est hyper désagréable, dit-elle en s'asseyant. On ne peut pas retracer l'appel ?

— Neuf fois sur dix, ce sont des gens qui ont fait un faux numéro, mais qui sont trop timides pour l'admettre. Ou qui sont choqués d'entendre une voix étrangère à laquelle ils ne s'attendaient pas du tout. Le choc passé, ils raccrochent.

— Tu as l'habitude de recevoir ce genre d'appel ?

— Ça arrive.

— Et tu veux me faire croire que ce n'est pas lié à ton travail ?

— Comment ça ?

— Tu croises des gens infréquentables. Ils ont peut-être envie de te faire peur. De se venger.

— Tu exagères.

— Pourquoi ? Ce serait impossible ?

— Je ne sais pas, Angela. Il est arrivé que quelqu'un appelle, mais j'ignore qui c'est puisque la personne ne m'a pas dit son nom.

Elle le considérait d'un air sceptique.

— C'était peut-être une erreur de venir vivre ici, dit-elle enfin.

— Tu exagères. Je crois que tout le monde a connu cette mésaventure un jour ou l'autre.

— Pas moi. Et je n'ai certainement pas invité Mr Creep à me suivre jusqu'ici, si c'est ce que tu crois.

— Mr Creep ?

— Le type du téléphone.

— Non, bien sûr.

— C'est quoi, cette maison hantée où tu vis, Erik ?

Elle pensait aux voisins. À la lumière inquiétante sur le palier, quand elle sortait de l'ascenseur. Ce soir, justement, elle avait eu la tentation fugitive se sortir en catimini et de coller son oreille contre la porte de Mme Malmer. Cette pensée la fit presque sourire. Était-ce un effet de la grossesse ?

— Appels anonymes, messes nocturnes chez la voisine…

Elle souriait maintenant. Erik s'en aperçut. Elle se sentit idiote, trop tendue. Un faux appel. Une bagatelle. Mais quand même.

Winter était toujours dans le fauteuil, le bas de son visage éclairé par la lampe de bureau. Le menton ombré d'un début de barbe. Il ne s'était pas changé en rentrant, mais il avait ôté son veston et sa cravate. La chemise de chez Harvey & Hudson était ouverte au col, ses discrètes rayures disparaissaient dans la pénombre.

Elle éprouva soudain une sorte de… chagrin, pour lui, pour son sort. Elle savait qu'il se débattait avec ses souvenirs, la relation à son père qui avait tourné court. Il essayait de s'en sortir par le silence, mais ce n'était pas la bonne méthode. Il aurait eu besoin de parler à quelqu'un. Quelques heures auraient peut-être suffi. Elle vit que sa mâchoire tombait un peu, comme s'il s'était endormi dans le fauteuil au moment où la musique s'était tue.

Il est intelligent, il comprend. Mais de là à le faire, il y a un grand pas. Prendre la décision de parler, accepter de se colleter avec les souvenirs… En attendant, le silence n'arrange rien. Pas plus que le fait de se jeter à corps perdu dans une nouvelle… affaire atroce. Cela peut offrir une consolation paradoxale sur le moment. Mais l'effet ne dure pas.

— Je vois que tu m'examines, dit-il en levant le menton, ce qui eut pour effet de dissimuler entièrement son visage dans l'ombre.

— Je croyais que tu t'étais endormi.

— Je me repose. Ça y est, je suis reposé, prêt à affronter dix-huit heures de travail.

— Dans ce cas, il faut d'abord que tu manges.

— On est en pleine nuit.

— Un repas de minuit alors. Tu as dîné ?

— Café. Sandwich au fromage.

— Je peux te faire une tartine parisienne, avec du jambon à la place de la viande hachée.

— Une tartine parisienne ! Ça existe encore ? Ça fait au moins trente ans que je n'en ai pas mangé.

— Alors c'est le moment. Une de mes spécialités nocturnes.

— Tu me surprends encore, Angela.

Il s'extirpa du fauteuil, traversa le séjour à quatre pattes et posa la tête sur ses genoux. Elle le caressa, sans trouver de prise dans ses cheveux ras.

— De sombres secrets nocturnes, dit-il. Va pour cette... tartine parisienne. J'ose l'essayer.

Pendant qu'ils mangeaient, il évita de penser à son père et aux derniers jours à Marbella. L'espace d'une seconde, il revit pourtant le visage d'Alicia à la terrasse, sa surprise, peut-être sa joie, lorsqu'il avait ressurgi en fin de soirée sur la Plaza Altamirano et que son amie s'était levée et lui avait trouvé une chaise, l'invitant à s'asseoir avec elles. Ils avaient attendu le dîner. Trop longtemps, avait dit Alicia en le regardant comme si elle voulait qu'il réponde à une question qu'il ne l'avait pourtant pas entendue prononcer. Il avait bu du vin; les barreaux de fer forgé des balcons de la petite place s'étaient rapprochés, comme entraînés par le poids des bougainvillées. Il transpirait.

— Qu'en dis-tu?

Angela indiquait son assiette.

— Fantastique, dit-il en découpant une nouvelle bouchée de pain, d'œuf et de jambon... Et tellement simple.

— Eh oui.

— Et tellement rapide. Regarde, il est à peine plus de minuit.

Il fut interrompu par la sonnerie du téléphone.

*

Patrik et Maria voyaient la rue toute blanche à travers les vitres du café. Il était rare que la neige s'attarde dans le centre-ville. On n'attendait plus que le moment où tous les idiots installeraient les décorations de Noël dans les rues et aux fenêtres. Merry Christmas dès le mois de novembre. Pourquoi attendre ? Fêter Noël le 24 novembre. Why not ? Santa Claus is coming to town.

— Et dire que ça s'est passé au coin de la rue, dit Maria en reposant sa tasse de chocolat.

Sa cigarette se consumait dans le cendrier. Trente millions de cigarettes fumaient dans les cendriers de ce café et lorsqu'ils sortiraient, l'odeur le suivrait, incrustée dans ses vêtements et jusque dans son cerveau. Ça ne lui plaisait pas. On n'était quand même pas obligé de fumer sous prétexte que tous les autres le faisaient.

— Un peu plus loin que ça, dit-il. Mais en gros oui, au coin de la rue.

— Et c'est toi qui l'as découvert.

— Le gardien aussi s'en était rendu compte.

— Alors pourquoi n'a-t-il rien fait ? dit-elle en tirant une taffe. Pourquoi ne l'a-t-il pas signalé plus tôt ?

— Qu'est-ce que j'en sais ? C'est un vieux. Les vieux sont lâches.

Elle rit, posa sa cigarette et finit son chocolat. Quel mélange ! Si encore elle avait pris un café, il aurait pu comprendre, mais cigarette et chocolat… Lui-même buvait un double express. Ça avait un goût horrible. Et il n'y avait presque rien à boire dans la tasse.

— Qu'ont-ils vu, à ton avis, quand ils sont entrés ? demanda-t-elle.

— Aucune idée.

— Ça a dû être horrible.

— Un couple mort, dit-il. Il n'y a qu'une seule chose qui peut être pire.

— Laquelle ?

— Un couple vivant.

Elle eut un petit rire mais Patrik ne souriait même pas. Ce n'était peut-être pas une plaisanterie. Elle savait ce qu'il avait enduré, ce qu'il endurait encore. En voulant lui prendre la main, elle se brûla à la cigarette qui était dans le cendrier.

— Aïe !

— Voilà ce qui arrive aux fumeurs.

Elle souffla sur son doigt.

— Aïe, ça brûle !

— Il est temps d'arrêter.

— Mais j'ai à peine commencé !

— Je crois qu'ils ont vu un truc pire qu'un Wes Craven, dit-il.

— Quoi donc ?

— À mon avis, c'était Halloween dans cet appart.

— Comment ça ?

— Majje… Pour une fois, j'ai regardé les journaux. Ça me concerne, quand même, ce truc. J'attendais que la police dise un peu ce qu'ils avaient trouvé. Ce qui s'était passé. Tu me suis ?

— Non.

— Eh bien, ils ne disaient rien. Rien du tout. C'est louche.

— Tu rêves ou quoi ? Ils ne disent jamais rien, de toute façon.

— Pourquoi ? Tu lis les journaux ?

— Je lis les programmes télé.

— Arrête.

— Tu veux dire qu'ils… retiennent l'info parce que c'était spécialement horrible ?

— Oui. C'est mon interprétation. Moins égale plus – il but la dernière goutte d'express froid et fit la grimace. *The less the more.*

— C'est cool.

— Quoi ?

— *Less is more.* Moins, c'est plus.

— Il y a autre chose.

— Quoi ?

— Je sais peut-être quel genre de métal ils passaient là-dedans.

20.

Il y avait trois voitures entre eux et la Volvo qui venait de griller le feu rouge. Pare-brise cradingue, sinon ça ne serait pas arrivé. Les gens devraient s'occuper un peu mieux de leurs voitures.

— On le cueille sous le pont, dit Bartram.

Ils doublèrent les voitures à l'arrêt, coincèrent la Volvo à hauteur de la station Shell et descendirent. Le conducteur les attendait. Il était seul et baissa sa vitre sale à l'approche de Morelius. C'était un homme de son âge.

— Je peux voir votre permis ? demanda Morelius.

L'homme tira son portefeuille et choisit une carte plastifiée. Il portait un gros chandail et une veste légère. Des lunettes, de rares cheveux peignés en arrière. Il paraissait nerveux, mais qui ne l'aurait été à sa place ? Morelius ne percevait aucune odeur d'alcool.

— Vous avez été un peu rapide, là-haut.

— Je sais.

— Il faut s'arrêter au feu rouge.

— Je sais, je sais. Je croyais que je passerais à l'orange – il leva la tête vers Morelius. D'habitude, ça marche.

— Ça dépend, dit Morelius. Vous étiez pressé ?

— En retard pour la crèche. Très en retard. Ils ont même appelé.

Il lui jeta un regard qui n'avait rien d'implorant. Morelius crut entendre Bartram hennir, comme de rire.

— C'est vrai, dit l'homme. La crèche est à Fräntorp, ajouta-t-il comme si c'était une sorte de garantie. Je peux leur passer un coup de fil, continua-t-il avec un signe de tête vers le portable périlleusement fixé au tableau de bord.

— Ce n'est pas la peine, dit Morelius en lui rendant son permis. Ne recommencez pas.

L'homme regarda la carte comme si elle risquait de se métamorphoser d'un instant à l'autre en mandat d'amener.

— Euh... il n'y a rien ?

— Quoi ?

— Amende, ou... procès-verbal, je ne sais pas moi.

— Vous en voulez un ?

— Euh... non.

— Soyez prudent, dit Morelius en repartant vers la voiture où l'attendait déjà Bartram.

Morelius entendit l'homme démarrer.

— Il a eu la chance de ne pas tomber sur des agents de la circulation, dit Bartram.

— Oui. Eux, ils sont obligés de penser à leurs statistiques.

De leur côté, pensa Morelius, ils devaient penser à tout. Les agents de la paix étaient les hommes à tout faire de la profession : drogue, circulation, vol, crime. Double meurtre.

— Nous, c'est différent. Nous, quand on se promène en ville et qu'on tombe sur un salopard qui se balade en liberté après un mois de taule pour avoir agressé et volé une pauvre femme qui a dû rester en arrêt maladie pendant trois ans avec la mâchoire fracturée, on n'a pas envie de coller une amende de douze cents net à un gars qui va chercher son gamin à la crèche.

— Pas aujourd'hui, en tout cas.

— J'ai relâché un petit voleur, dit soudain Bartram.

— Quoi ?

— J'ai pris la liberté de relâcher un petit voleur sans P.V., dit Bartram. C'était il n'y a pas longtemps.

— Ah bon.

— On ne peut pas toujours se montrer agressif.

Grésillements dans le poste.

— Onze dix, QTH ?

— On est sur le rond-point au nord de la gare centrale, répondit Bartram.

— On a reçu un appel de portable sur la place de Kungsport. Ils ont attrapé un type qui a donné un coup de couteau à quelqu'un dans le tramway, ils essaient de le retenir, venez.

— QSL, répondit Bartram.

Morelius brancha le gyrophare et prit vers le sud.

*

Winter écrivit le mot WALL. Il dessina le cercle autour de la première lettre. Avait-il raison de rester assis à faire ça ? Des énigmes comme celle-ci volaient du temps à d'autres énigmes, mais l'inscription l'attirait ; il lui donnait une plus haute priorité qu'elle ne le méritait peut-être. Il n'y avait pas de réponse... Il pensait à des réponses, à des solutions. Était-ce un seul mot ? Plusieurs ? Ou bien le meurtrier voulait-il simplement leur signaler qu'il y avait un mur ? Le « mur » était-il un symbole ? Était-il lié à la musique ? Le mur était-il un symbole habituel dans la musique sataniste ? Setter avait dit que les satanistes appréciaient cette musique. Il avait fait une nouvelle proposition pour délimiter le genre : black metal. Pas death metal. Black metal. Encore pire.

Le groupe n'était pas nécessairement sataniste. Mais ceux qui écoutaient la musique pouvaient s'en servir dans cet état d'esprit. Certains, en tout cas. Avec un petit coup de pouce de la part du groupe, évidemment, avait dit Johan.

Ça ne collait pas. Winter ne voulait pas penser en

ces termes, pas encore. Le couple Valker était-il impliqué dans des cercles satanistes ? Ils en sauraient plus quand leurs éventuelles connaissances feraient signe à la police.

Il regarda à nouveau le mot, le réécrivit, traça un nouveau cercle. ALL ? Les avait-il *tous* tués ? *Tous* devaient-il mourir ? On a déjà réfléchi à ça. Pourquoi le cercle autour du W ? Dois-je penser au W ? Qu'est-ce qui commence par un W ?

Il se leva, s'approcha du miroir qu'il avait commandé pour son lavabo lorsque l'étage de la brigade criminelle avait été rénové, pendant l'été, peut-être en prévision du nouveau millénaire.

La mince couche de bronzage rapportée de la Costa del Sol avait disparu, remplacée par l'habituel teint bleuté de l'hiver. Hiver. *Winter*. Winter commençait par un W. Il enfonça légèrement son poing droit dans sa joue. Un peu tôt pour les idées paranoïaques, Winter.

L'enquête venait à peine de commencer, mais il ressentait les choses différemment. Pour lui, l'enquête avait commencé lorsqu'il était monté dans l'avion pour Málaga. L'histoire commençait alors.

W. Double V. Double meurtre.

Le téléphone sonna. Il s'attarda devant le miroir en pensant aux appels muets qui parvenaient depuis quelque temps à son domicile. La veille au soir, il avait répondu en pleine tartine parisienne, mais il n'y avait personne au bout du fil. Pas même une respiration cette fois. Peut-être devait-il se mettre sur liste rouge.

Il alla répondre.

— Salut, c'est Lotta. Je suppose que je te dérange, je voulais juste savoir si vous viendriez dîner à la maison demain soir, Angela et toi.

— Je vais lui poser la question.

— Et de ton côté ?

— Euh, je pourrai peut-être venir...

— J'entends d'ici ton enthousiasme.

— ... s'il n'y a pas du nouveau entre-temps.

— C'est vrai, j'ai lu le journal. Un couple tué dans le quartier de Vasastan.

— Oui.

— À deux pas de chez toi.

— Ne me le rappelle pas. Surtout, ne le rappelle pas à Angela.

— Je ferai attention. Maman a téléphoné tout à l'heure, au fait.

— Comment allait-elle ?

— Elle paraît forte. Plus que je ne l'aurais cru.

— Que fait-elle ?

— On dirait qu'elle s'ouvre un peu. Elle voit des gens, là-bas, des connaissances, un peu plus souvent.

— C'est bien.

— Elle rentrera pour Noël.

— Elle te l'a dit ?

— Quasiment.

— Alors il faudra que j'achète du Tanqueray.

Il y eut une pause. Il savait quel sujet elle aborderait maintenant. Il s'était préparé à le faire lui-même.

— J'ai rêvé de papa cette nuit, dit-elle. Il sortait d'un petit bois. C'était l'été. Beaucoup de soleil, ce genre de lumière forte, tu vois.

— Il était seul ?

— Je ne sais pas. Je me suis réveillée. Il était plus jeune… à peu près comme nous maintenant. Je l'ai vu à son visage. C'est bizarre, non ?

— Non, ça ne me paraît pas bizarre de rêver de lui. Je… Moi aussi, j'ai fait un rêve.

*

Le forcené au couteau s'était calmé à leur arrivée. Tellement calmé qu'il était allongé sur le trottoir. Morelius se pencha.

— Il est mort ? demanda Bartram.

Morelius leva la tête.

— Coma, je dirais.

— Voici l'ambulance.

— Oui, je leur ai dit de l'appeler, dit un homme jeune qui tenait encore son portable à la main.

— Alors c'est vous qui avez signalé l'affaire ? O.K. Que s'est-il passé ?

— Il agitait son couteau dans le tram. Quand on s'est arrêtés, il a commencé à courser quelqu'un dans la rue. J'étais dans le tram, je lui ai couru après et je lui ai fait un croche-patte.

— Et après ?

— Il a essayé de se lever mais on était quelques-uns à le tenir.

— Où est le couteau ?

— Il l'a lâché. Il est là-bas.

Morelius aperçut en effet le couteau dans le caniveau.

— Il a blessé quelqu'un ?

— Non. À moins qu'il se soit blessé lui-même.

— Qui poursuivait-il ?

Ils s'écartèrent pour laisser passer les types de l'ambulance, qui posèrent leur brancard et se livrèrent à un rapide examen de l'homme inanimé.

— Sans doute un junkie, commenta Morelius.

L'homme fut emporté. Morelius se retourna vers le héros du jour et répéta sa question.

— Il poursuivait quelqu'un ?

— Je ne sais pas. J'avais l'impression que oui, mais s'il était drogué, alors...

— Personne en particulier, alors ?

— En fait, je ne sais pas.

Winter était de retour dans son bureau après être allé boire un café. Il neigeait à nouveau. Décembre était encore loin, mais c'était l'hiver. Plusieurs décimètres de neige ; certainement, elle resterait jusqu'aux fêtes. Jusqu'à la nouvelle ère. Il expira, inspira profondément. Ça ne lui était jamais arrivé. Il perdait la concentration, la récupérait un moment, la perdait à nouveau. Il pensa à son père, à Angela, à leur enfant, à sa mère, à sa sœur, à l'affaire en cours, au téléphone qui sonnait, à Angela. À Alicia.

Möllerström arriva avec de nouvelles photographies. Winter avait demandé à les voir toutes. Tous les angles possibles et imaginables.

De face, on ne voyait rien de plus que le collier barbelé. Pareil pour les photos latérales.

De derrière, on pouvait voir, si on savait. Un ajustement moins réussi, un autre équilibre. Cela avait demandé à l'auteur une force considérable, avait dit Pia E:son. Une légiste qui connaissait parfaitement son métier. Même Pia avait paru pâle.

Et puis ce drôle de déséquilibre.

Il n'y avait pas d'empreintes autres que les leurs. « On a bien vérifié, avait dit Beier, surtout autour des yeux. » Le chef adjoint de la brigade technique avait eu l'air tourmenté lui aussi, et surpris, comme s'il était confronté à un truc qui n'était pas réel.

La question, pourtant, restait la même que toujours : *Pourquoi ?* Pourquoi avait-on fait ça ?

Winter essaya de regarder toutes les images, une fois de plus. La pire était la photo prise de biais, son visage à elle de profil. Son corps adossé à un grand coussin bien rembourré.

Ils se tenaient par la main ; une prise mortelle très soudée. Après coup, avait dit Pia. Les doigts avaient été entrelacés après coup.

Il mit la cassette tout en regardant les photos. Les guitares à fond. Une rapidité incroyable. Des percussions plus rapides que le tempo, les basses... La voix qui sifflait. Un spectre. Une sorcière. Les sons qui sortaient de là – étaient-ce des mots ?

« Même quand on a l'oreille exercée, on ne comprend presque jamais les paroles. »

Johan Setter avait été assis face à Winter. Sa veste en cuir était usée de façon régulière. Il avait de fines rides sur le front.

— J'ai apporté la cassette à Madhouse, dans Drottninggatan, mais ils n'ont rien pu me dire.

— Qu'est-ce que ça signifie ?

— Que ça ne leur disait absolument rien. C'est pourtant un des meilleurs magasins de la ville pour ce genre de musique. Si, la fille a confirmé que ça ressemblait plus à du Black metal. Mais il n'y a pas une énorme différence avec le death metal, de toute façon.

— Quelle est la différence ?

— Pour la musique, le tempo est plus rapide dans le black metal, et le chant est plus aigu. Dans le death metal, le chant est plus profond, il vient du fond de la gorge.

— Et pour le reste, alors ?

— Quoi ?

— Tu as dit « pour la musique ». Qu'y a-t-il d'autre que la musique ? Les textes ?

— Les textes du black metal sont plus, euh, mythologiques. Un peu de romantisme viking, ce genre de conneries. Un peu de satanisme.

— Satanisme ?

— Du moins, il y a plus de satanistes dans leur public que parmi les fans de death metal.

— Qu'est-ce qui les inspire ? Les textes ?

— Apparemment.

— Comment est-ce possible si on n'entend même pas les paroles ?

— Il faut le livret, déclara Setter. Il y en a toujours un.

— C'est donc un truc plus intellectuel qu'on ne pourrait le penser de prime abord.

Setter chercha une ombre de sourire sur son visage mais ne vit rien.

— Il nous faut donc le livret, insista Winter en prenant la copie de la cassette que Setter avait posée devant lui. Alors, nous saurons aussi qui joue, et qui chante. Ou qui siffle.

— Je pensais que ce serait assez simple. Même les gens de chez Madhouse ont eu l'air surpris de ne pas reconnaître le morceau. D'un autre côté, tous les groupes se ressemblent.

— Ont-ils pu te dire si c'était suédois ?

— Même pas. Ça ne va pas être facile.

— Qui a dit que ce devait être facile ? – Winter se trouva un ton geignard qui lui déplut. Mais tu as en tout cas éliminé une possibilité : ce n'est pas du death metal.

— J'ai acheté les journaux et les fanzines qu'il y avait là-bas, dit Setter en se penchant pour prendre une liasse dans son sac. Je n'ai pas encore eu le temps de les regarder.

Winter les feuilleta. *Nekrologium – the Ninth Book of Blasphemy*. Il avait donc loupé les huit premiers livres. *Combichrist*. *Fear*. *Reinforced*. Il s'attarda sur le titre du suivant : *Amputation Magazine*.

21.

L'image était sur la table de la cuisine. Il la prit et la regarda. Qui avait fait ça ? Qui pouvait faire une chose pareille ? Que celui qui a fait ça lève la main. Qu'il lève la main, c'est tout !

Il leva la main droite tout en tenant le polaroïd dans la main gauche, puisqu'il était gaucher. C'est comme ça qu'on s'y prend, pas vrai ? Pourquoi faire l'inverse ? Tenir la photo dans la main droite ? Il secoua la tête en se demandant que faire de la photo. Il avait du mal à se décider. C'était toujours comme ça.

Mais il avait fini par se décider, n'est-ce pas ?

Il baissa la main droite, fixa la photo au mur à l'aide d'une épingle à tête noire et s'approcha pour mieux la regarder. Ils lui rendaient son regard mais quelque chose n'était pas en place. Le type, là, dans le canapé était sur le point de s'endormir, mais apparemment il avait réussi à la dernière minute à empêcher sa tête de tomber. C'était bien joué. Pareil avec elle. B-i-e-n-j-o-u-é.

Il pleurait maintenant. Pour le reste il y avait du silence partout. Silence. La neige faisait taire tous les bruits. Il pleurait, entendait sa propre plainte. Il savait que quelqu'un l'écoutait mais ce... démon ne s'était pas encore montré.

Il ne voulait pas de ce silence. Il retourna près du tourne-disques, choisit un 33 tours, le mit et commença à fredonner en rythme, *The old home town looks the same as I step down from the train*, ça c'était de la musique, il avait su qu'elle penserait ça lorsqu'il lui avait passé Tom la première fois, mais elle s'était moquée de lui. Pas comme plus tard, quand elle lui avait fait le... la chose horrible. Arrête ce disque, avait-elle rigolé. Ça me rappelle chez moi. Bon Dieu, ha, ha, ha, arrête, ça me fait mourir.

Puis elle avait fouillé dans sa collection de disques ; ça l'avait fait rigoler encore plus.

— C'est ça que tu écoutes ? Ah non, je meurs.

Ha, ha, ha. H-a-h-a-h-a.

Presque comme quand ça s'était produit. Il aurait dû comprendre.

« Qu'est-ce qui ne tourne pas rond chez toi ? avait dit son père un jour. Il y a un truc. » La fois suivante, quand il était rentré, son père n'avait rien dit du tout puisqu'il ne pouvait plus rien dire, n'est-ce pas ? Plus jamais.

Toute la pièce était éclairée par le soleil. La photographie disparut, brûlée par la lumière. Maintenant je peux l'oublier, pensa-t-il.

Fredrik Halders et Aneta Djanali rendirent visite à Hair.

« Unisexe », commenta Halders. Des hommes et femmes jeunes coupaient des cheveux d'hommes et de femmes jeunes. Halders avait renoncé à ce genre de plaisir. Son crâne rasé se reflétait dans les nombreux miroirs. Rien à faire pour un artiste capillaire, mais il lui restait au moins son crâne.

— Tu y vas, toi, dans ce genre d'endroit ?

— Quoi ?

— Tu vas te faire défriser dans ce genre d'endroit ?

— *Shut up*, lui lança Aneta Djanali dans le miroir.

Ils formaient un couple étrange. Ce n'était pas la première fois qu'elle s'en faisait la réflexion.

— Je peux vous aider? proposa une femme d'une trentaine d'années qui était apparue par une porte sur la gauche et s'était postée derrière la caisse, où ils patientaient gentiment. Elle était grande, un mètre quatre-vingts, par là, chemisier noir, jupe noire, cheveux partagés par une raie; une coiffure d'une simplicité toute apparente. Halders respirait toutes les bonnes odeurs et entendait la musique de la radio commerciale. Il se sentait mal à l'aise dans ce cadre, et les gens autour s'en rendaient certainement compte. Tous ces pé... Non, Fredrik, ressaisis-toi. Tu es avec Aneta. Tu dois montrer que tu es à la hauteur. Laisse tomber les pédés.

— Nous voudrions vous poser quelques questions concernant Louise Valker, dit Aneta Djanali en montrant sa carte. Nous sommes de la police criminelle.

La femme opina gravement.

— Ce salon vous appartient?

— Oui. Je m'appelle Irma Fletcher. On peut aller dans le bureau, ajouta-t-elle en indiquant la porte sur la gauche.

Ils prirent place autour d'une table de verre rectangulaire, chargée de magazines brillants. Halders ne voyait que des têtes de gonzesses sur les couvertures; il ferma les yeux un instant avant de tourner son regard vers le mur où étaient fixées quelques affiches de mode en noir et blanc: des femmes aux vêtements déchirés, qui semblaient avoir été maculées de sang. L'une était allongée, le regard étrangement fixe. À l'arrière-plan on entrevoyait un homme de profil en pardessus et chapeau, une mitraillette dans les mains. Halders crut reconnaître la version jouet d'un Uzi.

— Qu'est-ce que c'est que ça? demanda-t-il avec un signe de tête vers le mur.

— Quoi donc?

— Vous avez volé des photos à la brigade technique?

La femme suivit son regard et devint écarlate. Tout

le sang lui est monté au visage, pensa Aneta Djanali. Bientôt son maquillage va se mettre à couler sous l'effet de la chaleur.

— Oh ! Je croyais qu'on les avait enlevées. Personne n'y a pensé, apparemment. Ça fait un moment qu'elles sont là et alors... ben on ne voit plus que le mur. Mais ça tombe vraiment mal.

— Qu'est-ce que c'est ? insista Halders.

— Eh bien, ce sont des... photos de mode. Il y en a eu quelques-unes dans cette veine cet automne.

— C'est la mode de l'an 2000 ? s'enquit Aneta Djanali.

— Du sang plein la tête, dit Halders. Charmant nouveau monde.

Irma Fletcher eut l'air de prendre pour elle la honte collective. Soudain elle se leva, arracha les trois photos et les fourra dans une grande corbeille transparente à côté de la porte. Elle se rassit. Aneta Djanali regarda ses notes.

— D'après nos informations, Louise Valker n'est pas venue travailler au cours des deux derniers mois.

— Non. Elle venait de façon sporadique... En renfort, disons, selon les besoins. De façon assez irrégulière.

— Ça ne paraît pas un emploi très stable.

— C'est ce que je trouve. Mais c'était un choix de sa part.

— Ah bon ?

— Je lui avais proposé un poste fixe à temps partiel il y a un an, mais elle a refusé.

— Ah ? Ça ne doit pas arriver tous les jours.

Irma Fletcher haussa les épaules.

— Elle ne m'a pas donné d'explication et je n'ai pas insisté.

— Était-elle une bonne professionnelle ?

— Oui... elle était bien. Peut-être pas très curieuse d'apprendre de nouveaux trucs, mais il faut dire qu'elle n'était plus toute jeune. Je ne sais pas. Je ne veux pas échafauder des hypothèses.

— Fréquentait-elle d'autres employés du salon ?

— Pas que je sache. Posez-leur la question, mais je ne crois pas.

— Elle se tenait à l'écart? intervint Halders.

— On travaille dur ici, et tout le monde reste un peu dans son coin, dit Irma Fletcher. Certains ont leurs propres fauteuils, travaillent pour leur propre compte. Et puis... quand le boulot est fini, on rentre chez soi.

— La connaissiez-vous bien?

— Non, pas vraiment. On est allées prendre un café ensemble un jour – le fameux jour où je lui ai proposé le poste. Je crois que c'est la seule fois.

— Pouvez-vous nous parler d'elle? Comment était-elle?

— Elle aimait les hommes.

— Pardon?

— J'ai eu l'impression qu'elle s'intéressait aux mecs. Elle flirtait facilement. C'est le genre de chose qu'on remarque tout de suite.

«Christian était un bon vendeur. Quelle... tragédie.»

C'était l'après-midi. Ils se trouvaient dans un bureau paysager avec vue sur la ville.

L'entreprise informatique Comec se trouvait au douzième étage. Des gens conversaient par-dessus les ordinateurs. Par-dessus la tête des ordinateurs, pensa Halders, qui avait préféré rester debout. Il faut que j'arrête de faire des associations.

Le type assis en face d'eux, qui jouait à la fois le rôle de DRH et de directeur commercial, passait sans prévenir de la gravité à la bonne humeur. Il s'oublie, pensa Aneta Djanali. Vendredi après-midi, tous les hommes du bureau étaient en tenue décontractée: polo, chemise à carreaux, tee-shirt, tweed... Les rares femmes que pouvait apercevoir Halders étaient habillées comme d'habitude. À l'exception d'une, qui avait mis un jean. Le directeur commercial portait un tee-shirt noir sous une veste noire à boutonnage simple. Boots, jean noir.

Casual wear, pensa Aneta Djanali. Il faudra que j'explique le concept à Fredrik. Le vendredi, on se relâche dans les bureaux. Le reste du temps, c'est la cravate. Des hommes qui jouent. Comec devient Comique.

— Qu'est-ce qu'un bon vendeur ? voulut savoir Halders.

— Christian savait ce qu'il faisait. Rivé à ses objectifs. Il obtenait des résultats.

— Comment se fait-il dans ce cas qu'il ne vous ait pas manqué ?

— Pardon ?

— Il a été absent pendant dix jours. Comment se fait-il qu'il ne vous ait pas manqué ?

— Pour commencer, les choses ne se passent pas tout à fait ainsi, dit l'homme en croisant les jambes. Nous ne vérifions pas les heures de présence de nos collaborateurs. Ce sont des gens qui possèdent des compétences particulières et qui se gèrent eux-mêmes.

Compétences particulières mon cul, pensa Halders.

— Et deuxièmement, Christian avait pris une semaine de congé à ce moment-là. Je ne l'ai su qu'après.

— Mais ce n'était qu'une semaine.

— Comme je le disais, les gens se gèrent eux-mêmes ici. Peut-être n'avait-il pas de rendez-vous pendant les jours précédant ou suivant son congé. Je n'ai pas vérifié ce point. Pas encore.

Il regarda Halders, peut-être avec une certaine arrogance. Halders n'eut pas la force de s'en assurer.

— Connaissiez-vous Christian ? demanda-t-il.

— Pardon ?

— Le connaissiez-vous en dehors du boulot ? Le fréquentiez-vous ?

— Non. Une bière de temps en temps avec les gars – avec l'équipe, je veux dire, corrigea-t-il avec un regard à Aneta.

— D'accord. Autre chose ?

— Que voulez-vous savoir ?

— Pouvez-vous nous dire quelque chose sur sa personnalité ? Vous avait-il parlé de ses amis, ou de sa femme, ou de ses loisirs, enfin de quelque chose, en dehors de Comec ?

— Rien que les trucs habituels.

— C'est quoi, les trucs habituels ? demanda Aneta Djanali.

— Les gonzesses.

Sa proposition de se rendre à Hagen en tramway avait surpris Angela.

— Tu ne prends jamais le tram, que je sache.

— Ce soir je le fais.

— Pourquoi ?

Que devait-il répondre ? Qu'il voulait voir la ville comme la plupart des gens la voyaient ? Bof. Il ne voulait tout simplement pas conduire, ni prendre un taxi. Et il avait aussi envie de marcher un peu.

— J'ai envie de marcher un peu. Tu es prête ?

— Tu vois bien que non.

— O.K. Je t'attends.

Elle se lissa les cheveux, se passa un peu de brillant à lèvres, écarquilla les yeux devant le miroir. La lumière n'était pas bonne dans cette salle de bains. Elle lui faisait des poches sous les yeux. Dans le miroir de l'hôpital, il n'y avait pas eu de poches. Elle adressa une grimace à son reflet. Ce n'est pas la lumière. Tu veux une maison. *Your flat days should be over*. Une maison près de la mer.

Winter était passé dans le séjour, il regardait par la fenêtre. Coltrane soufflait avec Red Garland. *Soft Lights and Sweet Music*.

La ville était enveloppée de gaze. Une lumière douce sortait des bandages. Les points les plus élevés du paysage clignotaient. La ville avait acquis une autre topographie ces dernières années. Elle s'étirait vers le ciel. Des avions se croisaient, prêts à atterrir.

Il baissa le regard. Là, en bas. Quelque part. Combien de fois me suis-je tenu derrière cette fenêtre en pensant : là, en bas, il y a la réponse, la solution. Voilà l'homme que je dois rencontrer, peut-être est-ce lui. Celui qui traverse le parc, là-bas. Maintenant il passe devant l'obélisque. Par la suite, je l'ai fait. Je l'ai toujours rencontré.

— Prête, dit Angela dans l'entrée.

La musique se tut au même moment. C'était le dernier morceau. Il éteignit la stéréo.

Pendant qu'ils attendaient l'ascenseur, un homme âgé sortit de l'appartement de Mme Malmer et referma doucement la porte derrière lui. En les apercevant, il hésita avant d'entrer à leur suite dans l'ascenseur avec un hochement de tête. Il était grand, avec une chevelure grisonnante et des taches de mélanine sur le visage.

— Qui est-ce ? dit-elle dans la rue en suivant des yeux l'inconnu qui remontait vers l'Allée.

— Jamais vu.

— Mmm.

— Qu'y a-t-il ?

— Rien.

Beaucoup de gens attendaient aux arrêts de tram de la place Vasa. Une fumée blanche s'échappait de leurs bouches. Angela sentit le froid à travers son manteau et regretta de ne pas avoir pris un bonnet. Elle avait déjà les oreilles glacées. Sept degrés en dessous de zéro. Il fera peut-être chaud à Noël.

— Tiens, dit-elle. Un collègue à toi.

— Quoi ?

— La voiture de police en face.

— Oui, je vois.

— Tu sais d'où elle vient ?

— Le secteur, tu veux dire ? Bon, ce devrait être Lorensberg. Pourquoi ?

— Rien.

— Ça y est, je me souviens. On peut leur…

La voiture démarra, tourna au carrefour et passa devant eux. Winter leva la main.

— Simon, dit-il.

— Qui, le conducteur ? Tu le connais ?

— Je sais qui c'est.

Le tram était bondé. Ils durent rester debout en s'agrippant aux poignées. Angela avait du mal à garder l'équilibre, et semblait vouloir protéger son ventre. Mal joué, Erik, pensa Winter.

Plusieurs voyageurs descendirent à l'arrêt de Kungsportsplatsen et Angela put enfin s'asseoir. À l'avant du tram tout était calme, mais à l'arrière, quelqu'un criait, marmonnait, proférait des menaces. Les voyageurs détournaient le regard. D'autres ivrognes montèrent à bord à Brunnsparken. Winter dut se pousser.

Deux arrêts plus loin, la place à côté d'Angela se libéra. Le tram puait le tabac et l'alcool, et la sueur du gros homme assis devant Winter. Quelques adolescentes le regardèrent. Un homme noir écoutait quelque chose sur son baladeur en bougeant la tête. À Järntorget, ils virent monter une bande de garçons. Leurs vestes en cuir noir étaient couvertes de noms et de symboles. Un diable, deux sorcières, une hache dégouttant de sang. Les bouteilles de bière s'entrechoquèrent dans les sacs quand ils les posèrent au milieu de la gadoue de neige fondue. Un couple d'ados, trois rangées devant eux, se retourna deux ou trois fois pour le dévisager – lui ou Angela. Il lui semblait vaguement reconnaître la fille. Il regarda vers la rue. Une voiture de police passa à nouveau alors qu'ils s'apprêtaient à gravir Stigberget. Le bras de la loi, pensa-t-il. À nouveau.

Lotta Winter les accueillit dans un parfum d'ail et d'herbes aromatiques.

— Où sont les filles ? demanda Winter.

— C'est vendredi soir. Elles ne restent plus à la maison, même pas pour toi, Erik. Je peux vous embrasser ? Hou ! Vous êtes froids !

— À quelle heure vont-elles rentrer ? Avant onze heures, j'espère.

— *Grow up*.

— Il va falloir qu'il s'y fasse, dit Angela.

— Donne-moi du vin, coupa Winter. Et de l'eau pour Angela.

— Tu as parlé à maman ? demanda Lotta.
— Oui.
— Et alors ?
— Elle vient pour Noël, c'est confirmé.
— Comment t'a-t-elle semblé ?
— Comme tu le disais. Elle paraît... forte. J'espère que ça va durer.

J'espère que ça va durer pour nous tous, pensa Lotta en servant l'eau et le vin.

22.

Hanne Östergaard pelletait la neige amoncelée devant sa porte. Raclement de la pelle contre les dalles de pierre ; le jardin était couvert de blanc. Les arbres pointent comme des squelettes, pensa-t-elle en sentant perler la sueur sous son bonnet.

Quelques voisins étaient de sortie comme elle en cette matinée de samedi avec leurs pelles, ou d'autres outils plus ou moins efficaces. Ce n'était pas le Norrland ici. Personne ne s'attendait à voir durer la neige.

Trois maisons plus loin, un homme changeait une roue de sa voiture. Elle se retourna vers son propre garage et vit sortir Maria, en gros pull et écharpe de deux mètres. Pas de bonnet ni de gants, mais un balai qu'elle enfourcha pour rejoindre sa mère en trois petits bonds.

— Je pensais voler un peu ce matin, dit-elle.

— Ce n'est pas la saison, ma chérie.

— Je dois attendre Pâques ? Tu crois aux sorcières ?

Je crois à tout ce qui est mal, pensa Hanne Östergaard, mais ce ne fut qu'une pensée fugitive.

— Je crois à celle qui est devant moi, dit-elle. Du moins, parfois.

Soudain Maria parut triste. Puis elle releva la tête.

— En fait je voulais t'aider, dit-elle en commençant à balayer les dalles. Finir le travail avec toi.

— C'est super.

Maria balayait avec concentration. Son visage était soudain celui de l'enfance. Hanne Östergaard vit l'enfant – un trait d'innocence confiante, lorsque Maria leva les yeux et lui sourit. Sa manière à elle de demander pardon. Et Hanne était prête à l'accorder, sans restriction. Maria n'est qu'une enfant. Elle ne sait rien.

Patrik arriva sur les dalles propres avec un bonnet pointu si démesuré qu'il aurait pu le partager avec Maria. Hanne lui tendit la main.

— Bonjour, Patrik. Ça fait un bail !

— Salut. Je passe juste vous dire bonjour. J'avais envie de campagne, tout à coup. Il y a un blanc d'enfer ici, dis donc.

— Un quoi ?

— Un blanc d'enfer. En ville, il n'y en a déjà presque plus.

— Que diriez-vous d'un chocolat chaud, tous les deux ?

— Oui, fit Maria. Qu'en dis-tu, Patrik ?

— C'est une idée d'enfer. J'ai froid. Le chauffage était cassé dans le tram.

Elle avait préparé des tartines de pain noir au fromage et deux mugs ; un troisième chocolat était en route.

— Tu as trouvé ce que c'était ? demanda Maria la bouche pleine.

— J'ai écouté un peu hier mais put… – ça m'a fatigué, dit-il avec un regard à Hanne, le pasteur.

— Bon.

— Et toi ? Tu as écouté le disque que je t'avais passé ?

— Jamais de la vie, dit Maria en attaquant une autre tartine. Tu l'as glissé dans mon sac comme un voleur. Et ça ne me plaît pas.

— Qu'est-ce qui ne te plaît pas ? demanda Hanne.

— Le hardrock.
— Death metal, dit Patrik. Black metal.
— Ah.
— C'est trop heavy pour Majje.
— Qu'est-ce que c'est ? Un genre de punk ?
Patrik eut un rire bref.
— Un genre de punk hyper trash, alors.
Hanne le vit vider son mug et se leva pour refaire chauffer du lait.
— Patrik sait tout sur la musique, dit Maria. Et même sur ce qui n'est pas de la musique.
— Par exemple ce… métal ?
— Ce n'est pas de la musique.
— Mais ça existe, dit Patrik. Tu ne peux pas faire semblant que ça n'existe pas.
— Mais c'est *quoi* ? insista Hanne en revenant vers la table avec le lait chaud. Je suis curieuse.
— O.K., dit Maria en se levant. Ne bougez pas.
— Personne n'a l'intention de s'en aller d'ici, dit Patrik.
Maria sortit de la cuisine. Une minute plus tard une sorte de bruit s'éleva dans la maison. Comme un terrible accident d'avion au beau milieu duquel quelqu'un se serait soudain mis à siffler comme un succube.
— Black metal, commenta Patrik.
Maria revint dans la cuisine.
— C'est exprès, ajouta-t-il. On doit avoir l'impression que c'est une sorcière qui chante.
— Je peux aller chercher le balai, dit Maria.

Patrik en était à son quatrième chocolat chaud. Ils avaient fini par tout raconter à Hanne sur ses soupçons dans la cage d'escalier, le coup de fil au gardien, etc.
— La police ne t'a pas interrogé ? demanda-t-elle.
— Non.
— C'est étrange.
Patrik reposa son mug pour la dernière fois et haussa les épaules.
— Moi, ça m'arrange, et de toute façon, ça ne

change rien. Ils ont appris ce qu'ils avaient besoin de savoir. Je ne peux pas leur en dire plus que le vieux.

— Ça, c'est à eux d'en décider.

— Arrête, maman. Tu traînes trop au commissariat.

— Le gardien voulait garder tout le mérite pour lui, dit Patrik. Il croyait peut-être qu'il y aurait une récompense – il regarda Hanne. D'ailleurs il y en avait peut-être une. J'ai peut-être fait une connerie.

— Tu devrais les appeler, insista Hanne Östergaard.

— L'enquêteur que tu connais..., dit Maria.

— Erik Winter ? Je ne sais pas s'il est sur cette affaire. J'imagine que oui.

— C'était lui, dit Maria en regardant Patrik.

— C'est ce que tu as dit.

— J'en suis sûre.

— Quoi ? fit Hanne Östergaard.

— On l'a vu dans le tram hier soir, dit Maria. Il était avec sa copine, ou sa femme ou quoi.

— Angela.

— Ils étaient dans le tram. Nous, on allait à Stigbergstorget.

— Qu'alliez-vous faire là-bas ?

Hanne entendit sa propre voix, soudain tendue, méfiante.

— Maman ! Il était huit heures, on allait chez Bengans.

— Un vendredi soir ?

— Oui, dit Patrik, c'était ouvert pour cause de release. Ultramario jouait quelques titres de son nouvel album.

— Ça explique tout, dit Hanne en essayant de sourire.

Maria s'était renfrognée, elle regardait par la fenêtre l'arrière de la maison où le soleil venait d'éclairer la neige.

Patrik et Maria étaient silencieux.

— Alors, vous avez vu Erik Winter ? Je ne pensais pas qu'il prenait le tram.

— C'était lui, dit Maria. Et elle, on l'a déjà vue entrer dans l'immeuble où ils habitent.

Vous écumez la ville, pensa Hanne sans le dire.

Patrik avait suivi le regard de Maria. Le soleil était intense, il balayait la neige. Comme une lampe. Il pensa à la lumière bleue et jaune dans la cage d'escalier, aux journaux, à cette saleté de musique qui haletait là-dedans, lorsqu'il avait soulevé le rabat de la fente du courrier. Mais il y avait aussi autre chose.

Il y avait autre chose.

C'était là, quelque part dans sa tête, cette image, ce souvenir plutôt. Quelqu'un qu'il avait déjà vu... quelques semaines auparavant.

Dans son esprit, c'était associé au moment où il s'était demandé ce que ça pouvait être comme musique, qui pouvaient être ces gens. Une intuition, sans doute pas même cela. Mais... l'autre chose. Ça lui revenait maintenant, en voyant le scintillement du soleil sur la neige, comme des étoiles sur un ciel blanc. La vision était encore présente lorsqu'il suivit Maria dans sa chambre, après avoir remercié sa mère pour le chocolat. Majje avait éteint la musique, merci mucho.

Assis sur le lit de Maria, il regarda à nouveau le jardin. Il y avait une petite serre dans l'ombre. Il la considéra. Comme si cela allait l'aider à chercher. Serre. Serrer. Resserrer. La lumière... C'était...

— Tu as découvert quelque chose ? dit Maria. Un truc suspect dans la serre ?

Il ne répondit pas.

— Dis quelque chose, Patrik. Je n'aime pas quand tu es comme ça. C'est déjà assez inquiétant, le truc qui s'est passé.

— Il y avait quelqu'un..., dit Patrik.

— Quoi ? Il y avait quelqu'un dans la serre ?

— Non, non – il quitta la fenêtre des yeux et la regarda. Dans l'escalier. Quand j'y suis allé avec les journaux, un matin.

— Explique, please.

— Il est très rare que je croise quelqu'un à cette heure-là dans les immeubles.

— Ha, ha. Maintenant je comprends tout, merci.

— Écoute-moi, Majje. Un matin, au moment où j'allais monter l'escalier, quelqu'un a pris l'ascenseur là-haut, et il est descendu. Il y a deux semaines ou dix jours.

— Tu parles de *cet* immeuble.

— Oui, bien sûr. D'habitude je préfère l'escalier, mais là, je ne sais pas, j'ai appuyé sur le bouton. Je devais avoir de la fièvre ou quoi. C'est sûrement pour ça que je m'en souviens. L'ascenseur était occupé ; j'ai commencé à monter l'escalier et alors je l'ai entendu se mettre en marche, genre au deuxième étage. C'était peut-être cet étage-là. Peut-être.

— Qu'est-ce qui te fait croire ça ?

— On apprend des choses quand on passe du temps dans les escaliers. Quand on écoute. Quand on prend l'ascenseur.

— Et alors ! ? Vas-y, continue !

Elle s'était mordu un bout de peau du pouce sans s'en apercevoir. Soudain elle sentit la brûlure.

— Je suis resté sur les premières marches pour l'attendre.

— Et ?

— L'ascenseur est arrivé. Quelqu'un en est sorti. Puis il est sorti de l'immeuble. Un vieux.

— Il t'a vu ?

— Non. J'étais dans l'escalier et il ne s'est pas retourné.

— De quoi avait-il l'air ?

— Il ne s'est pas retourné, je te dis.

— Mais il était vieux ?

— Je ne sais pas. Peut-être pas tant que ça. Quand il a traversé le hall, je l'ai vu. De dos.

— C'est horrible.

— Ce n'est quand même pas la première fois que je voyais quelqu'un dans cet immeuble.

— Alors pourquoi y as-tu repensé ? *Maintenant*, je veux dire ?

— Je ne sais pas, c'est peut-être le temps… Non… J'ai réfléchi… C'est peut-être la musique. Le son qu'on entendait par la porte.

— Comment ça ?

— Avant, il n'y avait pas eu de musique. J'ai commencé à l'entendre *après* avoir vu ce type qui sortait de l'ascenseur.

— Mais c'est hyper flippant ! Tu as peut-être vu... Écoute, Patrik, maman a raison. Tu dois aller voir les flics.

— Bof.

— *You must, you must !* – Elle avait pris un oreiller et lui tapait sur les épaules. – *You must testify, you must testify !*

— Arrête, Majje.

Elle jeta l'oreiller sur le lit.

— Ils ont sûrement plein de trucs importants à te demander.

— Comme quoi par exemple ?

— T'es bête ou quoi ? Ce qu'il portait comme vêtements, euh... – Elle avait repris le coussin, le serrait dans ses bras, réfléchissait. – Tu te souviens de ce qu'il portait comme vêtements ?

— Il avait un pardessus.

— Long ? Court ? Noir ? Brun ? Beige ?

— Sombre... C'est un interrogatoire ?

Maria ne souriait pas.

— Il y a un autre truc, dit-il. Ça m'est revenu tout à l'heure, je ne sais pas pourquoi. Un truc qu'il avait... sous son pardessus. Je l'ai vu, mais je n'arrive pas à me rappeler ce que c'était.

— Un truc que tu aurais reconnu ? Que t'aurais déjà vu ?

— Je ne sais pas. Oui, peut-être. Un truc... familier. Je ne sais pas ce que c'est.

23.

La lettre qu'il découvrit sur son bureau était la troisième de la pile. Elle portait le tampon de la Dirección General de la Policiá, mais Winter savait qui était l'expéditeur. Il la rangea à part. Elle brûlait la surface claire de la table, comme un signe de l'intrusion de la vie privée dans son bureau. Le tampon de la police espagnole devenait le symbole de la frontière entre vie et travail ; dangereuse, flottante. L'enveloppe s'incrustait dans le bois de la même manière que la carte de visite d'Alicia avait fait comme un trou dans la table sombre de la chambre de La Luna.

Ils avaient bu encore un verre de vin. Ou il avait bu seul. Son désespoir s'était brusquement creusé en entendant des passants converser en suédois sur la Plaza Altamirano. La voix de l'homme lui avait rappelé celle de son père. Alicia avait compris. À cet instant, il avait eu le sentiment qu'elle comprenait.

Quelques heures plus tard, il voyait la mer depuis la fenêtre d'une maison. Il ignorait le nom de la rue, et l'itinéraire qui y conduisait. Un chien aboyait en bas. Puis le silence. Il n'y avait personne d'autre à proximité.

Quelques heures plus tard encore, il se réveillait dans sa chambre de La Luna. Il ne se souvenait plus de rien. La matinée était bien avancée ; il s'était douché, habillé et il avait pris le chemin de l'aéroport.

Bergenhem frappa et entra dans le bureau. Il semblait avoir maigri. Son regard ne se posa pas tout de suite sur Winter. Il resta debout, indécis.

— Tu as demandé à me voir... ?

— Assieds-toi, Lars.

Bergenhem s'assit et se passa la main sur le front. Il avait les cheveux humides.

— Une bagnole a dérapé à la sortie du pont. Ça m'a mis en retard.

— Les gens sont toujours aussi mal préparés à l'hiver.

— On n'en a presque jamais, d'hiver.

— Comment ça va, à part ça ? – Winter parlait à voix basse.

— Bien. J'ai laissé Ada à la crèche et ça a pris du temps.

— Tu as pu... te reposer un peu ?

— Mais oui. J'avais juste besoin de quelques jours.

— Est-ce qu'on peut en parler ?

— De quoi ?

— De ce qui te pèse. Le travail ?

— Non, non.

Winter inspira profondément et se pencha vers son collaborateur.

— Écoute, Lars. Je sais qu'une partie du boulot est très lourde à porter. Ça fait des souvenirs. On a du mal à se débarrasser de ce qu'on a vu. Et tu as été... touché plus durement que d'autres. Non, pas touché. Ce n'est pas le mot qui convient. Mais tu as... subi.

— C'était ma faute, dit Bergenhem.

— Arrête.

— Mais c'était ma faute.

— Arrête. Ce que j'essaie de te dire, c'est qu'on doit

fonctionner en équipe. On doit donner ce qu'on a. Est-ce que tu sens que tu...

— Merde, Erik ! Je suis resté chez moi quelques jours pour me reposer et j'ai l'impression que tu veux m'envoyer à l'hôpital psychiatrique.

— J'ai dit ça ?

— Non, mais...

Bergenhem semblait regarder un point au-dessus de la tête de Winter.

— Regarde-moi, Lars – Bergenhem obéit. Ce que je voulais dire, c'est que tu es complètement normal. C'est humain. Mais quand on sent... si tu sens que ça devient difficile, il faut s'en occuper tout de suite.

— Qu'est-ce que tu en sais ?

— Pardon ?

Bergenhem s'était levé.

— Tu ne sais pas tout, merde.

Sa lèvre inférieure tremblait. Il fit mine de vouloir se rasseoir, mais resta debout.

— Imagine si tu...

Winter attendit. Bergenhem s'assit. Puis il leva la tête.

— Écoute, Erik, pardonne-moi. Je suis au courant... pour ton père.

— J'en ai peut-être trop dit – Winter tendit la main, toucha le bras de Bergenhem. Tu dois juste savoir que tu peux me parler... de ce qui t'occupe l'esprit. J'essaierai d'écouter. Sans y mêler les psychologues.

Bergenhem soupira. On aurait dit qu'il gardait son air depuis une demi-heure.

— C'est juste de petits soucis à la maison.

— Ah.

— Le genre de choses qu'on doit régler seul.

Travail et vie privée, pensa Winter en regardant l'enveloppe posée entre eux. Le genre de choses qu'on doit régler seul. Maintenant c'est le travail. Ce soir ce sera la vie privée. Cette nuit... Il avait pensé interroger Bergenhem sur autre chose. Sur les enfants. Comment c'était, d'en avoir. Une autre fois.

— Johan est passé te voir, dit-il.

— Setter ? Oui.

— Ce n'était pas ton truc, a-t-il dit.

— Le Death metal ? Non merci.

— Ou le Black metal. Il paraît qu'il y a une différence.

— Je ne suis pas certain de vouloir la connaître, dit Bergenhem, en souriant pour la première fois.

— Dans ce cas précis, on n'a peut-être pas le choix. Setter a dit ce matin qu'il y une boîte en ville qui diffuse ce genre de musique. Ils ont leur propre label, d'ailleurs. D'après Setter, si ces types-là ne peuvent pas nous aider, c'est que personne ne le peut.

— Il y est allé ?

— Non. Je pensais qu'on allait leur rendre visite, toi et moi.

Les locaux se trouvaient dans Kyrkogatan. Quel nom bien trouvé[1], pensa Winter en montant l'escalier aux murs tapissés d'affiches à l'imagerie sataniste.

Celle qui était punaisée à gauche de la porte conduisant aux bureaux de Desdemona Productions représentait une femme nue en prière. *Fuck me Jesus*. Une nouveauté du groupe Marduk. Il y en avait d'autres : The Rocking Dildos, Driller killer, The Unkinds, Ritual Carnage. Necromantia. Dellamorte. Order from Chaos. Angelcorpse.

Winter s'attarda sur le nom de ce dernier groupe – Angelcorpse – qui présentait fièrement son nouvel opus : *Exterminate*.

Un homme aux longs cheveux noirs et au tee-shirt coloré ouvrit au troisième coup de sonnette. Le tee-shirt représentait un coucher de soleil orange sur une montagne, au-dessus de laquelle planait une croix en flammes. Ce message était gravé dans l'espace : *Eternal Death*.

On se sent comme chez soi, pensa Bergenhem. Ou comme au travail.

1. Kyrkogatan signifie « rue de l'Église ». *(N.d.T.)*

— Oui ?

— Rickard Nordberg ?

— Oui. Wester ? De la police ? – il regarda Bergenhem. Deux enquêteurs de la police ?

— Winter, se présenta Winter. Et voici Bergenhem. On peut entrer ?

De la musique sortait du bureau : guitares, percussions ; un chanteur hurlait une épouvante sans nom. Des escadrons de la mort exécutaient à la chaîne.

Rickard Nordberg les fit entrer.

Le bureau était en fait un loft. Ordinateurs, dossiers, chaîne stéréo, quelques guitares dans un coin. Partout des CD, des affiches. Tout était clair et propre, et les Velux laissaient entrevoir le bleu du ciel. Rickard Nordberg s'assit derrière un bureau. Il était à peine plus jeune que Winter. Ses cheveux, qui lui arrivaient à la taille, commençaient à virer au gris et à se clairsemer sur le haut du crâne. Il portait un jean noir étroit et des boots garnies de chaînes. Il alluma une cigarette. Il paraissait satisfait de l'existence. Derrière lui, une affiche pour son propre label, Dead Sun. Quelqu'un se faisait arracher les entrailles au nom de la boîte. La silhouette de Nordberg cachait en partie un bouquet d'intestins. Lorsqu'il fit tomber sa cendre, Winter vit à côté du cendrier une photographie de deux petites filles. À côté, un dessin encadré avec une dédicace : *Au plus gentil papa du monde*. À droite du cadre, une pile de CD. Winter déchiffra le titre du premier de la pile : *Tortura Insomnae*.

— On aime bien la mort par ici, commenta Bergenhem en jetant un regard autour de lui.

— Eh oui. C'est mon boulot – Winter crut voir une lueur malicieuse dans le regard de Nordberg. Et un sujet qui n'est pas non plus inconnu de ces messieurs, si je ne me trompe.

Il s'exprimait avec un accent de Göteborg soigné qui évoqua pour Winter la bourgeoisie d'Örgryte. Nordberg semblait s'en être tiré à temps.

— Vous avez la cassette ? poursuivit-il en agitant la main.

Un homme du même âge que Nordberg et vêtu à peu près de la même manière entra sans se présenter. Winter tendit la bande à Nordberg, qui la glissa dans un magnéto. La musique commença et Winter fut de retour dans l'appartement d'Aschebergsgatan.

Nordberg et son collègue écoutaient attentivement.

— Petit budget, dit Nordberg après dix secondes.

Le collègue secoua la tête.

— Jamais entendu. Ça vient sans doute des USA. Ça ne me paraît pas norvégien, en tout cas.

— Pourquoi norvégien ? fit Bergenhem.

— Le top du Black metal.

— Alors c'est du Black metal ? intervint Winter.

— Absolument.

— Comment le savez-vous ?

— La pression, la vitesse. Écoutez les drums.

— Et le chant, dit son collègue. Dans les aigus.

Ils écoutèrent les cris qui avaient depuis longtemps franchi les limites du registre du haute-contre.

— C'est pas mal du tout, conclut le collègue.

— Je ne trouve pas, dit Nordberg.

— Qu'est-ce qui fait que ce n'est pas mal du tout ? demanda Bergenhem au collègue.

— C'est propre et direct. Droit au but. Influence du début des années quatre-vingt.

— Ça date du début des années quatre-vingt ? insista Winter.

— Non. D'il y a quelques années, je dirais. Mauvaise production. Il y a quelque chose de Bathory, mais ce n'est pas eux.

— Qu'est-ce qui fait que ce n'est pas si bon que ça ? demanda Winter à Nordberg.

— C'est trop uniforme. Rien qui dépasse. Moi, je veux plus de mélodie.

Il arrêta la bande et mit un CD. Autres guitares à grande vitesse, percussions partout. Le chant semblait monter du fond d'une crypte.

— Vous entendez la différence ?

Bergenhem regarda Winter.

— J'entends la mélodie, dit Winter. Ça a quelque chose des Clash.

Nordberg lui jeta un regard surpris.

— C'est drôle que vous disiez ça. Ils ont déclaré eux-mêmes devoir beaucoup aux Clash.

— *London Calling*, dit Winter.

— Oui, ce morceau-là précisément.

Nordberg lui tendit son paquet de cigarettes, mais Winter refusa de la tête. L'autre se retourna et remit la première cassette.

— Ce n'est pas européen, dit le collègue. J'ai cru un moment que c'était suédois, mais… non.

— La Suède est à fond dans le Black metal, dit Nordberg.

— À fond jusqu'où ? voulut savoir Bergenhem.

— Ça dépend de la référence qu'on choisit. Mais c'est quand même un créneau bien occupé. Mettons qu'un gros groupe suédois vend autour de cinq mille CD. Je ne parle pas des exceptions, des labels comme Music for Nations, Dimu Borgir de Norvège, ou Cradle of Filth en Angleterre. Là on tape dans les cent cinquante mille.

— Black metal ?

— Black metal.

— Qui écoute ça ?

— Euh… des mecs, essentiellement. Presque que des garçons. Des gens normaux.

Des gens normaux, pensa Winter. Les plus gentils du monde.

— Quel rapport avec le satanisme ?

— C'est le fondement du Black metal, dit le collègue. Sauf qu'il faudrait plutôt parler du culte de Satan.

— Quelle est la différence ?

— Les adorateurs de Satan aiment le diable, mais ils n'ont rien à faire des accessoires, expliqua Nordberg avec son accent distingué. Enfin, je ne suis pas un expert. Ni un adepte.

— Il s'agit donc de musique pour des adorateurs de Satan, dit Winter avec un signe de tête vers la stéréo, où un nouveau morceau avait débuté, aussi intense que le précédent.

— Pas nécessairement, s'opposa le collègue. Parmi les gens qui écoutent ça, il y a peu de réels adorateurs, ou de satanistes. C'est plutôt le packaging qui compte.

— C'est-à-dire ?

— Le style autant que la musique. Les gens veulent ressembler aux mecs de Kiss, en plus sauvage.

— Sverker sait tout sur Kiss, dit Nordberg avec un sourire. Je ne vous ai pas présentés, au fait. La crime, Sverker. Sverker, la crime – il cessa d'agiter la main. Sverker a son propre label, qui s'appelle Depression. Surtout du punk trash. Il sait tout sur le punk. Comme vous, fit remarquer Nordberg avec un signe de tête à Winter. Il a mis la main sur quelques bons trucs aujourd'hui même.

— Slaughtermask et Shitsystem, dit Sverker pudiquement. Et Arsedestroyer.

— Mais vous ne reconnaissez pas cette musique ?

— J'ai une proposition, dit Nordberg. On choisit un des titres, et on met un soundfile sur le net. Je pourrai dire que je me suis procuré une cassette anonyme quelque part et que je suis curieux de savoir ce que c'est.

— C'est la vérité, dit Sverker, qui avait entrepris de peigner ses longs cheveux.

— Excellente idée, approuva Winter.

— Il existe plusieurs milliers d'adresses dans le monde, reprit Sverker. Radios, labels, clients privés.

— C'est parfait. Quand pouvez-vous vous en occuper ?

— Dès que nous aurons fini cette conversation. Savoir si ça marchera, c'est une autre affaire.

Winter retourna une dernière fois à l'appartement. Tout était identique. Les taches, ni plus ni moins grandes que les autres fois. La musique vibrait encore dans les pièces. Le métal noir... Il l'avait en tête, après la visite au loft lumineux de Desdemona Productions.

Les techniciens avaient fini. Ce qui devait être analysé se trouvait déjà au laboratoire, dans des sacs plastique étiquetés. L'appartement serait bientôt comme neuf. D'autres gens y emménageraient. J'aurai de nouveaux voisins, pensa-t-il.

Il attendit l'ascenseur, qui n'arrivait pas. Quelqu'un avait peut-être mal refermé la porte coulissante. Il commença à descendre l'escalier. L'ascenseur se mit en branle, et passa devant lui, mais le temps que Winter parvienne au rez-de-chaussée, son occupant avait disparu par la porte de l'immeuble, qui finissait de se refermer doucement.

Il y avait du vent, mais la soirée était limpide. Un homme s'éloignait dans la rue. Peut-être celui de l'ascenseur. Winter prit à gauche. Le ciel était d'un bleu mat au-dessus du quartier de Nordstan. Il rentra son écharpe dans le col de sa veste et ferma deux boutons.

Il restait quatre petits pains à la boulangerie. Il espérait qu'Angela aurait eu le temps de rentrer avant lui. Il voulait… leur dire quelque chose. Il pourrait s'allonger contre son ventre et lui raconter un truc sympa.

En sortant de la boulangerie, il tomba sur une femme avec une poussette et s'écarta pour la laisser passer. Soudain, il eut envie de voir l'enfant. Il la rattrapa.

Qui conduisait ses pas ? Lui-même.

— Excusez-moi, dit-il. Je peux regarder votre enfant ?

— Quoi ?

Elle paraissait plus surprise qu'effrayée.

— Je voudrais juste regarder votre enfant.

Il se sentait complètement idiot, mais c'était précisément ce qu'il voulait être en cet instant.

— Je vais en avoir un moi aussi. C'est la première fois.

La poussette était incolore sous les néons.

— Je vais être papa, dit-il comme s'il était besoin de le préciser.

24.

Ils remontèrent le fil de la vie de Christian et de Louise Valker. Ils avaient sollicité l'aide des collègues de Västerås et de Kungsbacka, mais ceux-ci n'avaient rapporté aucun élément, aucun crime, aucun délit qui aurait pu servir de point de départ. L'Église et la commune fournissaient des informations de leur côté, sans résultat utile pour l'instant.

— Est-ce que c'était une connaissance à eux? demanda Ringmar.

Ils se trouvaient dans son bureau après la réunion du matin, en présence d'Aneta Djanali et de Halders.

— Il n'est pas entré par effraction, dit Winter. Il a peut-être volé ou copié une clé. Mais ce n'était pas une visite surprise.

— Non, dit Ringmar. On ne peut pas dire ça. Ils avaient mangé. Et bu.

— Deux bouteilles de vin, dit Winter.

— Et des apéritifs. Beier dit qu'il y avait du gin-tonic dans les verres.

— Les techniciens sont très forts, dit Halders. Mais Beier a-t-il pu préciser la marque?

Winter pensa au Tanqueray. Autant acheter la bouteille de Noël tout de suite, avant l'arrivée de sa mère.

Ringmar jeta un coup d'œil à Halders.

— Pourquoi ? Ça nous aiderait ?

— Si le meurtrier avait apporté l'alcool. S'il buvait par exemple uniquement du Gordon's et qu'un employé de Systemet se souvenait de quelqu'un qui achète toujours du Gordon's.

— Par caisses entières dans ce cas. Chaque semaine. C'est un peu tiré par les cheveux, Fredrik, dit Aneta Djanali.

— Ce n'est pas ainsi qu'on est censé travailler ?

— Je vais poser la question à Beier, déclara Winter. Tous les détails sont importants, on le sait.

— Qu'avons-nous d'autre ? reprit Aneta Djanali. Que savons-nous maintenant sur Christian et Louise ?

— Qu'ils n'avaient pas beaucoup d'amis, dit Halders. Pas grand-monde pour se soucier de savoir s'ils étaient en bonne santé.

— Il y avait tout de même des messages sur le répondeur, répliqua Ringmar.

— Trygg-Hansa, dit Halders. Un blabla sur les cotisations retraite. Pour beaucoup de gens, ces temps-ci, c'est le seul contact avec l'extérieur. Les assureurs qui essaient de vendre des garanties contre une vieillesse infirme.

Dans ce cas précis, ils n'ont rien récolté, pensa-t-il sans le dire.

— Et deux autres messages, ajouta Ringmar qui avait attendu patiemment que Halders ait fini.

— On leur a parlé, dit Halders. Les autres, hier soir.

— Il y avait un truc bizarre, avança Aneta Djanali.

— Quoi donc ? La question venait de Winter.

— Elle a raison, dit Halders.

— On n'a pas vraiment compris pourquoi ils avaient essayé de les joindre.

— Attendez, dit Winter. Une chose à la fois. Qui cherchait à joindre qui et dans quel ordre, merci.

— D'accord. Il s'agit d'abord d'un couple, Per et Erika Elfvegren. Ils habitent à Järnbrott. Beaucoup de points communs avec les Valker. Pas d'enfant, le même âge, le même genre de physique… – Elle jeta un rapide regard aux autres comme pour préciser : *avant*. – On leur a rendu visite hier après dix-sept heures. La femme a dit qu'elle avait « juste appelé pour voir comment ça allait ».

— De quelle manière se connaissaient-ils ? demanda Ringmar.

— C'est justement ça… Ils sont restés très vagues là-dessus. Ils s'étaient rencontrés dans un restaurant dansant, ont-ils dit, mais ils ne se rappelaient pas lequel. Ils avaient dîné chez les Valker une fois, et ils les avaient invités une fois chez eux – Aneta Djanali regarda Halders. On a eu l'impression d'une relation très superficielle.

— Ils ne savaient rien du tout sur les Valker, ajouta Halders.

— Savaient-ils au moins où ils étaient au moment du meurtre ? demanda Winter. – Ils avaient obtenu de Pia une date possible, une heure approximative.

— Chez eux, dit Halders. Tous les deux à la maison et leur seul témoin est la télé.

— Hmm.

— Quel est l'élément bizarre que tu évoquais tout à l'heure ? demanda Ringmar à Aneta Djanali.

— C'était leur attitude. Comment dire ? Ce côté indifférent, comme s'ils ne connaissaient pratiquement pas les Valker. Et en même temps une peur tangible.

— Qu'y a-t-il de bizarre à ça ? dit Ringmar. Les Valker ont tout de même été assassinés.

— Oui, bien sûr. Mais il y a autre chose. Un truc dont ils ne veulent pas parler. Vous savez bien, quand quelqu'un sait quelque chose mais qu'il ne veut pas lâcher le morceau.

— C'était le cas, dit Halders. Je ne pourrais pas l'exprimer mieux moi-même.

— Et c'était pareil avec les autres, reprit Aneta Djanali. C'est la vérité.

— Les autres ? dit Winter. L'autre message sur le répondeur ?

— Oui – elle consulta ses notes. Les Martell. Bengt et Siv Martell.

Bengt et Siv, pensa Winter. Comme mes parents.

— Aucun lien de parenté avec le cognac, déclara Halders.

— Je savais que tu dirais ça, répliqua Aneta Djanali.

— Alors ? lâcha Ringmar avec un rien d'irritation. Ils habitent à Mölndal, c'est ça ?

— Oui. On aurait presque pu mettre un papier carbone. Le même genre de gens, pour ainsi dire. Les mêmes réponses. La même relation superficielle.

— On y est allés hier soir, dit Halders. Mais il y a quelques différences. Premièrement, Siv Martell est divorcée et elle a deux enfants ados, qui habitent chez leur père. Leur père habite à Malmö – Halders jeta un coup d'œil à Aneta Djanali. Même moi, j'ai bien vu qu'elle avait du mal à dire quoi que ce soit sur ses enfants. C'était… douloureux.

— Pas de garde partagée ? demanda Winter.

— Apparemment, ça fait des années qu'elle ne les a pas vus.

— Mais je ne crois pas qu'elle soit alcoolique, dit Aneta Djanali. Ni qu'elle l'ait été.

Pas même au cognac, pensa Halders.

— Et les autres différences ? demanda Ringmar.

— Contrairement aux Elfvegren, qui avaient juste peur, les Martell étaient terrorisés, expliqua Halders. Mais pas à cause de nous.

— C'était tout à fait perceptible. Ils cachaient quelque chose, dit Aneta Djanali. Je ne sais pas si c'est lié au meurtre.

— Un alibi ? demanda Winter.

— Peut-être, répondit Halders. Pour le reste, deux visites au restaurant et quelques autres « rencontres », comme ils ont dit. Il faudra vérifier. On n'a pas encore eu le temps de le faire.

— Ils cachent quelque chose, répéta Aneta Djanali.

— Je vais leur parler, dit Winter. Je commence par les Martell.

— Va les voir chez eux, si je puis me permettre, suggéra Halders. Ils avaient l'air… mal à l'aise dans leur propre maison.

— Pour en revenir aux Valker, coupa Ringmar en se tournant vers Aneta Djanali… Tu as affirmé pendant la réunion qu'ils avaient une réputation sur leurs lieux de travail respectifs.

— Réputation, c'est beaucoup dire. Plutôt des sous-entendus.

— Mais tous deux étaient intéressés par la drague ?

— Oui, si on veut. L'homme avait en effet une réputation. Il… bon, il voyait d'autres femmes. Elle, elle avait peut-être un penchant pour le flirt en général.

— Il y a donc peut-être d'autres gens, conclut Winter. On commence par les Elfvegren et les Martell. On recommence, plutôt. On repasse une couche.

Winter relisait ses notes. Les autres étaient partis. Il avait mis la cassette de Black metal à faible volume, mais cela ne rendait pas moins déchirants les cris du chanteur. Le téléphone sonna.

— Winter.

— Sacrament.

— Pardon ?

— C'est Rickard Nordberg. On croit avoir trouvé l'orchestre. Il s'appelle Sacrament, ce sont des Canadiens. Sverker n'était pas loin du compte.

— Vous en êtes sûrs ?

— Je crois. On a reçu plusieurs réponses de sources indépendantes, si je puis dire. Une vingtaine. Toutes affirment qu'il s'agit bien de Sacrament. Je n'avais jamais entendu parler de ce groupe. Sverker non plus.

Sacrament, pensa Winter. Baptême. Ou communion.

— Certains ont même proposé un titre, dit Nordberg. J'ai passé le premier morceau sur le file MP3. Il s'appellerait *Evil God*. Quant au CD, il s'intitulerait

Daughter of... Attendez... *Daughter of Habakuk,* ne me demandez pas comment ça se prononce.

— Habakuk ? Qu'est-ce que c'est ?

— Aucune idée. Si vous me demandez de deviner, je dirais que c'est le petit nom d'un diable quelconque.

— La fille de Habakuk...

— Elle est peut-être gentille, enchaîna Nordberg avec un petit rire, comme d'autodérision. Mais je ne le pense pas. O.K. On a fait un détour par le moteur de recherche et on a obtenu quatre-vingt-dix-huit réponses pour Sacrament. Il s'avère que le groupe vient d'Edmonton et qu'il a composé un autre CD, en dehors de Hab... je ne me souviens plus. Et une promo.

— C'est parfait, nota Winter.

— En tout cas, il existe quatre mille sept cent vingt et une personnes qui sont de cet avis, dit Nordberg. C'est le nombre des visiteurs sur leur site. Ça correspond à ce qu'on disait quand vous étiez là. Statistiquement, un groupe a environ cinq mille fans.

— Vous n'auriez pas leurs noms par hasard ?

— Ha, ha.

— Que pouvons-nous faire maintenant ? demanda Winter.

Pour une fois, pensa-t-il, je m'incline devant les experts.

— Bon... On peut essayer de faire venir *Daughter* directement du Canada. Ou vérifier auprès d'autres distributeurs, maintenant que nous avons le nom. Savoir quels magasins ont commandé le disque, ou s'il a été annoncé dans des fanzines. Dans ce cas, c'est en dehors des boutiques. À mon avis, ce serait plutôt les fanzines. Un boulot d'enfer, autrement dit. Le problème, c'est que ce CD date de 1996. Il y en a eu tellement depuis qu'il pourrait aussi bien dater de 1896 – Nordberg ricana. La qualité de la production confirmerait d'ailleurs la piste fanzine.

— Vous pouvez nous aider là-dessus ?

— D'accord. Je suis curieux. Attendez... Sverker me dit quelque chose.

Winter entendit un échange de répliques à l'autre bout du fil. Nordberg revint.

— Oui, c'est ça, on reçoit plusieurs CD promotionnels chaque année. On en transmet beaucoup aux copains et aux boutiques, mais on en garde aussi une partie, ou plutôt on la relègue aux archives du grenier. Les archives débordent. Il y a une possibilité que le CD soit là-haut. Il est même probable que le disque soit passé par chez nous. On est assez gros, même à l'échelle internationale.

— Vous avez le temps de vérifier ?

— Non.

— Je vous envoie un collègue.

*

La nuit était tombée. Winter rentra en passant par Heden. Le froid se maintenait, ciel dégagé. Une dizaine de types jouaient au foot sur un des terrains de sport, parmi les cris et le bruit sourd des pieds frappant le ballon. Football en novembre. Pourquoi pas ? En Angleterre, la saison démarrait à peine. Winter pensa à Steve. Au même moment, il entendit quelqu'un crier et il se retourna. Le ballon arrivait droit sur lui. Il se tint prêt, le renvoya en un grand arc de cercle. Encore beaucoup à donner.

Steve s'entêtait à lui expédier des disques. De son côté, il avait essayé de lui envoyer du jazz, avant de comprendre que ça ne rimait à rien. Je suis plus influençable qu'il ne l'est. Les adeptes du rock classique sont des conservateurs. *Conservatives.*

Ils ne s'étaient pas parlé depuis des mois. Winter avait imaginé une virée à Londres avant Noël ; maintenant il ne savait plus. Volontiers, avait dit Angela. Si c'est possible.

Pourquoi ne serait-ce pas possible ? L'enfant était prévu pour début avril. Le 1er avril, avait dit Angela, et ce n'était pas une blague. Londres l'appelait. *London calling.* C'était il y a longtemps.

Winter entendit des cris de joie. Quelqu'un avait marqué un but.

La dernière fois qu'il l'avait eu au téléphone, le commissaire Steve Macdonald se trouvait dans le plâtre après le dernier match dominical obligatoire dans le Kent, avec l'équipe du pub. Passez donc, avait-il dit. Toi, tu ne comptes pas, mais j'aimerais bien revoir Angela.

Steve était venu quelques jours à Göteborg, trois ans plus tôt, mais ils n'avaient pas rencontré sa femme. Ni ses filles, les jumelles. Peut-être valait-il mieux attendre d'être trois. Début avril. Trois.

« Que penses-tu d'Elias ? dit Angela lorsqu'il entra dans la cuisine où elle s'activait, les larmes aux yeux, au-dessus du plan de travail.

— Tu veux que je prenne le relais ?

— Oui, merci. »

Elle lui tendit le couteau et Winter attaqua à son tour les oignons.

— Qu'en penses-tu, Erik ? Elias ? Ou Isak ? Ou Emanuel ?

— Pourquoi pas Esau ?

— Allez, sois sérieux.

— C'est un peu biblique, mais pourquoi pas ?

— Tu crois en un dieu.

— Parfois.

— Tu as toujours dit qu'on devait puiser la force quelque part.

— Oui.

— Ensuite il y a Isabella.

— C'est bien.

— Olivia.

— C'est bien aussi.

— Léo.

Winter cligna des yeux pour chasser les larmes. Les oignons étaient prêts, hachés-menu.

— Euh, peut-être. Tu as l'air en forme, Angela.

— Mais oui. Normalement les nausées s'arrêtent après la douzième semaine, et elle est largement dépassée. Maintenant c'est une période calme et sereine qui commence. Pour la maman.

— Et pour le ventre ? Pour Elias ?

— Viens voir, dit-elle en se levant de sa chaise.

Winter posa le couteau qu'il tenait encore à la main et la suivit dans la chambre. Angela s'allongea ; découvrit son ventre qui s'était encore arrondi. Winter s'assit sur le lit. Ce serait peut-être la première fois. Jusque-là, il n'avait encore rien senti. C'était tellement difficile à saisir. Était-ce réel ? Angela prétendait ressentir les mouvements du fœtus depuis quatre semaines, ou cinq. Les coups de pied. Winter pensa au football, revit les gars sur le terrain de Heden.

— Pose ta main ici.

Il posa sa main. Sentit que ça bougeait. C'était réel.

25.

Morelius s'arrêta au feu rouge. Soudain, il perçut un mouvement dans une voiture sur la droite, à l'extrême bord de son champ de vision. Il tourna la tête ; un vieil homme attachait sa ceinture. Bartram l'avait repéré en même temps que lui. Morelius adressa un signe de tête aimable à l'automobiliste. C'est bien. Il faut mettre sa ceinture.

Bartram ricana.

— S'il n'avait pas bougé, on n'aurait rien remarqué.

— Non.

— Une faculté que donne ce boulot, c'est la *split vision*.

— Et quoi d'autre ? demanda Morelius en démarrant.

— Quoi ?

— Qu'est-ce que ce boulot te donne, en plus de la *split vision ?*

Bartram ne répondit pas. Il contemplait les illuminations de Noël qui avaient fait leur apparition dans les rues et à l'entrée des arcades commerciales.

— Et voilà que ça recommence, lâcha Bartram.

— Quoi ?

— L'enfer de Noël.

Morelius s'arrêta à un passage protégé. Une jeune femme traînait une grande poussette contenant deux enfants. Elle le remercia d'un geste; Morelius leva la main.

— Imagine-la, quand elle va devoir traîner cet équipage dans les magasins pour les courses de Noël, dit Bartram.

— Imagine-toi toi-même.

Bartram ne répondit pas.

— J'ai l'impression que tu n'entends pas ce que je dis aujourd'hui, Greger.

— J'entends.

— Mais tu ne réponds pas.

— Je ne fais pas de courses de Noël. Je ne me promène jamais dans le centre quand je suis de congé, et surtout pas quand la ville est en état d'hystérie.

— Ah.

— Ça ne t'énerve pas, toi, tous les ivrognes et la racaille qui traîne? Tiens, le voilà, celui-là, il a donc été relâché... Tiens, je le reconnais, ce salaud, où est la police? Et ainsi de suite.

Morelius acquiesça. Qu'il soit de service ou non, peu importe. Quand il descendait l'Avenue, il ne voyait que ça: les entrées du personnel où on allait récupérer les petits voleurs; le recoin derrière tel pub, où tout le monde pissait dans le noir; l'endroit où tel type avait eu l'épaule broyée; où telle femme était devenue folle furieuse; où un autre s'était fait tirer dessus; où d'autres encore s'étaient battus...

— Je n'aime pas Noël, dit Bartram.

— Qu'est-ce que tu aimes au juste, Greger?

Bartram ne répondit pas. Il regardait droit devant lui. Morelius fit demi-tour sur Götaplatsen. Le soleil était puissant là-haut, dans le ciel bleu. L'anticyclone se maintenait, ce qui n'avait rien d'habituel. Il y avait de petites congères dans les coins des escaliers. Des jeunes traînaient devant la bibliothèque municipale. Des clients entraient à Park pour déjeuner. Une vingtaine de taxis attendaient en rang devant l'hôtel. Certains imbéciles laissaient tourner leur moteur pendant une demi-heure. Les gaz d'échappement faisaient comme un nuage autour des voitures. Morelius eut envie de s'arrêter et de leur demander de fiche le camp.

— C'était comment, là-dedans ? demanda Bartram.

— Quoi ? – Morelius avait tourné à droite après l'hôtel et suivait à présent un bus dans Engelbrektsgatan. – Qu'est-ce que tu dis ?

— C'était comment, dans l'appartement ? Aschebergsgatan. Le double meurtre.

— C'est maintenant que tu me le demandes ?

Ils en avaient à peine parlé. C'était comme ça, parfois. Il n'avait rien dit. Greger était resté dans l'escalier.

— Qu'est-ce que tu veux savoir ?

— À quoi ça ressemblait.

— Quoi donc ?

Il tourna la tête, mais Greger regardait toujours droit devant lui. Ils étaient arrivés devant le Scandinavium. Silence radio. Une bande de supporters de hockey traînait avec des banderoles en attendant le match du soir.

— À quoi *ils* ressemblaient, tu veux dire ?

Bartram hocha la tête sans le regarder. Ils étaient arrivés sur le rond-point de Korsvägen. Morelius gardait le silence. Je suis passé ici dix-huit millions de fois, pensa-t-il. J'ai tourné là-bas dans une autre voiture peinte. J'ai traîné des ados bourrés, et puis leurs copains les ont traînés en sens inverse. J'ai acheté des journaux et des Snickers au bureau de tabac. Maintenant nous remontons Eklandabacken. Je tiens le volant. La voiture avance tout droit comme sur des rails.

— Qu'y a-t-il, Simon ? – Bartram regardait à nouveau par le pare-brise. – Mais fais gaffe, bordel !

Morelius pila net, à quelques millimètres d'un taxi à l'arrêt devant le Panorama. Le chauffeur leva la tête, incrédule. Son passager, qui descendait de la voiture, fit de même.

— Tu dors ou quoi ?

Morelius fit marche arrière et doubla le taxi. Tout

demeurait comme avant. La rue était encore là. La voiture avançait tout droit. Bartram le regardait. Il y eut un appel radio, qui ne les concernait pas.

— Les têtes avaient été échangées, remarqua Morelius soudain.

— Quoi ?

— Leurs têtes. Elles avaient changé de place. Tu ne le savais pas ? Ce n'est pas officiel, mais je croyais que tous les flics de la ville étaient au courant.

— Pas moi. Personne ne me l'a dit.

— Il avait sa tête à elle, et elle avait sa tête à lui.

— Mince alors.

— Ils se tenaient par la main.

Morelius arriva à un nouveau rond-point. Prudence. Il s'assura que la voie était libre avant de s'y engager. C'était ainsi qu'il fallait s'y prendre. Pourquoi était-ce si difficile pour certains ? Il ne le comprendrait jamais.

Patrik avait compris qu'il devait faire quelque chose. Au téléphone, chez les flics, on lui avait passé un Möller quelque chose. Il avait dû dire son nom.

— C'est au sujet, euh, du meurtre.

— Tiens. Je croyais qu'on avait parlé à tous les porteurs de journaux.

Maintenant, Patrik était assis en face d'un grand type aux cheveux ras qui n'était pas trop vieux, et d'un autre qui l'était. Patrik se faisait l'effet d'une star. VIP. Mais ce n'était pas drôle. À son arrivée, le plus jeune l'avait regardé comme s'il était transparent.

C'était lui dont avait parlé Majje. Celui qu'ils avaient vu dans le tram. Sa meuf était pas mal. Lui, il avait l'air dur. Sa chemise faisait genre hyper chère. Comme s'il jouait dans un film de gangsters. Ils avaient loué *L.A. Confidential* parce que Majje avait aimé l'affiche, et ce type aurait pu jouer dedans sans problème. Le style.

— Tu as donc vu quelqu'un sortir de l'ascenseur ? interrogea Winter.

— Oui.

— C'était un homme ?
— Oui.
— Comment le sais-tu ?
— Je l'ai vu quand il est sorti. De profil.
— Et alors ?
— C'est clair que c'était un vieux.
— Un vieux ? fit Ringmar. Quel âge ?
— Euh... Comme vous, dit Patrik en montrant Winter. Un vieux assez jeune.
— O.K. Que s'est-il passé ? Reprends depuis le moment où tu es entré dans l'immeuble.

Patrik leur raconta. Comme il l'avait fait pour Maria. Il ne lui semblait pas avoir enlevé ou ajouté quoi que ce soit.

Ils l'interrogèrent : semaine, jour, heure.

— Les vêtements, dit Winter. Le manteau. Long, court ?
— Plus long que court.
— Au-dessus du genou ?
— Je crois.
— Autre chose ?
— Quoi ?
— À part le manteau ?
— C'est ça, le truc. Il y avait autre chose... mais je ne m'en souviens pas. Pourtant j'ai bien réfléchi.
— Les cheveux ?
— Non, je vous l'ai déjà dit. Quand j'ai regardé, il était déjà dans l'ombre de la porte. Je peux rien dire sur les cheveux. La couleur, tout ça.
— S'il avait eu les cheveux longs, tu l'aurais remarqué ?
— Peut-être – il se gratta la joue. Je crois que oui.
— Il était grand ?
— Normal.
— C'est-à-dire ?
— C'était pas un nain, quoi. Et il faisait pas deux mètres. Mais j'étais dans l'escalier et la lumière était mauvaise.

Il leva les yeux au plafond, pour mieux se souvenir. Il revit l'ampoule, elle...

— C'est ça ! La lumière était moins bonne que d'habitude. J'y ai pensé sur le moment. Maintenant ça me revient. Il devait y avoir une ampoule foutue qui a été remplacée, parce que quand je suis revenu le lendemain, c'était comme avant.

— La lumière était redevenue meilleure ?

— Oui. Le gardien avait dû changer l'ampoule.

— Quand ça ? demanda Ringmar. Quand l'aurait-il fait ?

— Ce jour-là. Le même. J'en suis... assez sûr.

— Assez sûr ?

— Oui. Genre... sûr.

— O.K.

— Il faudra poser la question au gardien, dit Patrik.

— On va le faire – Winter crut voir un petit sourire du côté de Ringmar. Je te remercie. Pour en revenir aux vêtements. Si ce n'était pas le manteau... Est-ce que ce pouvait être le pantalon ?

— Je ne m'en souviens pas. Mais c'est un truc qui m'a fait réagir. Je sais pas comment dire.

— Prends ton temps, Patrik.

— Je crois pas que je vais y arriver.

— Tu as le droit de continuer à réfléchir quand tu seras rentré chez toi.

— Bien sûr.

— Où habites-tu, Patrik ?

— Quoi ?

— Si tu distribues les journaux sur la place Vasa, tu habites peut-être dans le coin ?

— Kastellgatan. J'habite avec mon vieux à Kastellgatan. C'est de l'autre côté de Heden.

— D'accord. Tu crois que tu le reconnaîtrais, ce type, si tu avais l'occasion de le revoir ?

Patrik haussa les épaules.

— La lumière était bizarre... Je l'ai vu de dos. Je ne sais pas.

— Ce n'était pas quelqu'un que tu aurais déjà vu ?

— Comment ça ? Dans l'escalier ?

— Pour commencer, oui. Que tu aurais vu dans l'escalier quand tu distribuais les journaux.

— Je crois pas. En fait, je ne vois presque jamais personne là-bas.

— Hmm. On te demandera peut-être de jeter un coup d'œil aux habitants de l'immeuble. Au cas où ce serait l'un d'entre eux que tu aurais vu.

— Ah bon.

— Mais à part ça... est-ce que tu aurais pu le voir ailleurs ? Pas dans l'immeuble. Un autre endroit, un autre moment.

— J'avais pigé.

— Réfléchis.

Patrik réfléchissait déjà. Il réfléchissait à fond. Il regarda le policier qui posait toutes les questions. L'autre avait l'air de dormir, mais soudain il tourna la tête et regarda par une fenêtre qui laissait voir des branches nues et un ciel bleu. Le vieux avait le profil... Est-ce que c'était le...

— C'est peut-être le profil.

— Que dis-tu ?

— Le truc familier. C'était peut-être le profil que j'ai reconnu. Que j'aurais déjà vu. La tête.

— Tu n'arrêtes pas de faire des progrès, Patrik – le flic souriait. Depuis qu'on discute, tous les trois, tu t'es déjà rappelé plein de choses.

— Je crois que c'est tout.

— Pour l'instant peut-être. Mais continue quand tu seras rentré chez toi.

— Oui.

— Autre chose, ajouta le vieux flic. Tu n'as pas entendu de la musique dans l'appartement quand tu as glissé le journal dans la fente ?

— Bien sûr que oui. C'est même moi qui l'ai signalé au gardien.

— Que dis-tu ?!

— C'est moi qui lui ai raconté. Pour le métal.

Winter regarda Ringmar, qui eut un geste de résignation. Il n'y avait eu aucun rapport à ce sujet. Les porteurs de journaux n'avaient-ils pas été interrogés?

— Tu l'entendais depuis longtemps? Le matin, quand tu distribuais les journaux?

— Quelques jours. Je ne pourrais pas dire combien. Il faut que je réfléchisse.

— Tu l'as reconnue, la musique?

— Pas vraiment. Ça fait un autre sound à travers la porte, la boîte aux lettres et tout ça.

— Mais encore?

— C'était du métal. Death ou Black, c'est sûr. Mais c'est pas mon truc.

— On croit savoir qu'il s'agit d'un groupe canadien qui s'appelle Sacrament. Tu le connais?

— Sacrament? Never heard of.

— *Daughter of Habakuk*. Le titre du disque. Ça ne te dit rien?

— Non. Mais j'ai deux potes qui sont des dingues de métal. Enfin, je les avais l'année dernière, parce qu'entre-temps ils ont changé de bahut et...

— Et c'est leur «truc»?

— Peut-être. Je sais pas pour ce groupe-là, mais le Black metal, oui, c'est leur truc. À donf. Il y en a même un qui joue. De la batterie.

Patrick but un peu d'eau. Jusque-là, il n'avait pas touché au verre posé devant lui. Il avait soudain très soif. Il parlait trop. Il ne savait pas pourquoi. Comme s'il y était obligé.

— Vous voulez que je vérifie? dit-il. C'était quoi déjà, le nom du groupe? Sacrament?

26.

— Pourquoi le gardien n'a-t-il rien dit ?

— Tu crois que c'est vrai ? répliqua Ringmar.

— Quoi, que le garçon ait entendu la musique le premier ? Je crois que oui.

— Certains veulent tirer la couverture à eux. Le gardien s'attendait peut-être à une récompense.

— Y aurait-il d'autres choses qu'il a vues sans les voir ?

— Et sans nous le dire, c'est ça ?

— Oui.

— C'est une hypothèse.

— Il faudra l'interroger à nouveau, dit Winter.

— Le garçon a l'air intelligent.

— Il détient une info dont on a besoin.

— Tu crois ?

— J'en suis sûr. Quand ça lui reviendra, ça va nous aider.

Winter alluma une Corps en plissant les yeux. Il tira une longue bouffée, souffla la fumée et plissa à nouveau les yeux.

— J'ai réfléchi à cette inscription, sur le mur. Tu

connais cette expression... Le truc écrit sur le mur... *The writing on the wall.*

— *I know.*

— Elle signifie à peu près qu'on doit faire attention à ne pas louper ce qu'on a sous les yeux... Qui est là pour qui veut le voir. L'écriture sur le mur. S'agirait-il d'un message dans le message ? Pour nous dire que la réponse est sous notre nez ? Une partie de la réponse. Je ne sais pas. Le mot « wall » veut peut-être dire cela : que le mot en soi n'est pas important... sinon comme une flèche dans un jeu de piste. Tu me suis, Bertil ?

— Je ne sais pas. Continue.

— Autrement dit, que nous n'avons pas à réfléchir au message en soi mais plutôt au fait qu'il ait été tracé. À sa présence sur le mur.

— La solution se trouverait plus près que nous le croyons ?

— Oui. Mais nous ne la voyons pas.

Ringmar se passa la main sur les yeux. Il voyait le mur, l'inscription, texte rouge sur fond blanc. Comme une rubrique.

— J'ai aussi pensé à une rubrique, dit-il en ôtant sa main. Dans le sens d'un titre qui résume l'essentiel du texte qui suit.

— Hmm.

— Sais-tu que le mot rubrique a son origine dans le latin *rubrica*, qui signifie couleur rouge ?

— Non. C'est vrai ?

— Jonas me l'a dit ce week-end. Il m'a demandé si je savais ce qu'était en réalité une rubrique et il m'a répondu ça. Il fait sa première année à l'école de journalisme, ajouta Ringmar, avec une pointe de fierté à l'évocation de son fils.

— Les chats ne font pas des chiens, commenta Winter. Autre chose sur l'origine du mot ?

— Les décisions du sénat romain ont été placardées sur la place publique à partir de l'an 59 avant Jésus-Christ par l'intermédiaire de grandes tablettes de plâtre, récita Ringmar comme s'il était sur une estrade. Ces tablettes s'appelaient *acta senatus*, et leurs rubriques étaient de couleur rouge.

— Tu t'es demandé s'il y avait un lien ?

Ringmar écarta les bras.

— C'était juste une idée comme ça.

— Le meurtrier serait calé en art latin des rubriques ? Ce serait peut-être même un journaliste ? L'idée me plaît.

Winter tira une autre bouffée, examina la fumée. Peut-être pour la dernière fois. Il y avait de bonnes raisons d'arrêter maintenant, avant le 1er avril. Aérer l'appartement et les vêtements, en chasser les bonnes mais fortes odeurs. Tout ça ne nous conduit à rien.

— Une autre hypothèse, reprit-il, c'est que ça ne veut rien dire du tout.

— Comment ça ?

— Il a juste écrit quelque chose, n'importe quoi. Sous le coup d'une impulsion peut-être. Ou pour nous faire fantasmer dans le vide.

— Oui, ce serait la pire des choses. Aucun indice.

— Non.

— Le pire des scénarios, dit Ringmar. Ça pourrait indiquer que nous avons à faire à quelqu'un qui ne nous appelle pas à l'aide.

— Oui.

— Quelqu'un qui jouit de ce qu'il fait.

— Peut-être. Mais je ne le crois pas.

— Tu crois que c'est un appel au secours ?

— Oui. Sinon nous sommes perdus.

— On n'y arrivera pas tout seuls.

— On n'y est jamais arrivés tout seuls.

— Est-ce qu'il va recommencer ? demanda Ringmar sans regarder Winter.

— Non.

— Pourquoi ?

— Ce n'est pas un meurtrier en série. Peut-être un psychopathe, mais je n'en suis pas sûr. Sans doute pas un psychopathe. Fou d'une autre manière. Mais pas un meurtrier en série.

— Dans ce cas ce serait un truc… personnel.

— Je n'en sais rien. Mais je crois que la réponse se trouve dans le passé des victimes. Lui ou elle. Ou les deux. Oui, je crois que c'est personnel de cette manière-là.

Ringmar soupira de façon ostentatoire.

— On n'a pas la force de retourner chaque papier, chaque souvenir à Västerås et à Kungsbacka.

— On n'est tout de même pas tout seuls. Il y a des collègues.

— Il faut des années pour remuer le passé de quelqu'un. Toutes les relations qu'il ou elle a nouées depuis sa naissance. Tout peut être décisif. N'importe quelle personne qui a croisé son chemin peut être celle que nous cherchons. N'importe qui.

— Il faut commencer à éliminer.

— Ce travail-là a déjà commencé, dit Ringmar sans sourire.

— Ou alors, c'est personnel dans le sens où les victimes seraient des substituts. Des symboles. À cause de leur style de vie, par exemple. Ou quelque chose d'aussi banal que leur apparence. Celle de l'un et de l'autre, ou de l'un des deux seulement.

— Tu penses aux têtes ?

— Non, pas dans ce contexte-ci. Mais ça aussi, c'est un… message inouï. Peut-être. Un symbole. Je n'ose pas spéculer là-dessus. Nous avons vraiment besoin d'aide.

Patrik était dans sa chambre, le casque sur la tête, et il n'entendit pas son père entrer. Puis son père le lui arracha des oreilles. La musique sifflait comme un serpent, ses anneaux déroulés sur le sol, au milieu des fils et des câbles.

— Ça fait des heures que je t'appelle !

— J'ai pas entendu.

— Pas étonnant, quand tu écoutes cette merde.

Le père puait l'alcool. Patrik le vit chanceler en faisant demi-tour vers la porte. Puis il changea d'avis et s'assit lourdement.

— Qu'est-ce que tu voulais? demanda Patrik en essayant de récupérer son casque sans se lever.

Mais il était trop loin. Il s'apprêtait à aller le chercher lorsque son père l'empoigna par le bras.

— Laisse-le où il est. Je dois te parler.

— De quoi.

— Attends, je dois juste faire un… truc avant.

Le père se leva et quitta la chambre. Patrik entendit le bruit d'une capsule qu'on dévissait. Le père revint s'asseoir sur le lit. L'odeur était plus forte qu'avant.

— Elle va venir habiter ici, annonça-t-il.

— Qui?

Son père le regarda. Quelques vaisseaux avaient pété dans son œil, ça se voyait nettement quand il détournait le regard.

— Ulla, évidemment. Ça fait quand même un moment qu'on se voit.

Patrik savait qui était Ulla. Il l'avait vue deux fois, et c'était deux fois de trop. La première, son père la traînait et la deuxième, c'était l'inverse – même si c'était difficile de comprendre vraiment qui traînait qui. Ulla. À sa deuxième visite, elle s'était penchée sur lui, pendant que son père ronflait comme un sanglier dans le canapé où elle l'avait laissé choir en arrivant, et il avait cru qu'il allait vomir. Elle avait bafouillé quelque chose, en se penchant de plus en plus, et il lui avait échappé en se faufilant par en dessous; alors elle s'était écroulée sur le lit – son lit! – et elle s'était endormie direct.

Et maintenant, elle allait emménager chez eux. *Fucking great*. Il se coltinait déjà le vieux; là, ça allait devenir deux fois plus cosy.

— C'est pas possible, déclara-t-il.

— Ah bon? – le père s'était redressé et oscillait d'avant en arrière. Et pourquoi ma fiancée pourrait pas venir habiter ici?

— Il n'y a que deux pièces.

— T'inquiète pas. On nous filera un plus grand appart.

Sûrement. Qui voudrait d'eux comme locataires ?

— Mais on n'a qu'un seul canapé-lit.

C'était le père qui y dormait, au salon.

— Je te le file.

— Quoi ?

— On va avoir besoin de ta chambre. D'ailleurs, c'est pas « ta » chambre. On a besoin de cette chambre. T'es jamais là, de toute façon, alors tu peux bien dormir dans le canapé.

Patrik sentit qu'il commençait à transpirer. Il regarda sa collection de disques. Les magazines. Les affiches.

— Je dois... quitter la chambre ?

— Elle arrive demain.

Son père se leva.

— Voilà, comme ça, c'est réglé.

Il sortit de la chambre et Patrik l'entendit dévisser la capsule.

Avant, il pouvait fermer sa porte quand la fiesta commençait. Où irait-il maintenant, pour leur échapper ?

Il n'était pas obligé de rester chez lui. Il ne savait pas où aller, mais il n'avait pas besoin de rester là. Il regarda à nouveau ses disques. Majje pourrait-elle les garder dans sa chambre ? Pourrait-il se faire loger là-bas ? Un arrangement temporaire, genre ? Il se mit à rire pour ne pas pleurer.

Angela se débarrassa de ses bottes et fit bouillir de l'eau pour le thé. Le soleil déclinait en s'incrustant dans les façades. La lumière était forte dehors, plus forte qu'au cours des hivers dont elle avait le souvenir. C'était l'hiver. L'année avait décidé d'entrer en hiver bien avant le début officiel de la saison.

Elle sentit une ondulation dans son ventre, encore une. Elle était assise à la cuisine. Tout ce qu'elle voyait dans cette pièce était maintenant à elle. C'était bien.

Elle avait apporté ses affaires. Ce n'était donc plus tout à fait un appartement de vieux garçon. Non, elle était injuste. Cet appartement faisait depuis longtemps partie de sa vie.

On va changer le papier peint et deux ou trois autres détails, pensa-t-elle. Ou alors on va déménager. Une maison au bord de la mer. Des fêtes dans le jardin, sous les parasols. Des voix d'enfants et des jouets dans l'herbe.

Erik, coiffé d'une toque de cuistot derrière le barbecue, lança un sourire à éclipser le soleil.

Le téléphone sonna. Elle se leva péniblement et s'approcha du plan de travail.

— « Allô ? » Pas de réponse. Elle regarda l'horloge au-dessus de la porte, qui indiquait dix-sept heures quinze. « Allô ? » La ligne était ouverte, un signal continu. Faux numéro, pensa-t-elle.

DÉCEMBRE

27.

C'était comme lorsqu'il était enfant. Le soleil dans les yeux. Et tout ce qui était dans les narines et qui s'y attardait, jusque tard le soir. Les odeurs dans les vêtements. Ça sentait un peu la fumée et beaucoup la neige. Quelle était l'odeur de la neige ?

Il se pencha, ramassa une poignée de la neige qui était partout. Le soleil la transformait en poudre scintillante. Il la respira en réfléchissant à cette odeur. Celle d'un souvenir qu'il ne retrouvait pas. C'était tout à fait ça. Un beau souvenir.

Il balança la poudre ; le souvenir disparut dans les airs. Il entra dans l'ombre des maisons. Le soleil s'était caché.

La neige formait un mur jusqu'au carrefour ou presque ; jusqu'au magasin. Une supérette, comme on disait. Elle avait changé de nom, mais il connaissait le nom d'avant. Il leur avait donné le nom. De façon indirecte, mais il ne pouvait pas tout dire, n'est-ce pas ? Pas maintenant.

Là, il était connu. Du moins il le croyait. Là, il avait fait son devoir. Son d-e-v-o-i-r. Il était son ami, il avait vu qu'elle le regardait d'une drôle de manière, mais pas de *cette* manière. Il n'était qu'un ami.

Une fois, il fut sur le point de le dire. *Je ne suis qu'un ami.*

Je suis ici. J'étais ici. Au bon endroit, au bon moment. Ce n'était pas ça. Il avait été au bon endroit au mauvais moment. Ou plutôt, c'était *l'autre,* pour être tout à fait précis. Être précis. T-o-u-t-à-f-a-i-t-p-r-é-c-i-s.

Quelques enfants jouaient sur l'aire de jeux entre la route et l'immeuble où il habitait. Beaucoup d'enfants. Maintenant, il y avait de la neige pour jouer. Pas de la neige molle, car il ne voyait aucun bonhomme, aucune lanterne. Il savait ce qu'était la neige molle. Il ramassa une autre poignée, essaya de lui donner forme, mais évidemment c'était impossible. Les enfants savaient quand on pouvait s'en servir, lui donner une forme comme ceci ou comme cela.

Ils avaient arrosé la patinoire. Il regretta presque de n'avoir pas conservé ses vieux patins. Mais de quoi aurait-il eu l'air ? Ses pieds avaient doublé de taille depuis ce temps-là.

La route était déblayée, mais on aurait pu mieux faire. Les maisons n'avaient pas fière allure. C'était comme une zone évacuée en pleine ville. Désert en pleine ville ! Les étagères de la supérette étaient plus dégarnies de jour en jour. Ils se vantaient d'avoir un type qui servait les clients au rayon charcuterie, mais il n'avait jamais vu quelqu'un derrière le comptoir. Jamais. Il n'y était pas allé très souvent, mais quand même.

Une voiture passa et il dut grimper sur le talus. La neige était sale ici. Il ne voulait pas la toucher. Il redescendit. Bientôt il serait l'heure de rentrer, de manger quelque chose avant de partir au travail. La soirée serait longue, il rentrerait sans pouvoir dormir, et il resterait devant la télé à regarder les vidéos.

Soudain, il s'aperçut qu'il était devant le magasin, les cassettes sous le bras. Il y avait deux affiches dehors ; un des acteurs lui parut familier, mais il ne s'attarda pas, parce qu'il savait quel film il voulait.

À la caisse, il y avait quelqu'un qu'il n'avait jamais vu auparavant. Il paya en silence. Maintenant il traversait la route, en regardant les immeubles, comme des cubes alignés.

Ce soir, il passerait en voiture devant les immeubles du centre-ville.

Un matin, il avait attendu devant chez elle ; il l'avait vue monter dans le tram et l'avait suivie, alors même qu'il savait où elle allait. Il voulait pourtant la voir descendre à l'arrêt, puis disparaître par les portes vitrées, au milieu de la foule des gens qui entraient et sortaient de l'hôpital.

28.

Winter quitta l'autoroute, dépassa les quatre immeubles de sept étages sur sa droite, contourna le rond-point et laissa sa voiture sur un emplacement pile en face des immeubles. Des cubes, pensa-t-il.

Les immeubles paraissaient bien entretenus. On y accédait par un passage dallé. Un genre de patio.

Bengt Martell répondit à l'interphone. Le hall d'entrée n'était pas mal, peint dans une nuance pastel non encore décorée de graffiti. Peut-être n'y avait-il pas de jeunes ici. Winter n'avait pas vu âme qui vive dehors.

L'homme ouvrit. Odeur de café. Le soleil inondait l'appartement qui avait sans doute des fenêtres au quatre points cardinaux. L'homme était un peu moins grand que Winter et il avait à peu près le même âge ; il portait un pantalon gris et un cardigan qui pouvait être vert. Il lui tendit la main.

— Martell.

— Winter.

— Ma femme est descendue acheter quelque chose pour le café.

Il le fit entrer dans le séjour. Winter vit par la

fenêtre que les nuages s'étaient amoncelés pendant les quelques minutes qu'il lui avait fallu pour sonner en bas et prendre l'ascenseur.

— Asseyez-vous, je vous en prie, dit Martell en se mouchant pour la deuxième fois depuis l'arrivée de Winter.

Il ne semblait pas enrhumé. Peut-être avait-il besoin de s'occuper les doigts. L'appartement ne sentait pas le tabac. Il devrait faire autre chose avec ses mains, pensa Winter.

Il leva la tête en entendant la porte d'entrée s'ouvrir.

— C'est ma femme, expliqua Martell comme pour le rassurer.

La femme qui entra dans la pièce était grande, presque aussi grande que son mari. Bronzée, des cheveux coupés court ; elle portait une longue jupe marron et un polo moulant. Elle tenait un sac en papier qu'elle transféra dans sa main gauche pour serrer la main de Winter. Puis elle alla dans la cuisine qu'on apercevait par une porte entrouverte.

— Eh bien, dit l'homme en se rasseyant. C'est une histoire horrible.

Winter hocha la tête et se rassit lui aussi. La femme revint avec un plateau : des tasses, une cafetière pleine et des viennoiseries. Elle demanda à Winter s'il voulait du lait ou de la crème. Ni l'un ni l'autre, répondit-il. Il attendit qu'elle finisse de servir le café. L'homme se moucha pour la troisième fois. La femme voulut lever sa tasse, mais sa main tremblait. Elle la reposa sans avoir bu.

— Quand avez-vous vu Christian ou Louise Valker pour la dernière fois ?

Les Martell échangèrent un regard.

— Je croyais que nous l'avions déjà précisé aux... policiers qui sont venus avant vous, dit Bengt Martell.

Winter sortit son carnet de la poche intérieure de son veston.

— Ce n'était pas tout à fait clair. J'ai peut-être confondu les informations.

— C'était il y a quelques mois, dit Siv Martell. Ils

sont venus... prendre le café – elle jeta un regard à la table servie comme pour confirmer la véracité de cette affirmation.

— Il y a deux mois, insista Winter en regardant son carnet. C'est cela ?

— Si c'est ce qu'on a dit, c'est sûrement ça, répondit Bengt Martell. C'est difficile de se souvenir de ce genre de chose avec précision.

Il se moucha une nouvelle fois et regarda autour de lui comme s'il cherchait un endroit où poser son mouchoir.

Mal à l'aise, pensa Winter. « Ils paraissent mal à l'aise dans leur propre maison », avait dit Halders. « Terrorisés », avait-il ajouté. Ce n'était pas le cas maintenant. Mais c'était peut-être une apparence.

— On n'a pas noté la date sur un calendrier, expliqua Siv Martell, qui venait entre-temps de goûter son café, d'une manière presque furtive. Ce n'est pas dans nos habitudes.

— Et vous n'êtes jamais allés chez eux ?

— Jamais, dit Bengt Martell.

— Pourquoi ?

Martell jeta un coup d'œil à sa femme, qui regardait par la fenêtre.

— Pourquoi nous ne sommes pas allés chez eux ? Je ne sais pas. Quelle importance ?

— Tout est important pour nous. Les détails. Les choses que l'un ou l'autre aurait pu remarquer – il se pencha et goûta le café qui avait tiédi. Nous n'avons pas encore eu la possibilité de parler à quelqu'un qui serait... allé chez les Valker.

Il ne nomma pas les Elfvegren. Per et Erika Elfvegren.

— Nous, en tout cas, on ne l'a pas fait.

— Ça ne s'est jamais présenté ?

— Vous devez savoir que nous ne nous connaissions pas... si bien que ça. On s'est vus quelquefois et c'est tout.

— Mais vous les avez appelés. Vous avez laissé un message sur leur répondeur.

— Oui, avoua Bengt Martell. C'est bien pour cela que la police est venue chez nous.

— Nous pensions leur proposer d'aller dîner au restaurant, intervint Siv Martell.

— Si je me souviens bien, c'est au restaurant que vous vous êtes rencontrés.

— Oui. Un restaurant dansant. Je ne sais pas si nous l'avions dit la première fois, quand vos collègues sont venus. Le King Creole, dans le centre commercial de Femman.

— Vous y allez souvent ?

— Presque jamais, répondit Bengt Martell.

Vous les avez rencontrés dans un endroit où vous n'allez jamais et vous ne les avez presque pas revus, pensa Winter. Mais vous souhaitiez néanmoins garder le contact.

— Les avez-vous revus en compagnie d'autres gens ? demanda-t-il.

— Comment cela ?

— Une soirée ou une fête où il y aurait eu d'autres personnes présentes.

— À part nous quatre ?

— Oui.

— Jamais, assura Bengt Martell.

— Vous ne connaissiez aucun des amis des Valker ?

— Aucun.

— Vous n'avez rencontré personne d'autre dans ce restaurant dansant ?

— Non.

— Encore un peu de café ? proposa Siv Martell en soulevant la cafetière.

— Non merci.

Winter consulta son carnet. Il n'arrivait à rien avec ces gens. Devait-il s'attarder davantage ? Les Martell souffraient peut-être de solitude ; leur relation avec les Valker n'avait pas eu la possibilité de se développer.

Avaient-ils peur, comme le prétendait Halders ? Peut-être, mais ils étaient en même temps… indifférents, comme l'avait dit Aneta. Comme s'ils faisaient tout pour ne pas penser aux Valker. Un côté poli, mais réticent. Ce pouvait être un effet différé du choc. Mais il y avait aussi autre chose à l'arrière-plan. Une expérience commune. Un événement. Quelque chose.

— Que s'est-il passé au juste ? interrogea Bengt Martell soudain.

Sa femme se leva et alla dans la cuisine.

— Pardon ?

— Que leur est-il arrivé exactement ? répéta Martell. Christian et Louise. Il y a eu des articles dans les journaux, mais rien sur... la manière dont ça s'est passé. Comment ils sont morts.

Il parut écouter sa femme qui avait ouvert un robinet.

— Comment est-ce que ça s'est passé ? redemanda-t-il à voix basse.

— Je ne peux pas tout vous dire. Mais je pensais y venir tout à l'heure.

Il tourna deux pages dans son carnet et posa quelques questions sur la musique.

Le ciel était entièrement gris lorsqu'il ressortit. Le vent soufflait du nord-ouest. Winter frissonna et, en avalant sa salive, il sentit une douleur à la gorge. Il avait vaguement mal à la tête depuis deux jours ; l'infection était peut-être en route. Il devait se fier à ses défenses immunitaires. Le mal de tête était le signe qu'elles se mobilisaient. Une bataille est engagée dans ton corps, aurait dit Angela.

Il s'assit dans la voiture qui était froide et sentait l'humidité.

Il sortit la lettre de la poche intérieure de son manteau et l'ouvrit, pour la première fois. Le papier était, tout comme l'enveloppe, marqué du sceau de la police espagnole.

Les mots anglais étaient tracés à la main, d'une écriture droite et déterminée. Quelques phrases seulement, une salutation et une sorte de remerciement pour la dernière fois. Il les relut plusieurs fois de suite. Elles faisaient partie du rêve. Il n'y avait aucune raison de répondre à cette lettre. Pas même de la lire. Il pouvait fermer les yeux, les rouvrir, et la lettre aurait disparu, en même temps que le rêve.

Pourquoi est-ce que je pense à cela ? Puis il vit Angela.

Angela, j'ai quelque chose à te dire.

Non. Il n'avait rien à dire, puisqu'il ne s'était rien passé. – *Angela, j'ai fait un rêve vraiment bizarre cette nuit. – Tu veux me le raconter ? – Je l'ai oublié. – J'en faisais partie ?*

Elle en faisait partie, oui. Et quelques heures plus tard il l'avait accueillie à l'aéroport de Málaga. Quelques heures plus tard encore, ils étaient au pied de la tombe, tout près de la montagne. Son père.

Winter baissa la vitre et sentit le vent sur son visage. Maintenant, son père était dans ses pensées.

Il remonta la vitre et sortit de la voiture. Il y avait un magasin un peu plus loin, il y trouverait peut-être des pastilles pour la gorge. L'enseigne paraissait neuve. Krokens Livs.

Le vent faisait osciller deux affiches de films dans leur support, devant la boutique. *La Ville des anges* et *Les Vengeurs*.

Le minibus de la commune s'arrêta dix mètres plus loin pour laisser descendre quelques vieux. Winter entra dans la boutique, qui contenait le mélange habituel de produits laitiers, paquets de chips, sucreries, films vidéo, brosses à vaisselle et journaux. Il acheta une boîte de pastilles Läkerol à une femme qui pouvait être d'origine turque, ou arabe.

Dehors, le vent malmenait *La Ville des anges*. Winter sentit quelques gouttes de pluie. Les maisons ocre de Hagåkersgatan perdaient leur couleur dans le vent mouillé.

Morelius était assis devant une barquette de crevettes frites de chez Ming. Dire qu'il n'avait jamais l'idée de commander autre chose.

Un responsable communal parlait dans le poste. À l'en croire, les festivités prévues pour le Nouvel An surpasseraient celles de Londres, de Sydney et de New York.

Il y aurait les mêmes cris par-dessus la ville, les mêmes silhouettes titubantes. Des pleurs, des cris, des rires, des feux d'artifice tirés sans aucune précaution par des artificiers pris de folie, en pleine ville. Les mêmes cris que toujours.

— J'ai changé, dit Bartram.

— Quoi ?

Morelius s'était levé pour jeter sa barquette encore à moitié pleine de crevettes et de sauce poisseuse. Comme toujours.

— Je me suis mis sur la liste de Ludde pour le Nouvel An, l'informa Bartram avec un signe de tête vers le téléviseur. Histoire de participer à la fête.

— Bienvenue parmi nous. Tu as rechangé d'avis, alors ?

— Oui. Comme toi, répliqua Bartram en finissant de racler sa barquette d'aluminium. Toi aussi, tu t'es mis sur la liste de Ludde.

— C'était pour rendre service. Certains ont plus besoin de ce congé que nous.

— Parle pour toi.

— Et toi, alors ? On peut connaître ta motivation ?

— Je n'avais pas d'autres projets pour la soirée, expliqua Bartram en se levant pour éteindre le poste, qui montrait à présent la météo prévue dans l'ouest de la Suède. Il allait refaire beau et froid.

— Je récupérerai le congé plus tard.

— Quand ?

— Cet été, peut-être. Je ne sais pas encore.

— Qu'est-ce que tu vas faire cet été ?

— Je n'en sais rien. C'est dans longtemps.

— Oui, fit Morelius. Les festivités d'abord.

Il alla ouvrir son casier. Son manteau gardait l'odeur du froid, que la pluie n'avait pas réussi à chasser complètement.

Le lendemain il reverrait Hanne pour la dernière fois. Elle ne pouvait plus rien pour lui, et d'ailleurs il n'avait pas besoin d'aide. Avant oui, mais maintenant c'était différent. Comme un rêve. Il ne pouvait pas en dire davantage. Peut-être ne saurait-il même pas ce qu'il disait au moment où il le dirait. Toutes les questions qu'il s'était posées intérieurement, la nuit, pendant que l'écran de télé papillonnait de toutes les vidéos dont il avait oublié le nom et dont il n'avait jamais compris le sujet.

Il enfonça les oreillettes du baladeur dans ses oreilles et appuya sur *play*. Juste quelques minutes. Puis il vit que Greger remuait les lèvres et il éteignit l'appareil.

— Quoi ?

— Ça s'entend jusqu'ici.

— Ah bon.

— C'est horrible, ce que tu écoutes.

Patrik avait demandé à parler au policier le plus jeune, celui aux cheveux courts, et Winter prit l'appel en entrant dans son bureau, de retour de Mölndal.

— Oui ?

— Euh… Salut… C'est Patrik Strömblad…

Winter n'avait pas reconnu sa voix. Elle était bizarrement enrouée.

— Salut, Patrik.

— C'était à propos du groupe. Sacrament.

— Oui ?

— Jimmo a le disque. Mon pote Jimmo…

Bergenhem avait fouillé en vain le grenier de Desdemona. L'aide attendue arrivait donc d'un autre côté.

— Daughter of Habakuk.

— C'est celui-là, dit Patrik. Il l'a sorti direct. Il est prêt à vous le vendre pour pas cher… Il y a mi…

Sa voix disparut.

— Quoi ?
— Le disque. Il peut vous le vendre pas cher.
Winter ne put réprimer un éclat de rire.
— D'accord ! Où est-il ?
— Je l'ai ici.
Patrik renifla dans le récepteur.
— La pochette est moche, dit-il, d'une voix à nouveau brouillée, comme s'il mâchonnait quelque chose.
— Tu peux me l'apporter ? demanda Winter. Maintenant ?
— Quoi, juste la pochette ?
— Ne plaisante pas, Patrik.
— Je ne plaisantais pas.
Il n'avait pas l'air d'humeur à plaisanter.
— Tu peux venir dans une demi-heure ? Tu es à l'école ?
— Non...
— Tu peux venir au commissariat ? Sinon, on se retrouve en ville.
— Ça ne peut pas attendre demain ?
— Pourquoi ?
— Je suis... Je ne sais pas si je...
— Qu'y a-t-il, Patrik ?
— Bon... J'arrive.
Winter raccrocha et regarda la cassette anonyme rangée dans un compartiment du bureau. Il la glissa dans le magnétophone, écouta le premier morceau à plein volume, ressortit les photographies mais ne regarda que les deux premières. Il attrapa le téléphone et appela Beier, mais son collègue de la brigade technique était sorti. Winter regarda à nouveau la première photo, griffonna une note.

29.

Ce fut Halders, contre toute attente, qui dénicha l'information. Il n'avait rien dit à la réunion, et pour cause. Il l'avait découvert après, pendant l'après-midi. Il entra dans le bureau de Winter sans frapper, un livre noir à la main.

— Concernant Habakuk. Le père de la fille.

— Je te suis, répliqua Winter en levant les yeux de ses notes.

— C'était un prophète. Il a un livre à lui dans la Bible, précisa Halders en brandissant le volume.

L'Ancien Testament, pensa Winter. Les livres canoniques. Bien sûr. Ils auraient dû le découvrir plus tôt. Ils étaient bien trop profanes. La nouvelle traduction de la Bible n'était sortie que depuis quelques semaines. Ils devraient être mieux informés.

— Bien joué, Fredrik.

— Ça me disait quelque chose, et ça m'est revenu tout à l'heure. Je suis descendu à la bibliothèque et son nom était là. Le prophète Habakuk, entre Nahum et Sophonie. Je sais ce qui m'y a fait penser. Je n'ai pas eu le temps de dénicher ma vieille Bible de communion, mais je suis certain que le pasteur avait écrit un truc sur la page de garde concernant précisément Habakuk.

— Comment pouvais-tu t'en souvenir ?

— Et l'oublier ensuite ?

— T'en souvenir, j'ai dit.

— Ce devait être le nom. Je crois que je l'ai cherché sur le moment, parce qu'il était tellement spécial. Ce n'est peut-être pas très respectueux, mais je crois bien que c'était à cause des trois dernières lettres[1]. – Il jeta un regard à Winter. – J'ai dû chercher le passage par curiosité.

Winter emprunta la Bible de Halders. C'était la traduction de 1917. Winter feuilleta le volume jusqu'à trouver le court livre de Habakuk. Le pasteur qui avait présidé à la communion de Halders devait avoir lui aussi l'étoffe d'un prophète. Le texte concernait sans aucune doute possible leur travail à la brigade criminelle.

Oracle révélé à Habakuk, le prophète.
Jusques à quand ô Éternel ?... J'ai crié,
Et tu n'écoutes pas !
J'ai crié vers toi à la violence,
Et tu ne secours pas !
Pourquoi me fais-tu voir l'iniquité,
Et contemples-tu l'injustice ?
Pourquoi l'oppression et la violence sont-elles devant moi ?
Il y a des querelles, et la discorde s'élève.
Aussi la loi n'a point de vie,
La justice n'a point de force ;
Car le méchant triomphe du juste
Et l'on rend des jugements iniques.

... Et l'on rend des jugements iniques. Pourquoi contemples-tu l'injustice ?

Winter relut le début du premier chapitre. Il avait passé du temps en compagnie du mal. Mais il commençait à penser différemment à son sujet. Le mal n'était

1. *Kuk* en suédois signifie « bite ». *(N.d.T.)*

pas une essence souterraine. Le mal, c'était des gens, des actes. Le mal était une injustice. Ainsi il y avait des querelles. Ainsi s'élevait la discorde.

Aussi la loi n'a point de force.

Et puis quoi encore ? Il referma le livre saint et le posa sur la table. Ce pouvait être une coïncidence, mais il ne croyait pas aux coïncidences. Si le meurtrier avait choisi une musique qui portait ce titre, c'est qu'il avait un sens. Ils auraient bientôt le disque, le texte, et la Bible. Et ils liraient et compareraient. Pourquoi ? Leur homme voulait-il leur dire que le monde était mauvais ? Ils avaient vu *the writing on the wall*. Quel monde désignait-il ? Le sien ? Celui de Winter ? Celui des humains en général ? Était-ce le même ?

Le texte. Le livret. Il attendait Patrik. Les hommes en noir de chez Desdemona avaient dit que le Black metal n'était rien sans les paroles, mais c'étaient des paroles qu'aucune oreille humaine n'aurait pu discerner.

Par la porte que Halders avait laissée ouverte, Winter vit Patrik arriver en compagnie de Möllerström. Le procédurier le fit entrer et s'éclipsa. Winter se leva.

— Que t'est-il arrivé ?

— Quoi ? Ce n'est rien.

— Tu t'es pris une beigne.

Patrik tâta sa pommette, sous l'œil droit.

— Je suis tombé en descendant du bus.

— Ne me raconte pas d'histoires.

Winter contourna le bureau pour examiner la plaie.

— Tu es allé à l'hôpital ?

— Non.

— Tu as peut-être une fracture… Je peux toucher ?

— Vous êtes toubib, en plus ?

— Laisse-moi faire.

À peine l'eut-il effleuré que Patrik recula de douleur.

— Ça fait mal à ce point ?

Le garçon murmura quelque chose en détournant le regard.

— Qu'as-tu dit ? Je n'ai pas entendu.

— C'était... le bus.

— Non. Quelqu'un t'a frappé.

Patrik leva la tête. L'hématome commençait à ressembler à une marque de naissance irrégulière, qui lui déformait le visage.

— Ça vient juste d'arriver, ajouta Winter.

Patrik ne répondit pas. Il avait l'air de vouloir s'en aller.

— Qui était-ce ? Quelqu'un à l'école ?

L'adolescent secoua la tête. Winter vit le tressaillement de ses épaules. Je ne dois pas l'effrayer. Ça y est, il pleure. C'est un enfant.

Patrik pleurait en silence, le regard baissé. Winter le prit par les épaules. Le garçon était dos à la porte ouverte, Ringmar apparut sur le seuil ; Winter lui fit signe de revenir plus tard.

— Ça va aller, Patrik, ça va aller.

Winter entendit le garçon renifler. Puis il se dégagea. Il semblait sans défense, comme en fuite.

— Assieds-toi, Patrik.

Il se laissa tomber sur la chaise. Winter s'accroupit à un mètre de lui.

— C'est arrivé chez toi, pas vrai ?

Patrik ne répondit pas, n'acquiesça pas, se contentant de renifler en évitant le regard de Winter.

— D'accord, on laisse tomber. Mais tu dois te faire examiner.

Il se leva et alla dans le bureau de Ringmar.

— Tu peux me trouver une voiture pour emmener le garçon à l'hôpital ?

— Quand ?

— Dès que possible.

Winter retourna dans son bureau. Patrik n'était plus qu'une petite tête dépassant du dossier de la chaise. Winter contourna le bureau, s'assit dans le fauteuil pivotant. En voyant le garçon grimacer, Winter comprit que le simple fait de pleurer lui faisait mal. Il se releva, alla chercher un verre d'eau. Patrik l'accepta. Il ravala sa morve, reposa le verre vide et montra le sac qu'il avait mis sur la table.

— Vous n'en voulez pas ?

— Mais si, dit Winter en tirant le CD du sac. C'est super, Patrik.

— Sacrament – la voix du garçon s'était affermie, il se passa la main sur les yeux. C'est ce disque-là.

— Comment s'appelle ton copain ?

— Jimmo.

— Où se l'est-il procuré ?

— D'occase, à Haga, je crois. Je ne me souviens pas du magasin.

— O.K., on s'en occupera après. Maintenant tu dois...

Le téléphone sonna sur la table.

— Deux bonshommes en bas, prévint Ringmar.

— Bien.

Winter regarda Patrik.

— Je veux que tu te fasses examiner. C'est important, et tu le sais. On te paie le trajet jusqu'à Sahlgrenska. On discutera après. D'accord ?

— Je ne sais...

— Tu n'as pas besoin de me dire qui t'a frappé. Je veux juste que tu voies un médecin.

Winter se leva.

— À nos yeux, tu es un collaborateur sur cette affaire. Alors il s'agit d'être en forme. D'accord ?

Il lui tendit la main, comme pour lui offrir un appui.

— D'accord ?

— D'accord, promit Patrik en se levant.

— Je veille sur le disque, dit Winter en le glissant dans la poche intérieure de son veston. Une poche large, à l'italienne. Spécialité des tailleurs italiens.

Ils prirent l'ascenseur. Il s'était remis à neiger. La voiture avança. Winter leva la main en reconnaissant le conducteur.

— Salut, Simon.

— Salut, Erik.

— Ça fait un bail. Comment va la vie à Lorensberg ?

— Comme d'habitude. On surveille ton quartier.

— Il me semble t'avoir vu l'autre jour. Dans Vasagatan.

— On y est souvent.

Le collègue de Simon baissa sa vitre et se présenta : « Bartram ». Winter hocha la tête.

— Greger est nouveau en ville, annonça Morelius.

— On s'est déjà vus, dit Winter. Avec toi, d'ailleurs. Bon, j'aimerais que vous conduisiez ce garçon aux urgences.

— Bertil Ringmar nous a raconté, dit Morelius avec un regard à Patrik, qui ressemblait de nouveau à un gamin en fugue.

— Salut Patrik, lança-t-il.

— Vous vous connaissez ?

— Vaguement, intervint Bartram. Mais on ne l'a encore jamais vu sans Maria.

Il se retourna lourdement sur son siège pour regarder le garçon.

— Quelle Maria ? questionna Winter.

— La fille de Hanne, répondit Morelius.

— Hanne Östergaard ?

— Oui.

— On peut y aller ? demanda Patrik.

Winter n'insista pas.

Patrik monta à l'arrière, et la voiture démarra. Winter avait le numéro de son domicile. Il se demanda brièvement à quoi pouvait ressembler ce domicile. Pour la première fois depuis longtemps, il pensa à Hanne Östergaard. En retournant à son bureau, il sentit le frottement du CD contre ses côtes, et se rappela la musique.

Patrik ferma les yeux. Il avait mal à la joue et à l'œil. La douleur empirait. Les flics ne disaient rien. Dehors, il faisait sombre, presque noir. L'éclairage urbain jouait sur la tête des deux hommes à l'avant ; elles devenaient tour à tour claires et foncées. Ils ne portaient pas de casquette. Il ferma les yeux, les rouvrit. Les profils n'avaient pas bougé. Personne ne parlait. Il referma les yeux, les rouvrit encore. Il était dans l'escalier, ce matin-là. Et maintenant, dans la voiture. Dans l'escalier. Et dans la voiture. Sa joue le faisait souffrir. Il transpirait, il avait la sensation de courir dans l'escalier, en traînant les journaux. Quelqu'un sortait de l'immeuble, passait de la lumière à l'ombre. Le profil.

Morelius freina devant l'entrée des urgences et se retourna.

— C'est bon, Patrik.

Le garçon était silencieux. Aucun mouvement. Bartram se retourna à son tour.

— Patrik ?

— Il s'est évanoui, dit Bartram.

Winter écoutait le CD sur son Panasonic portable, posé par terre sous la fenêtre. Premier titre, deuxième titre. Il passait du CD à la cassette. Jusque-là, c'était pareil. Il écoutait tout, comparait. Un défi.

La pochette n'était pas un livret, mais un simple dépliant. En première page, un dessin dans les tons marron et noirs : une mer marron et des rochers noirs ; l'horizon se confondait avec un ciel noir constellé de petites étoiles brillantes. Le nom *Sacrament* en bas du dessin, en caractères gothiques. Les mêmes caractères qu'on retrouvait dans les fanzines et les catalogues qu'il avait feuilletés.

Un symbole argenté ornait le coin supérieur gauche du dessin ; peut-être une chauve-souris, ou un oiseau préhistorique.

En ouvrant le dépliant, il trouva les photos de trois hommes. Peut-être les membres du groupe – ou n'importe quels métallistes qui passaient par là, pensa-t-il. Cela aurait pu être Nordberg et Sverker et un troisième larron de chez Desdemona : jeans noirs, tee-shirts noirs à motifs orange, des clous qui brillaient comme les étoiles de la première page, des cheveux noirs qui leur arrivaient à la taille, des visages très pâles. Mais il y avait quelques accessoires supplémentaires : des troncs d'arbres dénudés, et puis des armes, une épée, une masse garnie de clous... Chaque personnage avait son propre ciel, orange pour le premier, vert pour le deuxième, bleu nuit pour le troisième.

Aucune trace d'un prophète, ni de sa fille. Aucune croix – à moins que la masse cloutée n'en figure une, combinée au tronc d'arbre dressé derrière le type qui la brandissait.

Le dernier volet contenait une série de textes. Lettres blanches sur fond noir. Les caractères étaient minuscules et très serrés ; comme composés exprès pour ne pouvoir être lus, pensa Winter.

Mais il comptait bien les déchiffrer. Il était prêt, avec ses lunettes de lecture – ces lunettes qui étaient devenues une réalité de son quotidien au cours de l'année écoulée.

Le disque avait été enregistré dans un endroit qui s'appelait The Machine room, à Edmonton. Hiver 1995. Tous les textes étaient signés par *The Masters of Horrid Nuclear Hate Filled Blackness*.

Il commença par le texte en haut à gauche ; le premier titre. Le narrateur traversait une forêt qui pouvait être celle qu'on voyait à la première page du dépliant.

Il écouta le premier morceau en essayant de suivre les paroles. Ça collait. *Blood trickles to the floor. This woman has broken a sacred bond. The black angel. This woman has deserted me and I must take revenge.* Cette femme m'a abandonné et je dois accomplir ma vengeance. L'ange noir. Cette femme a rompu un pacte sacré.

Un pacte ou un serment ? Ou un simple lien ?

Winter arrêta la musique et continua sa lecture. Il s'immergea dans une mer de sang. Des galaxies de haine. Des étoiles qui explosaient dans le monde souterrain, engendrant des démons qui erraient à travers des zones démilitarisées en chasse de victimes. Peut-être y avait-il une sorte d'humour, mais c'était difficile à reconnaître après ce qui s'était passé dans l'appartement.

30.

À nouveau le crépuscule. Façade rouge et or dans la lumière hivernale. Le soleil s'en va au sommet de sa gloire, pensa Winter en s'éloignant de sa fenêtre, de son bureau, le long d'escaliers et de couloirs déserts, jusqu'à la brigade technique.

Beier l'attendait. Il portait une cravate et une chemise blanche. Il s'habillait avec soin presque tous les jours de la semaine. Winter s'assit.

— Le sperme est celui de Valker, annonça Beier.

Winter hocha la tête. Ils avaient découvert des traces de sperme dans le canapé où on avait retrouvé le couple.

— Mais pas seulement. Il y a aussi celui de deux ou trois autres hommes. Deux, je crois – il tapota un dossier sur la table. C'est écrit ici. Quelques taches, provenant d'autres occasions. Cinq mois plus tôt au moins, et d'autres plus récentes. Mais le plus récent, c'est Valker.

Il prit le mince dossier et le passa à Winter.

— Ça peut dater de… ce moment-là ?

— Oui.

— Mais aucune trace d'un autre ? À ce moment-là ?

— Non.

— Il y avait peut-être du monde à l'appartement, suggéra Winter. À ce moment-là.

— Bien sûr. On a une dizaine d'empreintes de gens qui ne figurent pas dans nos fichiers. Mais ça n'a rien de remarquable dans un appartement. Les gens vont et viennent.

— Tout le monde ne laisse pas des traces de sperme.

— Non.

Beier se leva à l'arrivée du café. Il offrait toujours du café à Winter lors de ses visites. Beier prit le plateau des mains de la secrétaire et le posa sur la table. Winter se demanda comment faisait Beier pour persuader la fille de lui apporter le café. Ils avaient peut-être conclu un pacte. La prochaine fois, ce serait au tour de Beier d'apporter le plateau.

— Tout ce que nous avons trouvé en matière de fluides corporels se trouvait dans ce canapé ou juste autour, révéla Beier après les avoir servis.

— Ce qui signifie ?

— Qu'il se passait des choses dans ce canapé et juste autour.

— Aucune trace... de femmes ?

— Mais si.

— Elle et... deux autres ?

Beier hocha la tête.

— Trois hommes et trois femmes, dit Winter.

— Trois couples.

— Nous avons trois couples.

— Je sais.

— Tout ce qu'il nous faut, c'est donc du sperme et des... sécrétions, pour comparer.

— Bonne chance, fit Beier.

— Tu crois que j'ai trop d'imagination ?

— Je ne sais pas.

— Ils savent quelque chose, dit Winter.

— Comment ça ?

— J'ai interrogé les Martell. Aneta Djanali et Halders ont aussi parlé aux autres. Les Elfvegren. On a senti quelque chose, sous la surface de ce qu'ils racontaient. Dans les deux cas.

— Cela s'appelle un sous-texte, expliqua Beier. Plus il est profond, mieux c'est.

— Ou pire. Pour nous, je veux dire.

— Mais les deux ne sont pas nécessairement liés.

— Non. Je ne sais pas si les Martell sont impliqués dans ce meurtre d'une manière ou d'une autre. Je ne crois rien. Mais nous devons leur mettre la pression. Aux Elfvegren aussi. Je vais faire un tour à Järnbrott demain.

Winter se leva, le dossier à la main.

— Autre chose, ajouta-t-il. Je n'ai pas vu la liste complète des objets de leur appartement.

— Ah bon ? Elle est dans le dossier, bien entendu. Il y aura peut-être quelques rajouts.

— Y avait-il des journaux ou des revues ?

— Tu plaisantes ? L'entrée en était jonchée.

— À part ceux-là.

— Pas grand-chose. Tu penses à un truc précis ?

— Je ne sais pas, répondit Winter.

*

Il lisait les textes de Sacrament. Le héros du troisième titre voyageait dans l'espace, prisonnier de sa propre haine. Il était beaucoup question de haine, envers soi, envers les autres.

Jamais vu ça, pensa Winter. Une telle confusion mentale…

Ils se fichent de nous.

Here is the dream I live with, this is my plan. To kill mankind and destroy the universe. Tuer l'humanité et détruire l'univers.

Vaste mission, à laquelle d'autres s'étaient déjà essayés.

La plupart des textes étaient écrits à la première personne. Une personne qui s'en tenait rarement au plancher des vaches. Une courte visite à Manhattan. Un tour à la voile sur la mer Rouge. Un autre sur la mer Noire. Pour le reste, on voyageait dans des univers inconnus.

Il y a là de quoi occuper une douzaine de psychologues pendant des années, pensa Winter. Mais ça ne nous avance pas à grand-chose. Je peux demander aux gars de Desdemona si cette poésie se distingue d'autres créations de la même veine.

Il vit plusieurs références à des murs, au moins deux dans chaque morceau. *Wall of Hate. Wall all Blood. Wall of Corpses. Wall of Horrors.* Ça devenait ennuyeux au bout d'un moment, usé, comme des papiers peints qui partent en lambeaux.

Il enleva ses lunettes et les regarda. Sa lecture semblait avoir sali la surface des verres, qui était comme recouverte d'une pellicule de suie.

Le portable sonna. Le display affichait le numéro de sa mère à Nueva Andalucía. Winter eut un frisson involontaire.

— Allô, maman ?

— Salut, Erik. Je ne m'habitue jamais au fait que celui qu'on appelle peut voir votre numéro.

— Du coup on se demande pourquoi certains ne décrochent jamais, pas vrai ?

— Tu décroches toujours, Erik.

— Oui. Comment ça va ?

— Un jour à la fois, comme on dit. Mais ça va... assez bien. Je vais sur la tombe tous les jours ou presque. Ça me fait une excursion. On voit la mer de là-haut.

— C'est un bel endroit.

— Oui, avec la montagne et la mer. C'est bien qu'il soit là, plutôt que... ailleurs.

— Oui.

— Dis-moi, Noël approche. La foire d'empoigne a dû commencer pour de bon, dans les magasins ?

— Je n'en sais rien. En tout cas pas pour moi.

— Oui, je comprends. J'ai appris, pour ton affaire. C'est terrible. Et juste au moment où tu revenais d'ici – Winter entendit son silence, et peut-être un bruit de glaçons dans un grand verre de Tanqueray & tonic. J'ai lu l'article dans le journal. C'est atroce. Juste à côté de chez toi, en plus.

— Le quartier de Vasastan n'est pas une zone franche, maman.

— J'ai tout de suite pensé à Angela. Elle doit se demander où elle a atterri.

— Oui.

— C'est idiot de ma part. Comment va-t-elle ?

— Ça va bien.

— Tu as senti des coups de pied ?

— Oui.

— C'était comment ? Raconte !

— C'était... fantastique. Une expérience unique.

— Je me souviens quand tu... quand je... – Winter entendit sa voix se briser, et le bruit, très net cette fois, des glaçons contre le combiné. – Pardonne-moi, Erik. J'ai pensé au moment où tu... et papa... – nouveau silence, ponctué par un tintement de glaçons. C'est comme tu le disais. Une expérience unique. Tes coups de pied, et ceux de Lotta.

— Tu pourras les sentir toi-même quand tu viendras.

— Oui...

— Qu'est-ce qu'il y a ?

— En fait...

— Ne me dis pas que tu ne viens pas.

— Je ne sais plus, maintenant que l'échéance approche.

— Il n'y a pas à hésiter. Ça nous fait plaisir. Pense à Lotta, à Bim et à Christina. À Angela. À moi. Et à toi.

— Il vaut peut-être mieux que je reste ici... Vous êtes occupés.

Quelle inversion des rôles, pensa Winter. Avant, c'était elle qui essayait de me convaincre de venir en Espagne.

— Tout est prêt. Il faut que tu viennes.

J'ai acheté le Tanqueray, pensa-t-il sans le dire.

— Oui, bon... Je veux bien.

— Le 23. Je t'attends à Landvetter.

— Pourvu qu'il n'y ait pas de neige.
— La pluie l'aura chassée d'ici là.
— Dis bonjour à Angela de ma part.
— Mais oui.
— Embrasse-les tous les deux.
— Bien sûr.
— Vous avez un nom déjà ? Pour l'enfant ?
— On en a plein.

Au matin, la neige avait fondu. L'air paraissait lourd, comme une tenture que quelqu'un aurait suspendue devant les fenêtres à la faveur de la nuit. Winter en short, sa tasse de café à la main, écoutait le Springsteen d'Angela pendant qu'elle faisait pipi. *Happy, happy in your arms.*

Il était rarement chez lui dans la matinée. La circulation était plus calme qu'à l'heure à laquelle il avait l'habitude de partir au travail.

Bruit de chasse d'eau. Angela sortit de la salle de bains.

— On doit y être dans une demi-heure, cria-t-elle.
— Je suis prêt.
— Quoi ?
— Presque prêt, hurla-t-il en allant déposer sa tasse vide à la cuisine.

Il ne pleuvait pas mais l'air était aussi humide qu'il l'avait semblé par la fenêtre.

— On y va à pied, avait dit Angela dans l'ascenseur.
— C'est mouillé partout.
— J'ai besoin d'une promenade.

Pour lui, c'était la première fois. Suis-je nerveux ? Oui.

Il n'y avait que dix minutes de marche jusqu'à la Maison sociale. De minces plaques de glace flottaient sur le canal. Une voiture passa, le bas du manteau d'Angela fut éclaboussé de boue. Winter mémorisa le numéro d'immatriculation.

— Tu veux qu'on arrête le conducteur ? demanda-t-il.

— Oui, dit Angela qui s'était penchée pour essuyer la tache d'eau grise. Mettez-le en garde à vue.

Ils enlevèrent leurs manteaux et prirent place dans une pièce où attendaient déjà deux jeunes femmes. Winter était le seul homme. Il feuilleta pour la première fois un numéro du célèbre magazine féminin *Amelia* pendant qu'Angela suivait l'infirmière pour une prise de sang. Winter lut un article sur les raisons pour lesquelles les femmes de Stockholm raffolaient du célibat. Ce n'est pas comme chez nous, pensa-t-il. Göteborg n'est plus une ville pour les célibataires.

Angela revint.

— C'est quoi, ces prises de sang ? demanda-t-il.

— Hépatite B, groupe sanguin, glycémie.

— Tu ne peux pas les faire toi-même ? À la maison ?

— Allez, tais-toi.

— Mais je suis sérieux.

— Moi aussi. Ils ont fait le HIV et la rubéole à la dixième semaine. Au moment de l'inscription.

Rubéole. Il pensa à Ringmar et à son fils de l'école de journalisme. Rubrica. Des rubriques rouges sur les murs.

— Tu es nerveux, Erik ?

— Quoi ?

— On dirait que oui.

Une femme ouvrit une porte et leur fit signe. C'était leur tour.

Ils se levèrent. Elle les fit entrer dans un petit bureau. Une table, et deux fauteuils qui paraissaient confortables.

La femme était en civil, pas de blouse blanche. Pas d'uniforme, pensa Winter. Il serra la main qu'elle lui tendait.

— Je m'appelle Elise Bergdorff et je suis sage-femme, comme vous le savez sans doute. Soyez le bienvenu. C'est bien que vous ayez pu venir.

Winter hocha la tête et se présenta. Ils s'assirent.

Angela et la sage-femme parlèrent des événements de ces derniers temps. Winter comprit en quelques secondes qu'elles avaient instauré une relation de confiance. Angela était à l'aise. Il se détendit, écouta, participa un peu à la conversation.

Vint le moment attendu. Angela s'allongea sur un lit ; la sage-femme appliqua sur son ventre un gel bleu turquoise et brandit une sorte de microphone relié à un appareil.

— Qu'est-ce que c'est ? demanda Winter.

Peu importe, pensa-t-il. J'ai juste l'habitude de poser des questions.

— C'est un dopetone. Pour capter les ultrasons.

Elle appliqua le micro contre le ventre bleu d'Angela.

Les battements de cœur du fœtus emplirent la pièce. Winter entendait réellement son cœur battre. Très vite, deux fois plus vite que celui d'un adulte. Angela lui prit la main. Il ne pensa plus à rien, se contenta d'écouter.

31.

Patrik ferma la porte du frigo mais elle fut aussitôt rouverte par un pote de son père qui arrivait du séjour, entraînant dans son sillage une forte odeur de cigarette et d'alcool.

— Où elle est ? J'avais mis une bouteille de Marinella à rafraîchir gentiment. C'est toi qui l'as piquée ? dit-il en se retournant vers Patrik.

Il rit. Ses yeux étaient comme de la porcelaine, fixes, brillants. Après, pensa Patrik, ils se retourneront dans ses orbites et il tombera par terre. Le vieux se retrouvera peut-être par-dessus.

Pelle Plutt claqua la porte du frigo. « Où est ma Nelle ? ! » cria-t-il vers la pièce où la fête battait son plein. L'ambiance avait atteint un pic ; maintenant elle n'allait pas tarder à redescendre en chute libre. Pelle Plutt avait vingt-cinq ans maximum, mais il aurait pu être le frère du vieux. Il avait encore ses cheveux, mais c'était à peu près tout ce qui lui restait.

— Qu'est-ce que tu t'es fait, là ? demanda-t-il en plissant les yeux et en montrant la joue de Patrik. Tu t'es pris un sacré gnon, dis donc.

— C'est rien.

— T'as vu un toubib ?

— Oui.

— Ça va passer, mais tu garderas le bleu pendant un bout de temps, dit Pelle Plutt avec un ton de professionnel.

Il rouvrit le frigo et se mit à fouiller sérieusement. Un paquet de margarine tomba par terre.

— Hé hé, la voilà !

Il brandit la bouteille à moitié remplie d'un liquide rouge orangé.

Un jour j'y verserai de la pisse. Moitié pisse, moitié Marinella, il n'y verra que du feu. Patrik hocha la tête vers Pelle Plutt. Va te faire foutre, vieux.

— Regarde, elle a la même couleur que ta gueule, dit Pelle Plutt. Mais non, je blaguais. Tu en veux ?

— Non merci.

Patrik alla dans l'entrée, enfila sa veste et ses pompes, qui étaient mouillées jusqu'à l'intérieur. On pouvait y mettre du papier journal quand on ne les portait pas, mais ça faisait longtemps que personne n'avait fait un truc pareil dans cette maison. Il avait un petit souvenir. Peut-être sa maman, du temps où il était si petit qu'il ne lui en restait que de tout petits souvenirs.

Une bonne femme se mit à chanter dans le séjour. Le vieux éclata de rire. Patrik referma doucement la porte derrière lui.

Maria était attablée devant un chocolat chaud lorsqu'il arriva à la Java.

— C'est encore pire qu'avant, dis donc, observa-t-elle en le voyant.

— Ça va s'arranger.

— Il n'y avait rien de cassé ?

— Non.

— Tu devrais porter plainte contre ce salaud.

— C'était aussi l'avis du flic, dit-il en enlevant sa veste et en l'accrochant au dossier de la chaise. Le copain de ta mère. Winter.

— Ce n'est pas son copain.

— En tout cas, c'était lui.

— Tu en veux? proposa-t-elle, en voyant qu'il regardait sa tasse.

— Du chocolat? Non. J'en ai assez bu l'autre jour chez toi.

— Cinq mugs – elle sourit. Maman a dit que tu pourrais postuler pour le Guinness des records.

— Je vais commander un café, dit-il en se levant.

— Ça s'est bien passé, chez les flics? demanda-t-elle lorsqu'il revint s'asseoir. Tu t'es souvenu d'autres trucs?

— Je ne sais pas.

Il salua quelqu'un. Le café était rempli de kids qui fumaient en buvant du café, du thé ou du chocolat. Des livres partout. Patrik lui-même était venu avec ses livres de classe. Il aurait dû être à l'école.

— T'as l'air crevé, dit-elle. Et ce n'est pas qu'à cause du bleu.

— Merci.

— Moi, je n'aurais jamais la force de traîner des journaux chez les gens à quatre heures du matin.

— Cinq. Quatre heures, c'est l'heure où je me lève.

— C'est hyper tôt.

— On s'habitue.

— Si tu as besoin d'argent, je peux t'en filer.

— Toi? Je croyais que ta mère avait fermé les vannes.

— J'en ai un peu.

— Moi aussi, dit-il. J'ai pas besoin d'aide.

*

Winter avait demandé à Hanne Östergaard de passer le voir lorsqu'elle viendrait au commissariat. C'était aujourd'hui. Elle frappa à la porte.

— Salut, Erik.

— Salut, Hanne. Merci d'être venue.

— J'étais dans la maison, de toute manière.

— Assieds-toi. Tu veux un café?

— Non merci.

Elle prit place dans le fauteuil des visiteurs. Winter était en bras de chemise, son pantalon retenu par des bretelles. Sa cravate était posée sur le veston suspendu à son cintre, à côté du lavabo. Ses cheveux étaient plus courts qu'avant. Il avait maigri. Son visage était plus émacié, plus marqué que dans son souvenir. Les lunettes à fine monture l'adoucissaient un peu. Sûrement pas des Armani, pensa-t-elle, le connaissant. Une marque plus raffinée.

— Tu t'es acheté des lunettes, s'étonna-t-elle.

— Pour lire. On vieillit.

— Elles sont belles. Ce sont des Armani ?

— Euh non, c'est... – il les enleva et regarda l'intérieur de la monture. Air Titanium. Pourquoi ? Tu t'intéresses aux lunettes ?

Elle rit.

— Non. Je n'ai pas le temps pour ce genre de loisir.

Il posa les lunettes sur la table. Elle attendit qu'il reprenne la parole.

— Comment ça va, sinon ?

— Quand je ne suis pas ici, tu veux dire ? – elle croisa les jambes. C'est une grande question.

— Oui...

— Sois plus direct. Tu veux savoir comment ça se passe avec ma fille.

— Qu'est-ce qui te fait croire ça ?

— Tu es au courant.

— Au courant de quoi, Hanne ?

— Arrête, Erik. Tout le monde au commissariat sait que ma fille a été prise en charge par tes collègues. Elle était soûle – elle décroisa et recroisa les jambes. Comment vous appelez ça ? Ivresse sur la voie publique ?

— Arrête, Hanne. Oui, je suis au courant. Non, ce n'est pas de cela que je voulais te parler.

— Fais-le, je t'en prie.

— Pardon ?

— Demande-moi comment je vais... après cette histoire.

— Comment vas-tu ?

— Mieux, dit-elle avec un sourire. Maria s'est bien conduite depuis. En tout cas à ma connaissance.

— Ça lui a sans doute servi de... leçon, je dirais, faute d'un meilleur mot. C'est humain, après tout.

— Oui. Nous sommes tous de pauvres mortels, de pauvres pécheurs. C'est ce que j'essaie de dire à l'assistante sociale.

— L'assistante sociale ?

— Il y a toujours une enquête après ce genre d'histoire.

— Considère ça comme une formalité.

— On voit que tu n'as pas d'enfants.

— Pas encore.

— Oui, j'ai appris la nouvelle. C'est formidable. Félicitations. Et salue Angela pour moi.

— Merci. N'empêche que tu dois le voir comme une formalité.

— Si ça ne se reproduit pas.

Winter ne sut que répondre.

— Il n'y a pas de garantie que ça ne se reproduise pas, pas vrai ?

— Eh bien...

— J'étais censée être cette garantie. Mais apparemment, j'ai échoué.

— Ça, c'est des conneries, Hanne, si tu me pardonnes l'expression.

— Je l'espère.

— En revanche, il y a des exemples où je ne dirais pas la même chose.

— C'est-à-dire ?

— Maria a un copain qui s'appelle Patrik.

— Oui... Comment le sais-tu ?

— Par des collègues qui ont rencontré Maria et Patrik ensemble. Rien d'extraordinaire. Ils se baladent dans le centre-ville. Mais nous avons eu l'occasion de parler avec lui, parce qu'il distribue des journaux dans l'immeuble où s'est produit le double meurtre. Tu as dû lire les articles dans les journaux.

Elle hocha la tête.

— Patrik a été témoin de quelque chose ?

— Je ne le sais pas encore.

— Mais il y était ?

— Comme je te le disais, il distribue des journaux dans cet immeuble. On lui a demandé de passer au commissariat. Quand il est arrivé, il avait la joue dans un sale état. Je l'ai fait conduire à Sahlgrenska.

— Que s'était-il passé ?

— Je crois qu'il se fait tabasser à la maison.

Elle prit un air grave.

— C'est bien possible, confirma-t-elle.

— Tu l'as déjà vu dans cet état ?

— Pas vraiment. Il lui arrive de venir nous voir. Enfin, voir Maria. Je lui ai trouvé une mauvaise tête, une ou deux fois.

— Il ne t'a rien dit ?

— Non. Pas même par allusion, mais j'ai réfléchi un peu de mon côté.

— Son père lui tape dessus. Je ne peux pas encore le prouver, mais c'est ce qui se passe.

— Que comptes-tu faire ?

— On verra bien. C'est à lui de décider.

— C'est terrible.

— Je m'en occupe.

Winter se leva et s'approcha du lecteur de CD.

— Je veux que tu écoutes quelque chose.

La musique de Sacrament lui était maintenant familière. L'espace d'une seconde vertigineuse, il lui sembla entendre une mélodie, comme une note juste qui se serait perdue dans une bétonnière. Comme dans les méditations de Coltrane.

Hanne Östergaard écouta sans écarquiller les yeux. Elle a une ado à domicile, pensa-t-il. Ceci n'a rien d'extraordinaire pour elle. Il arrêta le disque après une minute.

— Ce n'est peut-être pas ma musique préférée, déclara-t-elle. Qu'est-ce que c'est ?

Il lui raconta et lui tendit la pochette.

— Patrik nous a passé un truc semblable un jour, à la maison.

Elle examina la pochette, l'horizon plombé, le ciel, le miroitement argenté. Winter avait fait retranscrire les paroles pour les rendre lisibles.

Il lui demanda de lire le texte du premier titre. Elle s'exécuta et releva la tête avec un petit sourire.

— Une bonne dose d'imagination, dit-elle.

— Oui, n'est-ce pas ?

— Un vaste registre. Toute la gamme, si on peut dire, du bas jusqu'en haut.

— De l'enfer jusqu'au ciel.

— Ils ont même convoqué un prophète mineur, à ce que je vois.

— Oui. C'est la raison pour laquelle je voulais te voir, Hanne.

— Habakuk ? Tu veux des informations sur lui ?

— Oui.

— Je ne suis pas théologienne. C'était un prophète de métier et un homme intègre, mais c'est tout ce que je sais. Tu as lu son livre ? Dans la Bible ?

— Oui. Avait-il une fille ?

— Aucune idée. Je ne crois pas qu'on sache quoi que ce soit sur sa vie privée. Il faudrait te tourner vers la littérature théologique. L'exégèse.

— D'accord. Je pensais à l'université. Département Histoire des religions.

— Oui. Il y a entre autres un *Interpretor's Bible*. Tu y trouveras tout ce qu'on sait sur lui. Qu'il se soit fait entraîner dans un truc pareil… Pauvre Habakuk.

— Cette histoire de meurtre, tu veux dire ?

— Ne serait-ce que cette pochette. C'est déjà assez. Comment l'interprétez-vous ?

— Pour l'instant on essaie de fuir les interprétations et de rechercher les faits.

— Le ciel et l'enfer.

— Oui.

— Mais ce n'est peut-être qu'un jeu, suggéra-t-elle.

Ce groupe, Sacrament... Tu crois que ce galimatias rime à quelque chose, dans leur esprit ?

— Eux, je n'en sais rien. Mais quelqu'un a une intention bien précise.

— J'ai lu un article dans les suppléments du week-end, la semaine dernière, raconta Hanne Östergaard. Il était question de l'esprit du temps. Plus que deux semaines avant le nouveau millénaire, et tous les repères se désintègrent.

— Fin de siècle.

— Doublée d'une fin de millénaire. On n'arrive plus à garder le cap.

— Savoir s'il faut aller vers le haut ou vers le bas ?

— Oui. Le ciel ou l'enfer.

— Et ça se termine par un étrange mélange des deux, dit Winter. Un monde écartelé entre différents caps.

— Ce n'est pas mon monde, poursuivit Hanne en souriant. Dans mon monde à moi, on se bat de tout son cœur contre les forces du mal.

— Mais est-ce que cela sert à quelque chose ?

Winter ferma les yeux, les rouvrit, regarda Hanne et se mit à réciter.

— Jusques à quand, ô Éternel ? J'ai crié, et tu n'écoutes pas, j'ai crié à la violence, et tu ne secours pas...

— On dirait l'Ancien Testament. Habakuk, je me trompe ?

— C'est cela même.

— Y a-t-il des citations bibliques ? demanda-t-elle en montrant la transcription des textes du CD.

— Je n'en ai pas vu. Pas de citation directe, en tout cas.

Elle reposa les papiers.

— De plus en plus de gens recherchent une guidance dans la vie, expliqua-t-elle. Une consolation. De différentes manières.

— Tout le monde veut sa boîte de chocolats et sa rose à longue tige, ajouta Winter, citant une autre source.

— N'est-ce pas logique ?

— Si.

— Ou son bol de soupe, dit-elle. Nos soupes populaires rencontrent un grand succès.

— Je l'ai entendu dire.

— Ce n'est pas terrible, ça ?

— Les soupes populaires ? Je ne sais pas. Si elles n'existaient pas, les gens mourraient peut-être de faim dans le noir.

Hanne Östergaard regarda par la fenêtre.

— Le temps de la lumière est bientôt venu, annonça-t-elle.

32.

Morelius attendait au feu rouge. Le Grand Théâtre était joliment illuminé, comme la ville entière d'ailleurs. Une semaine avant Noël, tout resplendissait dès la tombée de la nuit.

Un Père Noël effleura de deux doigts son bonnet en passant devant eux. Bartram secoua la tête, incrédule.

— Les Pères Noël se mettent au garde-à-vous maintenant ?

Morelius ne répondit pas. Le feu passa au vert, il démarra. L'Avenue était remplie de gens chargés de paquets.

— Tu as acheté tes cadeaux de Noël ? demanda Bartram.

— Pas encore.

— Tu comptes rester en ville le 24 ?

— Comment ça ?

— C'était juste une question.

Morelius tourna dans Södra Vägen. Sur l'étendue de Heden, des employés de la commune s'affairaient à construire les estrades destinées aux festivités du Nouvel An. Göteborg entrerait avec éclat dans l'an 2000. Toute la ville serait sur pied, sauf ceux qui seraient sonnés dès avant le premier coup de minuit, pensa Morelius. Et lui, il serait debout au milieu de la mêlée.

— D'accord. Je vais chez ma mère.

— Kungälv ?

— Kungsbacka.

— Mais oui, c'est vrai ! Tu es de Kungsbacka, Simon. Tu la connaissais peut-être ? La femme qui a été tuée. Louise.

— Non.

— La ville n'est peut-être pas si petite que ça.

— Non.

— On en parle beaucoup, à Kungsbacka ?

— Maman m'a appelé, mais elle n'avait rien entendu – Morelius attendit pendant que d'autres gens chargés de paquets traversaient un passage clouté. Elle ne connaissait pas cette… Louise.

Il put enfin redémarrer. Ras le bol de conduire.

— Et toi, tu fais quoi à Noël ?

— Je travaille.

— Quoi ? Tu es de service ?

— Le 24 et le 25. Ça me fera des jours en plus pour l'été.

Bartram bougea sur son siège. Tous ces gens, ces paquets, ces lumières…

— Ça ne me plaît pas, de toute façon. Je n'ai jamais aimé Noël.

— Raison de plus pour ne pas travailler cette nuit-là. Ce n'est pas drôle d'aller voir les familles quand papa et maman ont bien fait la fête.

Bartram ne répondit pas. Il était perdu dans ses pensées.

— Je préfère m'abstenir, continua Morelius. Ça paraît… absurde parfois.

— Combien de temps, ô Éternel ? J'ai crié, et tu n'écoutes pas, j'ai crié à la violence, et tu ne secours pas…

— On dirait une citation.

— C'est la Bible.

— Ah bon.

— Ne me demande pas d'où ça sort. C'est le genre de truc qui s'incruste dans la mémoire sans qu'on sache pourquoi. Des connaissances inutiles.

— Si tu le dis.

Winter était enfermé avec le gardien dans le petit bureau de celui-ci. Il avait envisagé un interrogatoire, mais opté en définitive pour une méthode plus douce. L'homme paraissait nerveux, et c'était parfois mauvais pour la mémoire.

Le bureau sentait les outils et le tabac. Des dossiers écornés étaient alignés sur une table qui semblait aussi servir d'établi. Aucune trace ici de l'élégance centenaire intacte qui caractérisait le reste de l'immeuble.

L'homme regardait la table comme s'il cherchait quelque chose.

Winter pensa soudain que cet homme faisait peut-être aussi office de factotum dans son propre immeuble. Il lui posa la question.

— C'est quoi, l'adresse ?

Winter la lui donna.

— C'est moi. Je m'occupe de tous les immeubles jusqu'à Storgatan.

— Ah.

— C'est comme ça – il alluma une cigarette et tira deux bouffées. Depuis un an.

Il regarda Winter et laissa tomber sa cendre dans une bouteille de soda à moitié remplie de mégots et de jus de tabac noir.

— Il faut être content d'avoir un boulot.

— Ça en fait beaucoup.

— Trop.

— C'est une chance que vous nous ayez alertés, pour l'appartement.

— Oui.

— Vous n'en aviez parlé à personne ?

— Quoi donc ?

— Quelqu'un d'autre aurait pu remarquer quelque chose.

— Non.

D'accord, pensa Winter. On y reviendra plus tard. Il risque de se fermer.

L'homme laissa tomber un peu de cendre à côté de la bouteille. Winter songea au risque d'incendie. Ce type travaillait malgré tout par intermittence dans son propre immeuble. Il y avait peut-être même une sorte de bureau, comme celui-ci, au sous-sol.

— Vous avez aussi un bureau dans mon immeuble ?

— Mais oui. Il y en a trois, d'ici jusqu'au carrefour, dit-il en plissant les yeux dans le nuage de fumée.

— Je comprends.

Winter avait mal à la gorge. Mais il ne servirait à rien de toussoter discrètement. Il le fit quand même, en voyant le type allumer une nouvelle cigarette au mégot de la première.

— Parlons des Valker, proposa-t-il. Combien de fois les avez-vous rencontrés ?

Le gardien pinça la cigarette entre ses lèvres et passa les mains sur son pantalon comme pour essuyer des traces d'huile. Il les regarda. Elles étaient aussi propres qu'avant.

— Pas souvent.

— Vous travailliez déjà ici quand ils ont emménagé ?

— J'ai toujours travaillé ici, dit l'homme avec un rire qui se transforma en une horrible quinte de toux.

Winter pensa à son voisin de petit déjeuner sur la terrasse de Gaspar, à Marbella.

Le gardien finit de tousser et glissa dans la bouteille le mégot qui s'éteignit en sifflant. Puis il alluma une autre cigarette et attendit la question suivante.

— Mais il vous est arrivé de les rencontrer ? reprit Winter avec patience.

On les prendra un par un plus tard, pensa-t-il.

— Rencontrer, c'est un grand mot. C'est clair que

je les ai croisés quelquefois. Mais je ne suis jamais allé chez eux.

— Jamais ?

— Il devait savoir changer les ampoules lui-même. C'est comme vous, tenez. Je m'occupe de votre immeuble, mais je ne vous ai jamais parlé. Je vous ai déjà *vu*, mais ce n'est pas la même chose. D'un autre côté, je ne m'occupe de votre immeuble que depuis quelques mois.

— Lui avez-vous parlé, à lui ?

— Non.

— À elle ?

— Oui. Une fois. Elle m'a posé une question sur... le chauffage peut-être. Je ne m'en souviens pas.

— Vous n'avez repensé à rien les concernant ? Ou concernant l'un des deux ?

— Quoi par exemple ?

— Les visites qu'ils recevaient – Winter toussa, se détourna. Recevaient-ils des visites ?

— Les gens vont et viennent dans cet immeuble comme dans tous les autres. On ne sait pas qui rend visite à qui. Et je ne passe pas mon temps à courir dans les escaliers pour des prunes.

Winter acquiesça.

— Mais il leur est bien arrivé de donner des fêtes, reprit le gardien.

— Ah bon ?

— Des fois, c'était un peu animé chez eux, si on peut dire.

Winter l'encouragea d'un hochement de tête.

— Comment cela ?

— Il y a peut-être eu quelques allées et venues. Un soir, quand je m'occupais à réparer une lampe ou quoi dans l'escalier, j'ai peut-être entendu quelque chose. Mais ça pouvait être chez les voisins.

Il attrapa le paquet de cigarettes ; il était vide. Winter hocha à nouveau la tête.

— Bref, je me souviens pas, poursuivit l'homme.

On a bientôt fini ? Je dois aller chercher des clopes. Y en a plus, précisa-t-il en agitant le paquet vide.

Winter l'interrogea sur d'éventuelles ampoules grillées dans l'escalier, sur des dates possibles.

— Mon Dieu, tu pues ! dit Angela en venant à sa rencontre dans l'entrée.

— Un témoin fumait comme un possédé.

— Tu acceptes ça ?

— On était chez lui. C'est notre homme à tout faire, d'ailleurs.

— À bon ? De quoi a-t-il été témoin ?

— Rien ici. Mais il est aussi gardien dans l'immeuble où a eu lieu le double meurtre.

— Qu'aurait-il vu alors ?

— Rien de plus que ce qu'il nous avait déjà signalé, apparemment.

— Alors pourquoi dis-tu que c'est un témoin ?

C'est bien le genre du bonhomme, pensa Winter. De tirer la couverture à lui.

— Va prendre une douche, ordonna Angela.

Winter posa sa serviette en cuir par terre à côté de l'étagère à chaussures, suspendit son manteau et son veston. Il commença à déboutonner sa chemise en entrant dans la salle de bains, se déshabilla complètement, déposa tous ses vêtements sauf le pantalon dans le grand panier à linge apporté par Angela et ferma la porte.

Il s'apprêtait à ouvrir les robinets de la douche lorsqu'elle lui cria quelque chose.

— Qu'est-ce que tu dis ? Je n'entends rien.

— Je cherche un papier de la Sécu, cria-t-elle. Je crois que tu l'as embarqué dans ta serviette après notre rendez-vous chez la sage-femme, ajouta-t-elle plus doucement en ouvrant la porte. Ça fait un moment déjà, mais je veux vérifier un truc.

— Alors regarde dans ma serviette Elle est dans l'entrée.

Angela sortit. Il tira le rideau de la douche, sentit l'odeur âcre de la fumée s'estomper peu à peu, remplacée par celle du shampoing, en s'efforçant de ne penser à rien. Il était en train de se rincer lorsqu'il entendit un cri dans l'entrée. Il ferma les robinets.

— Qu'est-ce qu'il y a ?

Pas de réponse.

— Angela ?

Il s'essuya rapidement les cheveux, les épaules, le ventre et les pieds et ouvrit la porte, le drap de bain enroulé autour de la taille. Il vit sa serviette par terre. Ouverte.

— Angela ?

Silence. Il alla dans la cuisine, puis dans le salon. Angela était dans le canapé et le regardait, une feuille de papier blanc à la main. Winter vit le tampon de la police nationale espagnole dans le coin supérieur gauche.

Oh non, bon Dieu, non. Il avait gardé la putain de lettre au lieu de la jeter comme il en avait eu l'intention. Il avait balancé l'enveloppe, mais pas la lettre.

— J'ai été obligée de chercher, et cette lettre était en évidence. Pour ne pas que tu croies que je fouille dans tes affaires. Mais maintenant, j'aimerais bien avoir une explication, Erik.

Winter sentit l'eau goutter de ses cheveux. À moins que ce soit la sueur froide. Et pourtant ce n'était rien. La lettre n'était rien. Il n'y avait rien à expliquer.

— Ce n'est rien, affirma-t-il.

Il fit un pas. Le sol était mouillé.

— Malheureusement je l'ai lue. Il n'y avait pas grand-chose. Mais c'est assez.

— Il ne s'est absolument rien passé, répéta-t-il.

— Elle ne semble pas être du même avis.

Angela regarda le papier.

— Alicia, lut-elle. Elle a une belle écriture soignée. Tu as une photo d'elle ? Ou tu l'as peut-être affichée dans ton bureau...

Winter essaya de la toucher. Elle repoussa sa main.

— Je te le promets, Angela. Il ne s'est rien passé.

— Ta gueule ! Voilà en tout cas un témoin qui semble avoir participé à pas mal de choses.

Elle fondit en larmes, doucement, un petit bruit qu'il n'avait encore jamais entendu.

— Comment as-tu pu, Erik ? Comment as-tu pu faire ça !

Il s'assit à côté d'elle sur le canapé. Il lui semblait que tout son sang lui était monté à la tête. Et merde. Il aurait dû lui en parler tout de suite, mais il n'y avait rien à dire. Pourquoi risquer de causer des dégâts quand il n'y a rien à dire ? C'était absurde. Destructeur.

Il commença à dire quelque chose mais elle s'était déjà levée.

— Où vas-tu ?

— Je sors.

— Mais je dois... Nous devons...

Elle se retourna et lui jeta la lettre, qui voltigea comme une hirondelle et atterrit sur les lames brillantes du parquet. Il la vit absorber quelques gouttes d'eau qu'il avait semées sur son passage. Angela restait debout, immobile.

— Je n'ai rien dit parce qu'il n'y avait rien à dire, répéta-t-il en levant les mains pour qu'elle voie combien elles étaient propres et innocentes.

— Tu as la conscience tranquille ? – Elle eut un drôle de petit rire. – Tu me prends pour une idiote ?

Elle regarda la lettre, qui était maintenant bien humide.

— Non.

33.

Bergenhem sentit le mal au crâne dès le réveil. Comme s'il s'y était préparé dans son sommeil.

Il reconnut un petit cri et vit Ada qui essayait de grimper dans le grand lit. Elle se donnait beaucoup de mal. Il entendit Martina dans la cuisine, et l'appel d'un oiseau de mer, dehors.

Martina s'aperçut de son état en entrant dans la chambre. Elle donna une petite poussée à Ada, qui fit une galipette dans le lit avec un cri de joie.

— Tu as mal à la tête ? demanda Martina.

— Oui.

— Tu dois voir un médecin – elle récupéra de justesse Ada, qui avait failli tomber. Tu as dit que tu le ferais si ça continuait.

Elle plaça Ada au milieu du lit. Bergenhem s'assit et la souleva. C'était comme de soulever un oreiller.

— Je sais, je sais.

— Toujours derrière l'œil gauche ?

Martina tendit la main et l'effleura.

— Arrête, dit-il en la repoussant d'un geste brusque.

Puis il la regarda, lui prit la main.

— Pardon. Mais tout devient énervant, avec ce truc.

— Ça fait longtemps que tu es... énervé.

— Je sais. Je sais.

— Il y a autre chose ?

— Quoi ?

— Quelque chose qui... nous concerne.

Il vit qu'elle évitait de regarder Ada.

— Non.

— Tu ne veux pas aller voir le médecin ? Tu aurais le temps demain, avant neuf heures.

— C'est bon, j'irai.

Il souleva Ada dans ses bras et elle cria de plaisir. Lorsqu'il leva la tête vers elle, pendant une fraction de seconde il ne vit que du noir, et il la reposa, presque en aveugle.

— Qu'est-ce qu'il y a, Lars ?

— J'ai eu comme un vertige.

— Maintenant tu vas y aller, chez le toubib.

— Ce n'est sûrement qu'une migraine.

— Tu n'as jamais eu la migraine.

— Et alors ? C'est peut-être le début d'une sclérose en plaques.

— Ce n'est pas drôle.

— Arrête de me houspiller alors.

Il sortit du lit et quitta la chambre.

— Le café est prêt, cria-t-elle dans son dos, mais il ne répondit pas.

Angela avait enfilé son manteau et ses bottes en cuir. Elle était sortie et il n'avait pas pu la retenir.

Il ramassa la lettre. On aurait dit une feuille d'arbre mouillée. L'en-tête était réduit en bouillie. De la bouillie, comme cette conversation tout entière. Cette dispute.

Elle revint sept minutes plus tard, se débarrassa de ses bottes et entra dans le salon où il se tenait encore, la lettre à la main. Elle avait gardé son manteau, comme si ces allées et venues devaient continuer toute la soirée.

— Tu la relis ?

— Non...

— Tu as intérêt à avoir une bonne explication.

Elle jeta son manteau par terre et s'approcha.

— Une explication digne de ce nom. Tu piges, Erik ? Je veux la vérité. Pas de faux-fuyants et pas un putain de mensonge.

— Ce n'est pas nécessaire de jurer comme ça.

— Je jure autant que je veux, merde !

— D'accord, d'accord.

Il regarda autour de lui et posa ensuite la lettre sur la table basse.

— On s'assied ? Ou tu préfères rester debout ?

Elle alla s'asseoir dans le canapé. Il la suivit.

— Écoute-moi, dit-il à son profil.

Angela regardait le ciel électrique par-dessus la ville. Le ciel était limpide, comme les autres soirs. Son visage avait pris la couleur du soir, bien qu'elle fût sortie très peu de temps.

— Cette... femme était interprète au poste de police. Je l'ai rencontrée quand j'ai déclaré le vol du portefeuille.

— C'est parfait.

— Quoi donc ?

— Une belle façon de se rencontrer.

— Tu veux que je m'explique, oui ou non ?

— Oui, merci.

— Bon... Ensuite je l'ai revue quand j'ai reçu l'argent. C'était une pure coïncidence. On s'est croisés devant la banque.

— Elle te suivait peut-être ? Elle te surveillait ?

— Angela, s'il te plaît. Pas de parano.

— Paranoïa ? C'est le diagnostic du commissaire ?

Pour la première fois depuis qu'elle était revenue, elle jeta un coup d'œil à la lettre qui avait commencé à sécher et à se recroqueviller sur la table. Un rouleau de papyrus, pensa Winter. Les manuscrits de la mer Morte. On peut y lire le passé. Vérité ou mensonge, selon qu'on l'interprète comme ceci ou comme cela.

— Et ensuite, dit-elle, vous ne vous êtes plus quittés. Jusqu'à ce que j'arrive.

— Angela. Ce n'est pas ça, et tu le sais.

— C'est quoi, alors ? J'attends toujours. Cette lettre ne parle pas d'une rencontre fortuite devant la banque.

Winter ferma les yeux. Puis il regarda par la fenêtre. Il ne voyait que le soir maintenant, la nuit.

— Ce soir-là... la nuit où papa est mort. Je me sentais... en plein désarroi. Triste. Je suis retourné à la pension. C'était la veille de ton arrivée. Je me suis assis sur le lit et c'était - comment dire - tellement dur, comme si j'avais commis une erreur irréparable. Moi, ou nous tous, ou... juste papa et moi.

Il lui jeta un regard. Elle écoutait.

— Je ne sais pas vraiment ce que je pensais. Mais ça me paraissait impossible de rester là dans cette chambre à contempler l'image de la Madone sur le mur en vidant la bouteille de whisky. S'il y avait eu une télé... Je ne sais pas. Du foot espagnol ou une émission avec des invités délirants. Je ne sais pas. Je ne pouvais pas rester là. Je suis sorti, j'ai marché dans la vieille ville.

— Et alors ? Elle t'attendait quelque part ?

— Non, ce n'est pas ça. Là aussi, c'était une coïncidence.

Elle tourna la tête et il enchaîna, très vite.

— Elle était assise à une terrasse, avec des amis à elle.

C'était réellement une coïncidence, pensa-t-il. Quand il l'avait vue la première fois, sur la place, cela avait été une coïncidence. Ensuite, quelque chose avait guidé ses pas ; il y était retourné. Le chagrin, les pensées. Peut-être la honte.

— Je lui ai dit bonjour, ils m'ont invité à m'asseoir, j'ai mangé quelque chose, bu un peu de vin.

— Et c'est tout ?

— En principe, oui.

— En *principe* ?

— Oui. Ensuite je l'ai raccompagnée chez elle et j'ai bu un peu plus de vin et... c'est tout. Un trajet en taxi, et puis un lever de soleil sur Torremolinos.

— Torremolinos ?

— Elle habite là.

— Tu es allé chez elle pour voir le lever du soleil ? Tu es vraiment un touriste ambitieux, Erik. Prêt à t'introduire dans l'appartement d'une inconnue pour regarder le jour se lever sur un nouveau paysage.

— Angela, je sais. Je n'aurais jamais dû y aller et… je ne le voulais pas. Ce n'était pas moi, c'était… tout le reste. Mais je te jure qu'il ne s'est rien passé.

— Tu as dit tout à l'heure qu'il ne fallait pas jurer.

— Angela…

— Pourquoi est-ce que je devrais te croire ?

— Parce que c'est la vérité.

— Ha – elle regarda par la fenêtre. Ha, ha.

— Je ne sais pas comment te faire… On peut lui téléphoner si tu veux.

— Ne sois pas ridicule.

— Je dis la vérité. Je te le promets. On est arrivés là-bas, on a bu un verre de vin, j'ai dormi un moment, dans le séjour. Elle n'a pas fait de tentative et… moi non plus.

— De vrais gentlemen, tous les deux.

Il se leva. Son dos était humide de sueur. Il ne savait pas quoi faire, ni quoi dire.

— C'était juste mon… agitation intérieure.

— C'est plus que ça.

— Que veux-tu dire ?

— Ceci, entre autres, dit-elle en montrant son ventre.

— Merde, Angela, arrête !

— Tu vois, tu jures à nouveau.

— Tu n'as pas le droit de dire ça.

— C'est peut-être la vérité. On en est à dire la vérité maintenant, n'est-ce pas ? Tu n'es peut-être pas en état de fonder une famille.

— Tu te trompes. Tu te trompes complètement.

Il se rassit, essaya de lui prendre la main, mais elle refusa.

— Je suis heureux de ce qui nous arrive. Je suis heureux de tout – il lui prit la main. Tu dois me croire, Angela.

— Croire à tout ce que tu dis ?
— Oui.
— Pourquoi n'as-tu pas simplement jeté la lettre, dans ce cas ?
— C'est une bonne question. J'avais l'intention de le faire. Je ne sais pas. Peut-être parce que j'ai du mal à me séparer des papiers de façon générale. Tout devient un document pour moi. Déclarations. Rapports. Bon, tu sais bien.
— Tu as envoyé ton rapport, alors ?
— Quoi ?
— Tu as répondu à la lettre ?
— Non. Absolument pas.
— Ça aussi, je dois y croire ?
— C'est la pure vérité.

Il acceptait le rôle. Non, pas le rôle, la situation. C'était un interrogatoire. Il était le suspect. Elle conduisait l'interrogatoire, et elle le faisait bien. Elle est meilleure que moi, pensa-t-il.

C'était donc ainsi. La recherche de la vérité dans les failles, entre les mots du suspect. Dans ces failles se trouvaient peut-être des fragments de vérité. Mais il disait la vérité. *C'était* la vérité, sur tous les points importants et essentiels c'était la vérité, et il en était réduit à essayer d'en convaincre un responsable d'interrogatoire sceptique. Il n'allait pas réussir maintenant. Ça continuerait, longtemps encore.

Aneta Djanali avait le soleil dans les yeux. Les rayons glissaient sur l'autoroute et aveuglaient les conducteurs. Bientôt ça va vraiment barder et on sera au beau milieu, pensa-t-elle. Elle sentit l'odeur familière de pain frais à l'approche de la boulangerie industrielle de Pååls. Halders regardait droit devant lui, les yeux rivés à la lumière blanche, comme pour la guider.

Elle prit la sortie vers Järnbrott et ce fut comme de retrouver la vue.

— Et voilà, dit Halders. On y revient.

Il fit un geste vers les congères hautes d'un mètre au bord de la route.

— Neige, dit-il. Ça s'appelle de la neige.

Here we go again, pensa-t-elle.

Halders adorait lui rappeler ses origines africaines. Je suis née à Göteborg, mais ce n'est pas assez pour Fredrik.

— Arbre de Noël, dit Halders en montrant un sapin décoré devant une entrée de garage. Symbole nordique pour célébrer le retour de la lumière.

— Aha.

Ils s'arrêtèrent devant la haie des Elfvegren. Les villas avaient été construites dans les années cinquante, à l'époque où les gens vivaient à l'étroit dans leurs maisons, mais possédaient de grands jardins.

Le terrain était couvert de neige, et il n'y avait aucune trace de pas. Aneta Djanali crut reconnaître des empreintes de chat et de lièvre.

— Traces de lynx, annonça-t-elle en indiquant les marques fraîches.

— De lions, rectifia Halders. Ils se sont égarés loin vers le nord cette année.

— Celui-ci est né dans le parc animalier de Borås.

— À quoi le vois-tu ?

— Les griffes sont tournées en dedans, expliqua-t-elle en enfonçant le bouton de la sonnette.

Lotta Winter au bout du fil. Angela n'avait pas voulu décrocher, bien qu'elle fût plus près du téléphone.

— Tu as parlé à maman ? demanda-t-elle à Winter.

— Je vais la chercher à Landvetter après-demain.

— Plus que trois jours avant Noël. Ça va vite.

— Oui.

— Je compte sur ta présence et celle d'Angela pour le 24.

— Bien entendu.

— Tu as eu le temps d'acheter des cadeaux ?

— Juste le gin de maman.

— Ce n'est pas le moment de rire.

Winter regarda le profil d'Angela. Toujours le profil d'Angela.

— Je le ferai à la dernière minute, dit-il.

— Tu as reçu les listes de Bim et de Kristina ?

— Par mail. Elles étaient longues.

— Comme elles.

— J'imagine qu'elles ont encore pris dix centimètres depuis la dernière fois que je les ai vues.

Un vent inopiné avait effacé certaines des empreintes de lion devant la maison des Elfvegren. Comme si l'animal avait marché à reculons dans ses propres traces.

— Nous devons prendre garde, avertit Halders lorsqu'Erika Elfvegren eut refermé la porte derrière eux. Aneta Djanali perçut le froid comme un déplacement d'air à l'intérieur de son col en cuir.

— Ils ne tiennent pas chaud, compatit Halders en la regardant. Tu aurais dû voir les vestes qu'on avait, dans le temps. Ça, c'étaient des trucs faits pour le climat d'hiver de notre trou subarctique du bout du monde.

— Quelle belle description.

Ils s'installèrent une fois de plus dans la voiture.

— Il y avait deux exemplaires d'*Aktuell Rapport* sous le canapé, dit Halders lorsqu'ils furent parvenus au rond-point.

— *Aktuell* quoi ?

— *Aktuell Rapport*. Le magazine pour hommes le plus acheté de Suède, à moins qu'on dise le plus vendu. Ou le plus lu, je ne sais pas.

— Ah bon.

— Je me demande bien pourquoi...

— Et tu les as reconnus ?

— À la tranche. Il y a un bord rouge d'un centimètre et le logo était visible.

— Tu as l'air de le connaître par cœur...

— Oui. Mais si tu crois que j'achète cette merde, tu te trompes.

— Je ne crois rien.

— Est-ce que c'est habituel d'avoir des journaux porno chez soi ? fit Halders comme s'il s'adressait la question à lui-même.

— Je n'en sais rien, dit Aneta Djanali.

— Je crois que c'est de plus en plus répandu. Ça tient à l'air du temps. La dissolution de tout. Des gens lisent des magazines et regardent des films porno sur Canal Plus et TV 1000.

— Peut-être.

— Il y a de la pub pour des sextoys tous les soirs sur une chaîne câblée. J'ai vu ça au sauna. Chaque putain de soir. Et ça dure depuis un an.

— Comment le sais-tu ?

— Quoi ? fit Halders en regardant Aneta Djanali comme si elle l'avait tiré d'un rêve.

— Comment peux-tu en être certain ? répéta Aneta Djanali avec un sourire.

— Parce que j'ai vérifié ! On vérifie toujours une information, pas vrai ? Je regarde deux secondes, ça me met en colère et ça me fait la journée.

— *Makes my day.*

— Je leur aurais volontiers posé la question, dit Halders.

— À qui ?

— Aux Elfvegren. Je les aurais volontiers interrogés sur leurs lectures favorites.

— Tu auras peut-être l'occasion de le faire.

34.

Lareda Veitz examinait les photographies tout en écoutant Winter. On lui avait communiqué certains éléments du rapport d'enquête. C'était leur deuxième entrevue en quinze jours. La psychologue avait laissé entendre qu'elle ne serait pas en mesure d'établir un profil, mais qu'elle pouvait toujours discuter avec le responsable de l'enquête. Ce n'était pas la première fois qu'ils collaboraient et ce n'était pas la première fois que Winter s'appuyait sur la psychiatrie légale.

— On a clairement affaire à un message, affirma-t-elle en levant la tête. Tout est message, mais de différentes manières.

— On doit donc le prendre au sérieux?

— Au plus haut point. Que croyais-tu?

— Je ne sais pas. Dans ce genre de situation, on envisage toutes les possibilités. Par exemple, qu'il puisse s'agir d'une manœuvre de diversion.

— Je ne le crois pas.

— Tu en es certaine?

— Bien sûr que non. Tu m'as déjà posé la question, je ne vais pas changer ma réponse.

— D'accord. C'est juste que les questions sont tellement nombreuses.

Elle ramassa une photo, effleura du doigt le cou des deux morts dans le canapé.

— L'une des réponses est peut-être ici, déclara-t-elle. L'échange des têtes. Ou de corps. On peut aussi voir cela comme un échange de corps.

Winter hocha la tête. Le ton de Lareda Veitz était neutre, concentré. C'était inévitable lorsqu'on abordait l'indicible en gros plan. Winter avait demandé qu'on ne lui transmette aucune communication. Le portable était éteint et les appels transférés à Ringmar, dans son bureau dix mètres plus loin. Bertil se tenait prêt, en cas d'urgence.

Lareda Veitz reposa la photographie.

— Laisse-moi m'exprimer librement, ordonna-t-elle. On discute, d'accord ? On envisage différents points de vue. Ensuite on affinera. Tu pourras faire le tri après.

Elle indiqua le petit magnéto posé à côté de la pile de photos et de documents. Winter vérifia que la bande tournait et que la touche d'enregistrement était bien enfoncée.

— C'est bon, dit-il, tu peux y aller.

— Il – on admet par hypothèse que c'est un homme – a permuté le sexe et l'identité de ses victimes. L'une des réponses réside dans cet acte. L'échange.

— Pourquoi ?

— Je ne suis pas certaine qu'il le sache lui-même, Erik. Nous devons peut-être chercher des motifs inconscients.

— Il était guidé par quelque chose ?

— Plutôt par *quelqu'un*.

Winter hocha la tête en regardant une des photos. Il les avait examinées si souvent qu'elles avaient fini par prendre un caractère banal. Comme s'il vivait avec ces images punaisées au mur, ou encadrées sur la table de chevet. Aneta Djanali lui avait parlé des publicités violentes exposées dans le bureau du salon de coiffure où travaillait Louise Valker. Le meurtre comme argument de vente. Il y repensait à présent, en contemplant le visage défiguré de Louise Valker qui avait perdu tout caractère humain. Il pensa soudain qu'il n'avait pas vu ces affiches de ses propres yeux. À quoi ressemblaient-elles ? Avait-il pris le soin de lire correctement les rapports d'audition de tous les employés du salon de coiffure ?

— Un instant, dit-il en prenant son carnet relié de noir.

Il griffonna quelques mots.

— C'est bon, Lareda.

— Je réfléchis à haute voix, dit-elle. Il a laissé une marque de fabrique... ou plusieurs, qui peuvent être liées entre elles. D'une manière ou d'une autre, l'inscription, la musique et l'acte sont liés. Ce ne sont pas des messages disparates. Et ce que racontent ces messages, c'est qu'il veut être arrêté.

— Oui.

— Tu es parvenu à la même conclusion ?

— Oui. Il veut être libéré de sa détresse.

— L'acte lui-même est un réducteur d'angoisse. Quand l'angoisse est suffisamment forte, la normalité est déformée, jusqu'au moment où l'individu se retrouve contraint d'agir. Il retrouve alors un certain calme. Un calme provisoire, puisque l'angoisse revient, et que tout recommence.

— Tu veux dire que ça va se reproduire ? – Winter parlait au magnétophone. Si on ne l'arrête pas ? Si on ne l'aide pas ?

— Je crois que nous avons affaire à quelqu'un qui est en route depuis longtemps vers la psychose. Son moi est de plus en plus fragmenté. Des visions, des rêves... À la fin, il est contraint de passer à l'acte.

— Il matérialise ses visions ? En dernier ressort ? C'est ce que tu veux dire ?

— Il peut avoir vécu une expérience qui constitue le socle de tout ceci. Ou qui en est un élément important. Peut-être dans un lointain passé, ou alors récemment. En tout cas, une expérience horrible, impossible à oublier. Et en même temps, impossible à se remémorer. Tu comprends ce que je veux dire ?

— Je crois.

— Soudain, tout lui revient – elle regardait les photos qui brillaient à la lumière, moitié ombre, moitié soleil. Et pour finir, il est contraint de mettre en scène son drame intérieur. Cela devient une... pulsion qui le conduit à matérialiser le drame. Tu comprends ? Une représentation intérieure est mise en forme au-dehors.

— Que s'est-il passé, alors ?

Winter se leva soudain, s'approcha de la fenêtre et ajusta les lames du store. Il avait eu le soleil dans les yeux, c'était douloureux. La conversation le tourmentait. La voix sobre de Lareda renforçait son impression de couler dans un abîme. C'était ainsi. Les abîmes humains, qui étaient des souvenirs, des expériences de solitude, de rejet et d'isolement.

Il se retourna, debout à la fenêtre. Les lunettes de Lareda étaient noires dans l'ombre de la pièce.

— Quel genre d'expérience ? Tu peux risquer une hypothèse ?

Elle tarda à répondre. Ôta ses lunettes et plissa les yeux vers Winter.

— Il a été fortement humilié. Peut-être une seule fois, peut-être plusieurs.

— Humilié ? Comment cela ?

— Je crois que c'est lié à la femme. Aux femmes.

Elle prit une photo et Winter vint se placer à côté d'elle.

— Les blessures ne sont pas distribuées au hasard. L'homme et la femme ont été abîmés, mais pas de la même manière.

— On en est conscients.

— J'ai lu le rapport d'autopsie et j'ai examiné les photos dans cette perspective. L'homme a été simplement tué. Il n'en va pas de même pour la femme. Elle est plus qu'assassinée. Plus que morte.

Elle effleurait du doigt le corps nu de Louise.

— Là… et là, dit-elle. Toutes ces blessures n'étaient pas mortelles.

— Je sais. Mais je ne sais pas comment, ni pourquoi.

— Il a été fortement humilié par des femmes. Peut-être une seule, peut-être plusieurs. Peut-être cette femme-ci. Peut-être une autre. Que celle-ci ne ferait dans ce cas que représenter.

— Une représentante ? N'importe qui, du moment qu'elle est une femme ?

— C'est possible. Ne m'en fais pas dire davantage.

— Et si j'insiste ?

Winter était toujours debout. Elle remit ses lunettes et le considéra.

— Tu ne veux pas t'asseoir ? supplia-t-elle. Ça me fait mal à la nuque de lever la tête comme ça.

Winter s'assit.

— J'insiste, répéta-t-il.

— Dans ce cas, je crois que cette femme-ci… Louise… n'est pas la femme qui figure dans ses visions, dans ses rêves. Mais ce n'est pas une certitude.

— Non, je comprends. Il aurait donc été humilié. Est-ce lié à la sexualité ? Crois-tu que l'humiliation était d'ordre sexuel ?

C'est souvent le cas, pensa-t-il. C'était lié à la solitude et aux secrets des gens.

— C'est possible, répondit Lareda Veitz. L'humiliation peut être liée à un acte sexuel ou à une représentation sexuelle. Il a pu être ridiculisé dans ce contexte. Peut-être dans une situation semblable. On a beaucoup d'exemples de ce type.

— Ridiculisé ?

Je répète tout ce qu'elle dit, pensa Winter.

— D'une manière ou d'une autre. Une hypothèse plus risquée est qu'il aurait été symboliquement castré. Par une femme. Et que cela s'est produit devant un tiers. Un homme.

— Castré ?

— Il a eu le sentiment de l'être. Il ne pouvait pas

le formuler sur le moment, mais plus tard, cela lui est revenu. Ça a pu se produire en présence d'un autre homme. Mais c'est la femme qui est responsable. Qui l'a exposé à ça.

— C'est elle qui porterait la responsabilité de ce qu'il est devenu ?

— Oui. Responsable du fait qu'il ait été contraint à son tour de l'exposer… à cet acte. « Elle » étant dans ce cas une représentante. Son fantasme a pris de telles proportions qu'il a été obligé de lui donner forme dans la réalité. L'autre réalité, à laquelle il appartient encore. La… vraie.

— Il fonctionne donc peut-être normalement ? Encore ?

— Je le crois.

— Ce peut être n'importe qui d'entre nous.

— En principe, oui, confirma-t-elle.

Winter eut une pensée fugitive pour Angela.

— Mais sans doute plus pour longtemps, poursuivit-elle. Ça dépend de la manière dont il gère le fantasme qu'il vient à présent de réaliser. Une fois.

Elle se tut, réfléchit. Toussa.

— Peux-tu me donner un peu d'eau, Erik ? De l'eau du robinet, ça ira.

Il se leva. À côté du lavabo, il y avait une armoire contenant quelques verres propres. Il en remplit un et le rapporta.

Elle but et poursuivit.

— Je vois aussi un trait de domination… Comme une suite de ce qui a pu se passer. Cela tient à l'échange d'identité… Un conflit est mis à nu, un conflit qui concerne une volonté de domination.

— Dominer qui ? La femme ?

— Dominer… le symbole de son tourment. C'est la femme. Il y a en même temps le désir d'être… un autre. Il veut être deux personnes différentes et il agit à partir de là. Après coup. Après les meurtres proprement dits.

— Je ne te suis pas très bien.

— Il veut dominer en tant qu'homme mais aussi se

quitter lui-même pour devenir quelqu'un d'autre. L'échange des têtes ou des corps devient une image. Une mise en forme de ce désir.

— Nous parlons donc ici, du moins en partie, d'un acte de vengeance ? Un amour trahi... Ce serait aussi simple que cela ?

— Sur un certain plan, je crois peut-être que oui.

— Et les victimes ne sont pas nécessairement l'objet de la vengeance ? Les objets de sa haine ?

— Non.

— Mais elles peuvent les lui *rappeler* ? Je veux dire : d'une manière ou d'une autre, l'homme, ou la femme, ou les deux, lui rappellent d'autres personnes ?

— C'est possible.

— Il se peut alors que ce soit quelqu'un qui s'est toujours senti inférieur ? Sur le plan sexuel par exemple. Qui s'est senti castré, ridiculisé... sans que cette humiliation ait nécessairement eu lieu... dans les faits ?

— Bonne question.

— Et ?

— C'est probable.

— Dans ce cas, il n'y aurait pas d'événement factuel à l'origine de tout ceci ?

— Non. C'est possible.

Winter sentit qu'il avait soif, lui aussi. Il alla chercher de l'eau et remplit au passage le verre de Lareda. Il se rassit.

La femme qui avait été tuée. Louise. Qui était-elle ? Faisait-elle partie d'un passé, ou n'était-elle qu'un symbole ? Qui était alors la femme *réelle* ? Mais si, d'un autre côté, la femme réelle était bien Louise... Avaient-ils suffisamment fouillé son passé ? Bien sûr que non. Où en étaient-ils, au juste ?

Il devait se rendre à Kungsbacka en personne. La mère de Louise y vivait encore. Elle avait répondu aux questions des collègues, mais il en avait d'autres à lui poser.

— Continue, dit-il.

— Sur quelle piste ?

— Le pouvoir, la domination. Dis ce que tu veux, comme tu le veux. J'écouterai la bande après. Je ferai un montage, comme tu me l'as proposé.

— Oui. Le pouvoir... C'est un mot que nous n'avons pas employé jusqu'ici. Mais d'accord, si nous le voyons comme une volonté de contrôle... Ce qui lui est arrivé une fois – l'humiliation, réelle ou imaginaire – peut avoir donné lieu à une vie entière consacrée à rechercher le contrôle perdu.

— Une quête de domination ?

— Oui. Mais sur un plan inconscient. On en a déjà parlé.

Elle regarda le magnétophone comme pour y chercher une confirmation.

— Disons, une quête visant à obtenir une sorte de position dominante.

— Dans la vie ?

— À mon avis, sa vie privée est en miettes. Peut-être depuis toujours. On a affaire à quelqu'un qui a peu de contacts. Peu d'amis.

— Qui vit seul ?

— Oui – elle regarda à nouveau le magnétophone, comme s'il avait été non pas une machine, mais un sténographe vigilant. Admettons-le, à titre d'hypothèse.

— Dans sa vie professionnelle, alors ?

— C'est difficile à dire, bien sûr. Mais il n'est pas impossible que cet individu exerce un métier qui implique une certaine mesure de domination.

— Mais ce peut être de plusieurs façons différentes.

— Ce doit être visible – elle ôta ses lunettes et regarda Winter. Je crois que c'est de cela qu'il est question.

— Visible ? On doit pouvoir se dire, en le voyant : tiens, voilà quelqu'un qui a du pouvoir.

— Si on veut. On se donne à voir dans l'exercice de ses fonctions.

Elle se tut, réfléchit.

— Si on continue dans la ligne de l'hypothèse sexuelle, on peut parler d'un prolongement du pénis.

— À l'inverse de la castration, confirma Winter.

— Oui. Mais sur un plan inconscient, là encore.

— La conscience vient plus tard ? C'est ce que tu veux dire ?

— Nous en avons déjà parlé. Le meurtre a été provoqué par un fantasme devenu trop puissant. Dans ce cas il n'y a plus... d'écran.

— Mais qu'est-ce qui conduit au meurtre proprement dit ? Qu'est-ce qui déclenche le désir de tuer ?

— Tu poses la question essentielle, répondit Lareda Veitz.

— Il devait avoir un but en arrivant chez ces gens-là, juste à ce moment-là.

— Peut-être pas « chez ces gens-là ».

— D'accord.

— Mais cela demeure la question essentielle.

Winter se leva. Il se sentait fébrile, soumis à la pression de ses propres pensées. Il se concentra à nouveau, ferma les yeux, fit quatre pas jusqu'à la fenêtre, remonta les stores, regarda le ciel bleu et le sol blanc. Les voitures roulaient de l'autre côté du canal, sans bruit. Les façades brillaient. Les arbres étaient alourdis de la neige qui avait gelé sur les branches. Plus que deux jours avant Noël.

Il se retourna.

— Tu peux reprendre la piste de la vie professionnelle ? Tu as dit qu'il souhaitait être vu.

— Oui. Il veut qu'on le remarque.

— On doit prendre garde à lui en l'apercevant dans la rue ?

— Oui, peut-être.

— Un chirurgien chef de clinique, quand il se balade dans la rue, n'a rien pour prouver son statut, n'est-ce pas ? Ça ne se voit pas.

— Non... ce serait le stéthoscope et la blouse blanche, dans ce cas. Mais on ne les porte pas en ville.

— Les chirurgiens n'ont pas de stéthoscope.

— Un scalpel alors, rectifia Lareda Veitz.

Winter éclata d'un rire qu'il ne put réprimer.

Comme si on avait fait sauter le couvercle d'une cocotte-minute. Il dut prendre appui contre la fenêtre et, devant la mine réprobatrice de la psychologue, le rire fusa de plus belle.

— Je t'en prie, dit-elle.

Winter lutta pour retrouver une contenance. Pas de scalpel, pensa-t-il. Pas de couteau, on pourrait le prendre pour un cuisinier, surtout s'il se balade sur l'Avenue. Il sentit le fou rire le reprendre.

— Une autre idée amusante qui te traverse l'esprit, Erik ?

— Pardonne-moi, Lareda. C'est juste... la tension.

C'est vrai, pensa-t-il. La tension, privée et professionnelle. Sa vie privée n'était pas en miettes, comme l'avait dit Lareda à propos du meurtrier, mais elle n'était pas davantage d'une seule pièce, solide. Quant à son métier... Quand il se baladait dans la rue, on ne voyait pas qu'il était commissaire, il n'avait pas d'uni...

— Regarde-toi, par exemple, l'interrompit-elle. Quand tu descends l'Avenue, on ne voit pas que tu es commissaire.

— Non. Qu'est-ce qui indique le plus clairement qu'on exerce une forme de pouvoir ?

L'uniforme, pensa-t-il.

— Un uniforme, reprit Lareda Veitz.

Winter se rassit. Il se passa la main sur les yeux, mit ses lunettes, les enleva. Il sentait une pellicule de sueur à la racine de ses cheveux. Son bureau lui parut soudain surchauffé.

— Doucement, dit-il. Un uniforme. Comment en sommes-nous arrivés là ?

— Il n'y a qu'à réécouter, suggéra-t-elle avec un signe de tête vers le magnétophone.

Winter le souleva avec précaution. La bande tournait toujours.

— Qu'est-ce que cela signifie ? Cherchons-nous un homme en uniforme ?

Il la regarda, comme si elle allait acquiescer. Mais elle ne répondit pas.

— Qu'en penses-tu ?

— Nous avons dit au début que nous devions envisager différents angles d'approche. C'est ce que nous avons fait, et l'un des angles possibles est... celui-là.

Lareda Veitz inspira profondément.

— Mais quand tu réécouteras la bande, tu entendras sûrement que ce n'est rien de plus que cela : des angles d'approche, des hypothèses, des raisonnements. Nous avons exploré différentes directions. Un homme en uniforme ? Oui, cela cadrerait avec l'image d'un homme seul qui cherche à incarner vis-à-vis de l'extérieur une manière d'ordre et de position sociale. Mais nous n'en savons rien.

— J'ai tes paroles ici, dit Winter en tapotant le magnétophone. Le brainstorming n'est jamais superflu. Les mots ne sont jamais faux.

— Tu appelles cette conversation un brainstorm ?

Winter ne répondit pas. Il regardait les photos qui avaient pris la même nuance que la table à présent que le soleil avait disparu, en route vers un ailleurs.

Un mot vaut mieux que mille images, pensa-t-il.

35.

Winter alla chercher du café et s'attarda dans la salle de repos pour fumer un cigarillo à la fenêtre. La neige était intacte de l'autre côté du parking. Des policiers en uniforme bavardaient en bas, leur haleine dessinait dans l'air comme des bulles de bande dessinée.

Les visiteurs allaient et venaient. Il vit son propre vélo devant l'entrée. Deux centimètres de neige sur le guidon, le châssis et la selle, comme un glaçage sur une bicyclette-gâteau.

Un rire monta d'une des bulles. Un policier avait enfilé un bonnet de Père Noël.

Il rapporta les deux cafés dans son bureau. Lareda Veitz leva les yeux ; elle était en train d'écrire.

— Peut-on penser qu'il cherche de nouveaux défis ? demanda Winter en lui tendant sa tasse. Fais attention, ça brûle.

— Merci. Des défis… ?

— J'y pensais à l'instant. Il est peut-être en train de… grandir intérieurement. D'y prendre goût. Dans ce cas, ça pourrait se produire à nouveau.

— Mais la volonté d'être découvert existe toujours, déclara-t-elle en goûtant son café.

Elle sembla vouloir ajouter quelque chose, mais se ravisa.

— Oui ? dit Winter. Vas-y, parle.

— Le pouvoir... On évoquait tout à l'heure le pouvoir, la domination. Je ne sais pas comment l'exprimer...

— Jusqu'ici, tu as plutôt bien réussi.

— Il n'est pas tout à fait inhabituel dans un cas comme celui-ci que le meurtrier cherche à établir son pouvoir aussi sur... celui qui cherche à le démasquer.

— Comment l'aurait-il identifié ? Personne ne l'a démasqué, que je sache.

— Il a laissé des messages. Ces messages sont destinés à quelqu'un.

— À qui ? demanda Winter, qui connaissait déjà la réponse.

— À toi, Erik.

Elle était assise dans l'ombre et ses lunettes étaient redevenues noires.

— Tu es le chasseur. L'enquêteur. Le démasqueur présumé.

— Il veut me dominer, moi ? Erik Winter ?

— Toi dans ton rôle de chasseur. Le commissaire Erik Winter.

— Ce n'est donc pas personnel, dit Winter sans sourire.

Lareda Veitz ne souriait pas non plus. Il la regarda.

— Est-ce que ça a pu *devenir* personnel ?

— Que veux-tu dire ?

— Qu'il se serait concentré sur moi. Ma personne, puisque c'est moi le... chasseur.

— Non.

— Tu en es sûre ?

— Non.

— Dans ce cas, il sait deux choses que j'ignore. Il sait pourquoi cela s'est produit. Et qui l'a fait. Cela lui donne un avantage, n'est-ce pas ?

— D'une certaine façon, oui. Continue.

— De cette manière, il a déjà un pouvoir sur moi.

Il se leva, réfléchit, fit deux pas.

— Y a-t-il autre chose, Lareda ? Est-ce qu'on a fait le tour ?

Elle se leva aussi, s'approcha de la fenêtre et regarda au-dehors, les bras croisés. Elle se retourna.

— Je ne sais pas si nous nous rendons utiles en continuant dans cette direction. Mais d'accord... De ton côté, tu as des choses qu'il n'a pas. Pour pouvoir te dominer, il doit y avoir accès. Pour sentir qu'il a du pouvoir sur toi.

— Qu'est-ce donc que j'ai ?

— Comparé à lui ? Tu as tout.

— Quoi par exemple ?

— Une vraie vie. Sa vie à lui est détruite, peut-être depuis très longtemps.

Winter inspira. Il faisait encore très chaud. Pas de bulles de dialogue ici. Il ne voulait pas continuer dans cette direction. Plus tard, d'accord, mais pas maintenant.

Il s'approcha du Panasonic et enclencha la musique. Lareda avait écouté la cassette chez elle ; son mari avait choisi d'aller au cinéma pendant ce temps.

— Je préfère Carreras, dit-elle quand la voix du chanteur s'éleva.

— Pour moi, précisa Winter, la frontière passerait plutôt par les Clash.

— Tu connais les Clash ?

— Je suis un expert. Mais comment analyses-tu cette musique ?

— Là encore, je ne peux que risquer des hypothèses, mais allons-y. Je ne veux pas accorder trop d'importance à, l'intensité qui la caractérise. On peut se laisser piéger par elle, partir sur une fausse piste.

— Le tempo n'est pas le plus important ?

— C'est ça. Ça peut induire en erreur. Tout devient beaucoup plus... atroce avec cette musique en fond sonore. Tu comprends ? Si tu arrives sur la scène d'un meurtre et que tu entends Carreras, ton impression sera différente.

— Non.

— Ah bon ?

— S'il te plaît, Lareda, on essaie d'être professionnels. Carreras, Sacrament, Mysto's Hot lips, Tom Jones... Ce n'est pas ça qui compte. Quand j'arrive sur les lieux, je ne me laisse pas influencer par la musique de cette manière-là.

— Je crois que tu n'as pas compris. Je veux dire que l'atrocité est renforcée par le choix de la musique, et que cela vous influence nécessairement quand vous cherchez des réponses.

— De quelle manière ?

— Je répondrai par une autre question. Vois-tu... quelqu'un en particulier, quand tu imagines une personne qui écouterait ça ? De son plein gré, je veux dire.

— J'essaie de l'éviter.

— Ce n'était pas le sens de ma question.

— Oui, je comprends.

— Il y a quelque chose dans cette musique qui a pu faire... advenir ce qui s'est produit. C'est latent. Ce n'est pas une musique de fond. Ce n'est pas une musique faite pour se détendre.

— Qui écoute ça, alors ?

— Peut-être quelqu'un qui écoute toujours ce genre de musique, mais je ne le pense pas.

— Alors pourquoi l'a-t-il choisie ?

— C'est une bonne question.

— Je suis d'accord avec toi. Je n'imagine pas nécessairement un type avec des cheveux longs bardé de cuir noir. On ne cherche pas à coincer les fanas de Black metal.

— Il n'écoute peut-être jamais cette musique, suggéra Lareda Veitz.

— Non.

— Le message... s'il s'agit là aussi d'un message... est peut-être à chercher dans les paroles. Il faut se concentrer là-dessus. Quand tu m'as prêté la cassette, tu m'as dit que cette musique n'existait pas sans les textes. Sans le livret, les paroles écrites. N'est-ce pas ?

— Oui.

— Alors j'ai réfléchi aux textes. Et à la pochette.

Aux images. Il ne faut pas les oublier. Tout ce qui ne concerne pas la musique proprement dite – si on peut appeler ça de la musique ; je n'ai pas de nom pour la caractériser, au-delà de la simple catégorie « Black metal ».

Le bruit de Sacrament remplissait toujours la pièce, mais Winter avait baissé le volume. Il hocha la tête. Lui non plus ne trouvait pas de mots pour le décrire. C'était un phénomène *physique*, plus que sonore.

— Il y a plusieurs symboles, poursuivit-elle, mais tout converge vers un thème unique. Le choix du titre, les textes, les photos même… Il s'agit d'une sorte de lutte entre le bien et le mal… représentés par le ciel et l'enfer.

— Jusque-là, je te suis.

— Mais le rapport de forces n'est pas clair. Qui gagne ? Où est le pouvoir ?

— Les paroles ne donnent pas de réponse, c'est cela ?

— Elles expriment surtout un souhait, mais dirigé vers une coulisse d'ombre. De désespérance. Et c'est ce monde-là qui est, en ce qui nous concerne, une clé partielle. Peut-être.

— Quel monde ?

— Celui des deux qui domine l'autre.

Elle se leva, et il vit que son visage avait changé de couleur. Une petite excitation. Elle réfléchissait à haute voix, raisonnait juste.

— C'est peut-être la question clé. Et le paradoxe. Le péché n'a pas du tout le même sens dans un monde régi par Dieu et dans un monde dirigé par le diable.

— Il n'y a pas d'espoir dans un monde dirigé par le diable ? C'est ce que tu veux dire ?

— Oui. Il en va peut-être de même dans son monde imaginaire. Il est entré dans le domaine du mal. Mais il lui reste peut-être encore une représentation de l'autre monde.

— Et il voudrait y retourner ?

— Il veut échapper à tout. En même temps, par

son crime, il cherche à réparer un manque... Celui de la castration. Par le crime, il revient à l'expérience de l'humiliation. Il veut nous montrer que son manque se situe *là*. Et il exprime en même temps un désir.

— Il veut être découvert.

— Oui. Voilà le grand paradoxe. Par ce crime, il désigne son manque, et il lance en même temps un appel au secours – elle regardait intensément Winter. De cette manière, il montre qu'il y a encore de l'espoir.

— Pour lui et... pour moi ?

— Il y a toujours un désir, dit-elle. Ses rêves forment un monde de représentation privé qu'il met en acte à l'extérieur. Et ceci, ajouta-t-elle en regardant le magnétophone, nous ramène à notre point de départ.

Un rêve, pensa Winter en contemplant par la fenêtre le scintillement bleuté de la neige. Un rêve dans un paysage d'hiver.

L'appartement était silencieux. Patrik entendait son père ronfler dans la chambre. Il essaya de lire un peu, mais ses pensées étaient ailleurs. Il avait acheté un cadeau pour le vieux, mais n'avait rien trouvé pour Ulla. La vérité, c'était qu'il ne voulait pas lui offrir de cadeau de Noël.

Peut-être iraient-ils faire la fête ailleurs le soir du 24 ? Et Majje avait dit qu'il pouvait venir chez elles à Örgryte. Ce serait top. Noël chez les riches...

Son père s'était réveillé. Grognements dans la chambre. Ulla était sortie acheter de l'alcool.

— Patrik !

Son père apparut sur le seuil en se frottant les yeux. L'odeur était perceptible. C'était comme toujours, mais pas tout à fait, car d'habitude il était dans sa chambre, où il avait la paix.

— C'est toi qui m'as réveillé ?

— Non.

— C'était quoi, alors ? fit le père en repartant vers la cuisine.

Bruits d'ustensiles. Quelque chose tomba et se brisa. Du verre.

Son père hurla une imprécation et revint dans le séjour.

— Il y a du verre par terre. Ramasse-le, j'ai pas la force de le faire.

— Je sors.

— Tu quoi ?

— J'allais sortir.

— Je t'ai dit de nettoyer. Ulla va arriver et elle ne sait pas qu'il y a du verre par terre.

— Bon, d'accord.

Il essaya de ramasser les gros fragments en premier, en pensant qu'il aurait dû mettre des chaussures. Il réussit à ne pas se couper. Puis il balaya, versa les débris dans un sac en plastique et rangea le tout sous l'évier. Ulla arrivait ; il l'entendit dans l'entrée.

— Qu'est-ce que tu fais ? dit-elle en entrant dans la cuisine.

— Rien.

Elle posa un sac sur la table. Le père arriva et sortit de nouveaux verres.

Patrik alla enfiler sa veste et ses chaussures. Il faisait nuit au-dehors, mais il y avait des illuminations partout. Les gens traînaient des sapins. Ces sapins coûtaient cent cinquante couronnes pièce ; il n'en voulait pas, de toute manière.

Les décorations de sa mère restaient introuvables. Quelques boules colorées. Elles avaient disparu, comme elle.

Une voiture de police était à l'arrêt devant le marchand de journaux. Il lui sembla reconnaître les deux flics à l'intérieur. La voiture démarra. L'enseigne du marchand de journaux se refléta un instant sur la laque brillante. Il pensa à un détail qu'il avait vu dans l'escalier. C'était le bref scintillement qui l'y avait fait penser. Pourquoi ?

36.

— J'ai lu les rapports d'audition des voisins et ce qui me frappe, dit Winter, c'est que personne n'est au courant des agissements des autres. Rien vu, rien entendu, rien dit.

— Et dans ton immeuble, alors ? Tu sais ce que font tes voisins ?

Ringmar était occupé à déplier un trombone. Winter pensa à la vieille Mme Malmer. Angela avait fait quelques allusions à ses messes nocturnes. Mais plus maintenant. Angela avait cessé de venir. Non, ce n'était pas à ce point. *Angela doesn't come here anymore*. Ce n'était pas si grave. Il avait dit la vérité, rien que la vérité qui était significative pour eux deux et pour l'avenir.

— Pas grand-chose, répondit Winter.

Ringmar finit de déplier son trombone et le brandit à la lumière. Il était à peu près droit.

— Bien joué, Bertil. Tu peux commencer à forcer des serrures.

— C'est comme ça qu'il est entré ?

— On n'a trouvé aucune trace d'effraction. Il avait une clé. Non. Ils l'ont fait entrer. Ils le connaissaient.

— Nous avons entendu toutes leurs connaissances.

— Il était un visiteur mystérieux.
— À quoi penses-tu ?
— Aux secrets. Aux secrets des gens.
— Hmm.
— Il faisait partie d'un jeu secret auquel ils devaient jouer ensemble. Mais les choses ont tourné autrement. La dernière fois.
— Il avait d'autres intentions.
— Oui.
— Les avait-il déjà à son arrivée ? interrogea Ringmar en essayant de rendre au trombone sa forme d'origine.
— C'est une question importante. Sa décision était-elle déjà prise ou bien y a-t-il eu un déclencheur ?
— Pour le meurtre ou... pour ce qui s'est passé *après*.
— Oui. Avaient-ils invité un inconnu, ou quelqu'un qu'ils connaissaient depuis longtemps ?

Depuis longtemps... Son travail, pensa Winter ressemblait à celui d'un d'archéologue. Il remontait le temps pour trouver des réponses. Il s'engouffrait dans les zones d'ombre du passé. Il en avait assez. Le présent lui suffisait.

— Qu'ils connaissaient ? Ou seulement elle ? Ou lui ?
— Elle. Je crois qu'il s'agit de la femme. Louise. Ma conversation avec Lareda a renforcé cette hypothèse.
— Lareda se laisse parfois emporter.
— Dieu merci.
— Si nous admettons qu'ils l'ont fait entrer, on peut se demander comment ils sont entrés en contact, poursuivit Ringmar. S'ils se connaissaient bien, ou alors vaguement, ou pas du tout, mais qu'ils avaient convenu de se retrouver chez les Valker... Comment sont-ils entrés en contact ?
— Par une petite annonce.
— Tu le crois ?
— Cœurs solitaires...
— Tu sais combien de petites annonces sont publiées chaque jour dans les quotidiens ?

— Non. Et toi ?

— *No, sir*. Mais il y en a plein. *Lonely hearts*.

— Est-ce que tu les lis, Bertil ?

— C'est distrayant. Mais si on doit suivre cette piste, autant chercher une aiguille dans un tas d'aiguilles, dit Ringmar en examinant le trombone qui ressemblait maintenant à une double aiguille en métal brillant.

— Contacts porno, dit Winter. Les petites annonces dans les magazines porno.

— Autres tas d'aiguilles.

— Hmm.

— Tu penses au sperme ? Tu penses que c'était peut-être une... relation de ce type ?

— C'est une théorie. Ils se sont rencontrés par l'intermédiaire d'une annonce.

— Ce n'est pas impossible. C'est de plus en plus fréquent. Le besoin de tendresse et d'intimité humaine ne cesse de croître, expliqua Ringmar.

— Et il prend de nouveaux chemins.

— On n'a pas trouvé de littérature porno chez les Valker.

— Des films. On peut commencer par là. Parler aux loueurs de vidéos du quartier.

— Et ensuite ? Même s'il leur est arrivé de louer un film porno de temps en temps et qu'on parvenait à le prouver, je ne sais pas où ça nous mènera. On serait sans doute surpris des statistiques de location de films porno.

— Pardon ?

— Tout le monde en a peut-être loué un au moins une fois dans sa vie. Le maire de la ville. Tous les pasteurs. Sture Birgersson.

Winter sourit en pensant au chef de la brigade criminelle. Birgersson était absent du commissariat, en vertu de sa disparition annuelle vers une destination mystérieuse, et Winter n'avait aucune intention de l'appeler.

— Ou alors, proposa Ringmar, on passe par le Net. Facile, discret.

— Mais oui.

— Tu as envisagé de le faire ?

— Louer un film porno ? Non. Ce ne serait pas... moi.

— Pas ton style ?

— Pas de style tout court.

37.

En entendant Angela ôter ses bottes dans l'entrée, il ouvrit la porte du four et en retira les petites bécasses bardées de lard qui devaient reposer quelques minutes après la fin de la cuisson. Il était vingt et une heures trente.

— Qu'est-ce que c'est ? demanda Angela qui était allée droit à la cuisine, peut-être guidée par les arômes. Des colombes de la paix ?

— Juste un petit dîner.

— À d'autres.

Winter préparait la vinaigrette, une cuillerée de moutarde et trois gouttes de vinaigre balsamique dans l'huile d'olive.

— Je dois découvrir le message caché ?

— Devine, dit-il en effeuillant dans un bol des salades de différentes couleurs, et en indiquant les bécasses comme si tout tournait autour d'elles.

Elle les renifla. Les oiseaux étaient dorés à point.

— Des pintades ?

— Non.

— J'abandonne.

— Déjà ?

— Je suis fatiguée.

Elle s'assit et entreprit de masser les orteils de son pied gauche. Son ventre était maintenant une réalité très arrondie. Son collant était troué au talon. À la lumière du plan de travail et des deux bougies allumées sur la table, il vit qu'elle était cernée, mais son visage avait encore la couleur du dehors, de l'hiver. Ses cheveux paraissaient aplatis, comme desséchés suite à une après-midi et une soirée passées à la clinique, où l'air était de mauvaise qualité.

Elle leva la tête, et les ombres disparurent. Son visage avait retrouvé sa jeunesse.

— Rien de nouveau. C'est peut-être pire encore pour les infirmières. On a eu un scandale à la clinique aujourd'hui. Un vrai.

Elle passa doucement la main au-dessus de la flamme, sans le regarder.

— Le chef a donné sa démission. Avec pertes et fracas. Il s'est levé de son bureau et il est parti – elle sourit. Notre cher directeur est allé voir Olsén avec les dernières proposi... non, décisions de réduction de personnel. J'étais avec un patient, mais il paraît qu'on a entendu une sorte de rugissement dans le bureau d'Olsén, puis on a vu Olsén lui-même sortir, sans sa blouse, et Boersma derrière lui, l'air gêné.

— Il était temps.

— Quoi donc ?

— Que le directeur soit gêné.

— Tout glisse sur lui comme l'eau sur les plumes d'un can..., dit-elle en regardant les petits oiseaux qui fumaient encore. Ce ne sont tout de même pas des canards ?

— Tu ne connais pas la taille d'un canard ?

Elle semblait avoir oublié sa question. Elle cessa de jouer avec la flamme et commença à masser son pied droit.

— Olsén n'est pas revenu. Il a appelé une demi-heure plus tard en disant qu'il ne reviendrait pas de la journée. Qu'il ne reviendrait pas tout court.

— Du coup, vous êtes encore moins nombreux à devoir faire le travail.

— Oui. Mais son départ a peut-être du bon.

— Moi, j'ai apporté quelque chose de bon, annonça Winter en gesticulant vers les bécasses en même temps qu'il ouvrait la porte du four pour voir où en étaient les pommes de terre.

— Les médecins inspirent parfois le respect, dit Angela, plongée dans ses pensées. Quand ils poussent un vrai coup de gueule, ça peut remuer la poussière.

Je m'en étais aperçu, pensa-t-il.

— Au niveau de la hiérarchie, je veux dire, ajouta-t-elle en se levant pour s'approcher de lui.

Il l'embrassa, respira l'odeur d'hiver qui imprégnait encore ses cheveux et ses vêtements. Il la retint contre lui, à sentir la rondeur de son ventre. Elle se rapprocha encore.

— Tu as brûlé la lettre ? demanda-t-elle, d'une voix inaudible contre son cou, comme si elle s'adressait non pas à lui mais aux oiseaux sur le plan de travail.

— Tout a disparu, dit-il. Tout ce qui n'existait pas a disparu.

— D'accord, déclara-t-elle en se dégageant. D'accord. Est-ce qu'on a le temps de prendre une douche avant le petit dîner ?

— Je te donne cinq minutes. Je les couvre avec de l'alu et je prépare la sauce.

— Mais qu'est-ce que c'est ? Des bécasses, c'est possible ? Ce n'est pourtant pas la saison.

Un souvenir lui revint pendant qu'elle se déshabillait. Elle avait travaillé dans un vignoble français deux étés de suite à l'époque où elle était étudiante. Le propriétaire chassait la bécasse. Il lui arrivait d'en voir, suspendues dans l'arrière-cuisine, quand elle sortait le matin pour aller travailler dans les vignes.

Ils avaient pris place dans le bureau du commissariat qui avait été mis à la disposition de Hanne. Une pièce calme, la lumière était bonne.

Elle disposait toujours des fleurs fraîches sur la petite table à côté des chaises qui tenaient lieu de fauteuils. Ces fleurs, pensait-elle souvent, étaient comme elle : insuffisantes, différentes de ce qu'elles auraient dû être, dans d'autres circonstances.

— Je n'arrive pas à me débarrasser des rêves, avait dit Morelius. Encore cette nuit...

— Tu veux m'en parler ?

— C'était le même rêve que la nuit d'avant. Quelqu'un riait, et je ne savais pas... lequel d'entre eux c'était.

— Pendant l'accident ?

— C'est toujours ça. Et des flashes, dans la voiture par exemple. Quand je suis de service.

— C'est comment, alors ?

— Comme un... souvenir. Ça surgit et ça disparaît.

— Un souvenir ? À quoi ressemble-t-il ?

— Toujours la même image. L'accident.

— Oui ?

— C'est comme si ça me... poursuivait. Et pas seulement quand je travaille.

Elle écoutait. Attentive.

— J'y pense même quand mes affaires sont rangées dans l'armoire, si tu vois ce que je veux dire.

— Oui.

— Et puis le sommeil – il tournait la tête à gauche et à droite, comme pour se débarrasser d'une crampe. Je crois bien que c'est le pire. On a besoin de dormir. Sinon, on ne peut pas travailler.

Puis il avait prononcé une phrase que Hanne ne comprit pas vraiment, et à laquelle elle repenserait plus tard. Beaucoup plus tard.

« Il faut quand même montrer qui on est », avait déclaré Morelius.

Patrik et Maria se promenaient dans les grands magasins ouverts en nocturne, écumant les bacs de CD, les rangées de livres, les vêtements alignés sur leurs cintres. Les musiciens, dans les allées du centre commercial, portaient des bonnets de Père Noël et chantaient des chansons de Noël en anglais et en suédois.

En ressortant, ils tombèrent sur un groupe péruvien : de petits hommes bruns, avec des ponchos couleur de terre, des chants qui avaient un parfum de chagrin et de vent. Patrik et Maria se retrouvèrent dans la vingtaine de spectateurs qui bougeaient en rythme, formant un demi-cercle autour d'eux. Devant les musiciens, il y avait une valise râpée remplie de CD.

— Je devrais peut-être en acheter un pour maman, dit Maria. Je n'ai pas encore trouvé le bon cadeau. Ce disque-là, peut-être, et puis un autre.

— Du Black metal, proposa Patrik.

— Non merci. Toi non plus, tu n'as encore rien acheté.

— Pour le vieux ? Non.

— Et elle ? Tu ne vas rien lui offrir ?

— Ulla ? Non.

— Je crois que je l'ai vue dans le tram devant l'église de Haga avant-hier. Ou le soir d'avant.

— Elle était bourrée ?

— Je ne sais pas. Ce n'était peut-être pas elle. Mais elle avait un sac de Systemet.

— Je vois. Trop lourd à porter, genre.

— Je ne veux plus jamais être bourrée comme ça, affirma Maria.

— Comment ? Comme Ulla ?

— Arrête, Patrik. Tu sais à quoi je pense.

— *Straight edge*, dit-il. Il n'y a que ça qui marche, maintenant.

Il regarda les musiciens qui semblaient tous jouer de la flûte de Pan en plus de la guitare. On aurait dit des oiseaux tournoyant au-dessus des sommets. S'évader de tout ça.

— Alors ? Tu la veux, cette musique des Andes ?

— Il faut que je réfléchisse encore.

— Noël est après-demain.

— Pas la peine de me le rappeler.

— Tu n'as pas de souci à te faire, toi.

— Tu peux venir chez nous.

Patrik ne répondit pas. Soudain, il aperçut Winter qui arrivait de Brunnsparken, un peu séparé de la masse compacte qui descendait vers le centre. Il ne les avait pas vus. Il devait être en chasse de cadeaux de Noël. Pas encore de paquets, mais il semblait savoir où il allait, ou alors il se laissait simplement entraîner par le mouvement.

Patrik se détourna, mais trop tard. C'était une petite ville.

— Comment ça va ?

Maria leva la tête.

— Ça va.

Winter regarda l'orchestre pendant que le morceau touchait à sa fin. Certains applaudirent. Il se retourna vers les jeunes. La joue de Patrik avait presque retrouvé une couleur normale. Winter ignorait si l'enquête avait débuté et il ne voulait pas lui poser la question ; mais ce garçon-là, pensa-t-il, s'était fait tabasser pour la dernière fois.

— Rien de neuf du côté de la banque de mémoire ?

L'expression lui parut idiote au moment même où il la formulait. *Corny*, comme disaient les jeunes d'une autre génération.

— Non.

— Tu as encore mes numéros de téléphone ?

— Bien sûr.

— Bon, il faut que j'y aille. Achats de Noël… À la dernière minute, comme toujours – il jeta un regard à la ronde. On dirait que c'est pareil pour tout le monde.

— Pour nous aussi, dit Maria.

— À plus, lança Winter.

Quelques mètres plus loin, il se retourna et sourit comme pour les prendre à témoin de la bousculade et Patrik vit son manteau clair s'entrouvrir sur le pantalon qu'il portait dessous, gris foncé, qui pouvait être… le même genre de pantalon… qu'il avait vu dans l'escalier quand l'*autre* était sorti de l'ascenseur. Était-ce cela ?

Était-ce le pantalon qu'il avait cherché dans… sa banque de mémoire, comme avait dit le flic ?

Maria murmura quelque chose, mais il ne l'écoutait plus.

Il était de retour dans l'escalier. Il avait vu un fragment de visage, le manteau s'était entrouvert sur quelque chose… Le pantalon, mais aussi autre chose, au-dessus. Comme un éclair. Et plus bas, au niveau du pantalon… il y avait eu un reflet. Un reflet de la lumière, ou de quelque chose qui brillait. Et comme une ceinture en travers de la poitrine.

Patrik voyait encore l'enquêteur, réduit maintenant à une tête qui oscillait un peu plus haut que les autres.

Celui qui était sorti de l'immeuble portait un uniforme ou quelque chose de ce genre sous un manteau ordinaire. Patrik se tourna vers Maria.

— Quoi ?

— Tu dors ou quoi ? Ça fait deux fois que je répète la même chose.

— Viens, rétorqua Patrik. On se casse.

Bartram rentra chez lui avec deux films sous le bras. La neige tombait, mais le soleil brillait encore. Peut-être ne neigeait-il que sur lui, sur cette portion de trottoir. Il ne connaissait pas encore très bien la rue. Au début elle lui avait paru seulement longue, mais maintenant elle se découpait en tronçons familiers. L'entreprise publicitaire – qui ne devait pas valoir grand-chose, à en juger par sa propre enseigne.

Le terrain de jeux.

La boutique de confection pour dames, à moins que ce ne soient des chapeaux.

Les immeubles qui changeaient de teinte à chaque croisement, mais qui n'avaient plus beaucoup de couleur de toute façon, à force d'être balayés par la pluie, le vent et le soleil. Le vent soufflait fort ici. Peut-être à cause de la montagne. Il venait d'en bas, se heurtait à la montagne et revenait ; un cercle de vent. Quand ça soufflait très fort, un cercle vicieux. Ce n'était qu'une expression : un cercle vicieux. Peut-être l'avait-il déjà entendue.

La neige avait cessé de tomber, comme s'il l'avait traversée en marchant. De la même manière que le vent pouvait rebrousser chemin au pied de la montagne, la brume de soleil était revenue, plus forte qu'avant.

Il était chez lui. Léger parfum de jacinthe. Le parfum de Noël. Il avait acheté des boulettes de viande toutes prêtes, qui dégageraient peut-être une odeur de Noël, elles aussi. Il avait acheté une bouteille de *glögg*[1], une nouvelle marque. Ça ne faisait pas de grande différence. Il n'avait pas de jambon braisé, il n'avait pas vraiment pensé à en prendre.

Il posa les vidéos sur la chaise dans l'entrée. Le gratin était encore sur la table de la cuisine. Il avait oublié de ranger la margarine au frigo ; elle avait pris différentes nuances de jaune qui évoquaient toutes la pisse. Il prit le paquet, qui était rempli aux trois quarts, et le balança dans l'évier. En plein dans le mille au premier essai. Il leva la main et accueillit les ovations. Que celui qui a mis dans le mille lève la main. Il avait levé la main ; apparemment, il était le seul à le faire.

Il tenait Angela, dans la nuit. Elle bougeait lentement, en rythme, son dos à elle contre son ventre à lui, qui était une partie d'elle. Après quelques minutes, la prudence l'abandonna. Il la souleva. Elle cria quelque chose, d'une voix changée, mais il ne l'entendit pas car il était en route vers la même sensation qu'elle. Une sensation immense, pleine de lumière.

Ensuite, pendant qu'ils écoutaient le disque qu'elle avait apporté, *The boatman calls from the lake, a lone loon dives upon the water,* tous deux immobiles et silencieux, il eut une pensée timide pour le nom de l'enfant.

---

1. Vin chaud aux épices, généralement additionné de vodka et de Malaga, qu'on sert traditionnellement à Noël. *(N.d.T.)*

Il n'osait pas aller jusqu'au bout ; Angela aussi était devenue plus réservée.

C'était lié à l'approche de l'échéance. Janvier, février, mars, avril. Peut-être même avant. Moins de trois mois. L'avait-il compris ? Pas du tout. Et elle ? Bien sûr que non. Qui pouvait le faire ? Ç'aurait été comme écrire un livre avant de l'avoir écrit.

There will always be suffering, it flows through life like water. C'était une musique sombre et évidente, agréable, qui ne convenait pas à la lumière aiguë du jour. Mais là, au creux de la nuit, elle semblait planer, comme eux avaient plané tout à l'heure, imbriqués l'un dans l'autre.

Bertil lui avait cité un proverbe arabe. On n'est pas un homme tant qu'on n'a pas écrit un livre, planté un arbre et engendré un enfant.

Il avait fait le plus important. On y était presque. Angela n'avait pas reparlé de la maison, mais il savait. Un terrain, des trous qu'il aurait creusés lui-même. Un arbre. Cent arbres.

Il pouvait écrire un livre, ou l'imaginer, le garder dans une boîte dans un tiroir, des pages remplies de ses pensées. Sa vie était-elle... déjà achevée ? De ce point de vue ? La retraite après trente années de métier et ensuite, l'existence tranquille qui venait toujours après. Avait-il jamais mis les pieds dans la vraie vie ?

Avait-il autre chose en lui ? Mince alors. Écrire un livre qui ne soit pas un manuel de techniques d'interrogatoire ou un ouvrage sur l'importance de l'intuition dans les enquêtes criminelles.

Pour bien écrire, il faut réfléchir correctement. Réfléchissait-il juste ? Il avait toujours eu confiance en lui sur ce point ; la certitude que ses réflexions le conduiraient tôt ou tard où il devait aller. Maintenant il ne savait plus. Il s'était passé tant de choses depuis l'automne. Celui qu'il était, celui qu'il devenait. Son père... et l'enfant, un immense mouvement plus grand que tout ce qu'il pouvait appréhender.

Son manque de concentration sur l'affaire en

cours. Oui. Un manque de concentration. Il devait l'admettre. Il se conduisait encore en professionnel, mais sa pensée pouvait errer, se tromper de direction. Cela ne lui était jamais arrivé, pas de cette manière. Il avait autorisé sa pensée à errer dans plusieurs directions, mais toujours à portée de main. Que lui arrivait-il ? Était-ce seulement... l'enfant, la mort de son père... et Angela, leur nouvelle relation, plus... sérieuse ?

— J'entends que tu réfléchis, dit-elle en se retournant avec maladresse. J'espère que c'est... à nous.

— Oui.

— Tu ne penses pas à ton travail, si ?

— Pas vraiment.

— Que veux-tu dire ?

— Je ne sais pas... C'est comme si j'avais plus de mal qu'avant à me concentrer sur ce que je fais. Cette affaire... Non, je ne sais pas.

Il l'embrassa. Peut-être savait-il de quoi il retournait. Il avait à peine osé poursuivre cette pensée jusqu'au bout. Peut-être avait-il peur. Peur... pour eux. Il y avait quelque chose qui l'effrayait.

Elle s'était redressée tant bien que mal, pour se rendre aux toilettes. Elle lui demanda s'il voulait boire quelque chose.

— Oui.

— Du vin ?

— Parfait.

Il la rattrapa par le bras.

— Angela...

— Oui ?

— Est-ce que tu as eu d'autres appels silencieux ?

— De faux appels, tu veux dire ?

— Il y en a eu d'autres ?

Elle vit qu'il était grave. Pourquoi le lui rappelait-il ?

Elle était passée à autre chose. Elle n'avait plus peur maintenant. L'ambiance avait changé. Tout était lumière, et elle se sentait optimiste, contre toute attente. Contente. L'épisode infernal de la lettre était bien un malentendu. Plus de malentendus maintenant.

— Non, mentit-elle.

L'avion de Málaga atterrit dans le crépuscule nordique. Winter le vit toucher le sol au moment où il laissait sa voiture sur le petit parking du terminal des vols internationaux.

Sa mère fut la première à émerger du contrôle des douanes. Elle le serra fort dans ses bras. Elle sentait le sable et un autre soleil. Pas le gin. Son chariot était plein, prêt à basculer sous le poids des bagages.

— J'ignorais que tu avais décidé de revenir en Suède.

— Ce ne sont que des cadeaux de Noël, Erik.

Dans la voiture elle se recroquevilla, souffla dans ses mains.

— Il fait plus froid que je ne l'imaginais.

— L'un des hivers les plus froids du vingtième siècle.

— Et demain, c'est Noël… Quand venez-vous chez Lotta ?

— Le déjeuner est prévu pour treize heures trente.

— Je me réjouis.

Elle regardait la nuit au-dehors, la neige blanche qui éclairait le paysage.

— Comment va Angela ?

— Mieux que jamais.

— Elle s'arrondit comme il faut ?

— Comme prévu.

— Tu prendras des jours de congé à Noël, Erik ?

— Bien sûr.

38.

Deux grandes veilleuses étaient allumées de part et d'autre du portail. Leur mèche grésillait dans la neige mêlée de pluie, mais elle tenait bon. La maison de Lotta à Hagen brillait dans le crépuscule du début d'après-midi. Le soleil était parti, mais on avait l'impression qu'il allait revenir d'un instant à l'autre ; le ciel agissait à contre-courant cet hiver-là. Winter s'attarda sur les dalles glissantes de l'allée et leva les yeux vers le premier étage. À onze ans, il avait passé son temps à guetter, du haut de cette fenêtre, la chapelle de Hagen et Berglärkan, de l'autre côté de la vallée.

Angela glissa et dut s'agripper à lui. Les paquets se frôlaient avec un bruit de soie dans les sacs qu'ils avaient déchargés du coffre de la Mercedes.

Bim et Kristina ouvrirent la porte avant qu'ils aient fini de monter les marches du perron. Les filles de Lotta s'apprêtaient sérieusement à entrer dans le monde des adultes, mais pas aujourd'hui. Winter essaya de les embrasser, les bras chargés de cadeaux.

Dès l'entrée, ils furent accueillis par les parfums de Noël : travers de porc grillés, épices, fine odeur salée du gratin aux anchois, jacinthes. Splendeur particulière des bougies, et du sapin qu'on apercevait par la porte ouverte du salon ; éclat inhabituel de la fête en milieu de journée, alors que la nuit tombait déjà au-dehors. En posant ses paquets, Winter perçut le parfum vif des aiguilles de sapin, et il pensa au bois de pins qui couronnait la tombe de son père au-dessus de Nueva Andalucía. Il le vit plus clairement encore lorsque sa mère sortit de la cuisine avec un plateau sur lequel le *glögg* fumait dans les verres.

— Soyez les bienvenus, mes enfants !

— Pose ton plateau, Siv, sinon je ne pourrai pas t'embrasser, intervint Angela.

— Je le prends, répondit Lotta en sortant à son tour de la cuisine.

Elle s'essuya les mains à un torchon et prit le plateau.

Le taureau Ferdinand était de retour chez lui, au pied du chêne liège. Le parc Disney andalou retrouvait sa sérénité.

— Tu as vu des courses de taureaux, grand-maman ? demanda Bim, du fond du fauteuil poire où elle était écroulée, devant le téléviseur.

— Non, ma chérie. Il y a une petite arène à Porto Banús, et grand-père y est allé quelquefois, mais ce n'est pas un spectacle pour moi.

Ils avaient parlé un peu de leur grand-père. Pas beaucoup ; les filles avaient posé deux ou trois questions. Winter n'avait pas dit grand-chose, mais il était *là*. Il n'était pas exclu.

— C'est assez horrible, déclara Kristina. Et pourquoi sont-ils obligés de tuer le taureau ? On peut faire la corrida sans le tuer, non ?

— Oui, affirma Winter. Je crois que c'est le cas au Portugal. Et dans le sud de la France.

— Et que disait grand-père ? demanda Bim. Après la corrida ?

— Tu sais, c'est avant tout un spectacle, ajouta Siv Winter. L'arène ressemble à un théâtre, avec différents compartiments, selon qu'on a envie d'en voir plus ou moins.

Elle prit le casse-noix, brisa une fragile coquille et en extirpa la noix en forme de cerveau.

— C'est fatigant de rester au soleil toute une après-midi, fit-elle remarquer. Mais il y a des places à l'ombre.

Winter était chargé de faire le Père Noël, même si personne dans la maison ne croyait plus au Père Noël. Tout en se changeant, il pensa aux paroles de sa mère : la mort comme un spectacle, sur une arène où les spectateurs étaient séparés les uns des autres et de ceux qui mouraient ou qui survivaient en bas, dans le sable rouge.

Il enfila le masque qui avait au moins trente ans d'âge. Il devrait peut-être le mettre plus souvent. Il entra dans le salon, à la recherche des enfants sages.

Bim avait expliqué sa disparition au moment de la remise des cadeaux en disant qu'il était sorti acheter le journal. Les siens se retrouvèrent dans un petit tas à part, au pied du sapin.

Les adolescentes voulaient que chacun ouvre ses paquets à tour de rôle. Winter revint dans la pièce alors que tout le monde avait déjà déballé ses cadeaux.

— Quoi ? Le Père Noël est déjà passé ?

— Tes cadeaux sont au pied du sapin, dit Angela. Où étais-tu ?

— Je suis sorti acheter le journal.

— Ah bon ? Où est-il ?

Tout le monde rit. Le premier cadeau qu'il ouvrit se révéla être un paquet dur qui contenait quelque chose de mou[1]. Un bonnet de fourrure, comme ceux que portent tous les hommes en Russie.

— Pour garder la tête au chaud, précisa Lotta.

1. Les enfants suédois font la distinction entre les « paquets durs » et les « paquets mous ». Ils redoutent les paquets mous, qui contiennent non pas des jouets, mais des vêtements.

Le vieux s'était endormi au début des dessins animés. Ulla était partie une heure plus tôt, en rogne, pour une raison ou pour une autre. Elle avait claqué la porte si fort que des écailles de peinture en étaient tombées.

Mickey habillait le sapin. On n'avait pas besoin de sapin. À voir ce qui arrivait à celui-ci… Patrik entendait les ronflements dans son ancienne chambre. Il changea de chaîne et monta le son. Le taureau Ferdinand humait le parfum des fleurs, sous son chêne. Patrik respira celui de la jacinthe qu'il avait achetée la veille à un vendeur de la place Linné. Le père n'avait rien dit en la voyant, et Ulla n'avait pas été présente.

Sa maman achetait toujours une jacinthe pour Noël. C'était l'odeur même de Noël, pensa-t-il en se levant pour fermer la porte. Il voulait entendre le grincement de la charrette qui ramenait Ferdinand chez lui, après la corrida.

Fin de l'épisode « Mickey fête Noël ». Il éteignit le poste et sortit du réfrigérateur les petites saucisses et les boulettes de viande qu'il avait achetées. Il n'aimait pas les harengs, alors ce n'était pas grave qu'il n'y en ait pas. On pouvait battre des œufs et faire une omelette. C'était bon, avec une garniture aux champignons, mais pour ça il fallait des champignons qui coûtaient cher, de la crème fraîche et d'autres choses, et il ne savait pas exactement comment s'y prendre.

Il fit griller quelques saucisses. Odeur appétissante. Il avait oublié d'acheter de la moutarde, mais il y avait du ketchup. Son père avait rapporté à la maison un bocal de chou rouge. Pas de Noël sans chou rouge, avait-il décidé, mais à présent il s'en passait sans problème, là-bas, dans SA chambre.

Le vieux n'en a rien à battre, de Noël. Moi non plus. Noël, c'est pour les guignols. Comme le Nouvel An.

Il entendit des rires sur le palier. La porte s'ouvrit, Ulla cria quelque chose et entra dans la cuisine, avec sa veste et ses bottes, suivie par quelques bonshommes. Il abandonna simplement la poêle sur la gazinière. Les saucisses pouvaient bien se transformer en charbon, comme ça, ces salauds ne pourraient pas les manger. Ils le feraient quand même, il le savait. Pas tout de suite, mais à un moment ou à un autre de la nuit.

Il enfila ses bottes et sa veste dans l'escalier.

Dans la rue, il sentit qu'il y avait une bonne dose de pluie dans la neige qu'il avait vue tomber par la fenêtre de la cuisine. Il rabattit la capuche sur ses yeux et prit la direction du centre-ville. L'église de Haga était éclairée par des projecteurs, et à quoi cela pouvait-il bien servir ?

La nuit tombait déjà. Une voiture passa dans l'Allée, puis une autre. La première était un taxi, la deuxième grilla le feu rouge. Il se sentait la tête mouillée, à travers sa capuche. Il y avait nettement plus de pluie que de neige maintenant.

Il longea l'Allée jusqu'à l'Avenue, déserte et silencieuse. Il vit une voiture de police tourner là-haut sur Götaplatsen et revenir vers lui. Il traversa l'Avenue après le passage des flics et repensa à *cela*. Il y avait eu un éclair, un reflet. Comme une médaille ou quoi.

Un tramway approchait. Sans réfléchir, Patrik monta. Il faillit poinçonner son ticket ; mais les contrôleurs avaient mieux à faire, le 24 décembre, que donner la chasse aux resquilleurs. Il descendit à Sankt Sigfrids Plan et se retrouva sans le vouloir devant la maison de Maria, de la même manière imprévue qu'il avait grimpé dans le tramway. La plupart des fenêtres étaient éclairées, mais il ne vit personne à l'intérieur. Puis il aperçut la mère de Maria. Elle entrait dans une pièce en tenant quelque chose dans les mains. Il vit une vieille femme. La grand-mère de Maria.

Toutes les maisons étaient éclairées sauf une. Soit ses occupants étaient partis, soit ils ronflaient. Certains ronflaient, et ce n'était pas un problème. Il n'avait pas encore donné le cadeau à son père, mais ce n'était pas nécessaire de le faire aujourd'hui. Noël ne serait pas fini avant longtemps.

Ses jambes se remirent en mouvement toutes seules. Sur le perron, il dut se faire violence pour ne pas sonner à la porte comme… quelqu'un voulait qu'il le fasse. Il se détourna. S'éloigna de quelques pas.

— Patrik ?

Il se retourna. Hanne Östergaard était sur le seuil.

— Mais entre, Patrik !

— Non. Je vais…

Elle descendit les marches du perron. Elle n'avait pas refermé la porte. Il aperçut Maria derrière elle.

— Viens, Patrik, dit Hanne - elle le touchait presque. Tu as mangé ?

— Euh… bien sûr.

— Tu as encore un peu de place ? On déjeune tard, ici.

— Mais c'est votre…

— Arrête, dit Maria. Allez, viens, tu laisses entrer le froid.

Bartram était au volant, contrairement à d'habitude.

— De la pluie, pour une fois, fit remarquer Ivarsson.

— La terre en a besoin, répliqua Bartram en tournant sur Götaplatsen.

— Avant, on bloquait le secteur le soir, déclara Ivarsson.

— Quoi ?

— Il n'y a pas si longtemps, des agents passaient tous les soirs pour fermer la place avec une chaîne. On rouvrait au matin. Tu n'étais pas là, à l'époque ?

— Je ne travaillais pas ici.

— Ah.

— Pourquoi fermiez-vous la place ?

— À cause de la racaille.

— Quoi ?

— La direction ne voulait pas de rassemblements de racaille le soir.

Dans le rétroviseur, il vit un garçon traverser l'Avenue, la capuche rabattue, penché en avant pour se protéger des bourrasques de pluie mêlée de neige.

— Tiens, dit Ivarsson. Un pauvre enfant abandonné.

— Oui.
— Ou alors il va d'une fête à une autre.
— Peut-être bien.
— Comme nous.
— Pour l'instant, c'est calme.
— La fête n'a pas encore commencé, regretta Ivarsson.
— Et nous, on se pointe sans avoir été invités.
— C'est comme ça que tu vois les choses ?
— J'entretiens la conversation, c'est tout.
— C'est peut-être ce qu'il faut pour supporter de tournicoter comme ça un 24 décembre. À la maison, ils sont en train de fêter Noël sans moi. C'est triste.
— Oui.
— Il faudra se rattraper plus tard.
— Ah oui, vraiment.

Kungsbacka ressemblait à une ville qui aurait subi une attaque à la bombe à neutrons. Les immeubles étaient encore debout, mais les gens avaient disparu. Il ne faisait pas encore suffisamment noir pour voir s'il y avait de la lumière aux fenêtres.

— Tu aurais pu venir hier, fut le premier commentaire de sa mère.
— Tu sais ce que c'est, répondit Morelius. Le boulot...
— Vous n'avez pas retrouvé celui qui a fait ça à Louise ?

Il avait à peine eu le temps d'enlever sa veste.

— Non. Pas encore.
— La pauvre... Il est peut-être d'ici, lui aussi.

Elle le précéda dans la cuisine. Le jambon était sur la table et un parfum d'épices flottait dans l'air. Le *lutfisk*[1] trempait dans une grande marmite. Elle ouvrit

---

1. *Lutfisk :* morue préparée dans un bain de soude, qui figure traditionnellement sur la table de Noël. *(N.d.T.)*

la porte du four pour vérifier la cuisson du gratin aux anchois.

— Est-ce qu'il y ont pensé ? Oui, forcément, fit-elle comme si elle s'adressait au gratin.

— Quand est-ce qu'on déjeune ?

— Dans une petite heure. Pourquoi, tu es pressé ?

— Je me demandais juste si je pouvais te donner un coup de main.

— Ce n'est pas nécessaire.

— Alors je vais faire un tour.

— Maintenant ?

— J'ai envie de prendre l'air avant de manger. On manque d'air, dans la voiture.

— Mais je vais bientôt commencer à servir.

— Juste un petit tour dans le centre. Je n'en ai pas pour longtemps.

Dans la rue, au lieu de continuer tout droit, il tourna à droite après cent mètres et se retrouva bientôt devant l'école, qui avait conservé la même couleur qu'avant.

À l'époque, ils empruntaient le passage piétons souterrain, qui n'avait guère changé, à part les graffitis. Le tunnel était un trou noir vu de l'endroit où il se tenait.

Parfois ils le traversaient en courant. Les cris et les rires grimpaient de mille décibels en rebondissant contre le béton des murs.

— Tu as vu du monde ? lui demanda-t-elle à son retour.

— Un seul type, répondit-il. C'est tout.

39.

Sture Birgersson était revenu de son voyage intersidéral. Il n'était guère bronzé, mais il ne l'était jamais, après ses vacances secrètes. On était le 26 décembre.

Peut-être est-il resté en ville, après tout, pensa Winter en prenant place face au chef de la brigade criminelle.

Birgersson contemplait son adjoint à travers la fumée de sa cigarette.

— Noël s'est bien passé ?

— Parfait.

Birgersson fit tomber sa cendre, s'éclaircit la voix avec précaution et indiqua les documents posés sur le bureau.

— Intéressant, dit-il.

— Comment cela ? répliqua Winter en allumant un cigarillo – il n'aimait pas la fumée de cigarette, – et ne l'avait jamais aimée.

— Ça se barre un peu dans tous les sens, mais bon. J'ai particulièrement aimé la retranscription de ta conversation avec Lareda. Une fille intelligente – Birgersson fit tomber sa cendre. Peut-être un peu trop.

— Comment ça, Sture ? Ce ne sont que des idées, des hypothèses. À nous d'en tirer parti.

— Alors ? Tu en as tiré parti ?

— Pas encore. Ça fait un sacré paquet.

— Ça part un peu dans tous les sens, comme je le disais. Cette histoire d'uniforme... c'est intéressant, mais je crois que la prudence s'impose.

Birgersson écrasa son mégot et jeta un regard désapprobateur au cigarillo de Winter.

— Il n'y a pas de risque de fuites dans la presse ?

— De qui viendraient-elles, Sture ?

— Les journalistes adoreraient ça, affirma Birgersson sans répondre à la question de Winter. Ils a-do-re-raient.

Il contemplait le rapport d'enquête étalé sur le bureau. En temps normal, la table de travail de Birgersson était absolument vide. C'était une particularité chez lui, qui trahissait peut-être autre chose, de plus grave. En temps normal, il lisait à sa fenêtre, dans son fauteuil. Rien sur la table, jamais. Mais pas maintenant. Peut-être s'était-il passé quelque chose dans les espaces intergalac...

— Exactement de la même manière que certains sont apparemment capables d'aimer cette prétendue musique. C'est tout aussi tordu – Birgersson esquissa un sourire. De ce point de vue, on peut dire qu'ils se ressemblent. Les journalistes et les rockeurs de la mort.

— Tu les appelles les rockeurs de la mort ?

— Les rockeurs noirs si tu préfères. Je sais que ça s'appelle Black metal, mais ici, devant toi, je les appelle comme je veux. Je suis un peu curieux de ce prophète, Habakuk. Sais-tu des choses sur lui, en dehors de ce qui figure dans ce rapport ?

— Pas vraiment. Ce que tu vois là est tiré de l'*Encyclopédie biblique de Suède*.

— Le trait le plus marquant, concernant ce prophète, c'est qu'il n'avait apparemment rien de remarquable.

— Oui. Il était très discret sur sa vie privée.

— C'est une qualité, assura Birgersson. On ne sait presque rien sur Habbe et encore moins sur sa fille. Il en avait une ?

— Je viens de renvoyer Halders au cinquième siècle avant Jésus-Christ pour vérifier ce point précis.

— C'est bien. Halders a besoin de sortir un peu. D'après ce document – attends, je vais le lire à haute voix – Habakuk exerçait la profession de prophète au temple de Jérusalem. Il était lévite. Un ange l'aurait traîné par les cheveux depuis la Palestine pour qu'il apporte des vivres à Daniel dans la fosse aux lions. Cette information est entièrement dénuée de valeur historique.

— C'est là qu'intervient Halders.

— En y réfléchissant, je ne pense pas que le cinquième siècle soit prêt à l'affronter. Halders risque d'y semer le chaos.

Birgersson eut un rire bref, râpeux.

— Peut-être ne serions-nous même pas assis ici maintenant si Halders avait eu la possibilité de sévir il y a deux mille six cents ans. Ça me rappelle autre chose, entre parenthèses.

Birgersson se leva en étirant ses longues jambes. Il trônait au-dessus de Winter, éclipsant la lumière du 26 décembre. Une silhouette gigantesque. Winter l'imaginait très bien, barbu, chevelu, avec un long caftan lui arrivant aux chevilles, tenant des rouleaux de parchemin. Ou des tablettes de pierre. Habakuk avait reçu un message du Seigneur. « Et le Seigneur me répondit, et il dit : Écris ta vision, note-la sur des tablettes, d'une écriture nette, afin qu'elle puisse être lue facilement. »

Le livre de Habakuk. Winter avait pensé à Ringmar, et à ce qu'il avait dit à propos du mot *rubrique*. C'était lié.

Le mal sera vaincu, même s'il semble éternellement vainqueur ; voilà ce qu'avait voulu dire le prophète. L'histoire possède toujours un sens pour celui dont le regard porte au loin, et qui évalue les événements à l'aune de la foi. Le nom Habakuk pouvait signifier « nain ».

Birgersson prononça quelque chose.

— Oui ?

— On sera neuf responsables réunis au

31 décembre, et j'en ferai partie. Je le sais depuis un moment, mais cela n'influence en rien ton travail.

— Non.

— Je dois reconnaître que j'ai envisagé de te demander de me remplacer pour l'occasion.

Birgersson s'était rassis. Les cheveux longs et la barbe avaient disparu.

— Pour souligner le fait que tu es aussi important que moi. Mon représentant, sur un pied d'égalité. Mais par rapport à cette affaire, je crois que cela aurait été une mauvaise idée.

— Trop de choses qui partent dans tous les sens ?

— Tu réfléchis bien à ton domicile, Erik. Tu le feras certainement très bien pendant la fête du siècle à Göteborg.

— La fête du millénaire.

— Oui. Je me réjouis déjà à l'idée de la célébrer avec Madame la chef de police.

— Vous ne serez pas seuls, précisa Winter.

Il les imaginait parfaitement : les neuf conjurés dans la salle de réunion spéciale du commissariat ; les neuf chefs choisis au sein des différentes brigades avec pour tâche d'assister la centrale de communication au cours de cette nuit exceptionnelle. C'était un sacrifice au sommet, la preuve que la direction suprême plaçait le travail avant les réjouissances.

— Ce sera intéressant, dit Birgersson. Après coup je pourrai dire que j'y étais.

— Je penserai à toi à minuit. J'espère que l'électronique tiendra le coup.

— C'est pour ça que nous serons réunis, dit Birgersson.

Winter éclata de rire.

— Et toi, où seras-tu au douzième coup magique ?

— On dîne à la maison. Ma mère est en visite. Angela, maman et moi. Le calme et la tranquillité.

— Ce n'est peut-être pas plus mal… avant l'heureux événement. Angela va bien ?

— Elle bosse, et elle se plaint plus que jamais de son boulot. Alors oui, tout va bien.

— Parfait. Tu sauras donc où me trouver quand le carnaval explosera dans un crescendo d'allégresse.

— J'espère que tout le monde saura gérer sa joie, confia Winter.

— Sincèrement, je crois que ce sera une nuit éprouvante pour les gars sur le terrain.

— Il y a pas mal de filles aussi dans les patrouilles.

— Oui, bon, tu vois ce que je veux dire.

Birgersson alluma une deuxième cigarette. Winter pensa au gardien, le fumeur en série. Birgersson essayait peut-être de réduire sa consommation.

— Comme nous l'avons déjà déclaré mille fois, la seule chose qui nous arrête dans ce travail, c'est le manque d'imagination. Mais ici, dans ce cas précis, c'est comme qui dirait l'inverse. L'imagination coule à flots, à tel point que nous sommes obligés de la retenir. Le matériau est... énorme. Toutes ces pistes qui vont peut-être dans la même direction, mais pas nécessairement.

Le visage de Birgersson semblait soudain plus lourd, plus vieux.

— Ce salaud est plein de fantaisie. Il fabrique comme des fortifications qui prennent plus de place que l'action proprement dite. Tu me suis ?

— Je te suis. C'est intéressant.

Il était sincère. C'était l'enquêteur Sture Birgersson qui raisonnait maintenant à haute voix.

— L'espace d'un instant, on croit que ce n'est pas arrivé. Tu vois ? Ce sentiment-là ? Si on veut avancer, on doit revenir à un autre sentiment, en deçà de celui-là. Essayer de réfléchir indépendamment de ces... traces. Ces messages.

— Je te suis.

— Tu crois qu'il se fiche de nous, Erik ? Dans le sens où tous ses messages seraient des faux ?

— Précise ta pensée.

— Qu'il pourrait s'agir d'une œuvre d'imagination

qui n'a rien à voir avec l'acte. Quelque chose qu'il a ajouté après coup. Une désinformation consciente.

— Non.

— Moi non plus, en réalité. Mais on manque d'éléments. On a des indices, des taches, des empreintes, mais rien avec quoi les comparer. Le groupe de Beier possède du sperme de première qualité, mais ce n'est pas suffisant.

— Je ne peux malheureusement pas encore te livrer un suspect.

— Je me contenterais de quelqu'un à interroger.

— Je n'en ai pas sous la main.

— Alors on compte sur AFIS ?

— Oui.

On en avait eu des exemples par le passé. Quelqu'un se faisait arrêter dans un tout autre contexte, et AFIS, le système informatique d'empreintes digitales, relevait la coïncidence et donnait l'alerte. Dans ce cas, l'affaire serait résolue.

— Que dit le groupe ? demanda Birgersson. Quelqu'un s'est-il plaint de ce que l'enquête traînait en longueur ?

— Pas à ma connaissance.

— Nous n'avons pas à faire à un meurtrier en série, n'est-ce pas ?

— On le saura si on a une série.

— On n'a plus de serial killers en liberté dans ce pays.

— Si tu le dis.

— Je le dis. Je suis prêt à le répéter.

— Hmm.

— Il faut commencer quelque part. Ces autres couples. Tu ne pourrais pas les traîner ici et leur braquer une lampe dans la figure ? Il y a des choses à éclaircir.

— Plutôt un flou dans leur attitude, rectifia Winter. Ça peut tenir à beaucoup de choses. Un manque d'assurance face à la police, par exemple. Ou l'effroi.

— Exploite-le.

— Je le fais à ma manière.

— Ils semblent avoir eu un passé assez fade. Les Valker.

— Bof...

— Quelques allusions poisseuses, mais rien de vraiment juteux.

— On verra bien.

— Tu as dit que tu rendrais toi-même visite à sa mère. La mère de Louise. À Kungsbacka. Tu n'es pas satisfait des entretiens qui ont été menés avec elle jusqu'à présent.

— J'y vais jeudi.

Bergenhem construisait une lanterne de neige dans son jardin, avec l'aide d'Ada. Il la construisait, elle la démolissait.

— Il nous faut une ouverture pour la lumière, déclara-t-il.

Il avait neigé pendant la nuit. La neige était encore malléable. Une nuit de plus, et elle gèlerait. La lanterne aurait peut-être une chance de durer.

Martina sortit avec une tasse de sirop chaud.

— *Iro !* s'écria Ada.

Il repoussa les cheveux de son front.

— Ça a lâché ? demanda Martina.

— Je n'ai rien senti cette nuit.

— Et maintenant ?

— Juste un peu quand je me penche.

Elle n'ajouta rien. Il savait qu'elle voulait qu'il aille voir un médecin. Non. Ça allait s'arranger. Il était simplement... angoissé. Veille du Nouvel An. La fête des fêtes. Il était de repos. Tant mieux. Il serait sobre, il regarderait le canal quand le plus grand feu d'artifice de l'histoire de la ville ferait exploser le ciel. Tout le monde serait sur le pont, et il serait là lui aussi. Si personne n'avait besoin de lui sur un autre front.

Ada était fatiguée. Ils rentrèrent. La nuit tombait. Ada s'endormit pour sa sieste.

Lorsqu'elle se réveilla, il alla dans le jardin allumer la lanterne et ils s'assirent à la fenêtre. Le vent soufflait, mais la mèche tenait bon. Un autre coup de vent la balaya ; il sortit la rallumer. En une heure de temps le froid s'était installé.

La nuit, il rêva de visages qui tournoyaient. Il en reconnaissait deux. Il y avait de la musique qu'il n'avait jamais entendue. Il était en colère contre quelqu'un et la douleur ne voulait pas disparaître. Quelqu'un s'approchait de sa tête.

Il se réveilla ; c'était pire que jamais. Il se leva, avala trois aspirines avec un demi-verre d'eau et s'allongea pour attendre que les comprimés agissent.

Un plomb avait sauté et personne pour endosser la responsabilité. Rien à faire sinon descendre à la cave et vérifier les plombs à tâtons, un par un.

Dans le halle de l'immeuble, il croisa le policier. Tiré à quatre épingles, comme s'il allait dîner en ville. Il hocha ta tête, tira une taffe. Les enquêteurs travaillaient-ils entre Noël et le jour de l'an ? Le criminel ordinaire prenait sûrement quelques jours de congé, lui aussi. Pas envie de préparer des coups fumants, plutôt envie de rester au chaud et de se la couler douce. Comme lui, jusqu'au moment où il avait fallu y aller.

La lumière était revenue dans le réduit qu'il appelait son bureau. Cela signifiait qu'un tiers au moins des appartements du dessus avaient de la lumière. Il jeta un coup d'œil dans l'escalier ; noir d'encre. Il continua à tâtonner. La lumière s'éteignit, mais se ralluma tout de suite.

Soudain il sentit une odeur.

Il s'enfonça dans le réduit qui était tout de même suffisamment grand pour qu'on ne puisse pas voir les recoins, surtout que l'éclairage n'avait jamais été fameux. Il n'y allait pas souvent. Ce n'était pas sa maison. Dans son immeuble à lui, il se passait de sacrés trucs.

Ici, c'était l'immeuble de l'enquêteur, alors forcément, il ne pouvait pas se passer grand-chose.

Sur le banc, à côté d'un serre-joint, il découvrit une boîte de chez MacDonald's et une bouteille de soda à moitié vide. Il jeta un coup d'œil à l'intérieur de la boîte : quelques feuilles de salade, des taches de ketchup et de mayonnaise. Il restait un peu à boire, mais il n'en voulait pas, merci beaucoup.

Qui venait manger ici? C'était un cagibi sympa, mais pas franchement un restaurant.

C'était la première fois qu'il voyait un truc pareil. Premièrement, le cagibi était fermé à clé. Il alla vérifier la serrure, il n'y avait aucune marque. Quelqu'un était entré avec une clé ou un passe ou un bout de fil de fer. C'était possible.

Un gamin? Pourquoi un gamin prendrait-il la peine de s'introduire ici pour manger son hamburger? C'était peut-être mieux que la cantine? Non, c'était vraiment bizarre.

Il vida le soda dans l'évier et rangea la bouteille dessous. On ne jetait pas du verre consigné. Les boîtes de hamburgers vides par contre... il s'en débarrassa dans le grand sac poubelle noir près de la porte.

40.

Il se remit à neiger pendant qu'elle attendait le tramway. Les congères dans le parc se dressaient à un mètre cinquante du sol et semblaient être là pour toujours.

Elle sentit un remue-ménage dans son ventre. Encore trois mois, et elle ne voulait pas penser au prénom. Il n'y avait pas encore de chambre d'enfant dans l'appartement. Pas de layette, pas de berceau. Rien qui puisse défier le destin. Il y avait un destin. Pourquoi pensait-elle cela ? Quel destin ? Comment pouvait-il être défié ?

Elle ne voulait pas en parler avec Erik. Il avait choisi de vivre selon une autre ligne, mais elle, pour sa part, n'était pas certaine qu'on puisse tout contrôler.

Le tramway tardait. C'était un moyen de transport extrêmement dépendant d'un temps sec et ensoleillé. Les tramways sont faits pour le sud de la Californie, pensa-t-elle en lisant le message électronique sous l'abri, lettres rouges sur fond noir : de zéro on était passé à quinze minutes d'attente.

Nouveau remue-ménage. Ces mouvements faisaient maintenant partie de son corps. Ça allait lui faire bizarre de redevenir une... ou de passer à deux. Oui, c'était une description plus juste. Devenir deux.

Elle serait en retard, et elle n'aurait pas d'excuse. Toute personne sensée tenait compte du fait que les tramways ne fonctionnaient pas en cas de neige. Elle quitta l'abri, chercha un taxi du regard, mais ils n'étaient jamais là lorsqu'on avait besoin d'eux. C'était toujours pareil. Quand on devait être à l'heure, les transports en commun ne fonctionnaient pas, et quand on prenait enfin le parti de recourir au plan B, pas le moindre taxi en vue.

Elle s'éloigna vers le carrefour. Aucun tramway, aucun taxi. Elle se retourna. Voilà de quoi on a l'air quand on a besoin d'un taxi, pensa-t-elle. Les autres, sous l'abri, ont encore la foi. Si un tram doit arriver, il arrivera. C'est le destin.

Une voiture de police s'arrêta devant la boulangerie au moment où elle traversait la rue. La portière avant gauche s'ouvrit, le conducteur descendit et leva la main. L'autre policier restait tapi derrière les essuie-glaces. Le policier lui cria quelque chose. Elle approcha.

— Vous voulez qu'on vous emmène ?

Elle ne sut que répondre. Le type pouvait avoir son âge, il était blond, peut-être un peu mince pour un agent. Un visage ouvert. Familier.

— Je vous ai reconnue, c'est pour ça – il semblait presque gêné. Je connais un peu Erik et...

Il fit un geste qui semblait englober le mauvais temps et l'absence de tramways.

— Il me semble que vous travaillez à Sahlgrenska. On a vu que vous attendiez le tram, alors si vous avez besoin d'un coup de main...

Elle regarda sa montre. Elle aurait déjà dû être au rendez-vous.

— D'accord, acquiesça-t-elle.

Elle sourit. L'autre policier descendit et lui ouvrit la portière. Elle se glissa sur la banquette arrière. Prise en flagrant délit devant chez elle, qu'allaient dire les gens ?

L'autre policier était plus âgé et plus corpulent. Il prononça son nom mais elle ne le saisit pas au vol.

Ni l'un ni l'autre n'étaient doués pour le bavardage, et cela lui convenait parfaitement. Les messages radio ressemblaient presque à de la pub. Il faisait bon dans la voiture.

Ils la déposèrent devant l'entrée principale.

— Bonjour à Erik, dit le conducteur avant qu'elle ne referme la portière. Et bonne année !

Sur la route de Kungsbacka, Winter eut un moment d'hésitation. Il avait croisé deux chasse-neige, suivis d'un chapelet de voitures. Puis ils résolut de poursuivre. La route serait sans doute dégagée, le temps qu'il aborde le chemin du retour.

Jeudi 30 décembre 1999. Et le lendemain… Il y avait à peine pensé. Il avait besoin de sortir, de quitter son bureau, sa table, le rapport d'enquête qu'il avait lu trois fois in extenso, en sa qualité de coauteur. Sortir, aller sur le terrain, le vaste terrain qui était partout.

Il quitta l'autoroute E6 et chercha le chemin de Västra Villastaden. À l'approche du centre-ville, la circulation devenait plus dense ; les gens se détachaient sur la neige comme des silhouettes à peine esquissées. Les essuie-glaces balayaient le pare-brise.

Il dépassa la Maison de la culture et s'arrêta pour consulter le plan de la ville. Il prit vers le sud, dépassa une école, découvrit le nom de la rue trop tard et dut faire demi-tour.

La réunion fut un peu plus longue que d'habitude. Ce serait malgré tout la plus grosse fête de mémoire d'homme ; le chef de police Söderskog et son service logistique travaillaient dur depuis un an pour peaufiner les préparatifs. La célébration du millénaire était un événement spécial. Sur l'échelle qui allait de l'arrestation d'un resquilleur à la guerre, la fête du millénaire était plus proche de la guerre. Ou du moins de la guerre civile.

« Mais nous visons autant que possible la normalité », comme l'avait dit un collègue du service logistique. Autrement dit, restrictions sur les congés, augmentation des effectifs, renforts, et tout le tremblement. Tout le monde était prêt et personne ne paniquerait, si panique il y avait. « Mais pourquoi serait-ce le cas ? » avait dit le collègue. Oui, pourquoi ?

Bartram et Morelius étaient assis près des armoires avec Ivarsson.

— Cette saloperie de procession bouche la ville, maugréait Ivarsson.

— La déesse de la lumière nous conduit vers un nouveau millénaire, dit Bartram. Pense à ça.

— C'est très bien pour les myopes, fit Ivarsson, quant à moi je me débrouille, merci. La ville sera impénétrable. Ça sera mille fois pire que le défilé des élèves ingénieurs le 31 avril.

Il ajusta son holster et le Sigsauer capta un reflet du néon au plafond.

— Les types de Söderskog ont parlé de panique, quand ils sont passés nous voir. Et si la panique s'installe ? Il est évident que certains ne vont pas résister à la pression. Quand on voudra les emmener, ils panique-ront. C'est inévitable. Personne ne pourra plus bouger.

— Où veux-tu qu'elle passe alors, la procession ? s'indigna Bartram. Dans les champs, du côté de Hisingen ?

Ivarsson hennit de rire.

— Ce serait parfait. Mais c'est le truc en lui-même qui me dépasse. Ce long défilé avec la déesse de la lumière en fer de lance – il regarda Morelius. On a déjà les cortèges de la Sainte-Lucie, pour fêter la lumière, ça ne suffit pas ?

— Ça ne suffit pas, répondit Morelius.

— Tu seras où, toi ?

— Heden au début, j'imagine, jusqu'à ce qu'ils aient fini de construire la tour de Babel.

— Quoi ?

— La tour de Babel ne bouge pas, elle, au moins.

— Tu parles, plaisanta Ivarsson. Elle n'arrête pas de monter !

— En parlant de monter, dit Bartram, qui va s'occuper des victimes des feux d'artifice ?

— Il faudrait voir à ne pas devenir trop négatif, dit Ivarsson.

— Ça te va bien de dire ça.

— Pour ma part, je serai du côté de Skansen à l'approche de minuit.

— Alors on se verra là-bas, lança Bartram.

— Avant, je me disais qu'il fallait avoir une pensée spéciale au douzième coup de minuit, mais je crois qu'on n'en aura pas le temps, poursuivit Ivarsson. On aura déjà fort à faire pour calmer la joie des jeunes.

— S'il n'y avait que les jeunes..., dit Bartram.

La mère de Louise Valker était seule dans sa villa, qui était claire à l'extérieur et sombre en dedans.

— Elle n'avait pas d'ennemis, affirma-t-elle dès que Winter se fut présenté.

Non. Ce qui lui était arrivé n'avait peut-être rien de personnel. Soudain, il la vit. Le visage. Le corps. Les mots sur le mur, les lettres, la couleur qui avait un peu coulé. La lumière de la place Vasa toute proche. La même lumière que dans son appartement à lui.

La mère était grande, forte, courbée. Elle pouvait avoir entre soixante-cinq et soixante-dix ans. Elle le fit entrer dans un séjour qui n'était qu'obscurité. Sur la table basse, deux photographies encadrées. Louise à l'âge de vingt ans et... dix ans plus tard. À peu près.

— Elle aurait dû rester ici, dit-elle. Mais ça n'aurait sans doute pas marché.

Elle regardait les photos ; on aurait dit qu'elle s'adressait à sa fille.

— Elle était bonne, dans son travail, et il n'y a pas beaucoup de salons de coiffure ici.

— Avait-elle beaucoup d'amis ?

— Oui… Quand elle était adolescente.
— Avait-elle une meilleure amie ?
— J'en ai déjà parlé, non ? À votre collègue qui est venu… après.
— Oui. J'ai lu ce que vous aviez dit alors. Mais je pensais précisément à une meilleure amie. Il ne me semble pas que vous en ayez parlé.
— Ah. Peut-être parce que je n'y ai pas pensé sur le moment.
Elle regardait Winter, mais la pièce était si sombre qu'il ne distinguait pas ses traits, seulement le contour de sa tête.
— Mon mari est mort il y a cinq ans, confia-t-elle soudain. Le père de Louise.
Winter ne répondit pas.
— C'était lui, son meilleur ami – Winter entendit à sa voix qu'elle pleurait. Il lui manquait terriblement.
— Ils étaient proches ?
— Très.
Winter attendit dix secondes.
— Avait-elle d'autres amis ?
— Par-ci, par-là. C'est difficile de se souvenir de tout le monde.
— Puis est arrivé… Christian.
— Lui, oui.
Winter perçut un autre ton dans sa voix.
— Vous les voyiez régulièrement ?
— Non.
— Que pensiez-vous de Christian Valker ?
Elle ne répondit pas. Winter vit une partie de son visage, maintenant qu'il s'était accoutumé au manque de clarté.
— Christian Valker. Que pensiez-vous de lui ?
— Ils ne venaient presque jamais nous voir. Je crois qu'il ne le voulait pas, et Louise lui obéissait. Elle l'écoutait plus qu'elle ne m'écoutait, moi.
Elle regardait à nouveau les photos. Winter l'entendit respirer, fort, comme si elle reprenait son souffle. Elle leva la tête, il put enfin voir ses yeux.

— Je ne l'aimais pas, révéla-t-elle. En vérité, je crois que Louise non plus ne l'aimait pas. Elle ne l'avait peut-être jamais aimé.

— Elle vous l'a dit ?

— Plus ou moins.

— Comment cela ?

— Je crois qu'il n'était pas gentil avec elle.

— Elle vous l'a dit ?

— Elle allait le quitter.

— Elle vous l'a dit ? répéta Winter.

— Ce n'était qu'une question de temps.

Winter reformula sa question, sans aucun résultat. Pour finir, elle affirma que c'était le genre de chose que perçoit une mère.

Winter continua à l'interroger sur la vie de Louise. Il obtint des réponses vagues aux questions sur d'anciens amoureux, des réponses fuyantes, comme lorsqu'il l'avait interrogée sur ses amis, ou une éventuelle meilleure copine.

Il resta une heure. En revenant vers sa voiture, il ralluma son portable et vit qu'il avait quelques messages. Le premier était de Ringmar, disant que le garçon, Patrik, avait cherché à le joindre, mais qu'il n'avait pas voulu préciser son affaire. Ringmar avait son numéro, au cas où Winter ne l'aurait pas sur lui ; il ignorait si le garçon avait appelé de chez lui, parce qu'il avait raccroché presque aussitôt.

Winter appela Ringmar, mais il n'était pas là. Peut-être aux toilettes. La route était praticable. La neige tombait toujours, mais moins serrée que tout à l'heure. Le crépuscule descendait. Le jour abandonnait la partie, et il le comprenait.

Les congères au bord de la route étaient gigantesques par endroits ; ailleurs, elles avaient été érodées par le vent qui balayait les champs. Sur une centaine de mètres, elles formaient comme un mur. Un mur. *Wall.* Il y avait pensé brièvement, dans la maison sombre de Kungsbacka, pour la première fois depuis plusieurs jours. Wall. Vallgatan. Desdemona ne se trouvait pas dans cette rue, mais à proximité. Les hommes mûrs vêtus de noir au milieu des disques, des ordinateurs, des affiches... N'y avait-il pas un magasin de disques dans Vallgatan ? Il n'y avait rien dans le rapport d'enquête à ce sujet, mais Winter s'en souvenait. Il y avait eu autrefois un disquaire dans cette rue. Il avait dû fermer depuis... Il pensa à Patrik, et au copain de Patrik qui possédait le CD de Sacrament. Où l'avait-il acheté ? N'avait-il pas dit Haga ? Ce n'était pas sûr. Winter avait-il eu la présence d'esprit de poser cette question ? Quelqu'un d'autre l'avait-il fait ?

Il pénétra dans la zone industrielle et prit vers les ports. Il appela Ringmar et obtint l'adresse de Patrik. Non, le garçon n'avait pas précisé ce qu'il voulait.

— Il va rappeler ?

— Il ne m'a rien dit.

— Comment était-il ?

— Difficile à décrire.

— Angoissé ? Effrayé ? Calme ?

— Un peu angoissé, peut-être.

— Tu aurais dû le faire parler.

— Tu crois que je n'ai pas essayé ?

— Cette enquête n'est pas ma propriété privée.

— Qu'est-ce que tu racontes, Erik ? J'ai mal fait mon boulot ?

— Du calme, Bertil.

— Le garçon n'a rien dit. Il a raccroché dès que je lui ai expliqué que tu n'étais pas là. Il ne m'a pas demandé ton numéro de portable et je n'ai pas eu le temps d'ajouter quoi que ce soit.

— C'est bon, c'est bon.

— Qu'est-ce que tu fais maintenant ? Tu vas chez lui ?

— Je suis en route. Je suis sur la place Linné.

Ringmar marmonna un au revoir et Winter continua vers le nord. Bertil était la dernière personne avec laquelle il voulait avoir des ennuis. C'était sa propre faute si Patrik refusait de parler à quelqu'un d'autre que lui. Il avait dû lui transmettre de mauvais signaux, comme si l'enquête lui appartenait en propre... comme si toutes les informations devaient lui être communiquées en priorité. Ce genre de chose pouvait créer des problèmes, retarder une enquête.

Il laissa la voiture en double file devant chez Patrik et monta les trois étages. L'escalier sentait le graillon. Les murs avaient été repeints il y a très longtemps. De la musique sortait d'un appartement, pulsations de basses à plein volume. Sur le palier du deuxième étage il y avait un vélo, sur celui du troisième, un sac rempli de bouteilles vides. Winter sonna deux fois, sans résultat. Il frappa à coups redoublés. Bruit de frottement à l'intérieur. La porte s'entrouvrit. L'homme pouvait avoir cinquante ou soixante ans, une tête d'alcoolique. Winter perçut l'odeur de vieille cuite qui n'attendait que l'occasion de redevenir comme neuve. L'homme était ivre, peut-être bourré comme un coing.

— Qui c'est ? marmonna une voix de femme dans les profondeurs de l'appartement. C'est Pärra ? C'est le toubib ?

— Qu'est-ce que vous voulez ? demanda l'homme sur un ton agressif.

— Je cherche Patrik, répondit Winter.

— Qu'est-ce qu'il a fait ? interrompit l'homme en fixant la carte que lui présentait Winter.

— Il a essayé de nous contacter.

— Il est malade.

— Pardon ?

— Il dit rien.

— Est-ce qu'il est là ? s'impatienta Winter en élevant la voix.

Il voyait la femme maintenant, dans l'entrée. Lorsqu'elle approcha en titubant, il vit la peur dans ses yeux, et peut-être autre chose.

— Il dit rien, bredouilla l'homme.

Winter prit une décision, repoussa l'homme contre le mur et pénétra dans l'appartement.

41.

Le père de Patrik s'était affaissé dans l'entrée, et la femme, en reculant, s'était cognée contre une porte. Winter fit rapidement le tour de l'appartement. Le garçon n'était pas là. Il revint dans l'entrée et se pencha sur l'homme, qui ne leva même pas la tête.

— Où est Patrik ? Où est le garçon ?

— Il est... sorti.

La salive coulait sur son menton. Il semblait avoir franchi un stade supplémentaire dans l'ivresse, le coma n'était pas loin. Il fit un geste vague vers la porte.

— Il est blessé ? cria Winter.

Il l'empoigna par le bras ; ses doigts ne rencontrèrent que des os sous la chemise rêche.

— Qu'est-ce que tu lui as fait, espèce de salaud ?

Winter accentua sa pression, sentit qu'il commençait à perdre le contrôle. Il le lâcha, se mit à genoux et essaya de croiser le regard de l'ivrogne, mais ce n'était plus possible.

La femme s'était approchée, en prenant appui contre le mur, et toisait l'intrus d'un regard noir.

Winter se releva.

— Quand est-il sorti ?

Elle secoua la tête. Pas question de répondre à un type aussi malpoli, qui avait eu le culot de s'introduire de force dans leur bel appartement. Qu'est-ce qu'il s'imaginait...

— Je reviendrai, affirma Winter.

Il descendit l'escalier en composant le numéro qu'il avait retrouvé dans son mince carnet d'adresses.

— Hanne ? Salut. C'est Erik Winter. Tu n'aurais pas vu Patrik ? Oui, il... Oui, au cours des dernières heures.

— Je peux demander à Maria. Elle vient d'arriver.

— J'attends.

Il entendit une conversation à l'arrière-plan. Hanne Östergaard revint au bout du fil.

— Elle était sortie avec un autre copain. Mais ils doivent se voir demain après-midi – Winter entendit la pause. Ici, si tout va bien.

— Je peux lui parler ?

Il attendit le temps que le combiné change de main.

— Oui, allô ?

— Salut, Maria. C'est Erik Winter, de la police.

Mais Maria ignorait ce que Patrik avait voulu lui dire. Elle ignorait où il était en ce moment. Il pouvait être à la Java ou dans un autre café de Vasagatan. Ou chez Jimmo. Elle avait le numéro. Oui, elle lui dirait de le rappeler dès qu'elle aurait de ses nouvelles. Oui, bonne année à vous aussi.

Winter fit le numéro du copain, mais personne ne répondit.

Il rentra chez lui, laissa la voiture au garage et se rendit à la Java. Toutes les chaises étaient occupées, mais aucune par Patrik. L'air était saturé de fumée de cigarette. Forte odeur de café et de chocolat, de vêtements humides, de parfum. La moyenne d'âge était de dix-huit ans, à tout casser. Des sacs à dos entassés partout. Les garçons portent des sacs maintenant, pensa Winter. C'était pratique, mais pas pour lui. Il pourrait refiler le tuyau à Halders.

Il avançait entre les tables avec la sensation d'être un étranger.

Même topo dans les autres cafés de la rue. Aucun Patrik en vue.

Winter était inquiet, et pas en premier lieu à cause de l'enquête. Il fit le numéro du domicile de Patrik mais personne ne répondit. Du calme. Le garçon allait le rappeler.

La procession traversait le centre-ville comme une rivière. La déesse de la lumière voyageait en tête de cortège, sur une charrette. On dirait un catafalque, songea Winter du haut de la fenêtre de son salon. La fille de Habakuk. Le cortège serpentait comme un ver luisant sur la place. Le public était une mer noire qui envahissait les rues, bloquait tout le quartier.

Tout le monde n'a pas réservé sa place dans L'Empire State Building ou dans les avions qui franchissent les fuseaux horaires pour tromper le temps. Chez nous, c'est calme et tranquille et on peut respirer le parfum des fleurs, pensa-t-il en voyant passer une des attractions : un bouquet géant en bois ou en panneau de fibres, entouré de fleurs fraîches à deux jambes.

Il sentit la main d'Angela sur son épaule.

— Tu es sûre de ne pas vouloir sortir ?

— Sûre et certaine, promit-elle en respirant le parfum de la rose à longue tige qu'il lui avait offerte quelques minutes plus tôt. C'est calme et tranquille chez nous ; il y a même des fleurs.

— Tous ceux qui restent en ville sont descendus dans la rue.

Le téléphone sonna. Sa mère prit l'appel dans l'entrée.

— Erik ! cria-t-elle. C'est pour toi !

Angela lui jeta un regard.

Il prit l'appel dans le séjour.

— Salut... C'est Patrik.

— Bonjour, Patrik ! Comment ça va ?

— Euh, ça va.

— Où es-tu ?

— Chez Majje.

— Tu as essayé de me joindre hier.

— Oui, ce n'était rien. Juste une idée comme ça.

— Alors ?

— C'était à propos du type de l'ascenseur. Dans l'immeuble où...

— Je te suis, Patrik.

— Je crois qu'il avait un genre d'uniforme.

— Qu'est-ce qui te fait dire ça ?

— Sous le manteau, je veux dire.

— Pourquoi crois-tu qu'il avait un uniforme ?

— C'est l'impression que j'ai eue.

— Quel genre d'uniforme ?

— Bleu foncé... avec un truc dessus, ou alors c'était la chemise qui était bleu clair et quelque chose qui se balançait... quand il est sorti, comme un éclair doré sur la chemise. Devant.

— Tu es en train de décrire un uniforme de police, Patrik.

— Ah.

— Tu pensais à un uniforme de police ?

— Pas sur le moment.

— Et maintenant ?

— Peut-être.

— Autre chose ?

— Quoi ?

— As-tu vu autre chose qui pouvait appartenir à un uniforme ?

— Non... ou alors peut-être une ceinture ou quoi, mais je ne suis pas sûr.

— Et la tête ? Maintenant que tu y as réfléchi... N'avait-il pas quelque chose sur la tête, tout compte fait ?

Winter vit la queue de la procession onduler vers l'Avenue. On aurait dit un serpent, plus mince au niveau de la queue, un serpent qui rampait, suivi par la foule noire, compacte, qui remplissait le parc et les rues.

Angela écoutait, la rose à la main. Il crut entendre sa mère remplir un shaker de glaçons dans la cuisine. Charlie Haden et Pat Metheny jouaient *Message to a friend* en sourdine.

— Il n'avait rien sur la tête, dit Patrik.

— O.K.

— Il y a autre chose... j'y ai beaucoup réfléchi.

Winter attendit en silence. Sa mère jeta un regard dans la pièce. Angela lui fit un signe de tête, sourit.

— Je crois que je l'ai déjà vu, lâcha Patrik.

Bartram suivait la procession de loin, en choisissant les rues parallèles, évitant la foule qui semblait se faire repousser sans cesse du centre des événements.

Il s'était posté au coin de l'Avenue. La déesse avait pris à gauche et venait vers lui. Il y avait deux fois plus de monde que pendant la grande fête annuelle de Göteborg, où la foule remplissait pourtant les vastes contre-allées, plus larges que l'Avenue proprement dite.

Certains chantaient. D'autres s'embrassaient, dans un accès de soudaine sentimentalité. C'était énorme. Les journaux s'étaient chié dessus à force d'essayer de se surpasser les uns les autres pour célébrer le nouvel an. Sans parler de la télé.

Personne ne croyait plus à la grande panne informatique. Tout continuerait à fonctionner aussi mal que d'habitude. Les tramways continueraient à ne pas rouler. Les gens continueraient à être en colère. On continuerait à lui cracher dessus.

Il prit vers le nord. Le défilé rétrécissait à l'approche du but. Il restait encore quelques idiots qui n'avaient rien vu venir, bloqués sur la chaussée avec leurs voitures, encerclés jusqu'au lendemain matin par la foule en liesse.

La masse humaine gardait le visage levé vers le ciel au-dessus du canal, en attente. Il faisait froid, une fois de plus, et les souffles innombrables devenaient un nuage montant vers le firmament. Ça va peut-être faire venir la pluie, pensa Bartram, mais le nuage semblait s'alléger à mesure de son ascension et soudain, le ciel explosa au-dessus de Hisingen, sous l'effet de deux mille ans d'expérience pyrotechnique cumulée. Cela commença par un soleil d'or qui recouvrit toute la région de Västra Götaland.

Winter préparait le dîner à la cuisine. Les voix de sa mère et d'Angela lui parvenaient du salon. Il goûta le champagne qu'il leur avait servi un peu plus tôt. Il était sec et léger. Le meilleur champagne devait être servi en début de soirée. Angela l'avait reniflé, avant de boire une gorgée d'eau pétillante.

Patrik était un garçon éveillé, qui se déplaçait dans la ville. Göteborg comptait un demi-million d'habitants, ce n'était pas beaucoup. On croisait les mêmes visages. Une fois, deux fois, trois fois.

Il faudrait lui reparler après les festivités. C'était une ouverture, peut-être une lumière.

Il résolut de concentrer son attention sur l'entrée. Le court-bouillon – un squelette de cabillaud qui avait frémi pendant quatre heures la nuit précédente avec poireau, échalote, gingembre, grains de poivre blanc – était prêt et filtré.

Il prépara la sauce : un peu de court-bouillon, jus de citron vert, raifort râpé, fleur de sel et poivre noir fraîchement moulu.

Il battit délicatement trois œufs dans un bol avec une cuillerée à café de sucre de canne concassé et une demi-cuillerée à café d'huile de sésame, fit cuire trois omelettes pas plus grosses que des crêpes dans un peu d'huile de colza et les laissa refroidir l'une au-dessus de l'autre. Puis il roula chaque omelette et coupa les rouleaux en tranches fines, qu'il réserva.

Il tailla en diagonale vingt-cinq pois gourmands qu'il fit blanchir trente secondes à l'eau bouillante avant de les rafraîchir sous l'eau froide. Il les égoutta, les jeta dans un saladier avec un peu d'oignon rouge émincé, du cresson et une salade qui s'appelait Upland Cress et qui avait une saveur légèrement poivrée. Enfin, les filaments d'omelette.

Un peu plus tôt, il avait ouvert les huîtres. Il y en avait dix-huit en tout. Il fit chauffer un peu d'huile dans une sauteuse, saisit les huîtres à feu vif, des deux côtés, en les disposant au fur et à mesure dans le saladier. Enfin il ajouta la sauce, mêla le tout avec précaution et répartit la salade sur trois assiettes, en veillant à ne léser personne.

Cette entrée se marierait bien, pensait-il, avec le plat principal : un carré de veau accompagné de pesto et d'une purée de pommes de terre à l'ail. La viande commençait à dorer dans le four. Auparavant, il l'avait frottée avec un mélange d'ail, de poivre noir et d'huile d'olive passé au mixer. Elle avait mariné ainsi pendant cinq heures.

Pour Morelius, la ville était comme une mer de feu. Non. C'était le ciel qui était une mer de feu, un dégradé de rouges, en mouvement perpétuel. Au feu d'artifice officiel avaient succédé les autres, où chacun était en compétition avec tous les autres. Il avait entendu dire que cinq ou six personnes s'étaient pris des pétards dans les yeux. On entendait des sirènes d'ambulance, mais à sa connaissance, on ne déplorait encore aucun mort.

Les rues qui montaient vers Skansen étaient noires de monde, surtout des jeunes. La police se trouvait sur place. Plusieurs en uniforme. Il vit une fille se pendre au cou d'Ivarsson et essayer de l'embrasser. Ivarsson se laissa faire et s'inclina pour la remercier. Tout était calme. Pas de panique. Il était vingt-trois heures quinze. La place de Skanstorget, en bas, commençait à se remplir, comme un Times Square semi-arctique. Morelius n'était jamais allé à New York mais il avait vu des images.

Il se tenait un peu à l'écart de la cohue ; deux jeunes surgirent de la foule. Il les reconnut. C'est une petite ville. Ils ont l'air de contrôler la situation. Tiens, ils viennent par ici.

— Bonne année ! s'exclama Maria.

Morelius hocha la tête.

— Vous vous tenez tranquilles, à ce que je vois.

— *Straight edge.*

— Quoi ?

— On reste sobre, expliqua-t-elle. On ne prend rien, on ne boit rien.

— C'est raisonnable.

— Ça donne des sensations plus fortes, dit le garçon.

— Mais oui.

— C'est chargé, ce soir, pour vous ?

— Jusqu'ici, c'est plutôt calme.

— Ça ne va pas durer.

— Non.

— Vous travaillez toute la nuit ?

— Jusqu'à quatre heures.

— Dans toute la ville ?

— Dans le centre. Mais on peut être appelés ailleurs.

— C'est absolument délicieux, s'exclama la mère de Winter.

— C'est difficile de trouver de bons calamars, alors...

— Quelle chance, se réjouit Angela.

— Les huîtres sont presque meilleures quand on les prépare ainsi.

— Je suis d'accord.

— Dans ce cas... – Winter leva son verre de Sancerre. À la vôtre !

— À la tienne, Erik.

Ils trinquèrent.

— Je crois à une belle année douce, annonça sa mère en les regardant.

Winter n'avait pas remarqué de changement dans sa voix ni dans ses gestes. Elle avait bu deux verres de champagne avant le dîner et refusé un T & T, ce qui était bien, y compris pour les papilles gustatives. Si on voulait de l'alcool fort avec un souper fin, il valait mieux le prendre en intraveineuse.

— C'est peut-être affreux de ma part de dire ça, après ce qui est arrivé à papa…

— Non, maman – il avait encore sur le palais le goût du vin, un bon goût de terre sèche. Tu as cent fois raison. Ce sera une belle année.

Angela regarda l'horloge et songea à nouveau au destin. Elle but une gorgée d'eau. Pour l'instant, le bébé restait calme. Elle mangea un peu, en pensant à tout ce qui allait se produire dans les mois à venir. Rien ne serait plus comme avant. C'est une nouvelle vie. Je ne suis pas sentimentale. Mais l'année qui vient est particulière. Elle coïncide avec nous.

*

Le nouveau millénaire arriva avec fracas sur la ville. Les églises chantaient. Deux mille personnes se tenaient bras dessus bras dessous sur Skangstorget en chantant *Auld Lang Syne,* exactement comme à Aberdeen qui se trouvait pile en face de Göteborg, de l'autre côté de la mer du Nord.

Vingt jets déboulèrent dans le ciel en même temps que les cloches sonnaient. Un avion pour chaque siècle de l'ère chrétienne. Deux mille personnes se bouchèrent les oreilles en criant de joie pendant que les avions s'entrecroisaient dans le ciel en des figures mortellement périlleuses avant de repartir vers le sud.

Patrik et Maria se tenaient par la main. Certains avaient fondu en larmes à côté d'eux, d'émotion. Une fille vomit, le visage enfoui dans la neige. Deux hommes se jetèrent dans la neige pour dessiner des anges. Cela incita d'autres à les imiter, comme la vague sur les gradins d'un stade. Trois minutes plus tard, la pente était pleine de gens allongés, battant des bras, faisant les anges. Les feux d'artifice explosaient crescendo dans le ciel. Les anges brillaient en rouge et or.

— Tu sens quelque chose ? cria Patrik.

— Je me sens un peu plus vieille !

— On a pris mille ans ! s'égosilla Patrik – et un groupe qui venait de dresser un pique-nique à côté de l'escalier se mit à pousser des hourras.

« Bonne année, Angela ! » Il l'embrassa. Sa bouche gardait le goût des quatre gouttes de Lanson qu'elle s'était autorisées. « Bonne année, maman », dit-il en se penchant vers sa mère qui souriait et pleurait tout à la fois.

L'horloge de la radio cessa de sonner. L'appartement changeait de dimension sous l'effet du ciel rouge hachuré par une pluie d'étoiles. Ils entendirent le vrombissement des jets.

Puis une ambulance en bas, la première de la soirée.

Angela l'embrassa.

— Bonne année, Erik.

— Elle sera meilleure que toutes celles qui l'ont précédée, Angela. Je te le promets.

Lorsque le type lui ouvrit, il lui dit ce qu'il avait en tête. Le type eut un petit rire. Puis il enfonça la porte d'un coup de pied et frappa deux fois, à l'estomac et à la poitrine, avec sa matraque. Il enfila le masque.

Elle cria quelque chose de l'intérieur de l'appartement. Il traversa l'entrée, qui était rayée par les explosions au-dehors, le mur n'arrêtait pas de changer de couleur et de motif. Le type faisait du bruit, par terre. Il avait du mal à respirer.

Elle voulut se lever du canapé, mais il était déjà sur elle. Après trente secondes, elle commença à faire les mêmes bruits que l'homme. Gémir, chercher sa respiration. Un bruit de gorge, venu d'en bas.

Il respirait si fort qu'il crut qu'il allait devoir arracher son masque pour s'oxygéner le cerveau. Il se détourna, souleva le masque et inspira un grand coup. Le monde du dehors était un scintillement sous ses paupières. Le mal de crâne empirait.

JANVIER

42.

Il était perdu au fond du château de sable, creusant un tunnel qui devait déboucher à l'air libre, à la lumière. Son père l'attendait à l'autre bout. J'ai tout noté par écrit, disait-il, pour qu'on ne loupe rien cette fois. Où veux-tu que nous commencions ? À ta naissance ? Au moment où nous avons cessé de nous parler ? Angela creusait à côté de lui, c'était elle qui avait tout décidé, sans lui demander son avis. Elle en savait plus que lui, elle comprenait. Que veux-tu faire, Erik ? criait son père. Soudain, il était parvenu au bout de la plage. La montagne se jetait dans la mer. Les pins lui firent de l'ombre lorsqu'il commença à grimper. Maintenant, Erik ! C'est le moment où jamais ! Angela lui serrait l'épaule. Vas-y, tu dois lui parler avant la fin de l'année. Après il sera trop tard. Tu dois montrer ce que tu veux. Prendre tes responsabilités. Sa mère approchait dans un taxi blanc, sur la plage, il entendit la sonnerie du téléphone avant même qu'elle n'arrive jusqu'à lui et ne lui tende le combiné par la vitre baissée. Sa mère le secouait, aidée par Angela. Le téléphone n'arrêtait pas de sonner.

— Erik !

Il marmonna une réponse dans le rêve, sentit la pression s'accentuer.

— Erik. C'est pour toi !

Angela le secouait par l'épaule. Il se redressa. Elle lui tendait le téléphone.

Il prit sa voiture, vers le sud. Des milliers de gens, dans les rues, titubaient de bar en bar, en chantant. Cette nuit, j'ai fait un rêve que je n'avais jamais encore fait. Il freina brutalement devant quelques piétons qui avaient décidé de braver le feu rouge. Ils lui firent un doigt d'honneur. Ils étaient devenus immortels.

L'horloge du tableau de bord indiquait quatre heures trente lorsqu'il atteignit le rond-point de Korsvägen. Le parc d'attractions de Liseberg brillait, illuminé comme en plein été. Les premiers bus s'arrêtaient pour ramasser les gens qui avaient enfin pris la décision de rentrer chez eux.

En tournant au coin de Bifrostgatan, il lui sembla qu'ils étaient des milliers à attendre devant l'immeuble. Les gyrophares des voitures de police avaient pris le relais des feux d'artifice. La réalité était de retour. Des collègues travaillaient la pâte humaine, barraient la rue. Une ambulance démarra dans un hurlement de sirène, comme propulsée sur la chaussée.

Il laissa la voiture en double file dans Häradsgatan. Il traversa une fois de plus le patio, pénétra dans le hall d'entrée. Il était venu tout récemment. C'était comme la veille, mais dans un autre millénaire.

Le porteur de journaux se tenait devant la porte avec un agent.

— Combien sont-ils à l'intérieur ? demanda Winter.

— La légiste, c'est tout.

— Ne laissez entrer personne. Quand les collègues de la brigade criminelle arriveront, demandez-leur d'attendre ici.

— D'accord.

— Ne laissez pas filer le garçon.

Celui-ci frissonnait, debout contre le mur. Dix-sept

ans, peut-être seize. Il aurait pu être le cousin de Patrik. Le même corps frêle, le même visage pâle, le même regard fêlé.

Là-haut, il fut accueilli par le silence. Aucun Black metal. Winter ignorait s'il avait escompté l'entendre. Le silence était peut-être pire.

Une lampe était allumée au plafond. Les murs de l'entrée étaient couverts de traînées, de traits, de points, de taches ; un motif qui lui rappela les feux d'artifice de cette nuit, comme si quelqu'un avait tenté de recréer le dernier grand ciel avant l'entrée dans le nouveau monde.

— C'est du sang, déclara Pia E:son Fröberg depuis le seuil d'une pièce qui ouvrait sur l'entrée.

Elle était réduite à une simple silhouette de la même manière que l'avait été le policier dans l'appartement d'Aschebergsgatan.

— J'ai croisé l'ambulance.

— Elle vivait en partant d'ici.

— Mon Dieu.

— Je lui donne une petite chance, annonça Pia. Une chance infime.

Winter s'était approché. Le visage de Pia était comme sculpté dans le marbre. Plein d'effroi. Non. Pas effrayée. Tendue, vigilante. C'était une légiste expérimentée.

Elle recula de quelques pas, pour le laisser entrer. Il regarda autour de lui.

— C'est le même, affirma-t-elle. C'est forcément le même auteur.

Bengt Martell était assis dans le canapé. Ses vêtements par terre, à ses pieds.

— Il la tenait par la main, dit le médecin.

— Oui.

— Le porteur de journaux avait un portable. Je ne comprends pas qu'il ait pu être si rapide. Qu'il ait eu la présence d'esprit – elle fit un geste vers l'entrée. La porte était ouverte à son arrivée.

— A-t-elle dit quelque chose ? demanda Winter. Était-elle capable de parler ?

Elle le regarda comme si elle ne savait pas de quelle manière formuler sa réponse. Elle se retourna vers le canapé. Winter s'était assis là. Bengt Martell avait été assis là, à côté de lui, et Siv Martell dans le fauteuil, qui était toujours à la même place.

— Elle aura du mal à reparler un jour, regretta Pia en le regardant dans les yeux. Quelle que soit l'issue.

Il regarda à nouveau le corps dans le canapé. La même position qu'avait eue Christian Valker.

— Où est la... Où est la..., interrogea Winter sans trouver la force de prononcer le mot. Ce n'est peut-être pas... lui qui est assis là. Martell. C'est lui ?

— Oui.

— Mais *ça,* alors ? fit Winter d'une voix qu'il ne contrôlait plus. C'est passé où ?

— Sur... elle, assura le médecin.

Winter vit son visage pâlir un peu plus. Comme dessiné à la craie.

— Quoi ? Qu'est-ce que tu... Qu'est-ce que tu dis ?

— C'était accroché sur elle. On n'a pas eu le temps de...

— Notre Père qui es aux cieux...

Il s'attarda devant le canapé. Peut-être était-ce une illusion, mais il lui semblait voir l'empreinte exacte du corps de la femme. Ce n'était pas que le sang.

Chaque seconde maintenant était comme un millénaire. Pia l'avait laissé seul et barrait l'entrée de l'appartement.

Il n'y avait pas de magnétophone. Il n'y en avait pas eu alors, et personne n'en avait apporté depuis la visite de Winter.

Il y a une première fois pour tout, pensa-t-il. Je n'ai jamais rendu visite à des gens chez eux pour revenir ensuite et découvrir... ceci. Les découvrir ainsi.

Le message sur le mur était lisible à la lumière électrique des lampadaires. Des capitales. Six lettres.

STREET

Rien que ça. STREET. Les lettres étaient comme

imprimées dans le mur, et semblaient pourtant prêtes à couler, à se dissoudre. STREET. Comme dans WALL STREET.

Winter sentit le frisson anticipé. Wall Street était Vallgatan. As-tu guidé ma pensée dans la bonne direction, mon Dieu ? Est-ce Vallgatan que nous cherchons ? La réponse est-elle là-bas ? Ne me laisse pas me tromper.

Pia était de retour. Il entendit ses pas derrière lui mais ne se retourna pas.

— Elle vit encore, dit-elle. Ils ont appelé à l'instant.

Winter hocha la tête en regardant le mur.

— Mais elle n'est pas consciente, si c'est ce que tu espérais.

— Je n'y pensais même pas.

43.

— Passe l'aspirateur trois fois de suite, ordonna Winter à Beier lorsque les techniciens se furent mis au travail.

— Ne m'insulte pas, Erik.

Le chef adjoint de la brigade technique paraissait concentré, sobre. Beier avait fêté le Nouvel An avec mesure.

— Le millénaire doit bien commencer d'une façon ou d'une autre, avait-il déclaré à son arrivée – et ce n'était pas une plaisanterie ; il n'y avait vraiment pas de quoi plaisanter.

Les techniciens se déplaçaient avec précaution autour de l'homme assis dans le canapé, la main droite tendue comme en salutation.

Beier revint de la cuisine.

— Il semblerait qu'ils aient dîné à trois.

— Comme chez les Valker.

Beier adressa un signe de tête à Ringmar, qui avait fait son apparition dans l'entrée, des cristaux de neige dans les cheveux. Winter vit les flocons qui tombaient, par la fenêtre, à l'approche de l'aube.

— Elle vit encore, affirma Ringmar. Mais pas de façon franchement autonome.

— On n'a pas de pronostic plus précis ?

Ringmar fit non de la tête.

— Je l'ai vu à l'hôpital... Lui, là, indiqua-t-il avec un regard vers l'homme dans le canapé.

Personne ne voulut commenter cette réplique.

— Je peux l'emporter maintenant ? demanda Pia, qui avait attendu patiemment l'autorisation d'emporter le corps pour l'autopsie.

— D'accord, dit Winter.

— Si elle survit, on coincera ce salopard, dit Ringmar.

Ils se retrouvèrent à huit heures trente. La salle de réunion était saturée d'humidité et peut-être aussi de relents de lendemain de fête. La ville entière avait la gueule de bois mais, ici, tout le monde se devait d'être frais et dispos.

— Bergenhem est retombé malade ? demanda Halders.

Winter acquiesça.

— Ça doit être encore la migraine, lança Halders.

Tout le monde s'assit sauf Winter.

— Je n'ai pas besoin de vous rappeler l'importance cruciale des prochaines heures, commença-t-il.

Les photographies faisaient le tour de la table. Nous y revoilà, pensa Aneta Djanali. De nouveau réduits à une bande de voyeurs.

— C'est le même salaud, dit Halders.

Il avait l'haleine chargée lorsqu'il se pencha sur Aneta Djanali pour mieux regarder une photo. Il l'avait appelée vers une heure trente, mais ne paraissait pas s'en souvenir. Ou alors il faisait semblant de rien.

— On n'en sait rien encore, déclara Winter.

— Arrête !

Les yeux de Halders étaient clairs, vus de loin, écarquillés autant que possible. Un signe de sobriété artificielle.

— Tu ne crois tout de même pas à un copycat ?

— Ce n'est pas vraiment une copie conforme qu'il a exécutée, observa Sara Helander.

— Non. Beier examine en ce moment même l'inscription au mur, mais c'est clair que ça rappelle le meurtre précédent.

— Qu'a révélé la presse exactement, concernant le premier meurtre ? demanda Aneta Djanali.

— On a réussi à passer l'inscription sous silence, répondit Möllerström. Comme la musique. Je n'en ai vu aucune mention dans les journaux. À la radio ou à la télé non plus. C'est bizarre, quand on y réfléchit.

Winter pensa aux hommes en noir de Desdemona. Ce n'étaient pas précisément des moulins à paroles. Sans compter que ça n'aurait pas franchement fait de la pub à leur créneau.

— Pas de musique cette fois donc, dit Halders.

— Non.

— Pas de musique en travaillant.

Aneta Djanali soupira de façon ostensible.

— Je sais une chose, poursuivit Halders en agitant la photographie qu'il tenait à la main. Quant à la réaction qu'on peut attendre – il regarda autour de lui – quand la nouvelle de ce qui est arrivé à ce couple se sera répandue.

— Que sais-tu ? coupa Ringmar.

— Les gens vont vouloir se séparer dare-dare.

Il y eut comme un gloussement dans l'assistance. Aneta Djanali vit Winter se raidir.

— Qui a envie d'être marié ou concu... ?

— Ça va, Fredrik.

Aneta Djanali pensa à Winter. Le célibataire était devenu concubin, bientôt père. Fredrik en revanche était déjà père, mais seul. Quand avait-il vu son fils pour la dernière fois ? Il avait essayé d'en parler cette nuit, mais il avait eu du mal à trouver ses mots.

— Ce n'était pas une grosse fête apparemment, intervint Sara Helander.

— Ils étaient trois.

— Comme l'autre fois.

— Oui.

— Alors nous attendons le récit de Siv Martell. Ils ont dû souper avec leur assassin.

Winter ne répondit pas.

— Comment va-t-elle ? demanda Aneta Djanali.

— Toujours inconsciente, répondit Ringmar. Ou endormie par les médicaments.

— Que lui est-il arrivé exactement ? se renseigna Halders.

Winter lui raconta. Plusieurs personnes inspirèrent très fort. Comme un sifflement parcourant le groupe.

— Quelle horreur, s'indigna Halders. Et on s'attend à ce qu'elle puisse témoigner ?

— On a du boulot à faire entre-temps, dit Winter.

— Wall Street, lança Halders.

— Oui ?

— Vallgatan. Il y avait un magasin de disques là-bas.

— Oui. Il y est toujours.

— Le copain de Patrik n'avait-il pas acheté le disque là-bas ?

— Mais oui, reprit Winter. On a confirmé ce point.

— Ils en avaient plusieurs exemplaires ?

— On est en train de le vérifier, rétorqua Ringmar. Une fois de plus. On a déjà abordé cette question.

— Notre homme a bien dû l'acheter quelque part, dit Halders. Mais pas forcément dans ce magasin.

— Non. Où veux-tu en venir ?

— Il l'a peut-être acheté aux USA. Le groupe vient bien des States ?

— Du Canada.

— D'accord. Ce n'est pas loin des États-Unis. Qu'y a-t-il aux États-Unis ? New York. Et à New York ? Manhattan. Et à Manhattan ? Wall Street.

— On doit chercher à Manhattan ? coupa Börjesson, un jeune enquêteur.

— Mais oui, s'impatienta Halders.

Il a l'air de quelqu'un qui vient de dire une connerie, pensa Aneta Djanali. Une fois de plus.

— Manhattan..., répéta Winter. Janne, peux-tu aller chercher une copie des textes du disque de Sacrament ?

Möllerström disparut et revint quelques instants plus tard. Winter parcourut les feuillets.

— C'était ici... vers la fin.

C'était bien ça. À deux endroits.

Il lut les passages à haute voix, deux lignes à chaque occurrence, pour rendre le contexte compréhensible. Il était question de Manhattan. De courtes visites sur terre.

— C'est dingue, dit Halders. J'avais raison.

— Mais c'est peut-être une coïncidence. Nous continuons à nous persuader que toutes ces pistes, si on peut appeler cela ainsi, peuvent être de la pure désinformation.

— Ne prenons pas de risques, tempéra Halders. Je me charge de vérifier sur place.

Je croyais que tu étais en route vers le cinquième siècle avant Jésus-Christ, pensa Winter en relisant les lignes. Manhattan était bien présent, quoique sous la forme d'un lieu profondément enfoui dans la Vallée de la Mort.

— Ça nous complique encore les choses, déclara Aneta Djanali. Est-ce qu'on doit envoyer Fredrik à Manhattan ?

Il y eut un éclat de rire général. Winter s'éclaircit la voix.

— Ce n'est qu'un élément parmi d'autres.

— Il y a des Manhattan partout sur Terre, affirma Aneta Djanali. Un kiosque à saucisses peut s'appeler Manhattan. Ou une pizzeria.

— Que signifie le nom lui-même ? demanda Möllerström. Il doit bien avoir un sens ?

— C'est un mot indien, expliqua Ringmar. Il va falloir vérifier.

— Pourquoi l'a-t-il laissée en vie ? s'interrogea soudain Aneta Djanali.

— Bonne question, lança Halders.

Aneta Djanali regarda Winter.

— Tu en as parlé à Lareda ?

— Pas encore.

— Il a été interrompu, suggéra Halders.

— Quelqu'un a une idée ? demanda Winter.

— Le garçon qui distribuait les journaux.

— C'est complètement incroyable, déclara Möllerström. Pour la première fois de l'histoire, le quotidien *GT* paraît le jour de l'an et voyez ce que découvre le pauvre garçon qui distribue les journaux.

— Plus de jours fériés pour les journaux du matin, affirma Halders. Tu parles d'une première.

— Le meurtre s'est produit avant, poursuivit Winter.

— Le téléphone, dit Halders.

— On est en train de vérifier les numéros.

— Un autre tueur ?

Ringmar haussa les épaules.

J'en ai assez des spéculations, pensa Winter.

Au même instant, Beier entra sans frapper et vint se placer à côté de lui.

— J'ai pensé que ça vous intéresserait - il marqua une pause. Les empreintes de l'homme... Bengt Martell. Elles coïncident avec certaines empreintes que nous avons retrouvées chez les Valker.

— Et merde, marmonna Halders.

Fin de quelques spéculations, pensa Winter.

— Ils n'ont pas cessé de dire qu'ils n'y avaient jamais mis les pieds, dit Halders. Déjà quand j'y suis allé avec Aneta, et ensuite quand Erik leur a rendu visite.

— Ils mentaient, en déduisit Ringmar.

— Lui, du moins, corrigea Winter.

— Le sperme, déclara Halders. Quand tu auras fait la prise de sang, le test ADN montrera que le sperme de ce gars figurait sur le canapé des Valker.

À supposer qu'il reste suffisamment de sang pour une prise, pensa Aneta Djanali en faisant circuler les photos.

— Tu ne te fais pas une très bonne idée de leurs relations, dit Sara Helander à Halders.

— Je crois qu'ils avaient un intérêt commun : le sexe.

Il se leva. Beier n'avait pas bougé.

— Ce n'est pas inscrit sur la figure des gens, poursuivit-il. Mais de plus en plus de citoyens cherchent le contact... et c'est du sexe qu'ils veulent. S'échanger leurs femmes. Partouzer. Tout ce qu'on veut – il reprit son souffle. Swinger parties. Je crois que ça s'appelle comme ça.

— Tu es bien informé, commenta Möllerström.

— Ta gueule, Janne – il se tourna vers Winter. C'est une manière de se rencontrer. On a pas mal réfléchi là-dessus, pas vrai ? Comment ils pouvaient se connaître... Ils ne semblaient pas avoir grand-chose en commun.

Winter crut entendre ses propres réflexions du mois précédent.

— C'est bon, Fredrik.

— Maintenant qu'on en parle, dit Beier. On a retrouvé des journaux chez les Martell. Des revues porno.

— Lesquelles ? demanda Halders.

— Je ne m'en souviens pas. Attendez.

Beier décrocha le téléphone posé sur une table dans un coin et appela la brigade technique.

— O.K., lança-t-il en raccrochant. *Aktuell Rapport*.

— Bingo, cria Halders qui était toujours debout. Bingo !

— Tu as le droit de t'expliquer, fit Winter.

— J'ai aperçu quelques *Aktuell Rapport* chez le couple Elfvegren. Cachés sous le canapé – Halders chercha le regard d'Aneta Djanali. Pas vrai, Aneta ? Je te l'ai dit, sur le moment.

— Oui.

— Et ce qui est chouette, poursuivit Halders, c'est que les Elfvegren sont encore en bonne santé – il se tourna vers Beier. Quand aurons-nous la réponse ADN ?

— On trouve donc des annonces de contact dans ces revues ? demanda Winter.

Halders le regarda comme s'il avait affaire à un enfant.

— À peine un peu, dit-il.

Petites annonces, pensa Winter. Faisaient-ils preuve de précipitation ? Il fallait réinterroger les Elfvegren. Et si les couples s'étaient effectivement rencontrés ainsi...

— C'est peut-être par ce biais que l'auteur est entré en contact avec ses victimes, suggéra Ringmar, donnant ainsi voix aux pensées de Winter.

44.

Il n'avait aucun souvenir de paroles, aucun cri. Tout avait été un grand *poids* qui l'avait écrasé, comme un bloc de rocher.

Franchir le seuil, entrer dans la pièce. Puis il était allé le chercher.

C'était un bruit... La lumière dehors était devenue de plus en plus forte, il ne voyait plus rien. Ça avait duré des heures. Quelqu'un attendait.

Quelqu'un courait dans l'escalier en hurlant. La lumière était toujours aussi forte.

Était-ce la lumière qui avait tout arrêté ?

C'était comme la fois précédente. Ils l'avaient contemplé. Elle ne riait pas. Lui avait ri. D'un rire qui rendait toute grâce impossible.

Dans l'ascenseur, il avait détourné la tête. Dehors, la lumière était redevenue normale. Il avait glissé en traversant la rue. Il touchait presque au but.

Il avait conservé quelque chose. Il savait maintenant. La lumière était revenue, tout paraissait différent.

Ringmar était à la fenêtre. Le visage alourdi par le manque de sommeil. Il regardait au-dehors. L'après-midi respirait calmement. On n'avait jamais vu un calme pareil.

— Bonne année, Erik.

— À toi aussi.

Winter se frotta le visage, les yeux. Il avait appelé à la maison. Angela avait semblé inquiète. Son monde à lui était devenu le sien de façon beaucoup plus marquée qu'avant. C'était peut-être bien, pour eux. Son absence n'était plus... la sienne. Ce n'était pas *lui* qui se jetait dehors, la nuit, comme un grand agité. Un an plus tôt, Angela lui avait dit qu'il semblait vouloir vivre parmi les morts plutôt qu'au milieu des vivants. C'était la nuit, à la fin d'une discussion décousue, de plus en plus muette, et ils n'en avaient pas reparlé le lendemain matin, mais il n'avait pas oublié sa description : une vie parmi les morts.

Maintenant, elle avait vu sa vie de près, la brutalité de sa vie. Les coups de fil en pleine nuit. Rarement en plein jour. Les vêtements enfilés à tâtons, pendant que l'adrénaline commençait à affluer.

— Aux dernières nouvelles, Börjesson n'a pas trouvé de Manhattan en ville.

Winter se caressa la joue. Bruit de râpe. Il se passa la main sur les yeux. Ils le brûlaient. Il prit ses cigarillos.

— Il peut apparaître en uniforme, dit-il. J'étais en train de réfléchir à ça quand tu es arrivé.

— Oui ?

— Deux voisins ont cru voir un homme en uniforme, après minuit. On est un peu dans le flou, concernant l'heure. Ils n'étaient peut-être pas très sobres.

— Il y avait du grabuge à proximité ?

— Un peu. Billdal avait envoyé une voiture quelques pâtés de maisons plus loin.

— Ce sont peut-être eux que les voisins ont vus ?

— Je ne sais pas. Comme je te le disais, c'était à quelques pâtés de maison de là. Pourquoi seraient-ils sortis de la voiture ? Je ne sais pas. Je n'ai pas eu le temps de leur parler.

Winter se leva sans avoir allumé son cigarillo et se mit à faire les cent pas.

— Où se procure-t-on un uniforme ? On part du principe que c'est un uniforme de police.

— Pourquoi ?

— On part de cette hypothèse, Bertil.

Winter frotta une allumette.

— Pas de l'idée que c'est un... policier ?

— Dans ce cas, je donnerais ma démission direct.

— Hmm.

— Tu veux qu'on mène l'enquête sur deux mille policiers ?

— Non. C'est assez vague, de toute façon, comme hypothèse.

— Quoi donc ?

— L'histoire de l'uniforme... C'est l'idée du garçon.

— C'est un peu plus que cela. Patrik a réfléchi longtemps. Il a attendu que ça lui revienne.

Winter tira une bouffée et regarda Ringmar.

— Et nous parlions à l'instant des voisins de Billdal.

— D'accord. Un uniforme. Un imbécile a pu jeter le sien à la décharge au lieu de le brûler.

— Ou alors quelqu'un s'en est fait faire un sur mesure. Les uniformes de la police ne sont pas protégés.

— À titre privé, tu veux dire ?

— Oui.

— Ça m'étonnerait que nos uniformes soient encore fabriqués en Suède.

Winter ne répondit pas. Il avait une idée.

— Le théâtre de Göteborg n'a-t-il pas des uniformes dans sa réserve de costumes ?

— Tu penses à des pièces policières ? Ça existe ?

— Ou des films alors. Il y a quand même des films policiers.

Winter fit tomber sa cendre. La fumée était invisible dans la maigre lumière hivernale.

— Il me semble même avoir lu quelque chose à ce

sujet, un tournage en ville. Un thriller. Je n'ai pas lu ça? Dans *GP*?

— Comment veux-tu que je sache ce que tu lis?

— Tu n'as rien vu à ce sujet?

— Absolument rien. Mais si tu crois qu'on a prêté des uniformes de police pour un tournage, laisse tomber. Madame la chef de police a dit non à tout ça.

— Je sais.

— Je trouve qu'elle a raison.

— Je vais vérifier. Mais d'abord, je vais faire autre chose.

Winter posa le cigarillo au bord du cendrier et alla chercher son manteau.

Il y avait peu de monde dans les rues. Il dépassa le terrain d'Ullevi qui jetait son ombre sur le canal recouvert d'une glace grise tirant sur le noir. Le soleil scintillait sur les hauteurs de Lunden.

Il laissa la voiture dans la rue silencieuse. En entrant dans le jardin, il crut entendre quelqu'un déblayer une allée et, lorsqu'il eut contourné la maison, il vit que c'était Benny Vennerhag.

Le gangster portait un costume noir et un bonnet rouge pointu. Avec des gestes habiles, il soulevait des pelletées de neige verglacée.

— Tu travailles toujours quand je viens chez toi, dit Winter. Quand ce n'est pas la taille des rosiers, c'est la neige.

Vennerhag reprenait son souffle, appuyé sur sa pelle.

— Je voulais que le jardin soit impeccable pour t'accueillir.

Vennerhag rangea son outil, enleva son bonnet et colla ses rares cheveux blonds en arrière, à l'aide de la sueur de son front.

— Je dois dire que ton coup de fil m'a pris par surprise.

— Moi aussi. Je croyais que tu étais parti en croisière dans les Caraïbes. Sur un yacht.

Vennerhag le dévisagea attentivement.

— Tu avais raison. Mais il y a eu un empêchement.

— Quoi donc, Benny ?

— Des affaires. *You know*. Comment va Lotta ?

— Ça ne te regarde pas.

Benny Vennerhag avait été marié autrefois à la sœur de Winter. Le mariage n'avait duré que quelques jours. Pour Lotta Winter, le souvenir ressemblait à un vague cauchemar.

Ils étaient parvenus à la maison. Vennerhag le précéda dans une grande pièce qui donnait sur le jardin par l'intermédiaire d'immenses portes-fenêtres.

— La piscine est malheureusement ensevelie sous la neige, regretta Vennerhag. Mais je peux te proposer un sauna.

Il y avait des bouteilles sur les tables, des verres. Une odeur de tabac froid.

— Je n'ai pas eu le temps de faire le ménage, poursuivit Vennerhag. Il fallait d'abord déblayer l'allée.

Il souleva une bouteille à la lumière. Le whisky brillait comme de l'ambre.

— C'était bon, cette nuit, mais maintenant je ne sais plus. Tu veux un café ?

Winter fit non de la tête.

— Tu n'as pas l'air très en forme, si je puis me permettre.

— Je me suis levé tôt.

— Oui, j'ai entendu quelque chose aux infos de treize heures.

— Qu'as-tu entendu ?

— Bof... Meurtre à Mölndal. C'est à peu près tout. Tu ne crois tout de même pas que je...

— Non. Mais j'ai besoin de quelques renseignements.

— À quel sujet ?

Winter réfléchit.

— Ce meurtre. Ou ces meurtres. Il y en a plusieurs.

— Ah bon.

— Comment va le recel, ces temps-ci ?

— Quoi ?

— Tu as une idée de ce qui circule ?

— Non.

Vennerhag s'excusa, disparut dans la cuisine et revint avec une bouteille d'eau minérale.

— Où en étions-nous ? Ah oui, le recel... Ce ne sont pas des choses agréables.

— Des uniformes.

— Tiens donc. Quel genre ?

— Es-tu au courant d'un trafic d'uniformes ? Un lot qui aurait été volé ou... emprunté pour une raison ou pour une autre ? Ou alors des pièces isolées balancées dans le circuit afin d'être copiées.

— Je ne m'occupe pas de terrorisme, Erik.

— Je veux que tu te renseignes.

— Jamais entendu parler.

— Renseigne-toi.

— Oui, oui, d'accord.

Winter alluma un cigarillo.

— Aurais-tu entendu parler de quelqu'un qui se comporterait bizarrement, parmi tes camarades ? Ou en dehors de tes camarades ?

— Là, je ne te suis plus.

— Tu ne connais pas tous les tordus, c'est ça ?

— Je croyais que c'était vous qui vous en occupiez.

Winter interrogea Vennerhag sur ses accointances. Aucune réponse n'était utilisable. Il se demanda ce qu'il était autorisé à lui révéler. Il lui tardait de partir.

— C'est un franc tireur, affirma Vennerhag. Il n'appartient pas à notre secteur d'activité.

Il s'excusa à nouveau pour aller chercher le café qu'il avait préparé malgré tout.

— Ce genre de type opère toujours seul, dit-il en revenant. Un dingue. Pas de contacts.

— Il y a autre chose.

Vennerhag lui tendit une tasse.

— Est-ce que tu as parmi tes relations des gens qui... se livrent à des jeux sexuels ?

Vennerhag faillit renverser son café sur son pantalon.

— Qu'est-ce que tu racontes ?

— C'est une piste. Nous avons un soupçon. D'accord, tu es blanc comme la neige de ta piscine. Mais tu n'es pas ignorant.

— De quoi ?

— Partouzes. Swinger parties, échange de partenaires. Ce genre de chose.

— Tu parles de la vie privée des gens, Erik. Comment pourrais-je être au courant ?

— Est-ce que c'est répandu ?

— Aucune idée. Pourquoi penses-tu que mes... relations d'affaires et moi serions plus portés que d'autres sur ce genre de truc ? Je crois que je vais me mettre en colère.

— Ce n'est pas ce que j'ai dit.

— Arrête.

— Voici ce que je veux. Si tu connais quelqu'un qui agit en tant qu'entremetteur pour ce type de contacts, je veux le connaître.

— L'araignée au centre de la toile ?

— Oui, quelque chose dans ce goût-là. Qui connaît des gens qui connaissent des gens.

— Aucune idée, répéta Vennerhag.

— Tu connais des gens qui connaissent des gens.

— Si je te demande de t'en aller, tu le feras ?

— Oui.

— Alors je te demande de t'en aller.

Winter se leva.

— J'ai entendu dire que tu attendais un heureux événement, enchaîna Vennerhag.

— Où l'as-tu entendu ?

— Arrête, commissaire. La vie privée des stars n'est un secret pour personne. Tu es une star dans mon milieu.

Le couple Elfvegren fut aimablement invité, dans le cadre de l'enquête, à se rendre de leur villa de Järnbrott à la place Ernst Fontell, pour une conversation.

— *No more mister nice guy*, avait dit Halders à Aneta Djanali.

— Tu vas avoir du mal. Avec ton sens inné de la politesse.

— *No more*.

Winter avait résolu que Halders conduirait l'interrogatoire pendant que lui-même écouterait, à l'arrière-plan.

Halders démarra en douceur.

— Pourquoi avez-vous des revues porno à votre domicile ?

Erika Elfvegren rougit violemment. Son mari resta muet.

— *Aktuell Rapport*, annonça Halders. J'en ai vu quelques exemplaires dans votre salon.

— De... de quoi s'agit-il ? demanda Per Elfvegren.

— De meurtres. Des gens que vous connaissiez ont été assassinés. C'est de ça qu'il s'agit.

Bien, Fredrik, pensa Winter en essayant de se rendre invisible, car la femme lui avait jeté un regard presque implorant. Winter était resté de marbre. *No more nice cop, bad cop*.

— Quel rapport avec les... revues ?

— C'est bien ce qu'on se demande. C'est pour ça qu'on vous interroge.

— Je ne comprends pas, déclara Erika Elfvegren.

Elle était encore cramoisie et ne cessait de tirer sa jupe sur ses genoux. Halders avait touché au point le plus sensible. L'homme s'en sortait mieux. Il commençait à être en colère, au milieu de son humiliation.

— Qu'est-ce que c'est que ces foutaises ? C'est insensé.

Per Elfvegren chercha le regard de Winter, mais celui-ci contemplait son carnet de notes. C'était un instant important de l'enquête. C'est peut-être maintenant qu'on approche du but. Ça va commencer pour de bon.

— Sommes-nous accusés de quelque chose ? poursuivit Elfvegren. Et nous n'avons pas chez nous le genre de revues auxquelles vous faites allusion... *Fib Aktuell.*

— *Aktuell Rapport.*

Halders se tourna vers la femme et son profil s'adoucit ; Winter s'en aperçut.

— Nous avons seulement besoin de votre aide. Il n'y a pas de quoi s'émouvoir. Je connais plein de gens qui achètent *Aktuell Rapport* régulièrement.

— Eh bien, moi, je n'en connais pas, rétorqua Per Elfvegren. Et je n'en achète pas.

— Vous connaissez des gens qui le font, rectifia Halders. Les Valker. Les Martell.

Halders jeta un rapide regard à Winter. Ils n'avaient trouvé aucune revue chez les Valker. Mais cela lui donna une idée. Il griffonna quelques mots dans son carnet.

— Et alors ? demanda la femme d'une petite voix. Vous avez dit vous-même que cela n'avait rien d'inhabituel. À supposer que ce soit le cas, ajouta-t-elle avec un regard à son mari.

— Je ne suis pas en train de vous interroger pour mon plaisir, assura Halders. Des meurtres inqualifiables ont été commis, et vous connaissiez les victimes.

Il les regarda à tour de rôle.

— Nous cherchons un dénominateur commun. Vous devez le comprendre.

— J'ignorais qu'ils avaient des lectures de ce type, dit Per Elfvegren.

Tu mens, pensa Winter.

— Aucun d'entre eux ?

— Non.

— Les Martell ?

— Euh... Pardon ?

— Vous ne saviez pas que les Martell lisaient Aktuell Rapport ?

— Non.

— Vous ne les connaissiez pas, les Martell ?

— Non.

C'est difficile de mentir, pensa Winter. Il faut avoir de la suite dans les idées.

— Vous n'avez pas réagi tout à l'heure.

— Quoi ?

— Vous n'avez jamais dit que vous connaissiez les Martell mais à l'instant, quand j'ai parlé d'eux comme de personnes de votre entourage, vous n'avez pas réagi.

— J'ai dû mal comprendre, avoua Per Elfvegren.

— Vous ne les connaissiez donc pas ?

— Non.

— Je vous repose la question une dernière fois.

Halders jeta un coup d'œil à Winter, qui se tenait prêt, stylo en main, à noter le mensonge par écrit. Per Elfvegren savait qu'ils savaient. Il regarda sa femme. Winter pensa très vite que l'un des deux – elle, ou lui – était peut-être le seul à savoir de quoi il retournait.

— Je vous repose la question une dernière fois, répéta Halders. Connaissiez-vous, ou l'un de vous connaissait-il, les Martell ?

Erika Elfvegren parut prendre une décision. Elle observa son mari, puis Halders.

— Oui, confia-t-elle. Nous les connaissions tous les deux.

— Tous les deux ?

— Nous connaissions les deux couples. Les Martell... aussi.

— Voilà qui est réglé, conclut Halders. Question suivante. Comment ?

— Pardon ?

Halders s'adressa directement à elle.

— Quelle était la nature de vos relations ? Mondaines ? Sportives ? Culturelles ? Sexuelles ?

La fin justifie les moyens, pensa Winter. Dans un instant, Per Elfvegren va se lever et lui coller une baffe. S'il est innocent, il le fera. Je l'aurais fait à sa place.

— Je ne comprends toujours pas le rapport avec... l'affaire, dit Erika Elfvegren.

— Racontez-nous encore une fois comment vous vous êtes rencontrés, insista Halders.

45.

Morelius tourna à droite au rond-point. La circulation s'était épaissie au cours de l'après-midi. Quelqu'un le salua par un appel de phares. Peut-être par l'effet d'une bienveillance généralisée à l'égard de la police. Bartram et lui discutaient des festivités du Nouvel An.

— Ce n'était pas pire que d'habitude, dit Bartram.

— Un peu plus de monde.

— Beaucoup plus de monde. Mais quand même, c'était plutôt ordonné.

— Tu as été relevé de bonne heure ?

Bartram se retourna sur son siège.

— Comment ça ?

— Je ne t'ai pas vu après trois heures.

— Il y a eu une petite bagarre devant Park.

— Je n'ai pas eu le temps de m'y rendre.

— Tu n'as rien raté.

— Quelques petits problèmes avec les taxis au noir. Les Africains avaient dépassé la limite.

La plupart des chauffeurs de taxi, clandestins, venaient d'un autre pays et se tenaient à distance respectueuse de la société suédoise.

Ils s'étaient partagé le centre-ville. Les Iraniens, les

Irakiens et les ex-Yougoslaves roulaient sur l'Avenue, vers les fortifications. Les Africains contrôlaient les quartiers nord-est.

La frontière était tranchée. Tranchante, pensa Bartram.

Appel du central. Bartram répondit. Un ivrogne sur la ligne 3, entre Vasa et Victoria. Ou peut-être deux ivrognes. Le conducteur avait essayé de faire descendre le type qui mettait le souk dans le tramway.

— QSL, dit Bartram. On s'en occupe.

Le tramway attendait dans Vasagatan, près du carrefour. Les voitures circulaient. Les voyageurs du tram étaient descendus et patientaient sur le trottoir. L'ivrogne était suspendu à la portière. On voyait dépasser sa tête.

Une femme était avec lui. Bartram et Morelius laissèrent la voiture sur la piste cyclable et approchèrent. L'homme brandissait une bouteille cassée, pendant que la femme essayait de la lui ôter des mains. Elle recula en voyant les policiers.

— Dépose ça, ordonna Bartram.

L'ivrogne gargouilla une réponse en agitant la bouteille, puis il perdit l'équilibre et culbuta dans la neige boueuse. Il resta étendu sans bouger. La femme se mit à crier, sans quitter les policiers du regard. Elle était ivre, mais encore capable de se déplacer. L'homme gesticulait en essayant de se redresser. Morelius ne vit pas de sang. L'homme s'était mis à quatre pattes. Il se leva, chancela.

— J'aimerais bien repartir, s'impatienta le conducteur qui assistait à la scène à côté de Bartram.

— Allez-y, répondit-il. On se charge du reste.

Angela commençait à traîner son ventre, littéralement. C'était une sensation agréable. Ils étaient visibles tous les deux maintenant. L'enfant et elle. Ils s'extirpèrent de l'ascenseur et ouvrirent la porte.

Si c'était une fille, ils l'appelleraient Elsa. Peut-être. Et si c'était un garçon ? Erik avait proposé Sture, Göte ou Sune. Avant de se replonger, l'instant d'après, dans l'atroce enquête en cours.

Elle essayait de ne pas penser à l'immeuble dont le gardien faisait aussi le factotum chez eux. Il lui avait adressé un signe de tête et un sourire conspirateur l'autre jour, en la croisant dans le hall, comme s'ils partageaient un secret.

Le téléphone sonna. Elle décrocha sans avoir enlevé son manteau. Elle transpirait. La neige et le froid, dehors, puis la chaleur et l'étrange effort de prendre l'ascenseur et d'ouvrir la porte...

— Allô ?

Pas de réponse. Elle frissonna, comme si sa sueur s'était refroidie d'un coup.

— Allô ?

Elle avait presque oublié. Ça faisait plusieurs semaines maintenant.

Bruits de respiration. Quelqu'un l'écoutait. Elle vit sa main, qui s'était mise à trembler, et sentit un mouvement dans son ventre.

Un déclic, puis la tonalité.

Frottement contre la porte. Elle sursauta en la voyant s'ouvrir.

— Angela !

Siv Winter la dévisageait, sa clé à la main.

— Je croyais qu'il n'y avait personne.

Angela raccrocha lentement le combiné.

— Qu'y a-t-il ? Tu ne te sens pas bien ?

— Non.

— Enlève ton manteau – elle l'aida à se débarrasser du vêtement. Assieds-toi. Tu veux un verre d'eau ?

— Oui, merci.

Siv Winter alla à la cuisine et revint avec le verre.

— Il faut que tu te reposes. Tu es vraiment obligée de travailler jusqu'au bout ?

— Ce n'est pas ça.

— C'est quoi alors ?

— C'est un... type qui n'arrête pas d'appeler ici. Et il ne dit rien.

— Quoi ? Une blague téléphonique ?

— Ce n'est pas ça. C'est très désagréable. Ça faisait un moment que ce n'était plus arrivé, mais là, tout de suite...

— Tu viens de recevoir un appel comme ça ?

— Oui.

— Que dit Erik ?

Angela finit son verre. Oui, que disait-il ? Les appels anonymes avaient cessé. Mais là, il fallait faire quelque chose.

— On devait attendre. Maintenant je ne sais plus.

— Il faut que tu lui en parles.

La tête de Bergenhem brûlait comme avait brûlé le ciel. Les fusées, curieusement, avaient apaisé la douleur, mais ensuite, elle avait empiré. Beaucoup.

Cette nuit, il avait parlé dans son sommeil. Crié. Déliré. Puis il avait dormi et, au réveil, la douleur était moins vive, plutôt comme un sifflement assourdi.

Il commençait à voir flou.

Martina avait déposé Ada chez les voisins. En voyant sa mère repartir, Ada s'était contentée de rire et d'agiter la main. Au retour, Martina trouva Lars assis dans l'entrée, se débattant pour enfiler ses chaussures.

— Je prends le volant, lança-t-elle.

C'était l'évidence même.

Il ferma un œil en passant sur le pont. Un ferry quittait le port. Les toits des maisons étaient couverts de neige. Bonnets blancs, avait dit Ada l'autre jour, en les montrant du doigt.

Dans le virage, il eut un brutal accès de nausée. Martina conduisait comme un ambulancier.

On les prit tout de suite, aux urgences. Radio, lumière froide, des lampes dans les yeux. Il savait ce que c'était, il le savait depuis des jours. Peut-être était-ce la raison de ses sautes d'humeur, de son agitation, pendant toutes ces années. Il crut les entendre parler d'une opération. Les mots grouillaient, rebondissaient autour de lui.

Je veux garder mes yeux.

Tout le monde était en blanc. Bonnets blancs. Il essaya de les rejoindre à travers le brouillard. Épargnez mes yeux, s'il vous plaît.

Le couple avait fini par échapper à Halders. Ils n'avaient rien avoué ; mais ils avaient laissé leurs empreintes digitales.

— Je refuse, avait déclaré Per Elfvegren. Vous n'avez aucun droit.

— Au cours d'une enquête préliminaire, nous avons le droit de prendre des empreintes pour comparaison, avait répliqué Winter. Dans un but spécifique.

— Qui en décide ? Qui prend cette décision ?

— Le responsable de l'enquête préliminaire.

— Qui est-ce ?

— C'est moi.

Ils attendaient la réponse. Les hommes de Beier étaient tout aussi impatients.

— C'est un sujet sensible, annonça Halders.

— Quoi donc ? Les gens qu'ils fréquentent pendant leurs loisirs ?

— Personne n'a envie de raconter à une paire de flics la manière dont ils baisent.

— Non, évidemment.

— Ils auraient dû y penser avant.

— Patiente un peu, tempéra Winter. Si ça se trouve, ils n'ont jamais mis les pieds chez les Valker.

Les Elfvegren avaient dit autrefois, au cours du premier entretien, qu'ils avaient été invités une fois chez les Valker, mais ensuite ils s'étaient rétractés. Ils n'étaient jamais allés là-bas.

— *Fuck me*, lâcha Halders. Je suis prêt à parier.

— Tu paries quoi ?

— Un an d'abonnement au loto.

Coup de fil de Beier.

— Les empreintes coïncident, assura-t-il. Ils sont allés à l'appartement.

— Et chez les Martell ?

— Rien.

Winter raccrocha avec un hochement de tête.

— Tu avais accepté le pari ?

— On les fait revenir demain.

— Prise de sang, indiqua Halders. Pense aux taches de sperme.

— Impossible.

— Tu es sûr ?

Winter en était certain. Le procureur n'accepterait jamais une prise de sang. Il fallait pour cela un soupçon étayé et ils n'avaient pour l'instant qu'un couple de témoins.

— Des témoins copulants, révéla Halders. Un vrai petit nid de serpents.

— Ne va pas trop vite en besogne, Fredrik. Si ça se trouve, ils ne faisaient que prendre le café ensemble.

C'était la dernière fois. Elle lui avait consacré plus de temps qu'il ne le méritait, de son propre avis.

— Désolé d'être en retard, s'excusa-t-il.

— Pas de quoi.

— On a dû embarquer un ivrogne.

— C'était problématique ?

— Il s'est endormi dans la voiture.

Il s'assit.

— C'était une connaissance, du reste. Du moins indirectement.

— Comment cela ?

— C'était le père de Patrik Strömblad. J'ai eu l'occasion de croiser Patrik et c'était...

— Je n'ai pas besoin que tu me rappelles les circonstances, l'interrompit Hanne Östergaard.

— Ce n'était pas mon intention, rectifia Morelius.

Elle y repensait sans cesse. Maria avait complètement changé d'attitude, mais le souvenir était gravé, et les effets secondaires aussi. L'enquête des services sociaux. Tu récolteras ce que tu auras semé…

Ils laissèrent le sujet de Patrik et de son père pour parler de lui. Il lui fit part, une fois de plus, de ses visions.

— Je ne peux pas m'empêcher d'en revenir à cet accident, confia-t-il.

Hanne Östergaard hocha la tête. Morelius avait le regard baissé vers la table. Il évitait de croiser son regard.

— Elle me poursuit. Cette…

Silence. Morelius eut comme un frisson, un tressaillement. Il se répéta, comme s'il parlait tout seul.

— Elle me poursuit.

— Comment cela ?

— Quoi ?

— Tu dis qu'elle te poursuit.

— Ah ? – il tourna la tête vers la fenêtre. Parfois on ne s'entend pas parler. Je veux dire que cette expérience me poursuit, et peut-être autre chose aussi. D'autres choses qui sont arrivées.

Par la suite, il lui dit qu'il ne voyait plus de sens à continuer dans le métier.

Le gardien était assis dans son bureau habituel, face à Winter.

— Des journaux ? Je ne m'en occupe pas.

— Les gens les descendent directement dans le local des ordures ?

— Toujours. J'ai un petit truc à signaler, du reste.

— Quoi donc ?

— Il y a quelqu'un qui profite de mon… espace au sous-sol de votre immeuble. Il vient y manger, apparemment. C'est arrivé deux ou trois fois ces derniers temps. Je trouve des restes de nourriture et de boisson. Je n'ai jamais vu ça.

— La serrure est forcée ?

— Non. Il doit avoir une clé. Ou un passe.

— Quelque chose de volé ?

— Pas que je sache.

L'homme semblait décidé à ne pas le laisser minimiser l'incident.

— Ce n'est pas agréable. On n'a pas le droit de faire ça.

— Non. Il suffit de porter plainte.

— C'est ce que je fais.

— C'est bien. Mais il faudrait aller au commissariat de Chalmersgatan pour l'enregistrer officiellement.

Winter lui souhaita le bonsoir et parcourut à pied les quelques dizaines de mètres qui le séparaient de son immeuble. Il inspira profondément. Janvier céderait bientôt la place à février, à un autre parfum dans l'air.

À Londres, le printemps doit être presque arrivé, pensa-t-il soudain. Quelques années plus tôt, il avait travaillé sur une enquête douloureuse là-bas. Il ne voulait pas y repenser. Au lieu de ça, il pensa que le gardien n'avait pas fumé une seule cigarette au cours de sa visite.

À son arrivée, sa mère lui cria quelque chose de la cuisine. Il la rejoignit.

— Angela est sortie chercher du pain.

Angela revint, et Winter l'accueillit dans l'entrée.

— Il y a eu un nouvel appel, dit-elle.

— De la part de qui ?

— Tu sais bien, le type qui souffle dans le combiné et qui raccroche sans rien dire.

— Mince alors.

— Qu'est-ce qu'on fait ?

— On change de numéro. On se met sur liste rouge.

— Super.

— J'avais déjà envisagé de le faire.

— Eh bien, fais-le.

Comme ça au moins, pensa-t-il, on sera débarrassés du symptôme. Mais que se passe-t-il au juste ? Dois-je aller voir Birgersson et demander une aide financière de l'État pour brancher mon téléphone sur écoute ? Ça rentre dans le cadre de l'enquête préliminaire, Sture. De simples frais d'enquête, c'est tout.

Il se remémora soudain ce qu'avait dit Lareda Veitz. Il vit le profil d'Angela. Il pensa à la cave.

Il ouvrit son carnet et composa le numéro du bureau qu'il venait de quitter un peu plus tôt. Le gardien était encore là.

— Vous disiez que quelqu'un avait bu et mangé dans votre local du sous-sol ?

— Mais oui.

— Comment le savez-vous ?

— Il a laissé une bouteille. Ce n'est pas la première fois. Plusieurs bouteilles.

— Vous les avez conservées ?

— Conservées, c'est un grand mot. J'en ai mis trois de côté. J'allais les sortir demain.

46.

Winter enfila ses gants et prit l'ascenseur. C'était la première fois qu'il s'occupait de rassembler des preuves dans son propre immeuble. Le monde se rapprochait de lui.

Il dut attendre le bonhomme quelques minutes.

— Je n'aurais jamais cru que c'était si important que ça, avoua-t-il. Merci beaucoup.

Il ouvrit la porte.

— Voyez. Aucune trace.

Winter acquiesça.

— Ça, je dois dire que c'est une réaction rapide de la police. Vous prenez tout au sérieux, on dirait.

— Oui, reconnut Winter.

Non, pensa-t-il. Il ne comprenait pas tout à fait sa propre réaction. L'inquiétude d'Angela. Quelques coups de fil muets. Quelqu'un qui boit des sodas sans permission dans le réduit de la cave. Un cas pour le commissaire Erik Winter.

Les bouteilles portaient une étiquette de la marque Zingo.

— Je les prends, dit Winter en les saisissant toutes trois par le goulot dans sa main gantée.

— On a été serveur, à ce que je vois.

Bergenhem se réveilla et vit la pièce où il se trouvait. Si c'était le paradis, il ressemblait au monde qu'il avait quitté peu de temps auparavant.

Il pouvait fixer son regard. Sa tête ne brûlait plus de la même manière. Le visage de Martina était net, proche. Elle dit quelque chose qu'il n'entendit pas. Il essaya de s'asseoir.

— Reste tranquille, Lars. Tu dois faire attention.

Un truc blanc planait derrière elle. C'était peut-être un ange et, d'une certaine manière, ça l'était. Il reconnut d'abord le visage, puis la voix.

— Je ne fais que passer, dit Angela.

Moi aussi, pensa-t-il.

— Tu as l'air d'aller mieux.

Je n'ai pas de point de comparaison, faillit-il dire.

— Où suis-je ?

— Dans une salle de Sahlgrenska.

Maintenant je me souviens de tout. Alors je pose la question.

— La tumeur est partie ?

— Quelle tumeur ?

— La tumeur au cerveau. Vous avez réussi à l'enlever ?

Elle sourit peut-être. Elle se tourna vers un autre ange en blanc, qui parut hocher la tête.

— On a d'abord cru à une encéphalite. Mais c'était la pire attaque de migraine qu'on puisse imaginer.

— Quoi ? Je n'ai jamais eu de migraine.

Beier avait la bouteille. « Je ne savais pas que la marque Zingo existait encore, avait-il dit. Tu crois que c'est un message ? Zingo ? » Winter avait agité la main. Non, non. End of messages.

Il écoutait à nouveau Sacrament, en lisant les paroles. Le chanteur pataugeait dans le sang à Manhattan, Lower East End, mais parvenait in extremis à quitter l'endroit, destination le cosmos extérieur. Winter avait écouté le morceau tant de fois qu'il distinguait de plus en plus de paroles sans l'aide du livret. Ou alors il se faisait des idées.

Quand il marchait en ville maintenant, il tendait l'oreille, à l'affût du Black metal, comme des traces de hurlements de bêtes sauvages dans la musique insipide diffusée par les grands magasins ou les marchands de disques. Il réagissait en voyant passer des gens avec un baladeur. Il y en avait plein. De l'extérieur, tout sonnait pareil, comme un bourdonnement méthodique, renfermé. Lorsque quelqu'un soulevait une oreillette, il l'entendait. Jamais de black metal. Mais toujours à plein volume.

Winter n'avait jamais écouté de cette manière. Il voulait bouger sur sa musique, mais la tenir à plus grande distance que cela. Maintenant qu'il y prêtait attention, il s'apercevait que certains collègues venaient eux aussi au boulot avec un baladeur.

Il avait eu une nouvelle conversation brève avec Lareda, dans son bureau.

— A-t-il été interrompu ?

— Non.

— Que s'est-il passé alors ?

Elle ne répondit pas tout de suite. Elle était à la fenêtre. Le jour était plus clair que lors de sa visite précédente à la même heure. Février était proche, à portée de main, de l'autre côté de la fenêtre.

— Il est en route vers… ailleurs, dit-elle.

— Ce qui signifie ?

— Je n'en suis pas sûre.

Elle regardait le soleil qui commençait à décliner.

— Soit il s'est lassé en pleine action. Ou alors c'était son intention, depuis le début. Attendre…

— Comme je le fais maintenant ?

— Médite sur le texte, suggéra-t-elle. L'inscription sur le mur.

— Wall Street. L'indice aurait-il pris plus d'importance ?

— Je le crois. Essaie de le suivre.

— Comment ?
— Ce n'est pas une manœuvre de diversion.
— Tu crois qu'il va réessayer ?
— Le même type de crime ? Non. Je ne crois pas. Plus maintenant.
— Pourquoi ?
— Tu te souviens de ce que je disais à propos d'un monde ordonné par Dieu et d'un monde régi par Satan ?
— Je ne l'oublierai jamais.
— Il s'est passé quelque chose dans ce monde-là. Son monde à lui.
— Quoi donc ? Quelqu'un a pris le dessus ?
— Peut-être.
— Qui donc ? Dieu ?
— Plutôt... l'autre.
— Le diable est associé à un monde sans espoir. C'est ce que tu as dit la dernière fois.

Elle acquiesça et retourna s'asseoir. Winter avait allumé la lampe de travail. Sa table était dégagée.

— Dans un monde sans espoir le combat n'a plus de sens, dit-elle. Alors il ne peut pas aller plus loin. Ce qu'il fait ou ne fait pas n'a plus d'importance.
— Alors il abandonne la partie ?
— Peut-être.
— Notre espoir résiderait donc dans un monde sans espoir dominé par Satan ?

*

Ringmar avait été en contact avec la télévision nationale. On tournait effectivement un film dans la ville. Une histoire de crime et de châtiment.

— Ça fait un moment que ça dure. Quelques mois, avec une interruption. Détail intéressant, le film met en scène quarante policiers. En uniforme.
— Quarante comédiens ? demanda Winter.
— Non. Des figurants.
— Est-ce qu'ils tournent en ce moment ?

— Oui. J'ai parlé au chef régie. C'est lui qui s'occupe de... la régie.

— Aha, émit Winter avec un sourire.

— Je veux dire que c'est lui qui organise le truc.

Ils pouvaient se rendre à pied sur le lieu du tournage, et c'est ce qu'ils firent. L'équipe était rassemblée sur le grand parking devant Gamla Ullevi. La neige s'amoncelait en congères hautes de deux mètres. Partout des caméras. Deux femmes criaient dans des porte-voix. Quelques policiers traînaient à côté d'une voiture de police. Les figurants, pensa Winter.

Ringmar s'éloigna et revint avec un grand type à rouflaquettes, coiffé d'un bonnet vert, qui portait une veste en cuir marron et un dossier sous le bras.

— On n'a rien fait, confessa-t-il à Winter. Blague à part, c'est intéressant que vous ayez envie de voir ce qu'on fabrique.

— Pourquoi ?

— Il s'agit d'un commissaire dans la ville. Ses aventures.

— Ah bon.

— Un type de votre âge.

— Il n'y en a pas, dit Ringmar. Erik est le plus jeune.

— C'est un film, déclara le chef de tournage.

— Ah, mais oui, bien sûr.

— Il s'agit donc d'un commissaire..., enchaîna Winter.

— Oui. Une série sur la dure réalité de Göteborg et de la Suède en général. Produit par SVT Drama.

— Quand va-t-il sortir ?

— Dans un an à peu près.

Winter regarda autour de lui.

— Et que se passe-t-il maintenant ?

— Là, on tourne une scène où le commissaire va voir une équipe de télé pour leur poser des questions en lien avec son enquête.

— D'accord, dit Winter en se tournant vers une caméra toute proche. Alors on y va.

Il jeta un regard vers la voiture de police et les figurants qui bougeaient tout autour.

— C'est vous qui vous êtes chargés d'obtenir les uniformes ?

— Oui. Mais pas chez vous.

— J'avais compris.

— La police de Göteborg est impossible pour négocier ce genre de chose.

— Heureusement, commenta Ringmar.

— D'où viennent les uniformes, dans ce cas ?

— Swed Int. L'entrepôt de Södertälje.

— Combien d'uniformes avez-vous commandés ?

— Quarante et un, pour être précis. Un uniforme en réserve.

— Vous les surveillez ?

— Que voulez-vous dire ?

— Ils ne peuvent pas être volés ?

— Tout peut être volé. C'est possible de s'introduire dans la réserve. Mais quand on aura fini, je vérifierai bien sûr que le compte y est avant de les renvoyer à Södertälje. Je l'ai déjà fait une fois. Là, c'est la deuxième partie du tournage.

— Combien de temps ?

— Le temps d'avoir fini.

Il regarda Winter dans les yeux. L'homme avait la même taille que lui, mais dix ans de moins.

— Peut-être un mois. Peut-être plus. Il faudra poser la question au réalisateur.

Winter acquiesça.

— Ainsi donc vous savez toujours où se trouvent... les accessoires ? demanda Ringmar.

— Bon, peut-être pas à chaque seconde du tournage.

— Alors quelqu'un pourrait parfaitement ramener un uniforme chez lui entre les... prises, c'est comme ça qu'on dit ?

— Oui. J'imagine que c'est possible.

— Est-ce que cela s'est déjà produit ?

— Sans doute. Si on finit tard et qu'on doit

reprendre tôt le lendemain, tous les uniformes ne se retrouvent peut-être pas à la réserve pendant la nuit. Je ne sais pas. Maintenant que vous me posez la question...

— D'accord.

— Mais je sais une chose.

Il frotta ses mains pour les réchauffer et ouvrit son dossier.

— On tourne certaines scènes dans les banlieues, avec des immigrés, je veux dire des groupes ethniques qui figurent dans le scénario.

Winter hocha la tête.

— Je ne veux pas avoir à gérer des problèmes supplémentaires, en plus de toutes les couilles qui peuvent survenir pendant un tournage. On a ici quarante figurants en uniforme de police. Il arrive qu'ils jouent tous ensemble... mettons à Hammarkullen ou à Biskopsgården et je ne veux pas prendre de risques, vous comprenez ? Qu'un crétin se mette en tête de dire quelque chose à un immigré ou quoi. Qu'il profite de l'occasion, vous voyez ?

— Si l'un des figurants se révèle être raciste, c'est cela ?

— Exactement.

— Alors ?

— Alors j'ai pris leur numéro de Sécurité sociale, et j'ai fait suivre. On a leurs noms et leurs adresses.

— Fait suivre... à la police, vous voulez dire ?

— Oui. Pour vérification. Par mesure de sécurité. Vous les avez déjà.

Beier avait obtenu une réponse du laboratoire de Linköping concernant le test ADN.

— Positif, annonça-t-il. C'est le sperme de M. Martell.

— Mince alors, lâcha Ringmar.

Tu récolteras ce que tu auras semé, pensa-t-il.

— Comment va sa femme ? demanda Beier.

— Mal, répondit Winter.

— Toujours pareil, précisa Ringmar. Plus morte que vivante.

— Je n'aime pas cette façon de parler, dit Beier. Soit on est mort, soit on est vivant. Il n'y a pas d'entre-deux.

— Tu l'as vue ?

— Non.

Ringmar garda le silence. Un silence éloquent, qui fut rompu par Winter.

— Le couple Elfvegren doit revenir demain.

*

Winter appela Patrik chez lui. Le père décrocha tout de suite, comme s'il attendait à côté du téléphone. Winter se présenta.

Il avait vérifié auprès des services sociaux. La famille était connue, mais il n'y avait pas eu de plainte pour maltraitance.

Winter avait hésité, en pensant à Patrik. C'était son devoir de signaler ses soupçons. C'était son devoir, sa responsabilité. Il avait hésité, mais pour finir il l'avait fait. Il n'en dit rien à l'homme.

— Je cherche Patrik.

— Vous pouvez pas nous foutre la paix ?

— Patrik est là ?

— Vous êtes le deuxième flic qui appelle aujourd'hui.

— Quoi ?

— Le troisième, même.

L'enquête, pensa Winter. Cette enquête-*là*. Mais le troisième ?

— Qui était-ce ?

— M'en souviens pas.

— Patrik leur a-t-il parlé ?

— Il est pas là.

— Puis-je lui parler ?

— Il est pas là, j'ai dit.

Le temps était redevenu limpide. Il reconduisait sa mère à l'aéroport. La circulation était tranquille en ce début d'après-midi.

— Ciel bleu, ici comme là-bas, commenta sa mère – elle se tourna légèrement pour regarder son fils. Je reviendrai quand... l'enfant sera là.

Il contourna le terminal, se gara à la place habituelle, alla chercher un chariot. Ils entrèrent dans le hall des départs.

— Il n'y a pas de retard on dirait, poursuivit-elle.

Soudain elle fondit en larmes. Il la serra contre lui.

— C'est la première... la première fois que je retourne là-bas toute seule, murmura-t-elle. Je sais que tu veux que je reste, mais je dois y aller. Tu comprends ?

— Je comprends.

— Papa est... là-bas, malgré tout.

Winter vit la tombe, les pins, la montagne, la mer, la terre.

— Il est là-bas et il est... ici.

— Bien sûr, Erik.

Deux ou trois non-dits, pensa-t-il, mais il est ici. Ce sera peut-être plus facile maintenant.

Elle lui fit un signe de la main, dans l'escalier roulant qui l'emmenait vers le contrôle des passeports. Elle était en retard.

Il attendit près de la voiture jusqu'à ce que l'avion se soit envolé, comme un lourd oiseau migrateur argenté. Il fut aspiré par le bleu à deux mille mètres d'altitude.

FÉVRIER

47.

Il y avait des empreintes sur les bouteilles de Zingo, mais bien trop nombreuses.

— Donne-moi quelque chose avec quoi les comparer, avait dit Beier.

— Comment veux-tu que je le fasse ?

— La moitié de la ville a tenu ces bouteilles. Elles sont si importantes que ça ?

Winter n'avait pas répondu.

Il se rendit à Häradsgatan et laissa sa voiture au même endroit que la fois précédente. Le vent avait forci, apportant des nuages. Il tombait une pluie mêlée de neige. C'était à nouveau l'après-midi.

Les nuages filaient vite dans le ciel lorsqu'il leva la tête vers les fenêtres de l'appartement des Martell, au sixième étage. Il entra dans le patio aux dalles glissantes. Un écriteau sur une porte à droite disait que le bureau d'accueil était ouvert le dernier lundi du mois entre dix-sept heures trente et dix-huit heures trente. C'est ce soir, pensa-t-il. Ils avaient interrogé le gardien sans rien apprendre de plus. Les gardiens faisaient partie du monde de Winter maintenant.

Quelqu'un était donc passé ici pendant la nuit du nouvel an, vêtu d'un uniforme. Personne n'avait vu de voiture de police. Juste un uniforme. Les témoins étaient unanimes : un uniforme de police. C'était après le meurtre – ou les meurtres, si Siv Martell n'en réchappait pas. Réchapper au profit de quoi ? pensa Winter. De la vie, sous une forme quelconque.

Il retourna dans la rue et parcourut les quelques mètres jusqu'au carrefour. Une femme essayait d'entrer dans un magasin d'alimentation, en tirant une poussette. Winter approcha. Le magasin paraissait déformé dans la lumière de l'hiver. Des traînées de rouille dans les coins, autour des canalisations, dans les fissures, de la couleur. Winter entra. Les étagères étaient dégarnies. Il n'y avait que Winter et la femme, qui se tenait à la caisse en attendant d'être servie. Un comptoir de charcuterie luisait dans les maigres profondeurs du magasin, la lumière bleue éclairait deux affiches sales, qui représentaient des animaux démembrés.

Il ressortit. Une affiche publicitaire s'était détachée de son cadre. Le vent l'emporta. Elle voltigea au-dessus de la rue et fut arrêtée par l'immeuble des Martell, aplatie contre le mur à hauteur d'une fenêtre du deuxième étage.

La femme sortit à son tour et prit à gauche, en longeant une pizzeria et une boulangerie qui avaient fermé pour de bon. Il la suivit. Par la fenêtre de la pizzeria, il vit des chaises empilées. La femme remontait la rue. Winter aperçut le clocher de l'église. Il descendit l'escalier, la paroi rocheuse cachait tout. Personne en vue. Des voitures passaient. Il approcha de la boutique qui s'appelait Krokens Livs, où il avait autrefois acheté une boîte de pastilles Läkerol. Comme ce jour-là, le vent malmenait les affiches de films au-dehors. C'étaient encore les mêmes : *La Ville des anges* et *Les Vengeurs*.

Comme alors, le minibus communal s'arrêta dix mètres plus loin pour laisser descendre quelques vieux. Comme alors, Winter entra dans la boutique. Il se retrouva au milieu des produits laitiers, des sacs de chips, des cassettes vidéo, des confiseries, des brosses à vaisselle et des journaux. Dehors, le vent agrippait plus fort *La Ville des anges* qu'il apercevait par la porte vitrée. La femme derrière la caisse était originaire d'un autre pays. La Turquie peut-être. Ou l'Iran. Elle souriait. Winter lui demanda une boîte d'allumettes. Derrière la femme, il y avait une photo du magasin. Prise au soleil. C'était bien la même boutique, sans aucun doute possible. Comme alors, deux affiches de films encadrées sur le trottoir. La photo faisait à peu près cinq centimètres sur sept et elle était en partie cachée par une pub pour des cigarettes. Winter ne se souvenait pas de l'avoir vue l'autre fois ; elle avait pourtant dû y être, car les couleurs étaient pâlies, sans éclat. Elle pouvait avoir trois ans, ou dix. On voyait un homme âgé, debout sur le seuil, une pile de journaux dans les bras, l'air d'un propriétaire fier et heureux. Mais ce ne fut pas son expression qui poussa Winter à garder le regard rivé à l'image au point d'en oublier sa monnaie et de ne pas entendre ce que lui disait la femme. Au-dessus de la tête de l'homme, il apercevait une enseigne. À présent, celle-ci était à angle droit par rapport à la façade. Krokens Livs.

Sur la photo, c'était un autre nom, tracé en lettres rouges : Manhattan Livs.

*

Börjesson était retourné à Powerhouse, le magasin de disques de Vallgatan. Le jeune enquêteur connaissait bien la boutique.

— Je suis déjà venu, déclara-t-il au vendeur. À titre privé, si je puis dire.

— Ravi de l'entendre.

Le gars derrière le comptoir mâchonnait quelque chose en examinant une pile de CD d'occasion. Il ouvrit une pochette et vérifia l'état du disque.

— Je ne te remets pas. Mais je n'étais pas là cette dernière année – il rangea le disque, leva la tête vers Börjesson et sourit. New York, L.A., Sydney, Bornéo.

— Pas mal, dit Börjesson – il tira un CD de sa poche. Tu reconnais ça ?

Le gars prit Sacrament, regarda la pochette, puis Börjesson.

— Si c'est moi qui l'ai vendu ? Yes, sir.

— Tu reconnais le disque ?

— Mais oui. C'est peut-être même cet horrible dessin qui m'a donné envie de retrouver le soleil. On en avait deux exemplaires.

— C'est exactement la question que j'allais te poser.

— Ce n'est pas si mal, vu la qualité de la production.

— Tu ne te rappelles pas à qui tu l'as vendu ?

— Tu plaisantes ? Je ne suis pas seul à travailler ici. Et je suis plus doué pour reconnaître les pochettes de disques que les visages.

Il retourna celle qu'il tenait à la main, considéra la photo des hommes de l'ombre se détachant sur un fond coloré.

— Parfois, je me souviens des types qui viennent nous revendre leur collection. Certains arrivent avec des montagnes de disques. De temps en temps il y a des trouvailles. Celui-ci est un peu limite.

Il prit le livret, le feuilleta.

— Qu'est-ce qu'il a de si intéressant ?

— Il est lié à une affaire sur laquelle on travaille, dit Börjesson.

— Le meurtre dont on a parlé dans les journaux ?

— Pourquoi dis-tu cela ?

— Simple association d'idées. C'est une musique un peu sanglante, si on peut dire. Mais assez gentille, au fond.

Il eut un petit rire.

— Tu te souviens du type à qui tu as acheté ce disque, alors ?

— Non. Ce n'était peut-être pas moi. Tu as demandé aux autres ?

— Oui. Ça ne leur dit rien.

— Alors c'était peut-être moi malgré tout… Voyons

voir… On en avait donc deux. Le premier était ici quand j'ai commencé à travailler. Le disque a quand même quelques années…

Il quitta le comptoir et fouilla les bacs réservés au hard-rock.

— Rien maintenant. Mais on en a eu deux. Pas au même moment.

Börjesson réfléchissait. Quelqu'un à l'arrière-plan avait changé de disque et mis du Led Zep.

— Quand je suis parti en voyage, reprit le vendeur, il y en avait un exemplaire. Quand je suis revenu, il n'y était plus.

— D'accord.

— On a tellement de clients que c'est impossible à vérifier.

— Je comprends.

— Des gens de tous âges, de toutes races, de toutes tailles.

Börjesson regarda autour de lui. Il y avait une vingtaine de clients dans le local, tous de sexe masculin. La plupart étaient des adolescents ; il y avait aussi quelques trentenaires penchés sur les bacs et au même instant, un type de quarante-cinq ans environ entra avec un grand nombre de 33 tours sous le bras. Deux filles le suivaient.

— Il y a eu aussi pas mal de changements dans le personnel. Au cours de la dernière année, on a eu quelques arrivées et quelques départs.

— Les affaires marchent bien ?

— Plutôt.

Il retourna derrière le comptoir, où la pile de CD avait été rejointe par les 33 tours. Il se retourna vers Börjesson.

— Puisque tu es de la police, je me souviens qu'il y avait parfois un collègue à toi qui venait regarder les nouveautés. Un flic, je veux dire. Ce devait être juste avant que je parte en voyage.

— Un collègue ? Comment le sais-tu ?

— Je suis quand même capable de reconnaître un uniforme de police.

— Tu veux dire qu'il est venu… en tant que client ?

— Oui, bien sûr.

— C'est inhabituel ?

— Des flics en uniforme qui viennent regarder les disques ? C'est sans doute le seul que j'aie vu. Pose la question aux autres.

— C'est déjà fait.

Il jeta un regard à Börjesson. L'homme aux 33 tours avait été pris en charge par un autre vendeur.

— Vous avez le temps d'aller acheter des disques pendant le service ?

La femme répéta ce qu'elle venait de dire. Winter détacha son regard de la photo.

— Vous avez la monnaie plus petite ?

— Non, je regrette.

Il indiqua la photo.

— Ce magasin s'appelait autrefois Manhattan Livs ?

Elle pivota sur son tabouret, se retourna vers lui.

— Je ne sais pas. Je viens d'arriver.

Winter savait que le propriétaire était un homme. Tous les habitants du quartier avaient été soumis à un entretien de routine, et il avait lu les retranscriptions, comme tous les autres éléments du rapport d'enquête.

— Le propriétaire vient le soir. Bertil.

— Je peux avoir son numéro ?

Bertil Andréasson décrocha à la deuxième sonnerie. Winter se présenta et l'interrogea sur le nom de la boutique. Il était de retour dans son bureau, son manteau trempé suspendu au cintre à côté du lavabo.

— C'est moi qui ai changé le nom de la boutique quand je l'ai rachetée, dit Andréasson.

— Quand était-ce ?

— Voyons… Bientôt trois ans.

— Vous avez changé le nom tout de suite ?

— Presque. Manhattan... je voyais pas le rapport. Je ne suis jamais allé à New York, mais ça m'étonnerait que ça ressemble à Hagåkersgatan. Du moins pas le Manhattan qu'on voit dans les films.

— Vous êtes souvent dans la boutique ?

— Pardon ?

Winter perçut le changement de ton. Une brusque pointe de vigilance.

— Vous êtes souvent à la boutique ?

— Vous avez rencontré Jilna.

— Elle n'est pas là depuis longtemps.

— J'en avais deux autres avant. Je ne peux pas être là en permanence, j'ai un autre boulot à côté.

— Ces deux employés sont parties ?

— La première a déménagé et le deuxième ne savait pas compter.

— J'ai quelques questions supplémentaires à vous poser, annonça Winter. Ce serait bien de ne pas le faire par téléphone. Pourriez-vous venir au commissariat ?

— Pourquoi ? J'ai déjà eu affaire à la police, après le meurtre. Je ne sais rien de neuf.

— On a parfois besoin de parler aux gens plusieurs fois. S'il y a du nouveau.

— Quoi donc ? Ah oui, l'ancien nom.

— J'ai vu la photo.

— Celle qui est derrière la caisse ? La photo de Killdén ? J'ai pensé l'enlever au moins quatre-vingt-dix fois. Mais il arrive à des vieux clients de parler du bonhomme, alors je l'ai laissée. Raisons sentimentales.

— Killdén était le précédent propriétaire ?

— Åke Killdén. Il avait quelques boutiques, il les a revendues et maintenant il est au soleil.

— Ah ?

— Il s'est acheté un appartement, ou une maison, en Espagne. Sur la Costa del Sol, je crois.

48.

Bertill Andréasson se présenta au commissariat, manifestement inquiet à l'idée qu'on puisse l'interroger de façon plus serrée sur son deuxième gagne-pain. Winter essaya de laisser entendre que les histoires de travail au noir ne l'intéressaient pas, à condition qu'il collabore.

Il donna le nom et la dernière adresse connue de ses deux précédents employés. Jilna travaillait à la boutique depuis six mois environ. Cinq, pour être précis. Ce n'était pas une championne de la langue suédoise, mais elle savait compter et repérer les petits malins qui essayaient de permuter les étiquettes de prix. Elle était aussi capable de dire non aux gamins qui voulaient acheter de la bière.

Winter l'avait interrogée, à la boutique, mais elle n'avait pas remarqué quelqu'un en particulier. S'il voulait qu'elle lui indique des clients réguliers, il faudrait qu'il lui apporte une photo, ou qu'il envoie du monde à qui elle pourrait les désigner, au fur et à mesure. Il y en avait bien quelques-uns, avait-elle dit. O.K., avait pensé Winter. On y colle un type.

Andréasson n'avait pas de clients réguliers en réserve.

— Je ne suis pas souvent à la boutique. Je n'habite même pas le quartier.

— Vous devez bien vous souvenir de l'un ou l'autre client ?

— Euh, non. Il vaut mieux poser la question à Jilna.

— Je l'ai déjà fait.

Halders et Winter revirent les Elfvegren. Dans la même pièce sinistre du commissariat. Winter ne savait toujours pas s'il ne s'agissait que de lui. L'homme. La femme semblait en état de choc.

— D'accord, avoua Per Elfvegren. On y est allés... prendre un café. Deux fois, je crois.

— Pourquoi avez-vous menti à ce sujet ?

— Je ne sais pas.

— Les gens n'ont pas l'habitude de mentir quand ils sont juste allés prendre le café chez quelqu'un.

— Il faut croire qu'on avait peur.

Sa femme avait effectivement l'air terrifiée.

Halders soupira.

— Pourquoi ne dites-vous pas la vérité ?

Elfvegren ne répondit pas.

— Vous aviez une relation, lança Halders.

Elfvegren secoua la tête.

— Nous pourrions être contraints de faire une prise de sang, ajouta Halders.

— Pourquoi ?

Halders le lui dit. La femme pâlit d'un coup.

Son mari se mordit la lèvre et jeta un coup d'œil à Winter.

Il a pris une décision, pensa celui-ci. Peut-être celle de dire la vérité.

— D'accord. On les a rencontrés... par annonce.

— Quel genre d'annonce ?

— Une petite annonce.

— Quel genre de petite annonce ?

Elfvegren regarda sa femme, qui hocha imperceptiblement la tête.

— Dans la... euh... revue.

— Laquelle ?

— Celle dont on a déjà parlé. *Aktuell Rapport*.

— Vous ai-je bien compris ? Vous vous êtes rencontrés par l'intermédiaire d'une petite annonce dans *Aktuell Rapport* ?

— Oui.

— C'est bien cela ? demanda Halders à la femme.

— Oui, murmura-t-elle.

— C'est vous qui aviez passé l'annonce ?

— Non, dit Per Elfvegren. On a répondu à la leur.

— Quand était-ce ?

Elfvegren donna une réponse approximative.

— C'est... la seule fois, assura sa femme.

Je m'en fous, pensa Halders.

— Avez-vous rencontré les Martell de la même manière ?

— Non, répondit Elfvegren.

— Comment les avez-vous rencontrés, alors ?

— Par les Valker. Mais nous... mais nous...

— Oui ?

— Nous n'avons jamais eu de... relations.

Halders garda le silence.

— Il n'y avait que les Valker.

— Les Valker rencontraient-ils d'autres gens ? demanda Halders.

— Comment ça ?

— Quand vous avez eu votre... relation, y avait-il d'autres personnes présentes ?

— Jamais.

— Jamais ?

— Jamais. Je le jure, confirma Per Elfvegren.

Il semblait s'être décidé à dire la vérité et rien que la vérité, mais un visage pouvait mentir.

— Avez-vous entendu parler d'une autre relation ?

— Non.

— Les Valker vous ont-ils parlé d'autres rencontres ? Des rencontres du même genre, avec d'autres personnes ?

Winter appréciait la finesse elliptique de Halders. Il se débrouillait bien dans son rôle de responsable d'interrogatoire intérimaire.

— Non.

La femme s'éclaircit la voix. Elle regarda son mari, toussota à nouveau. Elle voulait dire quelque chose. Halders attendit. Winter était à peine visible de l'endroit où ils se trouvaient, de part et d'autre de la table au centre de la pièce. Il n'était qu'une ombre contre le mur.

— Il y avait... un homme, dit-elle.

Per Elfvegren parut sincèrement surpris.

— Louise m'en a parlé un jour, ajouta-t-elle. Un homme qu'ils avaient rencontré deux ou trois fois.

Patrik essayait de lire. Le soir était tombé. Quelque chose le brûlait de l'intérieur. Le printemps est quand même en route, pensa-t-il en regardant le ciel par la fenêtre. On peut passer plus de temps dehors.

Il était dans le canapé. Il entendit Ulla fermer la porte d'entrée et enlever ses chaussures. Il se leva, éteignit la musique et se rassit.

Ulla entra, deux pas en arrière pour un pas en avant.

— Où est le vieux ? demanda-t-il.

— Aucune idée, répondit-elle en se laissant tomber comme un poids mou dans le canapé, à un mètre de lui.

Il recula.

— Je l'ai planté, précisa-t-elle. Il était infernal.

Elle tourna la tête vers Patrik, essaya de fixer son regard sur lui.

— Toi, tu es un gentil garçon. Tu n'es pas comme lui.

Ni comme toi, pensa Patrik. Il se leva. Elle le saisit par le bras, comme si elle se suspendait à lui.

— Tu ne peux pas rester ? Bavarder un peu ?

— Je dois y aller.

— Juste un peu.

L'étau s'était resserré. Elle se mit à fredonner une mélodie. Puis elle éclata de rire. Pas de bol. Elle était raide bourrée.

— Allez, viens là, assieds-toi à côté de tante Ulla, qu'on discute un peu tous les deux.

Elle le tirait par la manche de son pull. Il perçut la puanteur familière de vieille cuite doublée de cuite fraîche.

Elle tira plus fort. Il perdit l'équilibre, tomba sur elle. Tout en tombant, il entendit la porte s'ouvrir, puis un pas mal assuré dans l'entrée et la voix de son père. « Qu'est-ce que… ! ? »

L'instant d'après, il fut brutalement empoigné par le bras – pas la manche, cette fois, mais les os du bras – et tiré sans ménagement vers le haut. Il cria de douleur ; puis sa tête explosa.

Maria faisait un quatre-quarts. Hanne Östergaard la regardait répandre des nuages de farine dans la cuisine, avec la sensation d'être ramenée deux mille ans en arrière. Quelques années plus tôt, elle n'avait fait que cela. Des quatre-quarts. Aucun problème pour moi, pensa-t-elle. Elle peut bien faire deux mille quatre-quarts d'affilée, si elle veut. Je suis d'accord.

Elle retourna dans le séjour, retrouva le canapé et son livre. Le ciel avait bleui, noirci, mais la promesse du printemps était encore tangible. Ou alors c'est une illusion. Un rêve de lumière. On se prend à espérer avant que l'hiver n'ait même commencé à battre en retraite.

Bruits d'ustensiles dans la cuisine. Elle adorait ce bruit-là. Elle entendit une sirène du côté de Sankt Sigfrids Plan. Un ton continu, crescendo, sans doute une voiture de police. Depuis qu'elle travaillait au commissariat, elle avait appris à distinguer les différentes sirènes. Le bruit cessa de façon abrupte. Un excès de vitesse, peut-être une collision. Elle pensa à Simon et à son atroce accident. Il n'y échappait pas. Le souvenir était trop fort, trop douloureux pour lui. Il allait peut-être quitter le métier. Elle ne connaissait personne qui ait pris une telle décision pour ce type de motif.

Il ressassait les détails atroces comme si cela devait lui permettre de les faire disparaître. Mais il n'obtenait jamais que le résultat inverse. Elle aurait pu les énumérer à sa place, à force de les entendre. Mais elle n'avait pas été présente, elle n'avait rien vu. La dernière fois il avait dit...

La sonnette retentit.

— Je vais ouvrir, cria Hanne en se levant.

Patrik était sur le perron. Le visage en sang. Une coulure de sang figé sous un œil.

— Patrik! hurla Maria qui était apparue derrière elle.

— Un homme?! répéta Halders. Louise Valker vous a parlé d'un homme?

Pourquoi n'as-tu rien dit, merde? Ça aurait pu sauver des vies.

— Une seule fois, dit-elle.

— Continuez.

Winter sentait la tension dans tout son corps; il la voyait chez Halders. Per Elfvegren était comme paralysé. Sa femme semblait plus calme. Elle s'était préparée à cet aveu.

— Elle a dit qu'ils avaient rencontré un homme deux ou trois fois. C'est tout.

Halders la regardait. Elle parut brusquement comprendre l'enjeu.

— Je n'ai jamais pensé que ça pouvait être lié à...

— Répétez-moi exactement ce qu'elle vous a dit, articula Halders.

— Je viens de le faire.

— Dans quel contexte vous l'a-t-elle dit?

— Je ne m'en souviens pas très bien. Mais nous étions seules, murmura-t-elle avec un regard à son mari.

— Qu'a-t-elle dit ?

— Qu'ils avaient reçu la visite d'un homme, deux ou trois fois.

— Oui ?

— J'ai eu l'impression, à sa façon d'en parler, qu'il était... excitant.

— Comment s'étaient-ils rencontrés ?

— Je ne sais pas.

— Par une annonce ?

— Oui, elle a peut-être dit ça – elle parut réfléchir. Peut-être a-t-elle dit quelque chose comme quoi ils avaient eu de la chance... Oui, qu'ils avaient eu de la chance avec leurs annonces.

— Cet homme avait-il répondu à une annonce ?

— Je ne sais pas.

— Avait-il passé une annonce ?

— Aucune idée.

— Vous le connaissiez ?

— Certainement pas.

— Louise Valker a-t-elle décrit sa physionomie ?

— Non.

— Aucun détail personnel ?

— Rien.

— Vous en êtes sûre ?

— Oui.

— Ses vêtements ?

— Non. Rien là-dessus.

— Elle l'a juste mentionné, et c'est tout ?

— Oui...

Winter décela dans sa voix une ombre d'hésitation. Halders l'avait perçue lui aussi. Il attendait.

49.

Winter appela Möllerström. Le procédurier décrocha à la première sonnerie.

— Procure-moi le dernier numéro d'*Aktuell Rapport,* s'il te plaît, Janne.

— Le magazine pour hommes ?

— Il n'y en a pas d'autres, que je sache.

— Tu as bien dit *Aktuell Rapport* ?

— Affirmatif.

Winter raccrocha et prit la liste des quarante figurants en uniforme, dans la série consacrée aux aventures d'un commissaire dans la ville. Pourquoi pas un inspecteur ? avait demandé Halders. Tu y seras toi aussi, avait dit Ringmar. On y sera tous.

— On le fait, alors ? demanda Ringmar, assis face à Winter. Tu en as parlé à Sture ?

— Il est d'accord, si on pense que ça vaut le coup.

— Quarante figurants, ajouta Ringmar. Ça veut dire dix à quinze bonshommes pendant au moins une semaine. Combien de temps par figurant ? Une heure et demie… Disons une heure, au minimum. Il faut les retrouver, vérifier leurs adresses, convenir d'un rendez-vous. Les entendre.

— Et comparer, précisa Winter.

— C'est ton boulot.

— Je peux obtenir dix bonshommes.

Winter alluma un cigarillo. Il faisait encore à peu près clair dehors. La neige était encore là. Il regarda Ringmar dans les yeux.

— Est-ce qu'on s'embarque dans la bonne direction avec cette… piste policière ?

— Je n'en sais fichtre rien, Erik.

— Dis-moi ce que tu penses.

Ringmar se frotta le front ; un bruit de papier de verre contre du bois brut. Ses traits apparaissaient plus nettement dans le crépuscule, les rides creusées par le soleil reflété contre les immeubles de l'autre côté du canal. Pas de sports d'hiver pour Bertil cette année, pas plus que les autres années. Peut-être quand les petits enfants seront là… Les vacances de février étaient terminées de toute manière.

— Il a été question d'un policier… ou d'un uniforme de police un peu trop souvent pour qu'on néglige la piste, dit-il enfin.

— Oui.

— Le rapport de Börjessson sur le magasin de disques était intéressant.

— Oui.

— Personne n'a signalé la disparition d'un uniforme.

— Non.

— Reste le tournage.

— Oui.

— C'est peut-être un présage.

— Un bon présage ?

— J'ai vu autrefois un film qui s'appelait *Omen*. Il n'y avait aucune bonté dedans, c'est le moins qu'on puisse dire.

— Il y en a eu plusieurs, reprit Winter. Plusieurs épisodes.

Ringmar se frotta le crâne.

— Je propose qu'on s'y mette.

— Tu t'en charges ?

Ringmar acquiesça, prit la liste et partit dans son bureau pour organiser le travail. Une secrétaire apporta un pli interne. Winter ouvrit l'enveloppe. La secrétaire écarquilla les yeux en voyant la revue et sortit sans un mot. La fille de la couverture était court vêtue. Une grande rubrique en rouge et jaune promettait des tuyaux sur le thème « Le sexe au travail ». Winter feuilleta la revue jusqu'à la rubrique « Contact éclair ». Il y avait beaucoup d'annonces. Pas mal de photos de sexes dénudés et de visages aux yeux couverts d'un bandeau. Pourquoi pas l'inverse, songea-t-il.

À la fin de la rubrique, il trouva un formulaire de petite annonce. Les Valker avaient dû remplir un semblable formulaire et le renvoyer à la rédaction, pensa-t-il. Peut-être les Elfvegren ? Peut-être les Martell ?

Peut-être quelqu'un d'autre.

Comment s'y prenait-on ?

Il chercha les informations relatives aux réponses. Par téléphone. Par lettre. Ils n'avaient pas interrogé les Elfvegren sur le type d'annonce, ni sur la manière dont ils y avaient répondu. C'était maladroit, digne de débutants et peut-être aussi… tout à leur honneur. Pas même Halders n'avait posé la question.

On avait le détail de leurs communications téléphoniques. On pouvait donc vérifier ce point.

Ils n'avaient pas trouvé de formulaire d'annonce chez les Valker, pas plus que chez les Martell. Pas d'annonce, et pas de réponse.

Winter appela la rédaction de la revue. Une femme répondit et il lui présenta son affaire.

— Les textes des annonces sont conservés pendant trois mois, affirma-t-elle.

— Cela signifie que vous conservez pendant trois mois le nom et l'adresse des personnes concernées ?

— Oui. En principe.

— Que signifie « en principe » ?

— On n'a pas toujours la possibilité de les pilonner en temps voulu. Il y a beaucoup de travail…

Ce pilonnage de malheur, pensa-t-il. On devrait passer une loi contre le pilonnage. Par égard pour les enquêteurs de la police criminelle.

— Combien de temps sont-ils conservés, dans ce cas ?

— Six mois, par là. Mais c'est rare.

— Comment sont-ils conservés ?

— Pardon ?

— Comment sont conservés les textes ?

— Nous avons des archives informatisées. En plus des textes originaux.

— Les gens donnent-ils leur adresse personnelle ?

— Oui.

— Pas de boîtes postales anonymes ?

— Nous le refusons. L'expérience a montré que ce n'était pas... sérieux.

Winter n'insista pas.

— Connaissez-vous l'identité de ceux qui répondent aux annonces ?

— Non. Les gens glissent leur réponse dans une enveloppe fermée, en notant dessus le numéro de l'annonce. Cette enveloppe est affranchie et glissée dans une autre enveloppe à l'adresse du journal. Nous transmettons la réponse à l'annonceur.

— On dispose donc de trois mois pour répondre ?

— Oui.

Winter réfléchit. Avec un peu de chance, le texte des Valker était toujours à la rédaction. Ou du moins, l'adresse qui confirmait l'envoi d'une annonce. Il appellerait les collègues de Stockholm, où se trouvait la rédaction du journal. Ce ne serait pas la première fois.

Avec un peu de chance ils pourraient aussi retrouver le texte des Martell. Ou des Elfvegren.

Il repensa aux Martell. Cela faisait moins de trois mois. S'ils avaient passé une annonce, toutes les réponses n'étaient peut-être pas encore parvenues à leur domicile.

Il pouvait y avoir des réponses en stand-by à la

rédaction. Il pensa au récit d'Erika Elfvegren à propos d'un « homme ».

Cet homme était passé par le biais des annonces. Winter s'était plusieurs fois demandé comment il avait pu s'introduire chez ses victimes ; il tenait peut-être une réponse, une solution.

Mais ils avaient pu passer leur annonce à n'importe quel moment. Peut-être des années plus tôt... Du calme, Winter.

Il posa à la femme de la rédaction quelques questions d'ordre pratique. Puis il raccrocha et rappela Stockholm. Un collègue, cette fois. Le commissaire Jonas Sjöland.

Personne ne décrochait chez Matilda Josefsson, ancienne employée de Krokens Livs. Aneta Djanali essaya l'autre numéro. Un homme répondit en répétant les chiffres qu'elle venait de composer sur le cadran.

Elle se présenta.

— Ça fait un bail, dit-il.

— Quoi donc ?

— Que j'ai travaillé là-bas. Le bonhomme était fou furieux.

— Le bonhomme ?

— Andréasson. Il a prétendu que je ne savais pas compter. Alors j'ai donné ma démission.

Aneta Djanali l'interrogea sur d'éventuels clients réguliers.

— Oui, bien sûr, il y en avait. Le contraire aurait été bizarre.

Silence.

— Et puis il y avait les voyous.

— Pardon ?

— Il y avait quelques voyous. De la marchandise disparaissait. Je ne les ai jamais vus de mes propres yeux mais il y a eu quelques incidents.

— Quand ?

— Je ne m'en souviens pas. Je ne l'ai pas franchement noté dans mon agenda. Mais la fille qui travaillait là-bas au même moment en sait davantage.

— Matilda Josefsson ?

— C'est bien ça. C'était son nom.

— Elle vous a parlé de voyous ?

— Posez-lui la question.

— On va le faire. Mais elle ne travaille plus à la boutique.

— Tiens donc. Elle, pourtant, elle savait compter, ha, ha.

— On essaie de la joindre en ce moment.

— Elle parlait toujours de partir au soleil. Vérifiez là-bas.

Winter vérifia du côté du soleil. Sa mère ne connaissait aucun Killdén prénommé Åke. Il n'habitait sans doute pas Nueva Andalucía, mais ce n'était pas l'unique colonie suédoise de la Costa del Sol. Il appela le consul suédois de Fuengirola. Winter se remémora la ville, l'autoroute semblable à une blessure noire, les maisons qui paraissaient avoir été jetées en vrac vers la mer, du haut de la montagne.

— Bien sûr que je connais Åke, répondit le consul. Et votre nom aussi m'est familier, je crois.

Pas de réponse chez Killdén, dans la colonie d'Elviria. C'était à l'est de l'hôpital, de l'autre côté de Marbella. Il se rappela des restaurants, des hôtels, des terrains de golf, de petites maisons blanches.

Un trajet nocturne en taxi, vers Torremolinos. Le goût du vin dans sa gorge.

Winter prit sa voiture jusqu'à Sahlgrenska, où Siv Martell était encore plongée dans un sommeil miséricordieux. Ce déplacement était inutile, mais il voulait s'éloigner de son bureau. La vision du corps inerte de Siv Martell fut comme un rappel.

Il la regardait à travers la vitre. Aurait-elle des

réponses à lui donner si jamais elle se réveillait ? Si on lui permettait un jour de se réveiller ? Il eut soudain froid, comme s'il avait porté de la glace sous ses vêtements.

Il ressortit. L'hôpital, avec son mélange de bâtiments anciens et modernes, ressemblait à un décor de théâtre. Des ambulances et des voitures de police traversaient la scène. Des aides-soignantes vêtues de blanc traversaient la scène. Des médecins. Des anges. Il marchait lui-même sur la scène, mais il n'y avait pas de projecteurs.

Et pas de scénario. Rien que l'intuition d'une catastrophe imminente.

50.

Bartram acheta un journal et loua un film de guerre. La femme lui adressa un sourire aimable. Il ignorait si elle se rappelait son visage d'une fois sur l'autre. Normalement elle aurait dû le faire. Ce ne devait pas être si différent à l'autre bout du monde, de là où elle venait.

Elle n'était pas là depuis longtemps. Il y avait eu d'autres employés avant elle. Un type, qu'il n'avait pas aimé, qui n'avait rien à faire dans un métier de service. Pour ça, il fallait faire des efforts en direction de la clientèle. Sinon, il valait mieux se choisir une autre occupation.

Il avait vu un vieux, une fois. Un soir. Ce devait être le propriétaire. Lui non plus n'avait pas le sens du service. On aurait dit qu'il avait un feu allumé sous le derrière. Incapable de rester tranquille sur sa chaise.

Il avait bien aimé la fille, en revanche. Un jour, elle n'avait plus été là. Elle aurait pu le prévenir. Mais pourquoi l'aurait-elle fait ? Ce n'était pas parce qu'il l'aimait bien que l'inverse était nécessairement vrai. Quant à celle-ci… Peut-être riait-elle dans son dos. Il s'était retourné à brûle-pourpoint ; elle ne riait pas, mais peut-être parce qu'elle n'osait pas le faire. Elle savait qu'il était parfois policier. Quand il portait l'uniforme il était policier. Il entrait dans le magasin et il était policier. Maintenant il ne l'était pas, il portait d'autres vêtements. Maintenant il ne pouvait pas ordonner aux gens de boucler leur ceinture et s'attendre à ce qu'ils le prennent au sérieux.

Un jour il s'était interposé entre l'ancienne employée et un petit gars qui volait des vidéos. Il préférait voir les choses ainsi. Il s'était interposé. Le gars s'était défendu comme il pouvait, en disant qu'il avait eu l'intention de payer, qu'il avait juste oublié de le faire.

Alors il avait fait une concession. Il avait noté un nom et une adresse, mais c'était surtout parce que la fille le regardait. Elle ne voulait pas porter plainte. Il pouvait choisir de ne pas faire de rapport. Pourquoi pas ? Le gars lui avait montré sa carte d'identité. Il aurait pu l'arrêter. En définitive, il l'avait relâché, après l'avoir laissé suer un moment. Ne recommence pas, etc. Toutes les conneries habituelles. Le gars paraissait un peu bizarre. Il regardait l'uniforme comme s'il avait affaire à un général, comme s'il l'uniforme avait été bardé de décorations. Il avait presque eu pitié de lui.

Il lui avait demandé si elle connaissait le gars, elle avait haussé les épaules. Il n'avait pas insisté.

Dehors, le vent agrippait les affiches. Toujours les mêmes. Quel succès. Il jeta un regard rapide à l'immeuble un peu plus loin.

Il traversa la rue et marcha dans le silence. La montagne à gauche arrêtait les bruits de la ville, et la montée vers l'église assourdissait le fracas de la circulation sur la route principale.

La rue était longue, mais il ne s'en lassait pas. Il y avait des maisons jaunes à regarder. Elles se différenciaient de la sienne, qui était en briques rouges.

Deux types sortirent de l'immeuble qui arborait une réclame sur le pignon. Ils traînaient entre eux une baignoire qui avait fait son temps. Bartram ne prenait jamais de bain. Il n'avait pas de temps pour ça.

Trois enfants couraient sur le terrain de jeux. Les

containers étaient bleus comme le ciel de la veille. Le vent agitait les branches des bouleaux. Il entendait maintenant le bruit des voitures sur la route de Göteborg. Le code était encore cassé. Les murs de la cage d'escalier étaient bleus comme le ciel de l'avant-veille. La porte de l'appartement était marron comme la merde de ce matin. Il l'ouvrit, entra, cria qu'il était rentré. Un jour peut-être, quelqu'un lui répondrait.

Il s'assit devant l'ordinateur sans enlever sa veste et trouva rapidement les bons documents. Il suivait l'enquête. Tout y était. Il savait tout. Il sourit.

Hanne Östergaard appela Winter.

— Comment va-t-il ?

— Il s'est pris un gros coup sur la tête.

— Il a besoin de retourner à l'hôpital ?

— Je ne sais pas, Erik.

— J'envoie une voiture à l'appartement, et on arrête ce salopard.

— Et Patrik ? Qu'est-ce qu'on en fait ?

— Qu'en penses-tu ?

— Il est allongé ici... Quelqu'un devrait l'examiner.

— Tu veux que j'envoie une ambulance ?

— Non, je m'en charge.

— D'accord.

— Il y a...

— Oui ?

— Je voulais te poser une ques... Non, ça peut attendre. J'emmène Patrik à l'hôpital.

Morelius et Ivarsson partirent chercher le père de Patrik. Arrivés à l'appartement, ils découvrirent que l'homme était dans le coma. La femme qui leur avait ouvert s'enfuit dans l'escalier, pieds nus. Sous ses yeux, un mélange de bleu et de rouge. Il y avait du sang sur sa chemise. Son chemisier, plutôt.

Ils traînèrent le bonhomme jusqu'à la voiture. Ivarsson avait déplié une bâche sur la banquette arrière.

L'homme était plus ou moins inconscient lorsqu'ils l'enfermèrent dans la cellule.

— C'était vraiment nécessaire ? interrogea Ivarsson en le contemplant.

— Oui, répondit Morelius.

— C'est toi qui as appelé chez eux il y a une semaine ? intervint Winter, qui avait assisté à la mise en cellule.

— Comment ça ?

— Tu as essayé de joindre Patrik ?

— Non.

— Quelqu'un de chez nous l'a appelé. En dehors de moi.

— Ce n'était pas moi.

— Tu le connais plutôt bien.

— C'est normal, quand on traîne dans les rues.

— Il ne s'est pas calmé ?

— Il a toujours été calme, assura Morelius. C'est plutôt elle... la fille de Hanne, qui faisait des siennes.

— Oui.

— Mais apparemment, elle s'est calmée.

Le collègue de Stockholm rappela Winter.

— On a rendu visite à la rédaction.

— Bien, Jonas.

— Un endroit intéressant.

— Tu as trouvé un texte d'annonce ?

— Le pilonnage n'avait pas bien fonctionné, en ce qui concerne les Valker. Trop d'annonces, trop de gens qui cherchent le contact. Il y en a des milliers là-bas, je te jure. Et ce n'est qu'un magazine parmi d'autres.

— Oui ?

— Nous avons le texte des Valker. Et nous avons aussi celui des Martell.

— C'est ce que j'espérais.

— Réponses écrites uniquement, dit le commissaire

Jonas Sjöland. Celles des Valker avaient déjà été envoyées, mais celles des Martell étaient encore là. Effort récompensé.

— Combien de réponses as-tu ?

— Je ne les ai pas encore comptées...

Winter l'entendit hésiter.

— Tu as une autorisation pour ça, Erik ?

— Ne t'inquiète pas.

— Que dit le code pénal ? Tu l'as consulté ?

— Ne t'inquiète pas, je te dis.

— Moi, j'y ai jeté un coup d'œil, répliqua Sjöland. Chapitre 27, paragraphe 3. Intéressant.

— Surtout qu'on n'a jamais eu à le faire jusqu'ici.

— Qui est ton procureur sur cette affaire ?

— Molina. Tu le connais ?

— Seulement de nom.

Winter avait résolu d'informer le parquet immédiatement après les premiers meurtres. Le procureur Peter Molina avait suivi l'enquête en continu afin de pouvoir prendre des décisions rapides.

— Tu fais donc jurisprudence, dit Sjöland. C'est tout de même un truc sensible, ouvrir le courrier des autres.

— Si tu as bien lu le paragraphe, tu verras qu'il y a de la marge pour un responsable d'enquête, dans un cas comme celui-ci.

— Oui, on peut l'interpréter comme ça.

— Mais j'ai demandé l'aval du procureur. Et je l'ai obtenu.

Enfin, pensa Winter. Il était redevable à Molina.

— C'est bon, je me rends.

— J'aimerais avoir les lettres d'ici ce soir. Le texte de l'annonce, tu peux me le faxer ?

— On s'en occupe.

Sjöland marqua une pause.

— Si tu n'avais pas été aussi rapide, les lettres auraient atterri chez les Martell. Ils ont donné leur adresse personnelle, pas une boîte louche. La fille du journal a déclaré qu'ils leur auraient sans doute envoyé le courrier d'ici une semaine. Imagine, ç'aurait été intéressant... une solution possible qui disparaît soudain dans une boîte aux lettres.

— Je n'ai pas été rapide, regretta Winter.

Le raisonnement de Winter reposait sur l'espoir que l'un de ceux qui avaient répondu aux Martell avait aussi répondu aux Valker.

Les réponses adressées aux Valker lui manquaient. Il en aurait eu davantage besoin.

Mais quelqu'un qui était entré en contact par annonce avec les Valker connaissait peut-être aussi les Martell. Erika Elfvegren avait parlé d'un « homme » évoqué par Louise Valker. Les Martell avaient-ils eux aussi entendu parler de cet homme ? L'avaient-ils rencontré ?

Ou bien avait-*il* entendu parler d'eux ? Avant même que leur annonce ne soit publiée ? Ou entre-temps ? Préférait-il répondre par écrit ? Un coup de téléphone aurait-il été par trop indiscret ? Voulait-il faire comme la première fois ?

Quoi qu'il en soit, ils auraient des noms, des adresses. Ils avaient commencé à entendre les figurants. D'autres noms, d'autres adresses. Il attendait les rapports d'audition.

Il appela Åke Killdén à Fuengirola. Pas de réponse. Le temps de raccrocher, l'image dans sa tête avait changé. Ce n'étaient plus de petites maisons blanches sur les pentes brûlées de soleil, mais des monstres de verre et d'acier dressés parmi les nuages, dans un Manhattan dont il avait eu autrefois une bonne vue, dans un avion à vingt places qui avait décrit plusieurs tours dans le ciel en attendant de pouvoir atterrir à La Guardia, de l'autre côté du fleuve.

Peut-être se trompait-il du tout au tout. Non. Ce n'était pas une coïncidence, cette boutique qui s'appelait autrefois Manhattan Livs, et qui existait encore, à cent cinquante mètres de l'immeuble à sept étages où avaient vécu les Martell. On ne pouvait guère le qualifier de gratte-ciel, mais c'était tout de même le plus haut bâtiment à des kilomètres à la ronde. Le Manhattan de Mölndal.

Il y avait là une clé. Laquelle ?

Le téléphone sonna.

— J'ai Matilda Josefsson en ligne, annonça Möllerström. L'ex-employée de la boutique.

Winter attendit d'être mis en relation.

— Oui, allô ? dit une voix.

— Ici le commissaire Erik Winter.

— J'ai eu votre message.

— Bien. Pouvons-nous nous voir ?

— Je viens de rentrer. Ça ne peut pas attendre demain ?

— Non. Je peux venir chez vous, si vous voulez.

— Je ne sais pas...

— Je tiendrai ma carte en évidence.

Il l'entendit glousser.

— De quoi s'agit-il ? demanda-t-elle.

— Nous enquêtons sur quelques crimes graves et nous voudrions vous interroger sur l'époque où vous travailliez dans un magasin de Mölndal.

— Krokens Livs ? Ce trou à rats ? Que s'est-il passé ?

— Puis-je passer dans une demi-heure ?

— Bon. D'accord. Je crois que vous avez l'adresse.

Winter traversa le pont. Les citernes brillaient, comme toujours au soleil. Vue dégagée à l'ouest, par-delà Vinga. La mer était calme, comme de l'huile bleue.

Matilda Josefsson habitait derrière Backaplan. Une brune aux yeux bleus, vingt-cinq ans environ. L'entrée était jonchée de vêtements. Il aperçut un set de golf dans un coin. Parfum de mer et de sable. Winter reconnut immédiatement l'odeur.

— Golf sur la Costa del Sol, dit-elle en réponse à la question qu'il n'avait pas posée. Je travaille à temps partiel comme instructrice. C'est la pleine saison en ce moment.

— Connaissez-vous Åke Killdén ? demanda Winter lorsqu'ils furent attablés à la cuisine.

— Qui ?

— Åke Killdén. L'ancien propriétaire de la boutique où vous avez travaillé. Man... Krokens Livs. Il habite là-bas, à Fuengirola.

— Je ne le connais pas. Celui qui m'a embauchée s'appelait Andersson.

— Andréasson.

— D'accord. Et vous, vous vous appelez Winter, n'est-ce pas ?

— Oui.

— Il y avait un Winter l'année dernière, à Las Brisas, le club où je travaillais à l'époque. Un monsieur âgé, très grand. Bengt Winter.

Winter hocha la tête.

— Vous êtes de la famille ? Ce n'est pas un nom très courant.

— C'était mon père.

— Ah. Le monde est petit.

Elle parut songer à ce que venait de dire Winter. C'*était* mon père.

— Quand avez-vous cessé de travailler à Krokens Livs ?

Elle lui jeta un regard, comme si elle prenait note du rapide changement de sujet.

— J'accepte n'importe quel boulot quand je suis en Suède, avoua-t-elle. Vous avez vu la boutique, je n'insisterai pas.

Winter lui expliqua vaguement les raisons de sa présence chez elle. Posa quelques questions.

Elle avait vu la photo de Manhattan Livs. Mais la seule chose dont elle se souvenait qui puisse avoir le moindre intérêt était le jour où un policier avait pris un voleur.

— Pardon ?

— Il y avait un policier dans la boutique, et il a attrapé un type qui s'apprêtait à embarquer quelques cassettes vidéo. Il a dit qu'il avait oublié de payer, tu parles.

— C'était un voleur ?

— Je crois qu'il avait déjà pris des trucs. Il m'a semblé le reconnaître.

— Que s'est-il passé ?

— Le policier m'a demandé si je voulais déposer plainte officiellement, pour reprendre son expression. Mais le garçon avait l'air si pitoyable... J'ai refusé.

— Alors vous n'avez pas porté plainte ?

— Le policier a dit qu'il s'en occuperait. Le voleur lui a montré sa carte d'identité.

— Que s'est-il passé ?

— Il a juste noté quelque chose en regardant la carte d'identité. Son nom et son adresse, j'imagine. Puis ils sont partis. C'est tout ce que je sais.

— Que faisait-il là ? Le policier, je veux dire.

— Je ne m'en souviens pas. Il venait acheter quelque chose, ou alors louer un film. Ce n'était pas la première fois.

— Pardon ?

— Vous n'avez pas besoin de me dire pardon, dit-elle en souriant.

— Vous l'avez donc reconnu ?

— Oui. Il était déjà venu. En uniforme et d'autres fois en... civil.

— Vous lui avez parlé ?

— Ben oui, quand le voleur...

— Un autre jour, je veux dire.

— Non, je ne crois pas.

— Vous ne connaissez pas son nom, par hasard ?

— Non. C'est important ?

Je ne sais pas, pensa Winter. C'est peut-être d'une importance capitale. Ou alors, un banal incident du quotidien.

— Le reconnaîtriez-vous si vous le voyiez ?

— Je n'en sais rien. Je ne suis pas très physionomiste.

— Vous avez reconnu le voleur.

— C'était différent, puisqu'il avait commis un délit. Je l'ai plus regardé que je n'ai observé le policier.

— Avez-vous revu le voleur ?

— Pas dans la boutique.

— Ailleurs ?

— Dans la rue, une ou deux fois. Il devait habiter le quartier.

— Vous ne vous souvenez pas de son nom ?

— Non. Le policier l'a noté, comme je vous l'ai dit.

— Y avait-il une voiture de police dehors ?

— Quelle question... Non, je ne m'en souviens pas. Mais je n'ai pas forcément regardé par la fenêtre à ce moment-là.

Elle jeta un coup d'œil à Winter.

— Les policiers se ressemblent tous. Blonds, grands. C'est difficile de faire la différence.

*

Morelius revenait de Kungsbacka. Les champs s'étendaient de part et d'autre de la route, qui devint glissante à l'approche d'Askim. Risque de dérapage.

La circulation s'épaissit sur Söderleden. Il se retrouva à l'arrêt à hauteur du terrain de golf. Des imbéciles en parka, le bonnet enfoncé au ras des yeux, essayaient d'expédier les balles du fond des congères.

— Quelle surprise, avait dit sa mère.

— J'ai eu envie d'une petite excursion.

— Tu as maigri, Simon.

— Ce n'est rien.

Il avait contemplé le portrait de son père, sur le piano, dans le salon lugubre. Il avait sa mine éternellement sévère, renforcée par le faux col clérical. Un peu de blanc sur fond noir.

51.

Il était assis dans l'obscurité. La dernière fois, il avait cru qu'ils auraient peut-être changé la serrure, mais non. D'ailleurs ça n'aurait pas fait de différence.

Les gens allaient et venaient. Les bruits résonnaient d'une manière particulière là-dedans. Le bruit arrivait dans le réduit comme dans un tunnel, les pas qui sonnaient dans l'escalier, l'ascenseur qui montait et descendait, la porte de l'immeuble qui claquait. Largement de quoi se boucher les oreilles.

Peut-être était-ce son pas à *lui* qu'il entendait maintenant. Un pas lourd. Qui avait le contrôle à présent ? Que celui qui a le contrôle de la situation lève la main.

Il leva la main droite. D'après ce qu'il pouvait en voir, il était le seul.

Contrôle. Quiconque, en le voyant venir, savait qu'il avait le contrôle. Quiconque qui n'était pas aveugle pouvait le voir.

Il pleurait.

Elle lui manquait. Son visage ce jour-là, quand elle s'était retournée sur le vélo en riant.

Il répétait le nom du prophète comme un mantra. Il

tenait l'autre dieu à distance. Tenait les visages à distance. S'il continuait ainsi, ils finiraient par disparaître.

Il pleurait.

Où étaient-ils ? Il était assis ici.

Peut-être était-ce son pas à lui, dehors. Ou son pas à elle.

Devant le magasin, il avait vu une voiture qui pouvait être *la sienne*. Il était rentré chez lui en courant. Le cœur au bord des lèvres.

Il se leva, dans l'obscurité. Il n'avait rien apporté à boire cette fois.

Dehors, il sentit la brûlure du soleil.

Quelqu'un le regarda comme s'il avait encore... comme s'il décidait. Là, ça ne se voyait pas à ses vêtements, mais ça se voyait quand même. Maintenant.

Il gravit la pente à pied et redescendit, de l'autre côté, jusqu'à l'hôpital. Il attendit, dehors. Enfin il l'aperçut. C'était bien elle. Il savait. Il n'y avait aucun doute dans son esprit.

Il était dix-sept heures. Les six couples venaient de se présenter les uns aux autres. L'homme assis à la droite de Winter éprouvait un vif besoin de parler de son travail.

Le groupe était hétérogène. Certains avaient déjà des enfants. Winter reconnut la sage-femme, qu'il avait déjà rencontrée avec Angela. Elise Bergdorff. Elle leur donna dix minutes pour noter par écrit ce qu'ils désiraient savoir, ce qu'ils attendaient de ces réunions. Il y en aurait cinq. Jusqu'à la fin du mois de mars. Presque jusqu'à la fin, autrement dit.

— Demande-lui, pour la péridurale, chuchota Winter.

— Demande-lui toi-même, lança Angela en rigolant.

— Les vêtements, dit Winter. Ce qu'on doit acheter. Jusqu'à quel point on doit préparer l'arrivée.

— On a déjà décidé qu'on n'allait rien préparer.

— On peut quand même poser la question.

Il nota quelque chose sur le papier.

— Qu'est-ce que tu écris ? demanda Angela.

Elle avait l'air contente. Tout le monde avait l'air content, sauf le type qui avait parlé de son travail comme s'il n'avait qu'une envie, y retourner.

Je n'ai jamais eu la nostalgie de mon travail, pensa Winter. Pas de cette manière-là. Ceci est plus important.

— Comment on sait si l'enfant a faim ou s'il est repu.

— Bien, Erik.

— Le besoin de sommeil.

— De qui ?

— Le mien, bien sûr.

Il réfléchit, nota encore quelque chose.

— Qu'est-ce que tu écris maintenant ?

Il leva la tête. Il avait changé d'expression.

— Fais voir, dit Angela.

Elle retourna le carnet, lut, leva les yeux.

— *Comparer adresses en interne et réponses porno.* C'est une question qu'on va poser ici ?

— Je venais juste de penser à un truc.

— Erik...

— Le service périnatal, dit-il très vite. Tu te demandais ce qu'il en serait du service périnatal après la restructuration.

— Note-le.

Il resta immobile.

— Je parle sérieusement, insista-t-elle.

La sage-femme leur offrit un café parce que c'était la première fois. Par la suite, ils pourraient à tour de rôle apporter quelque chose à manger, s'ils en avaient le désir.

Je pourrais faire des brownies, pensa-t-il.

La sage-femme parlait des relations de couple ; de la manière dont ces relations se transformaient pendant la grossesse et après l'accouchement. Les hommes et les femmes échangeaient des regards.

— La femme est plus concentrée sur l'enfant, expliqua le type qui se sentait appelé par son travail. On peut avoir le sentiment qu'elle se consacre entièrement à lui.

— L'homme aussi est concentré sur l'enfant, remarqua Winter.

Il se tut. C'est vraiment moi qui ai dit ça ?

Il s'agit d'entretenir l'amour après l'arrivée de l'enfant, pensa Angela. Le but de ces réunions, c'est de rencontrer d'autre gens qui sont dans la même situation que nous. Ça peut servir.

Une petite discussion s'ensuivit. Peut-être s'agissait-il de renforcer leurs rôles respectifs, pensa Winter. En tant que parents. Devenir père et mère. Des rôles. Pouvait-on appeler ça ainsi ? Certains n'endossaient jamais un rôle. Jamais.

Ils rentrèrent à pied, en flânant. Le parfum de l'hiver s'estompait, comme s'était estompée l'odeur âcre des fusées et des feux de Bengale des festivités du nouvel an. L'expression avait surgi en lui à l'improviste : feux de Bengale. Elle était belle.

— Que penses-tu du groupe ? demanda Angela.

— Bof...

— On se reverra pour une dernière réunion quand tout le monde aura accouché.

— Tu crois que le publicitaire sera là ?

— Et toi ?

— On ne doit pas répondre aux questions par d'autres questions.

Ils attendaient le feu vert dans l'Allée.

— Il sera là, déclara-t-elle. J'ai entendu dire que les groupes se retrouvaient souvent par la suite. Pour fêter les anniversaires. Un an, deux ans. Ils deviennent copains.

Tout d'abord, pensa-t-il, il s'agit de sortir de tout ça indemne.

— Ça paraît sympa, reconnut-il.

— Tu le penses vraiment ?

— Je crois.

Ils se tenaient devant leur immeuble. La soirée était limpide, comme tant d'autres de cet hiver-là. Il avait souvent pensé que le kiosque à journaux devant l'ancien bâtiment universitaire recréait l'atmosphère d'une petite place de province. Il ne savait pas grand-chose des petites places de province, mais il reconnaissait la sensation. Lorsqu'il était rentré seul, tard le soir, il l'avait éprouvée, en voyant le kiosque. Peut-être comme une nostalgie sans but.

Angela inspira profondément.

— Ça sent bon, dit-elle. Pour une grande ville.

— C'est une petite ville, répliqua Winter.

Des gens achetaient des journaux. Une musique s'échappait du restaurant au coin de la rue. Les tramways filaient dans tous les sens. Quelques jeunes passèrent, dispersant des fragments de paroles dans le vent doux, et entrèrent à La Java.

— Viens, lança Winter. On va prendre un café con leche à La Java.

Ils n'avaient trouvé aucune plainte pour vol au nom de Manhattan Livs, alias Krokens Livs.

— Il a pu user de son droit de ne pas faire de rapport, suggéra Ringmar.

— Il y a quelque chose qui ne colle pas.

— Du calme, Erik.

— J'en aurais eu besoin, de ce P.V.

— Tu as autre chose à lire.

Les textes des petites annonces étaient étalés devant lui. Il avait vu mieux, comme lecture. « Couple normal, à la limite de l'âge mûr, région de Göteborg, curiosité et appétit sexuel intacts, cherche un homme afin que la femme soit au centre. Discrétion assurée. Nous sommes des adeptes de l'eau et du savon. En bonne santé bien sûr. Si affinités, nous sommes certains de passer un moment délicieux ensemble. »

— Un moment délicieux, souligna Ringmar, voyant qu'il avait fini.

— Adeptes de l'eau et du savon.

— C'est pervers. Avec un savon...

Winter sourit, retrouva son sérieux.

— Je commence à douter, Bertil. Rien ne prouve que celui que nous cherchons a répondu à cette annonce.

— En effet.

— Les Valker ont dû jeter leurs réponses. Pourquoi ?

— C'est peut-être le meurtrier qui l'a fait.

— Oui.

— Notre homme – si c'est le même – a cherché quelque chose chez les Martell.

— Oui.

— Que dis-tu des réponses ?

Les copies des réponses faites aux Martell se trouvaient à côté des deux annonces. Le texte des Martell était formulé à peu près comme celui des Valker, avec un peu plus de prudence peut-être. Une lecture hâtive pouvait donner l'impression qu'ils cherchaient juste quelqu'un avec qui prendre le café.

— Je dis qu'il y en a beaucoup.

— J'ai eu peur qu'on ne tombe sur une connaissance, avoua Ringmar.

— Le grand patron.

— Le préfet.

— Le rédacteur en chef de *GT*.

— Je ne reconnais aucun nom.

— Moi non plus.

— Bon, il faut qu'on s'y mette. Mais on n'en a pas encore fini avec les figurants.

— Si, presque.

Winter contempla la pile de documents. Tous les rapports d'audition. Bientôt quarante.

— Ça va être délicat.

— C'est un travail délicat que nous faisons.

Halders était impatient.

— Tu as parlé à Molina ?

— On ne peut pas les arrêter, Fredrik.

— Je sais. Mais qu'est-ce qu'il veut ? Concrètement ?

— Des éléments concrets, déclara Winter. On doit trouver quelque chose.

Concret rime avec secret, pensa Halders.

— On les fait revenir, dit Winter.

— Parfait.

*

Åke Killdén décrocha à la troisième sonnerie. À en juger par le bruit de fond, il se trouvait sur une plage balayée par le vent.

— Attendez que je ferme la porte de la véranda... Ils sont en train de tailler la haie, expliqua-t-il en revenant.

Winter précisa le but de son appel.

— Mais c'est atroce !

Killdén respirait vite, comme si c'était lui qui avait taillé la haie à l'instant.

— D'habitude, Göteborg est l'endroit le plus mort de l'hémisphère nord, euh... le plus calme, je veux dire. Le plus ennuyeux.

À la différence de Fuengirola, pensa Winter sans le dire. Il l'interrogea sur ses employés.

— Il n'y en avait que trois. Tous à temps partiel.

— Vous pourriez me donner leurs noms ?

— Bien sûr.

— Vous avez leurs adresses ?

— Elles doivent se trouver dans la comptabilité.

— Où est-elle ?

— Si elle existe encore, dit Killdén, vous la trouverez dans les archives de mon comptable.

Les autres employés, pensa Winter. On ne s'est pas suffisamment occupés des employés de Manhattan Livs.

— Aviez-vous des clients réguliers ?

— Ils l'étaient tous.

— Parmi ces clients réguliers, y avait-il quelqu'un que vous auriez remarqué ? Qui se serait comporté d'une manière inhabituelle ? Tout peut nous aider. N'importe quoi.

— N'importe quoi..., répéta Killdén.

— Aviez-vous un policier, parmi vos réguliers ?

— Comment ça ? En uniforme ?

— Oui. Ou sans uniforme.

— Il y a bien dû y avoir un policier de temps à autre qui venait faire ses courses à la boutique. Non, je ne pense à personne en particulier.

— Réfléchissez-y.

— Si vous voulez.

Winter raccrocha.

Les employés. Matilda. Le type qui ne savait pas compter. Ils ne l'avaient entendu qu'au téléphone. Winquist. Kurt Winquist. Les autres, dans les archives du comptable. Tout enflait, hors de toute proportion. Cette enquête menaçait de l'étouffer.

La police de Mölndal. Leur planning pour la nuit du nouvel an.

Les réponses étaient dans le rapport d'enquête. Tout était dans les papiers qu'il avait sous les yeux. Combien de fois encore devrait-il les lire pour comprendre ?

Le téléphone sonna sur la table en même temps que le portable. Il dit « un instant » dans le portable, et prit le combiné. C'était Möllerström.

— Le jeune Patrik est à l'hôpital. Son état s'est apparemment aggravé.

Winter reprit le portable, mais l'interlocuteur avait raccroché.

52.

En ressortant du service, Winter trouva Hanne Östergaard et sa fille dans la salle d'attente.

— Ils ne peuvent encore rien dire, annonça-t-il. Le cerveau est touché.

— *Shit, shit, shit,* lâcha Maria.

— Il y a peut-être eu trop de coups, suggéra Hanne Östergaard. Pendant longtemps.

— Il m'a dit qu'un souvenir lui était revenu, reprit Maria.

Winter la dévisagea sans un mot.

— Il pensait avoir reconnu quelqu'un. Dans l'escalier.

— Il t'a dit ça ?

— Hier.

— A-t-il ajouté autre chose ?

— Non.

— Il aurait *reconnu* quelqu'un ?

— Je n'en sais pas plus.

Maintenant, j'ai deux patients susceptibles de m'aider, pensa Winter. Et ils sont tous les deux dans le coma. Il faut qu'on ait du monde sur place, en permanence. Je vais prévenir Angela. Elle devra s'habituer à voir des policiers sur son lieu de travail.

En quittant l'hôpital, il croisa Morelius, qui paraissait soucieux.

— J'ai appris, pour Patrik. C'est presque comme s'il était de la famille.

— Tu es seul ?

— Greger est dans la voiture. Je voulais juste savoir comment ça allait. Son père est vraiment une ordure.

Winter prit par Toltorpsdalen, laissa la voiture dans la rue et entra dans Krokens Livs. Jilna lui sourit, mais il n'était pas certain qu'elle l'eût reconnu. Il ressortit. Le vent maltraitait sans répit *La Ville des anges*. Les vieux descendaient du minibus. Il se retourna, laissa errer son regard. Quelque part dans ce quartier...

Fallait-il installer une caméra dans la boutique ? Un enregistrement vidéo qu'on montrerait à Killdén, Andréasson, Matilda Josefsson et tous les autres employés ? Pendant combien de temps ?

Les possibilités étaient infinies. Le temps aussi, d'une certaine manière. Mais pas maintenant.

Il avait le sentiment que le temps lui échappait. Il approchait de quelque chose qui serait pire que tout. Il le sentait.

Son portable sonna. C'était Angela.

— C'est toi qui m'as appelé tout à l'heure ? demanda-t-il. Je n'ai pas vu de numéro sur le display.

— Non.

— Comment ça va ?

— Je viens de rentrer et... je ne sais pas. Tout à coup j'ai eu très peur. Tu ne pourrais pas rentrer, Erik ?

— Il s'est passé quelque chose ?

— Non. C'était juste... tellement bizarre, dans le hall en bas. Je ne sais pas pourquoi. Comme si quelqu'un me regardait. M'observait.

— Tu as vu quelqu'un ?

— Non. J'ai tourné la tête, mais il n'y avait personne. C'est ridicule. C'est peut-être à cause de la porte de la cave, à côté de l'escalier.

— Et alors ?

— Elle était ouverte. C'était tout noir. C'était effrayant.

Winter rentra chez lui. Il appela Ringmar de la voiture.

— Je veux que quelqu'un garde un œil sur Angela.

Il avait déjà raconté à Bertil les coups de fil anonymes et les visites dans le cagibi du sous-sol.

— Tu en as parlé à Sture ?

— Oublie Sture. Tu peux t'en occuper ?

— À partir de quand ?

— Demain matin. Devant l'immeuble. Je te rappellerai pour les horaires.

Bergenhem ne bougeait pas la tête. Il se concentrait sur le cadre du tableau, le suivait du regard.

— Comment ça va ?

— Mieux que tout à l'heure.

Martina avait couché Ada. La petite était plus silencieuse que d'habitude, depuis qu'il était revenu à la maison.

Il se leva.

— Tu as vraiment la force de sortir ?

— Je dois me remuer un peu.

— Tu crois que c'est une bonne idée de reprendre le travail vendredi ?

— Non.

— Alors laisse tomber.

— Je ne peux pas passer ma vie à la maison, Martina.

— Le temps de te rétablir, c'est tout.

— Je suis déjà rétabli. Presque. D'ici vendredi, je serai en pleine forme.

Dehors, la lumière du soir éclairait Torslanda.

On aurait dit qu'un projecteur était braqué sur les maisons du lotissement. Ou peut-être juste sur la mienne, pensa-t-il.

— Je ne sais pas quoi dire, commença Angela.

— J'ai appris qu'il fallait tout prendre au sérieux, ou presque, répondit Winter.

— Je me sens idiote – elle lui sourit. Je suis influencée par ton boulot.

Il ne lui avait rien dit des visites au réduit du sous-sol. Il ne savait pas lui-même ce qu'il devait en faire.

— Tu ne peux pas prendre un congé anticipé ? demanda-t-il.

— Pas encore.

— Tu ne peux pas rester tranquille jusqu'au premier avril ?

— C'est un poisson précoce ?

— Non.

— Je *veux* travailler, Erik. Ça me fait du bien. Je n'ai pas envie de rester à la maison à attendre.

Il se demanda comment formuler la chose.

— Nous avons… J'ai demandé qu'une voiture jette un coup d'œil à l'immeuble de temps à autre, histoire d'être tranquille.

— Tranquille ?

— Mais oui, tu sais bien.

— Je vais avoir un garde du corps ? Rassure-moi. Ce n'est tout de même pas grave à ce point ?

— Pas un garde du corps. Plutôt une observation discrète.

— Quand je sors ?

Il ne répondit pas.

— Quand je vais à mon travail ?

— Un truc discret, c'est tout.

— Ah bon. Ce sera qui ?

— Je ne sais pas. Qu'est-ce que ça change ?

— Ça dépend du temps qu'il y passera.

— D'accord. Je peux demander à Bergenhem pendant quelques jours.

Il a besoin de retravailler, pensa Winter. Et c'est un expert de la filature.

— Mais il ne va pas me tenir par la main ?

— Tu ne le verras même pas.

Il était tard. Il lisait avec attention les rapports d'audition des figurants. La première synthèse venait de lui parvenir. C'était une collection bigarrée, où figuraient tous les métiers, ou absences de métier. Certains individus pouvaient paraître tordus au premier contact, mais la plupart du temps cela ne signifiait rien. Ce sont les types normaux qu'il faut tenir à l'œil, pensa-t-il.

Le tournage continuait. L'équipe se trouvait toujours à proximité du commissariat, mais défense d'entrer. Le chef de la police ne leur facilitait pas les choses. Ceux qui verraient ce film devraient faire un effort pour associer le bâtiment aux uniformes.

Le film avait peut-être un rôle dans cette enquête. Par l'intermédiaire des figurants.

Des adresses, des noms. Il n'en avait reconnu aucun. Il appela Möllerström.

— Janne ? Est-ce que tu pourrais commencer à comparer les noms et les adresses des figurants avec la liste des voisins qu'on a interrogés après Mölndal ? Ringmar est disposé à t'envoyer quelques bonshommes supplémentaires.

— Dans quel périmètre ?

— Assez vaste. Je passe te voir dans un moment.

— D'accord. Alors je fais attendre la place Vasa ?

— Commence par Mölndal.

Winter raccrocha et sortit les photos du tiroir. Il en choisit une, contempla le cou des deux cadavres dans le canapé.

L'une des réponses pouvait être là, avait déclaré Lareda. Dans l'échange des têtes. Ou des corps.

Il était assis devant l'église. À côté de lui, deux statues sans tête. La guide, qui était Alicia, lui disait qu'il en était toujours ainsi à Torremolinos. C'étaient les Maures qui décapitaient les statues. Qu'on lui coupe la tête ! Leur Dieu était un autre. Quand les têtes disparaissent, les gens n'existent plus. Les visages sont éliminés. L'une des statues le désignait du doigt. Angela était assise à côté de lui. Regarde, elle me montre du doigt, dit-elle. Les statues étaient alignées devant l'église. Il entendit les guitares. Puis les percussions.

Winter se réveilla avec un bourdonnement dans les oreilles. Angela bougea dans son sommeil. Il se leva, but un peu d'eau. Il était trois heures et quart. Par la porte ouverte du séjour, il vit que la petite lampe rouge de son Powerbook était allumée. Il avait travaillé tard cette nuit.

Il n'y avait pas eu d'ordinateur chez les Valker, ni chez les Martell. Cela ne signifiait pas qu'il n'y en avait jamais eu. Mais les *superusers* de la police ne les avaient pas dénichés sur le Net. En revanche, des millions de tchats. Dix mille petites annonces à caractère sexuel.

Winter retourna dans la chambre, enfila son peignoir et alla s'asseoir dans le séjour, près de la fenêtre.

Que devait-il faire de Per Elfvegren ? Il y avait quelque chose chez ce type… qu'il ne voulait pas lâcher.

Winter avait interrogé Molina sur la possibilité de faire des prélèvements, mais pour l'instant, cela restait complètement exclu.

— Mets-lui encore la pression, avait insisté Molina. Ensuite on pourra parler de garde à vue.

Lui mettre la pression. Avec quoi ?

Halders. Lâche-le sur Elfvegren.

Impossible. Je n'ose pas.

Ils leur avaient parlé, séparément.

— Donnez-moi les détails, avait ordonné Halders à la femme.

— Quels détails ?

— Tout. Depuis l'instant où il a franchi le seuil.

Per Elfvegren parlait maintenant de recourir à un avocat. Il était temps, pensa Winter.

Ensuite il avait changé d'avis. Je n'ai rien à cacher.

Ils s'étaient rendus au domicile des Elfvegren. Rien, aucun ordinateur. Halders avait les revues. Le texte de l'annonce, ils l'avaient déjà lu. Per Elfvegren avait jeté sa réponse. Évidemment.

Pourquoi n'avait-on rien trouvé chez les Valker ? Il aurait dû y avoir quelque chose. Pourquoi avaient-ils fait le ménage ? Ils avaient tout jeté. Balayé les traces. Aucune revue. Aucune note. Aucune copie. Le meurtrier avait-il tout embarqué ? Peut-être. Peut-être pas. Avait-il été en état de chercher, alors ? Qui d'autre aurait pu le faire ?

Elfvegren ne semblait pas saisir que cela pouvait se reproduire. Son attitude laissait Winter songeur. Elfvegren gardait le masque. Le masque pouvait tomber.

On peut te sauver la mise, avait pensé Halders pendant l'interrogatoire. Il avait fini par le dire à Elfvegren. À toi, ou à d'autres.

53.

Il trouva un petit paquet aplati dans l'entrée, au milieu du courrier.

Why don't you try this tonight, écrivait Steve Macdonald dans la lettre qui accompagnait le CD. Winter déchiffra le nom et le titre. Tom Waits. « Swordfishtrombones », *His real breakthrough in a way,* poursuivait Macdonald, *and there's more to come : it has got some jazz to it too ! And : good luck with the baby.*

Son collègue de Croydon s'entêtait dans sa mission d'assurer à Winter des connaissances minimales en matière de culture rock classique, et d'autres qui étaient encore plus éloignées de Coltrane.

— Steve a envoyé un nouveau disque, annonça Winter en entrant dans la salle de bains.

Angela était allongée dans la baignoire, les pieds hors de l'eau, à moitié dissimulée par un nuage de vapeur.

— La journée a été dure ?

— Jusqu'à nouvel ordre, dit-elle, je crois que ça reste plus difficile pour les patients que pour moi.

Elle remua dans l'eau en éclaboussant le carrelage.

— Voici, plaisanta-t-elle, ma célèbre imitation d'un morse en train de se retourner dans une baignoire.

— Pourquoi « imitation » ?
— *Shut up*. Que t'a envoyé Steve ?
— Tom Waits.
Elle attrapa un flacon de shampoing.
— De la bonne musique. Ce serait sympa de le rencontrer. Avec sa famille.
— Tom Waits ? sourit Winter.
Angela lui tira la langue.
— On se barre à Londres à la première occasion, lança Winter. Tous les trois.
— Je te vois d'ici, en train de faire le mariole devant Steve et tout le sud de l'Angleterre, dit-elle en plissant les yeux. Le parfait père de famille, responsable et fier.
— J'aurai de quoi, fit-il remarquer.
Il entendit le téléphone sonner dans l'entrée.

— J'espère que je ne te dérange pas, s'excusa la voix de Benny Vennerhag.
— Si tu m'appelles ici, c'est que ça en vaut la peine.
Il avait confié à Vennerhag le nouveau numéro secret, et Vennerhag avait compris toute la valeur du geste.
— Je n'en sais rien, mais il y a quelque chose. Comme tu t'en doutes, certains de mes collègues connaissent assez bien la police de cette ville.
— De la même manière que nous nous connaissons, toi et moi.
— Hmm. Mes connaissances ne se contenteraient peut-être pas de cette définition. Mais bon. J'ai posé quelques questions et je n'ai pas franchement rencontré de résistance compacte. Ces trucs qui arrivent en ce moment ne sont bons pour personne. Les gens s'inquiètent. Tes hommes peuvent devenir un peu collants, si j'ose dire.
— Tu as donc posé des questions ?
— O.K., Erik. On a vu quelqu'un qui apparemment s'habille en flic mais que personne ne reconnaît. Si ça se trouve c'est un nouveau venu, mais je ne le crois pas.

— Continue.

— C'est tout. Deux ou trois fois. Mais ça fait un moment maintenant.

— Où et quand ? Qui ?

— Tu ne peux pas me demander de dévoiler mes sources, Erik. Ça n'empêche pas que je vous donne volontiers un coup de main, comme tu le sais. J'ai posé des questions.

— Alors ? Où et quand ?

— À deux ou trois endroits, dans le centre.

— De jour ou de nuit ?

— De nuit. Les deux fois.

— Quand ?

Vennerhag cita deux dates.

— Bien, cautionna Winter.

— Voilà, c'est tout. Je ne sais pas si ça peut t'aider.

— Maintenant j'ai besoin d'un visage et d'un nom. Ou d'une adresse.

— Comme nous tous.

— Tu as pris ma demande au sérieux, Benny. Continue comme ça.

— Je ne pense pas pouvoir en faire plus. Tu veux que je le fasse suivre, si jamais on le revoit ? Le faux flic ?

— Ce serait parfait.

— Tu plaisantes ?

— Non. Fais circuler l'info.

La matinée était claire. Bientôt le mois de mars. Le cinq, il aurait quarante ans. À peine un mois plus tard il serait père, et la vie commencerait pour de bon.

Ils avaient écouté le disque de Steve la veille au soir et Winter avait l'intention d'aller acheter tous les autres CD de ce type, dès qu'il en trouverait le temps. Je crois qu'il en a sorti un nouveau l'an dernier, avait annoncé Angela. Le premier depuis des lustres. L'an dernier, c'était encore mille neuf cent quelque chose. Maintenant il fallait apprendre à dire zéro zéro. *Year of the zeroes*, comme l'avait dit Halders.

— Je peux prendre ta voiture aujourd'hui? demanda Angela.

— Bien sûr.

— Je n'arrive plus à monter dans le tram.

— Tu devrais rester à la maison.

— J'aurai bien le temps, après.

Elle aurait pu prendre un taxi, mais elle voulait conduire. Un peu de liberté. La Mercedes était rassurante, l'odeur du cuir, les douces couleurs sombres de l'habitacle.

L'enquête grossissait, dans tous les sens. Noms, adresses, retranscriptions d'auditions.

— Il nous manque encore quelques adresses parmi ceux qui ont répondu à l'annonce, fit remarquer Ringmar.

— C'est ce que je vois.

— Dans plusieurs cas, le nom est faux, mais on s'en aperçoit en cherchant l'adresse.

— Un voisin solidaire peut-être?

— Oui, c'est une hypothèse.

— On devrait peut-être faire un pas de plus. Cueillir les voisins.

— Peuh.

Winter avait le regard collé à ses listes. Il portait ses lunettes de lecture. Plus que six jours avant son anniversaire.

— Il y a un truc, avec ces deux adresses, observa-t-il. Traite-moi encore de parano si tu veux, mais j'ai demandé toutes les adresses des collègues et... si tu compares, il n'y a personne qui a répondu à cette annonce.

— C'est plutôt agréable, n'est-ce pas?

— Si on veut. Möllerström a comparé les adresses des figurants et celles-ci. Sture a accepté de lui coller quelques bonshommes. Quand il sent quelque chose, il sent quelque chose, comme il dit.

— Et?

— Ce sont les uniformes…

Winter pensait à Vennerhag, mais il n'était pas entièrement convaincu de l'existence du policier déguisé.

*

Bartram pianotait sur son ordinateur. Grésillements, sifflements. Il y avait un manuel accroché au tableau d'affichage. Il sourit. Certains n'apprenaient jamais. Certains venaient le voir, puisqu'il était le plus fort. Surtout cette dernière année, avec la panique du changement de millénaire. Tous les dossiers qui s'étaient retrouvés ici et là, back up, sécurité, copies partout dans la nuit électronique.

Il ne tenait pas à leur montrer à quel point il était fort. Ça pouvait causer des problèmes. L'obliger à répondre à toutes les questions idiotes.

S'il avait été affecté à la crime, ou à la nouvelle brigade du centre-ville. Mais alors, on ne lui poserait jamais de questions.

Bartram était un hacker. Ce n'était pas difficile quand on avait le coup de main. Il aimait ce mot. *Hacker*. S'introduire n'importe où, d'un simple petit coup de hache, et puis repartir, discrètement, avec des connaissances inédites.

Morelius sortit des toilettes. Il était pâlot. Peut-être encore ses soucis d'intestin. Il devrait faire autre chose, ce type. Il y réfléchissait peut-être sérieusement.

Bartram pianota sur le clavier et se retrouva chez lui. C'était encore intéressant. Se retrouver dans son propre ordinateur, se glisser pour ainsi dire dans la douceur du software, se balancer dedans.

La liste des quarante figurants empruntée au réseau interne papillonna sur l'écran. Il fit disparaître les noms. Il les regarderait tranquillement ce soir. Inspecteur Greger Bartram. Ou commissaire, comme ce Winter qui se prenait pour un as. Ou alors son procédurier, Möllerström. Greger Bartram était un meilleur procédurier. La preuve.

Halders freina devant la boutique de la station-service.

— C'est ici que je me suis fait faucher ma voiture, dit-il à Aneta Djanali. Je suis entré une demi-seconde dans le magasin, et le type l'a fauchée.

— Je sais, Fredrik.

— Il me faut du tabac à chiquer. Surveille la bagnole.

Aneta Djanali baissa sa vitre. Elle sentit une odeur de gaz d'échappement et une autre, sèche, de fin d'hiver ou de début de printemps. Le soleil se reflétait dans la tour de Babel qui était restée intacte, après le Nouvel An, au nord de Heden, comme un symbole de quelque chose qu'elle ne comprenait pas. À quoi servait cette tour ? Ce n'était qu'une énorme cabane qu'on aurait mise sur le flanc. Il n'y avait sans doute pas assez de fric pour la démolir. La gueule de bois était toujours au rendez-vous.

Elle vit Halders discuter avec le préposé de la boutique. Il jeta un regard vers elle, comme pour vérifier qu'elle ne laissait aucun voyou faucher sa voiture.

— Il m'a parlé des problèmes de vol à l'étalage, dit Halders lorsqu'ils furent à nouveau sur Södra Vägen. Ce matin, quelqu'un est entré pour chiper un paquet de chips.

— Ils ne devraient peut-être pas avoir de chips dans le magasin, souligna Aneta Djanali.

— Ils ne devraient peut-être rien avoir du tout. On y arrive.

— À quoi ? Des magasins vides ?

— Oui. Le grand vide. Toutes ces boutiques de proximité de mes deux ne sont qu'un signe des temps. Elles reflètent l'agonie de la société, commenta Halders en prenant à droite vers Lorensberg. Il ne s'agit que de chips, de tabac, de vidéos et autres merdes.

— Tu es un gros client, à ce que je vois.

— Je suis une victime. Prends les films, rien que

ça. Les gens s'anesthésient devant leur magnétoscope. Harry Martinsson avait raison. Les films, c'est le temple des lâches qui ont peur de la vie.

— Harry Martinsson, dit Aneta Djanali avec un certain scepticisme.

— Auteur suédois. Inconnu à Ouagadougou.

— Je crois qu'on ne l'a pas étudié à l'école.

— Tiens, voilà un agent, observa Halders. En civil, mais on le repère à la démarche.

— C'est Simon, dit Aneta Djanali.

— Tu le connais ?

— Pas personnellement, mais je reconnais tout le monde, pas toi ?

— Hélas !

Halders se gara dans la file des taxis devant Park, vu qu'ils avaient à faire là-bas. Morelius marchait seul, le regard rivé au sol. Il avait des écouteurs dans les oreilles. Halders sortit de la voiture lorsqu'il fut à leur hauteur.

— Tu passes tes loisirs ici ?

Morelius souleva une oreillette et Halders fit mine de reculer.

— Tu vas te faire mal aux tympans, avertit-il. Méchante musique.

Morelius tira le baladeur de sa poche et l'éteignit.

— Salut, Halders.

— Ça ne te suffit pas de passer tes heures de service sur l'Avenue ?

— J'avais une course à faire, malheureusement.

— Pareil pour nous.

Aneta Djanali lui fit signe derrière le pare-brise.

— J'arrête, annonça soudain Morelius.

— Quoi ?

— Je vais donner ma démission.

Angela ressentait la fatigue à présent. Plusieurs fois, alors qu'elle racontait la destinée d'un patient à son dictaphone, la fatigue était arrivée comme une pierre, un gros méchant bloc de pierre.

J'arrête demain, pensa-t-elle. Jusqu'ici, c'était bien. Mais la tête ne suit plus.

Elle se leva, alla se rincer le visage sous l'eau froide. On frappa à la porte. « Entrez ! » cria-t-elle. Hildur passa la tête.

L'infirmière paraissait inquiète.

— La quinze, dit-elle. Je crois que...

— J'arrive, s'écria Angela.

Le nouveau parking n'était pas beau, mais il remplissait sa fonction. Elle prit l'ascenseur jusqu'au troisième étage et examina sa pâleur dans la glace. Voilà, c'était terminé.

Tout le monde s'était montré compréhensif. Je me demandais combien de temps tu tiendrais le coup, avait dit Hildur. Jusqu'à aujourd'hui, avait-elle répondu.

Demain soir, elle pourrait aller à la réunion des futurs parents en tant que mère à plein temps. Dans son for intérieur, tout était au point, bien préparé.

Elle déverrouilla les portières à l'aide de la télécommande. Au même instant, elle aperçut l'uniforme. Le policier approchait, comme hésitant, peut-être un peu gêné. C'est bon, pensa-t-elle. À partir de maintenant, je vais rester chez moi, sans protection. Ça vous fera des vacances, monsieur l'agent.

Le policier était presque à sa hauteur. Elle attendit, ses clés à la main. Une voiture venant de l'étage supérieur passa, et le policier attendit que le véhicule eût disparu vers la sortie.

Il approcha. Il paraissait vraiment embarrassé. Comme s'il était là malgré lui. Elle eut l'impression de le reconnaître. Un collègue d'Erik.

— Madame Winter ?

Elle hocha la tête, c'était le plus simple. Elle n'était pas Madame Winter, du moins pas encore.

— Je devais m'assurer que vous rentriez bien chez vous.

— C'est ce que je m'apprête à faire, précisa-t-elle avec un geste vers la voiture. C'était mon dernier jour de travail. Merci quand même.

— Je vous raccompagne, dit-il sans la regarder.

Une autre voiture passa dans un nuage de gaz d'échappement. Elle ne voulait pas rester dans ce poison plus de temps que nécessaire. Elle avait des responsabilités.

— Laissez-moi vous raccompagner, madame Winter, insista-t-il en tendant la main vers les clés.

Elle vit la ceinture, l'éclat métallique de la plaque sur la veste, la casquette. C'était... rassurant. Le visage était familier.

— Ce n'est pas nécessaire, rétorqua-t-elle.

— Je connais le chemin. Je suis là pour vous aider.

Elle était exténuée. L'épuisement était encore plus perceptible dans l'air pourri du parking. Le bébé bougea dans son ventre. Se coincer derrière le volant. *Nous* coincer derri... Non.

— D'accord, céda-t-elle en lui donnant les clés.

54.

Winter lisait les rapports d'audition des figurants. Tous avaient une motivation différente pour leur exhibitionnisme. Aucun ne semblait plus intéressant que les autres. Il en manquait encore quelques-uns.

Cinq adresses à Mölndal. Dont trois dans le quartier de Krokens Livs. À titre d'hypothèse uniquement.

Il appela Möllerström.

— Tu as parlé à Bertil des adresses de Mölndal ?

— Oui.

— Je n'arrive pas à le joindre. Sais-tu si quelqu'un y est allé ?

— Il ne t'a rien dit ?

— Quoi ?

— Deux d'entre eux n'ont pas ouvert leur porte.

— À la première tentative ?

— Deux tentatives chez l'un.

— On y fera un tour ce soir.

— Le tournage se prolonge peut-être dans la soirée, supposa Möllerström.

— Tu as raison.

— Ils arrêtent la semaine prochaine, s'ils arrivent à tenir les délais.

— J'ai entendu ça.

Il raccrocha, regarda sa montre, appela chez lui. Pas de réponse. Il consulta à nouveau sa montre. Le téléphone sonna sur son bureau.

— On dirait que le garçon va mieux, annonça Ringmar.

— Qui ?

— Patrik. À l'hôpital.

— Formidable.

Son père avait été relâché après la fin de sa garde à vue. On l'avait vu traîner du côté de Skanstorget. Cette enquête-là piétinait. Winter était passé en voiture devant l'immeuble ; il avait failli entrer.

— Il faut que je lui parle, si c'est possible.

— Justement, l'hôpital vient d'appeler. Tu étais au téléphone, ont-ils dit.

— C'était à quel sujet ?

— Patrik veut te voir.

Winter commanda une voiture pour se rendre à Sahlgrenska. Il y passait de plus en plus de temps. En arrivant, il prit son portable et appela chez lui. Aucune réponse. Il dit quelques mots au répondeur.

Le visage de Patrik avait la même teinte que la chambre. Un vrai caméléon. Les yeux étaient noirs, profondément enfoncés dans les orbites.

— J'ai rêvé que je le reconnaissais, avoua Patrik.

— Qui ? Celui qui était dans l'ascenseur ?

— Son visage, quand il s'est retourné. Si je le revoyais, je le reconnaîtrais.

Il ferma les yeux, marmonna quelque chose.

— Que dis-tu ? Patrik... ?

Winter se pencha sur lui, mais le garçon ne répondait plus.

Dans le couloir, il appela à nouveau chez lui. Personne. Il se rendit dans le service où travaillait Angela ; on lui annonça qu'elle était partie depuis plusieurs heures.

Il demanda à être ramené chez lui.

En voyant l'appartement désert et silencieux, il comprit qu'elle n'y était pas passée. Angela laissait toujours des traces, quand elle rentrait du travail avant de ressortir pour une course ou une promenade. Il reprit l'ascenseur, descendit au parking. La Mercedes n'y était pas.

Il sortit dans la rue, regarda autour de lui et aperçut sa voiture garée le long du trottoir opposé, entre deux autres Mercedes. Il traversa la rue, vit le papillon, déchira l'enveloppe.

Le P.V. avait été déposé deux heures plus tôt. Il regarda sa montre. À ce moment-là, Angela avait quitté l'hôpital depuis longtemps. Pourquoi était-elle revenue si tard ? Pourquoi avait-elle laissé la voiture dans la rue au lieu de la mettre au garage ? Avait-elle peur d'y descendre ?

Bergenhem avait cessé de jouer les gardes du corps pour être réintégré dans le groupe d'enquête ; Angela ne l'avait même pas vu. Winter et elle avaient échangé un regard, un petit rire, haussé les épaules. Cette inquiétude. Exagérée. Trop d'événements en même temps.

Une voiture de Lorensberg était passée à quelques reprises, mais c'était bien le tout. Et pas tous les jours.

Il reprit l'ascenseur sans savoir quoi faire. Quelque chose remuait dans son ventre, montait en lui comme une lave froide.

Il appela sa sœur.

— Angela est chez toi ?

— Non...

— Elle n'est pas à la maison. J'ai trouvé la voiture en bas, avec une prune qui remonte à plusieurs heures.

— Tu as appelé l'hôpital ?

— J'y suis même allé.

Bartram enleva ses chaussures et s'approcha de l'ordinateur qui brillait comme un visage plein d'expectative.

Quelques minutes plus tard, il avait fini ses vérifications. Il imprima le tout. Étala les papiers sur la table et se leva pour boire un verre d'eau à la cuisine. Il n'avait pas faim. Cela faisait des jours qu'il n'avait pas lavé la vaisselle, mais personne ne s'en plaignait. Qui se plaindrait, si je ne le faisais pas ?

Il était de retour devant l'ordinateur, après avoir allumé la lampe de travail, dont la lumière tombait de haut.

Il suivit la colonne du doigt.

Il avait sorti son carnet. Le même qu'alors, usé mais bien entretenu. Il était un homme de peu de mots. Concentration. Concentrer.

Coïncidence ou pas ? Il l'avait obligé à lui donner son numéro, mais personne ne répondait au téléphone. Le voleur. L'adresse était encore là.

Bartram compara le nom et l'adresse dans son carnet avec ceux d'un figurant de la liste. Pas besoin d'être un génie pour voir que c'étaient les mêmes. Il suffisait de savoir lire, et aussi de se trouver au bon endroit au bon moment. S'il avait été responsable de l'enquête, il aurait pu leur montrer comment on s'y prend. Il en savait plus qu'eux.

Winter avait fouillé la voiture, sans rien y trouver. Il ne toucha pas le volant. Les gars de Beier étaient en route.

Il appela Bertil, qui lui répondit la bouche pleine.

— Attends, je me suis fait un sand...

— Angela a disparu, avertit Winter.

— Quoi ? Qu'est-ce que tu dis ?

— Il s'est passé quelque chose.

— Tu as donné l'alerte ?

— Oui.

Winter sentait le froid dans tout son corps, la coulée de lave figée. Il eut soudain envie de vomir. Il fallait faire vite.

Ringmar ne lui demanda pas ce qu'il croyait, ce qu'il pensait.

En cet instant, il pensait au groupe de futurs parents.

Angela et lui, penchés sur une liste de questions concernant la péridurale. L'odeur du café.

— Où es-tu ?

— Ici, répondit-il. Chez moi.

— J'arrive.

MARS

55.

Bertil était venu tout de suite, en moins d'une demi-heure. Ils avaient parlé, de façon rapide et efficace. Winter était comme une copie de lui-même. Une copie capable d'articuler, et même de réfléchir. Il avait hoché la tête, pris des notes, parlé encore. Bertil avait crié dans le téléphone. Sonneries, sonneries.

Il avait toujours eu du mal à se détourner… du boulot. Prendre une tout autre direction quand la journée, ou la nuit, de travail était finie. Il avait toujours eu du mal à s'endurcir. Il avait évité la froideur, mais la dureté, non. Il n'avait pas eu la force de s'en protéger réellement.

Mon Dieu, j'ai toujours cru en toi. Donne-moi la force de penser. Tu pourras me l'enlever plus tard, mais pas maintenant. Divise-moi. Deux êtres, un seul cœur. Pas de panique.

— Erik ?

Bertil était là, debout. Depuis combien de temps ? Il était sur le seuil, mais sa voix était tout contre son oreille. Winter changea de position et essaya d'être à nouveau *présent*, avec l'aide de Dieu et la sienne.

— Un de tes contacts, au téléphone.

— Qui ?

— Benny.

Winter prit le combiné.

— Qu'est-ce qui se passe ? s'inquiéta la voix de Vennerhag.

— J'ai essayé de te joindre.

— Je sais, je n'étais pas en ville. Mais qu'est-ce qui se passe ? Elle a...

— L'aide que je t'avais demandée. C'est encore plus important maintenant.

— C'est toi, Winter ? Je ne reconnais pas ta voix.

— Fais un effort, Benny.

— C'est vraiment lié à...

— Oui.

— Doux Jésus.

— Fais un effort.

— Mais comment ? Je vais faire ce que je peux. Me renseigner.

— Fais un effort, répéta Winter.

Ils avaient mis d'autres gens sur les conversations avec les cœurs solitaires. Il valait mieux les voir comme ça. Halders avait d'autres noms. Des noms, des noms, encore des noms.

Winter ne dormait plus du tout. S'il fallait des drogues, il les prendrait.

Il savait que c'était lié. Bertil le savait, tout le monde le savait. Angela n'était pas partie en fum...

Il tourna la tête. Bertil était à nouveau sur le seuil. Troisième jour en enfer ? Quatrième jour ?

Le lendemain, il aurait quarante ans. Il l'avait vu sur le calendrier quand il était rentré chez lui pour chercher son courrier et des slips propres. Il fit signe à Bergenhem, qui l'attendait dans l'ombre sur la place Vasa. Il voulait retourner seul au commissariat. D'autres seraient sur place. Au cas où.

Quarante ans. Il l'avait oublié. Angela avait entouré la date au rouge à lèvres sur le calendrier accroché au mur, à côté du fourneau. À dix centimètres du plan de travail, à cent cinquante centimètres du sol. Il avait failli aller chercher un mètre pour vérifier les mesures, faire quelque chose qui ait une prise sur le quotidien. Mais le contrôle total était voisin de la folie.

Cette nuit il avait repensé au garçon, à l'hôpital.

Patrik avait reconnu quelqu'un. Quand avait-il commencé à faire partie de l'enquête ? C'était une histoire parallèle... Mais elle était liée à lui, Winter. Et aux meurtres.

Winter était retourné au commissariat au volant de sa propre voiture. Les gars de Beier n'y avaient rien trouvé. Il avait fait venir Hanne Östergaard. Elle paraissait tourmentée, comme transformée en miroir. Ils étaient dans le bureau de Winter, et soudain il lui avait raconté ce qui s'était passé chez ces gens qui avaient été assassinés. *Ce qui s'était passé.* L'espace de trois secondes, il avait perdu pied et déversé son enfer sur elle.

Il la rappela. Hanne décrocha tout de suite.

— Je ne dormais pas, précisa-t-elle.

— Quand Maria a été prise en main, commença Winter.

Il posa quelques questions, elle lui décrivit la scène : qui avait été présent sur les lieux, au moment de l'incident.

Puis elle le lui révéla. Rompit le silence qu'elle avait respecté jusque-là. C'était son devoir. Un autre devoir. Simon n'avait pas évoqué ses souvenirs dans le secret de la confession. Elle savait qu'elle n'était pas tenue au silence.

— Je ne sais pas si c'est important, dit-elle. Mais quand tu m'as raconté ce qui s'était passé...

Winter sentit remonter la lave froide.

— Il t'en a parlé plusieurs fois ? L'accident, les corps ?

— Oui.

« Erik ? »

Winter leva la tête. Il était seul dans le bureau. Ringmar se tenait sur le seuil.

— On a repassé les adresses dans l'ordinateur. Le gang des pornographes. Il y a un truc…

Il entra, s'assit, étala les papiers sur la table.

— Oui ?

— Ce n'est pas à côté de Krokens Livs. Mais cet homme-ci a donné une adresse à Askim. On a comparé, comme tu nous l'avais demandé, et ça correspond.

— Qu'est-ce que je disais ?

Son cerveau n'était plus qu'un blanc, un grand vide immaculé comme le ciel et la terre au mois de janvier.

— Il y a quelqu'un de chez nous dans ce quartier-là. Un policier.

— Oui ?

— C'est vraiment tiré par les cheveux, fit remarquer Ringmar. Il faut qu'on reste calme.

— Qui est-ce ?

— Morelius. Simon Morelius. Il…

— Je sais qui c'est, coupa Winter.

— Du calme.

Il était calme. Dieu était là et le tenait par la main.

— Il est de service en ce moment ?

— Non, assura Ringmar. J'ai vérifié. Il est de repos.

— Il est chez lui ?

— Je ne sais pas. Je n'ai pas cherché à le joindre. Je ne savais pas quoi lui dire.

— Tu as le numéro ?

Winter le composa. Pas de réponse.

Il appela le standard, demanda qu'on lui passe Lorensberg.

— Salut, c'est Winter. Oui… Je sais. Il y a un tru… Oui, justement…

Morelius serait de retour le lendemain. Sur la liste d'Ivarsson. Quelques jours de congé après le Nouvel An.

— Tu cherches à le joindre ?

— Oui.
— Il est peut-être chez lui.
— Non.
— Tu as essayé à Kungsbacka ?
— Pourquoi ?
— Il est de là-bas.
— Quoi ? ! Il vient de Kungsbacka ?
— Oui. Quelqu'un a dit ça l'autre jour. Je me demande même si ce n'était pas Morelius lui-même.

Winter entendait des bruits de conversation à l'arrière-plan, au commissariat de Chalmersgatan, des sonneries de téléphone...

— C'est venu comme ça dans la conversation, parce qu'on parlait des meurtres. Elle n'était pas de là-bas, la femme qui a été assassinée ?
— Si.

Ringmar écoutait de toutes ses oreilles. Winter lui jeta un regard en raccrochant et se leva pour prendre l'annuaire sur l'étagère.

Il y avait une Mme Morelius à Kungsbacka. Elna Morelius. Elle décrocha à la troisième sonnerie. Non, son fils n'était pas là. De quoi s'agissait-il ? Pour le service ? Bien sûr, si elle le voyait, elle lui dirait de les rappeler. Mais ça faisait un moment qu'il n'avait pas donné de ses nouvelles. Il devrait l'appeler plus souvent... Oui, c'est comme ça. Quand était la dernière fois ? Il n'y a pas si longtemps. Et il n'allait pas bien.

Winter réfléchit fébrilement.

— Quelle est la profession de votre mari, madame Morelius ?
— En voilà des questions ! protesta-t-elle. Mon mari est mort.

Winter attendit.

— Il était pasteur, avoua-t-elle enfin.

Morelius. Winter vit son visage, au-dessus de l'uniforme. La voiture qui patrouillait sur la place Vasa.

Vrai policier. Patrik. Maria. Toujours sur place quand il se passait quelque chose.

Lorsque Winter était arrivé à l'appartement des

Valker, Morelius était sur les lieux. La silhouette découpée dans l'encadrement de la porte... Il lui avait montré le mur.

Winter pensa aux paroles de Lareda Veitz. Elle l'avait appelé la veille, mais sur le moment, il n'avait pas eu la force de lui parler.

Il jeta un regard à Ringmar.

— On file, lança-t-il. On y va. Maintenant.

En se levant, il sentit son arme de service frotter contre ses côtes.

— Chez Morelius ? À Askim ?

— Qu'est-ce que tu crois, merde ! ?

— Erik...

— Tu peux rester là, si tu veux.

Winter prit son manteau sur le cintre. Il avait envie de s'enfuir le long du couloir, de courir comme un fou, d'ouvrir ses ailes et de s'envoler.

Ringmar refit le numéro de Morelius. Pas de réponse.

— On leur demande d'envoyer une voiture de Frölunda ?

— Oui. Mais personne ne doit entrer avant notre arrivée.

Les mains de Winter tremblaient, le Sigsauer frottait contre ses côtes. Ils partirent au pas de course.

— Je prends le volant, dit Ringmar.

C'était le soir. Ringmar conduisait à toute allure. Devant le parc d'attractions de Liseberg, ils se retrouvèrent pris dans un embouteillage. Winter mit le gyrophare, Ringmar fit hurler la sirène et ils se frayèrent un chemin jusqu'à l'autoroute.

Le brouillard rampait au-dessus des champs de part et d'autre de Söderleden. Ringmar prit la sortie de Järnbrott. Winter pensa aux Elfvegren dans le joli quartier résidentiel non loin de cet embranchement. Erika Elfvegren n'avait rien déclaré de plus sur l'homme qu'aurait évoqué Louise Valker. Louise Valker de Kungsbacka. Il jeta un regard à Ringmar. Si on ne trouvait rien chez Morelius, le prochain arrêt serait chez les Elfvegren.

Ils aperçurent la voiture envoyée par le poste de Frölunda. Une bande de gamins s'était déjà rassemblée autour. La lumière du gyrophare tournoyait au-dessus sur leurs visages.

— Éteignez ça, ordonna Winter.

— C'est au numéro sept, dit Ringmar derrière lui.

Il se retourna. Ringmar montrait l'entrée qui portait le numéro 7D. L'immeuble était en briques rouges. Trois ou quatre étages, peu importe.

— Il habite au deuxième, indiqua Ringmar.

La porte en bas était ouverte, retenue par une chaîne. Un homme remontait du sous-sol, une caisse dans les bras. Il les salua et défit la chaîne.

Ils sonnèrent à la porte de Morelius. Personne ne vint ouvrir. Le nom était composé en lettres blanches sur feutre noir, au-dessus du rabat destiné au courrier. Winter appuya plus fort sur le bouton. La sonnerie se répercuta dans l'appartement. Il cria quelque chose, attendit un instant, tira son arme et fit exploser le bois à hauteur de la serrure.

56.

Winter tâta la serrure à travers le trou. Il n'y avait pas de chaîne.

Il ouvrit la porte. Son cerveau était comme dissocié de ses gestes à présent, il n'était plus qu'instinct, comme un animal. L'odeur de la cordite lui brûlait les narines. Il n'éprouvait aucun remords.

Il y avait du courrier par terre. Une enveloppe, un journal.

L'appartement était éclairé par les lampadaires de la route et ceux de la cité. Silence. Pas de guitares, pas de percussions, pas de sifflements.

Pas d'Angela. Ils allèrent d'une pièce à l'autre. Tout était bien rangé. Le plan de travail de la cuisine était propre, étincelant. Rien sur la table.

Dans la chambre à coucher, ils trouvèrent deux magazines sur la table de chevet, à côté d'un réveil. *Aktuell Rapport*. Dans le séjour, une étagère chargée de livres de poche, un canapé imitation cuir, deux fauteuils tournés vers un grand téléviseur. Ordre impeccable. Contrôle total.

— Bon..., maugréa Ringmar avec un regard malheureux à Winter.

Winter sentit les muscles de son visage tressaillir, comme agités de tics. La tension et le choc le déchiraient de l'intérieur. La tête déconfite de Ringmar. L'appartement désert. Les coups de feu. La sensation de désarroi, de déception, et d'un infini soulagement. Un infini soulagement. Il était parcouru de soubresauts, il tremblait, quelque chose voulut sortir de lui, un sanglot ou un rire, le rire jaillit le premier, un rire dément. *Tu verrais ta tête, Bertil!* Il vit Ringmar faire un pas vers lui, comme un infirmier, et il eut une autre attaque. Puis ce fut fini. Il leva la main qui ne tenait pas l'arme.

— C'est bon, Bertil. On s'en va.

Ils ressortirent.

Winter distribua des ordres aux collègues de Frölunda qui patientaient dehors. Un homme et une femme.

— Je prends le volant, dit-il.

— Comment ça va, Erik?

— Mieux.

— Où on va?

— Chez les Elfvegren.

— Il est presque minuit.

Winter ne répondit pas. Il dut chercher son chemin dans les petites rues, redemanda l'adresse à Ringmar. Toutes les villas se ressemblaient. On se serait cru transporté dans les années cinquante. Petites maisons, grands jardins.

Celle des Elfvegren était plongée dans l'ombre. Winter sonna. Bertil était déjà derrière lui, aux aguets, comme s'il craignait que Winter ne se remette à tirer.

Aucune lumière ne s'alluma. Winter cogna à la porte, redescendit les marches du perron.

— Elle n'est pas là, de toute façon.

Ringmar n'eut pas besoin de lui demander à qui il pensait.

Ils reprirent la voiture. Le portable de Winter sonna.

— Oui?

— Tu cherchais Morelius tout à l'heu...

La voix se perdit.

— Allô ?
— Tu cherch...
— Je t'entends, dit Winter. Vous l'avez trouvé ?
— Il est ici, annonça le chef de Lorensberg à qui Winter avait parlé un peu plus tôt. Ivarsson l'a croisé en ville, et Simon est revenu au poste avec lui. Il n'est pas de service.
— Ne le laissez pas partir.
— Pas de problème. Il dit qu'il veut te parler.

Morelius était dans la salle télé. Il se leva à leur entrée. Il portait un jean, une veste de cuir noir, des boots noires.
— Je peux peut-être vous aider, commença-t-il.
Il regardait Winter comme s'il pensait : je peux t'aider, *toi*. Winter ne répondit pas. Une heure plus tôt, il avait été prêt à... à... Maintenant il pouvait se jeter sur lui, exiger des réponses. Il aurait dû commencer tout de suite.
— Je crois comprendre qu'il y a urgence, dit Morelius en se dirigeant vers la porte.
— Où vas-tu ? demanda Ringmar.
Morelius se retourna, alerté par le ton de Ringmar, et dévisagea les deux hommes. Son expression changea du tout au tout.
— Vous ne croyez tout de même pas que c'est moi ?
— L'annonce, dit Winter.
— Quelle annonce ?
— On a parlé à ton voisin. Il a avoué qu'il t'avait servi de messager, déclara Ringmar.
— Mais c'est incroyable ! Je n'ai même pas... Ça n'a jamais rien donné.
Winter fit un pas vers lui.
— Dans ce cas tu nous as caché des in...
— On pourra en parler plus tard. Je croyais qu'on était pressés.
— Qu'est-ce que tu racontes ?
— Vous aviez une piste du côté de la police. Les uniformes, tout ça. On est au courant. J'ai réfléchi. Moi,

j'ai décidé de quitter le métier, mais j'ai un collègue qui n'a pas l'intention d'arrêter, lui. Il veut devenir enquêteur. Il pense que c'est beaucoup plus chic. Je parle de Bartram. Greger Bartram.

— Et ?

— Vous ne le connaissez pas. Vous ne l'avez pas vu, entendu ces derniers temps. Je ne sais pas. J'ai beaucoup réfléchi. J'ai pris un jour de congé supplémentaire. Je me suis dit qu'il avait le droit de jou... Mais ensuite, reprit-il en s'adressant à Winter, il y a eu l'histoire de ta femme. J'ai essayé de le joindre, mais il n'était pas chez lui. Pour la bonne raison qu'il n'y habite plus. Il a déménagé il y a plus d'un an, mais il n'a pas communiqué sa nouvelle adresse.

— Et où habite-t-il maintenant ? demanda Ivarsson.

— Ça s'appelle Tolsegårdsgatan. À Mölndal. Je n'y suis pas allé, mais...

— Comment le sais-tu ? questionna Ringmar.

— Les renseignements, fit Morelius. Pas plus compliqué que ça.

— Cette rue me dit quelque chose, coupa Winter.

— C'est au bout de Hagåkersgatan. Une rue voisine de celle où habitait le couple qui a été tué. Enfin l'homme, du moins... si la femme survit.

Il n'a pas parlé de Kroken, pensa Winter. Ni de Manhattan Livs. Personne ne connaît l'existence de Manhattan Livs en dehors de mes plus proches collaborateurs. S'il avait indiqué le nom de la boutique, on aurait touché au but.

— Et où habitait-il avant ?

— Dans le même quartier. Encore plus près de la rue des victimes.

Il marqua une pause.

— Je crois qu'il y a une boutique au rez-de-chaussée qui loue des vidéos.

Winter n'eut pas le temps de réagir. Morelius leva la main.

— Laissez-moi vous montrer son ordinateur.

— Quoi ?

— Suivez-moi.

Ils descendirent l'escalier et traversèrent la cour jusqu'à un petit bâtiment récemment aménagé. Personne ne disait mot. Morelius s'assit devant un ordinateur et enfonça quelques touches. Il attendit, pianota, attendit encore.

— Tu es calé, dis donc, remarqua Ivarsson, qui les avait suivis.

— Oui. Je sais que les ordinateurs ne sont pas compatibles avec les flics obtus, mais voilà.

Il enfonça une touche de commande et leur jeta un regard avant de se retourner vers l'écran.

— Qu'est-ce que c'est ? demanda Winter.

— C'est une liste. Les noms et les adresses des figurants de la série qu'ils sont en train de tourner en ville. Tout le monde y est. Il est allé chercher le document chez vous.

Ils regardèrent l'écran.

— Et ce n'est pas tout, ajouta Morelius. Il semble avoir accès à presque tout. Soit il se livre à une sorte d'enquête parallèle ou alors…

— Il ne t'en a jamais parlé ?

— Non. Regardez.

Morelius enfonça une autre touche de commande. Winter se pencha.

— Nous avions son ancienne adresse, à côté du lieu du crime, mais il l'a changée. Dans les fichiers, il habite à Hisingen.

Winter pensa à toutes les adresses auxquelles il avait eu accès. S'il avait vu celle de Bartram…

Bartram avait donc modifié une ligne de la liste.

Si on pouvait se fier à Morelius.

— Il est de repos ? demanda Winter.

— Oui, répondit Ivarsson.

— Je prends le volant, dit Ringmar.

Ils passèrent devant Krokens Livs, alias Manhattan. Les affiches étaient toujours là. *La Ville des anges*. *Les*

Vengeurs. Ils sortirent de la voiture sans laisser à Ringmar le temps de se garer. Morelius était avec eux.

Winter avait regardé sa montre dans la voiture. Une heure du matin. *Happpy birthday to you*.

Ils dépassèrent le terrain de jeux, puis quelques containers. Les immeubles se dressaient cinquante mètres plus loin. L'entrée se trouvait de l'autre côté ; ils contournèrent le pâté d'immeubles et aperçurent quelques bouleaux que la lumière municipale parsemait d'argent. C'est au numéro 36, avait indiqué Morelius. Une fenêtre était éclairée au deuxième étage.

La porte de l'immeuble s'ouvrit sans qu'il soit nécessaire de mitrailler la serrure. Ringmar alluma. Les murs de la cage d'escalier étaient bleu ciel, avec un motif d'une nuance plus sombre. Lilas, pensa Winter. Tous les détails étaient très nets. Ils montèrent.

Le bois de la porte de Bartram imitait le teck.

Un flic, pensa Winter. Comment se défendre contre cela ? Le monde s'écroule quand la police passe de l'autre côté.

La minuterie expira dans la cage d'escalier. Ils virent un rai de lumière sous la porte. Winter enfonça le bouton de la sonnerie.

Du calme, Erik. Nous voulons juste te poser quelques questions, parce que nous voulons savoir. Nous voulons savoir parce que le temps est écoulé.

Il avait une image du visage d'Angela, mais il la repoussa de ses poings contre le bois de la porte.

— Qu'est-ce que c'est ? fit une voix à l'intérieur.

Winter adressa un signe de tête à Morelius.

— C'est moi, Greger. C'est Simon. Il y a un truc... J'ai besoin de ton aide.

— Quoi ? Maintenant ?

— C'est urgent, Greger. Ouvre, s'il te plaît.

Plus un bruit à l'intérieur. Pas le moindre son. Winter sentit le poids de son arme contre sa poitrine, mais il n'y toucha pas. Il était calmé maintenant, mieux préparé à ce qui les attendait peut-être.

— Tu aurais pu m'appeler, marmonna la voix à l'intérieur.

— Allez, ouvre, Greger.

Winter vociféra son nom. Bartram savait de toute façon qu'il était là.

Il y eut un bruit derrière la porte. Ringmar lui jeta un regard. Soudain, Winter entendit la musique. Le visage de Morelius paraissait détruit dans la maigre lumière de la cage d'escalier. Ils écoutèrent les guitares, les percussions, la voix qui sifflait en gargouillant à travers la porte. Il était hors d'état de faire le moindre geste. Puis Ringmar tira en visant la serrure. La deuxième fois est la bonne, pensa Winter. Morelius et Ringmar enfoncèrent la porte à coups de poing, à coups de pied. Les mains de Ringmar étaient en sang. Morelius cria quelque chose qu'il ne comprit pas. Ringmar hurla, comme d'une autre planète.

Ils étaient à l'intérieur, loin à l'intérieur. Il entendit les cris. Son corps se détacha du sol. Il se mit à courir. Il volait.

AVRIL

57.

Angela donna naissance à Elsa à trois heures et quart du matin, deux jours après le terme prévu. La petite pesait trois kilos neuf cent vingt-cinq grammes et mesurait presque cinquante et un centimètres. Winter avait failli s'évanouir plus d'une fois ; il avait laissé la caméra à la sage-femme.

Elsa dormait contre sa poitrine. Ses cheveux étaient foncés, il avait été surpris qu'elle puisse en avoir autant. Plusieurs personnes avaient déclaré qu'elle avait hérité de son nez et de ses oreilles à lui. Il pleurait en fredonnant *You leave me breathless* tout contre cette minuscule réplique de son oreille. Au cours des dernières semaines, il n'avait fait qu'écouter Coltrane en priant pour l'avenir. Il laissait la salle d'interrogatoire aux autres. Il lisait les retranscriptions, mais il n'y avait pas mis les pieds une seule fois.

Angela se pencha pour lui dire quelque chose. Elle dut le répéter. Il leva la tête. Oui. C'était une merveille.

Angela rayonnait. C'était miraculeux. Un jour, tout reviendrait, mais pas maintenant. Peut-être jamais. Elle était forte, plus forte que lui.

Il avait appelé l'Espagne, et il avait vite passé le combiné à Angela.

Le soleil se levait sur les hauteurs de la ville lorsqu'il sortit de la maternité. Le monde était comme neuf. Les odeurs étaient nouvelles. C'était le printemps. Il vit des enfants qui allaient à l'école, qui traînaient en chemin, lançaient quelque chose dans le gravier. Les gamins jouaient-ils encore aux billes ?

Il baissa le pare-soleil pour se protéger de la lumière. Il n'y voyait rien, à cause des larmes dans ses yeux.

Sur le palier, il croisa un homme âgé qu'il n'avait encore jamais vu. Un monsieur en visite chez Mme Malmer.

L'appartement avait changé d'odeur ; c'était presque la même que celle du dehors. Il ouvrit toutes les fenêtres. Dans la cuisine, il déboucha la bouteille, remplit un verre en cristal et le leva en silence.

Bartram l'avait remercié. Remercié personnellement. Bartram voulait être sauvé, mais il leur avait rendu la tâche difficile. Il s'était approché de Winter, d'aussi près que possible.

Angela avait été physiquement indemne.

Il y avait eu une photographie dans la chambre à coucher de Bartram. Un jeune homme et une jeune femme, qui se tenaient par la main. Winter s'en était approché. Les têtes avaient été découpées et échangées. Elle était lui, il était elle. L'un des deux visages était celui de Bartram. Un jeune Bartram.

Winter entra dans le séjour, se posta à la fenêtre et contempla les arbres du parc. Il but jusqu'à chasser l'image. Dans deux jours, ils seraient ici, tous les trois. Le champagne était léger. Il se retourna. Un tressaillement dans le genou gauche faillit lui faire perdre l'équilibre. Il attendit quelques instants, puis il retourna à la cuisine et posa le verre sur le plan de travail.

Ce volume a été composé
par Interligne

Impression réalisée sur CAMERON
par BRODARD ET TAUPIN
La Flèche
en septembre 2004

Imprimé en France
Dépôt légal : septembre 2004
N° d'édition : 55782 – N° d'impression : 25411